抱孙

老舍谐趣小说集

老舍 著

中国文史出版社
CHINA CULTURAL AND HISTORICAL PRESS

图书在版编目（ＣＩＰ）数据

抱孙：老舍谐趣小说集 / 老舍著 . -- 北京：中国
文史出版社，2022.12
ISBN 978-7-5205-3961-6

Ⅰ.①抱… Ⅱ.①老… Ⅲ.①中篇小说—小说集—中
国—现代②短篇小说—小说集—中国—现代 Ⅳ.
① I246.7

中国版本图书馆 CIP 数据核字 (2022) 第 215739 号

责任编辑：梁玉梅

出版发行：中国文史出版社

社　　址：北京市海淀区西八里庄路 69 号院　邮编：100142
电　　话：010-81136606　81136602　81136603（发行部）
传　　真：010-81136655
印　　装：北京温林源印刷有限公司
经　　销：全国新华书店
开　　本：16 开
印　　张：19.75
字　　数：286 千字
版　　次：2023 年 4 月北京第 1 版
印　　次：2023 年 4 月第 1 次印刷
定　　价：56.00 元

目录

抱孙

难怪王老太太盼孙子呀；不为抱孙子，娶儿媳妇干吗？也不能怪儿媳妇成天着急；本来嘛，不是不努力生养呀，可是生下来不活，或是不活着生下来，有什么法儿呢！就拿头一胎说吧：自从一有孕，王老太太就禁止儿媳妇有任何操作，夜里睡觉都不许翻身。难道这还算不小心？哪里知道，到了五个多月，儿媳妇大概是因为多眨巴了两次眼睛，小产了！还是个男胎；活该就结了！再说第二胎吧，儿媳妇连眨巴眼都拿着尺寸；打哈欠的时候有两个丫环在左右扶着。果然小心谨慎没错处，生了个大白胖小子。可是没活了五天，小孩不知为了什么，竟自一声没出，神不知鬼不觉地与世长辞了。那是十一月天气，产房里大小放着四个火炉，窗户连个针尖大的窟窿也没有，不要说是风，就是风神，想进来是怪不容易的。况且小孩还盖着四床被，五条毛毯，按说够温暖的了吧？哼，他竟自死了。命该如此！

现在，王少奶奶又有了喜，肚子大得惊人，看着颇像轧马路的石碾。看着这个肚子，王老太太心里仿佛长出两只小手，成天抓弄得自己怪要发笑的。这么丰满体面的肚子，要不是双胎才怪呢！子孙娘娘有灵，赏给一对白胖小子吧！王老太太可不只是祷告烧香呀，儿媳妇要吃活人脑子，老太太也不驳回。半夜三更还给儿媳妇送肘子汤、鸡丝挂面……儿媳妇也真作脸，越躺着越饿，点心点心就能吃二斤翻毛月饼；吃得顺着枕头往下流油，被窝的深处能扫出一大碗什锦来。孕妇不多吃怎么生胖小子呢？婆婆儿媳对于此点完全同意。婆婆这样，娘家妈也不能落后啊。她是七趟八趟来"催生"，每次至少带来八个食盒。两亲家，按着哲学上说，永远应当是对仇人。娘家妈带来的东西越多，婆婆越觉得这是有意羞辱人；婆婆越加紧张罗吃食，娘家妈越觉得女儿的嘴亏。这样一竞争，少奶奶可得其所哉，连嘴犄角都吃烂了。

　　收生婆已经守了七天七夜，压根儿生不下来。偏方儿，丸药，子孙娘娘的香灰，吃多了，全不灵验。到第八天头上，少奶奶连鸡汤都顾不得喝了，疼得满地打滚。王老太太急得给子孙娘娘烧了一股香，娘家妈把天仙庵的尼姑接来念催生咒；还是不中用。一直闹到半夜，小孩算是露出头发来。收生婆施展了绝技，除了把少奶奶的下部全抓破了别无成绩。小孩一定不肯出来。长似一年的一分钟，竟自过了五六十来分，还是只见头发不见孩子。有人说，少奶奶得上医院。上医院？王老太太不能这么办。好嘛，上医院去开肠破肚不自自然然地产出来，硬由肚子里往外掏！洋鬼子，二毛子，能那么办！王家要"养"下来的孙子，不要"掏"出来的。娘家妈也发了言，养小孩还能快了吗？小鸡生个蛋也得到了时候呀！况且催生咒还没念完，忙什么？不敬尼姑就是看不起神仙！

　　又耗了一点钟，孩子依然很固执。少奶奶直翻白眼。王老太太眼中含着老泪，心中打定了主意：保小的不保大人。媳妇死了，再娶一个；孩子更要紧。她翻白眼呀，正好一狠心把孩子拉出来，找奶妈养着一样的好，假如媳妇死了的话。告诉了收生婆，拉！娘家妈可不干了呢，眼看着女儿翻了两点钟的白眼！孙子算老几，女儿是女儿。上医院吧，别等念完催生咒了；谁知道尼姑们念的是什么呢，假如不是催生咒，岂不坏了事？把尼姑打发了。婆婆还是不答应；"掏"，行不开！婆婆不赞成，娘家妈还真没主意。嫁出的女儿泼出的水，活是王家的人，死是王家的鬼呀。两亲家彼此瞪着，恨不能咬下谁一块肉才解气。

　　又过了半点多钟，孩子依然不动声色，干脆就是不肯出来。收生婆见事不好，抓了一个空儿溜了。她一溜，王老太太有点拿不住劲儿了。娘家妈的话立刻增加了许多分量："收生婆都跑了，不上医院还等什么呢？等小孩死在胎里哪！"

"死"和"小孩"并举，打动了王老太太的心。可是"掏"到底是行不开的。

"上医院去生产的多了，不是个个都掏。"娘家妈力争，虽然不一定信自己的话。

王老太太当然不信这个；上医院没有不掏的。

幸而娘家爹也赶到了。娘家妈的声势立刻浩大起来。娘家爹也主张上医院。他既然也这样说，只好去吧。无论怎说，他到底是个男人。虽然生小孩是女人的事，可是在这生死关头，男人的主意多少有些力量。

两亲家，王少奶奶，和只露着头发的孙子，一同坐汽车上了医院。刚露了头发就坐汽车，真可怜得慌，两亲家不住地落泪。

一到医院，王老太太就炸了烟①。怎么，还得挂号？什么叫挂号呀？生小孩子来了，又不是买官米打粥，按哪门子号头呀？王老太太气坏了，孙子可以不要了，不能挂这个号。可是继而一看，若是不挂号，人家大有不叫进去的意思。这口气难咽，可是还得咽；为孙子什么也得忍受。设若自己的老爷还活着，不立刻把医院拆个土平才怪；寡妇不行，有钱也得受人家的欺侮。没工夫细想心中的委屈，赶快把孙子请出来要紧。挂了号，人家要预收五十块钱。王老太太可抓住了："五十？五百也行，老太太有钱！干脆要钱就结了，挂哪门子浪号，你当我的孙子是封信呢！"

医生来了。一见面，王老太太就炸了烟，男大夫？男医生当收生婆？我的儿媳妇不能叫男子大汉给接生。这一阵还没炸完，又出来两个大汉，抬起儿媳妇就往床上放。老太太连耳朵都哆嗦开了！这是要造反呀，人家一个年青青的孕妇，怎么一群大汉来动手脚的？"放下，你们这儿有懂人事的没有？要是有的话，叫几个女的来！不然，我们走！"

恰巧遇上个顶和气的医生，他发了话："放下，叫她们走吧！"

王老太太咽了口凉气，咽下去砸得心中怪热的，要不是为孙子，至少得打大夫几个最响的嘴巴！现官不如现管，谁叫孙子故意闹脾气呢。抬吧，不用说

---

① 炸了烟：大发脾气。

废话。两个大汉刚把儿媳妇放在帆布床上，看！大夫用两只手在她肚子上这一阵按！王老太太闭上了眼，心中骂亲家母：你的女儿，叫男子这么按，你连一声也不发，德行！刚要骂出来，想起孙子；十来个月地没受过一点委屈，现在被大夫用手乱杵，嫩皮嫩骨的，受得住吗？她睁开了眼，想警告大夫。哪知道大夫反倒先问下来了："孕妇净吃什么来着？这么大的肚子！你们这些人没办法，什么也给孕妇吃，吃得小孩这么肥大。平日也不来检验，产不下来才找我们！"他没等王老太太回答，向两个大汉说："抬走！"

王老太太一辈子没受过这个。"老太太"到哪儿不是圣人，今天竟自听了一顿教训！这还不提，话总得说得近情近理呀；孕妇不多吃点滋养品，怎能生小孩呢，小孩怎会生长呢？难道大夫在胎里的时候专喝西北风？西医全是二毛子！不便和二毛子辩驳；拿娘家妈撒气吧，瞪着她！娘家妈没有意思挨瞪，跟着女儿就往里走。王老太太一看，也忙赶上前去。那位和气生财的大夫转过身来："这儿等着！"

两亲家的眼都红了。怎么着，不叫进去看看？我们知道你把儿媳妇抬到哪儿去啊？是杀了，还是剐了啊？大夫走了。王老太太把一肚子邪气全照顾了娘家妈："你说不掏，看，连进去看看都不行！掏？还许大切八块呢！宰了你的女儿活该！万一要把我的孙子——我的老命不要了。跟你拼了吧！"

娘家妈心中打了鼓，真要把女儿切了，可怎办？大切八块不是没有的事呀，那回医学堂开会不是大玻璃箱里装着人腿人腔子吗？没办法！事已至此，跟女儿的婆婆干吧！"你倒怨我？是谁一天到晚填我的女儿来着？没听大夫说吗？老叫儿媳妇的嘴不闲着，吃出毛病来没有？我见人见多了，就没看见一个像你这样的婆婆！"

"我给她吃？她在你们家的时候吃过饱饭吗？"王老太太反攻。

"在我们家里没吃过饱饭，所以每次看女儿去得带八个食盒！"

"可是呀，八个食盒，我填她，你没有？"

两亲家混战一番，全不示弱，骂得也很具风格。

大夫又回来了。果不出王老太太所料，得用手术，手术二字虽听着耳生，可是猜也猜着了，手要是竖起来，还不是开刀问斩？大夫说：用手术，大人小孩或者都能保全。不然，全有生命的危险。小孩已经误了三小时，而且决不能产下来，孩子太大。不过，要施手术，得有亲族的签字。

王老太太一个字没听见。掏是行不开的。

"怎样？快决定！"大夫十分地着急。

"掏是行不开的！"

"愿意签字不？快着！"大夫又紧了一板。

"我的孙子得养出来！"

娘家妈急了："我签字行不行？"

王老太太对亲家母的话似乎特别地注意："我的儿媳妇！你算哪道？"

大夫真急了，在王老太太的耳根子上扯开脖子喊："这可是两条人命的关系！"

"掏是不行的！"

"那么你不要孙子了？"大夫想用孙子打动她。

果然有效，她半天没言语。她的眼前来了许多鬼影，全似乎是向她说："我们要个接续香烟的，掏出来的也行！"

她投降了。祖宗当然是愿要孙子；掏吧！"可有一样，掏出来得是活的！"她既是听了祖宗的话，允许大夫给掏孙子，当然得说明了——要活的。掏出个死的来干吗用？只要掏出活孙子来，儿媳妇就是死了也没大关系。

娘家妈可是不放心女儿："准能保大小都活着吗？"

"少说话！"王老太太教训亲家太太。

"我相信没危险，"大夫急得直流汗，"可是小孩已经耽误了半天，难保没个意外；要不然请你签字干吗？"

"不保准呀？趁早不用费这道手！"王老太太对祖宗非常地负责任；好嘛，掏了半天都再不会活着，对得起谁！

"好吧，"大夫都气晕了，"请把她拉回去吧！你可记住了，两条人命！"

"两条三条吧，你又不保准，这不是瞎扯！"

大夫一声没出，抹头就走。

王老太太想起来了，试试也好。要不是大夫要走，她决想不起这一招儿来。

"大夫，大夫！你回来呀，试试吧！"

大夫气得不知是哭好还是笑好。把单子念给她听，她画了个十字儿。

两亲家等了不晓得多么大的时候，眼看就天亮了，才掏了出来，好大的孙子，足分量十三磅！王老太太不晓得怎么笑好了，拉住亲家母的手一边笑一边唰唰地落泪。亲家母已不是仇人了，变成了老姐姐。大夫也不是二毛子了，是王家的恩人，马上赏给他一百块钱才合适。假如不是这一掏，叫这么胖的大孙子生生地憋死，怎对祖宗呀？恨不能跪下就磕一阵头，可惜医院里没供着子孙娘娘。

胖孙子已被洗好，放在小儿室内。两位老太太要进去看看。不只是看看，要用一夜没洗过的老手指去摸摸孙子的胖脸蛋。看护不准两亲家进去，只能隔着玻璃窗看着。眼看着自己的孙子在里面，自己的孙子，连摸摸都不准！娘家妈摸出个红封套来——本是预备赏给收生婆的——递给看护；给点运动费，还不准进去？事情都来得邪，看护居然不收。王老太太揉了揉眼，细端详了看护一番，心里说："不像洋鬼子妞呀，怎么给赏钱都不接着呢？也许是面生，不好意思的？有了，先跟她闲扯几句，打开了生脸就好办了。"指着屋里的一排小篮说："这些孩子都是掏出来的吧？"

"只是你们这个，其余的都是好好养下来的。"

"没那个事，"王老太太心里说，"上医院来的都得掏。"

"给孕妇大油大肉吃才掏呢。"看护有点爱说话。

"不吃，孩子怎能长这么大呢！"娘家妈已和王老太太立在同一战线上。

"掏出来的胖宝贝总比养下来的瘦猴儿强！"王老太太有点觉得不掏出来的孩子没有住医院的资格。"上医院来'养'，脱了裤子放屁，费什么两道手！"

无论怎说，两亲家干瞪眼进不去。

王老太太有了主意，"丫环，"她叫那个看护，"把孩子给我，我们家去。还得赶紧去预备洗三请客呢！"

"我既不是丫环，也不能把小孩给你。"看护也够和气的。

"我的孙子，你敢不给我吗？医院里能请客办事吗？"

"用手术取出来的，大人一时不能给小孩奶吃，我们得给他奶吃。"

"你会，我们不会？我这快六十的人了，生过儿养过女，不比你懂得多；你养过小孩吗？"老太太也说不清看护是姑娘，还是媳妇，谁知道这头戴小白盔的是什么呢。

"没大夫的话，反正小孩不能交给你！"

"去把大夫叫来好了，我跟他说；还不愿意跟你废话呢！"

"大夫还没完事呢，割开肚子还得缝上呢。"

看护说到这里，娘家妈想起来女儿。

王老太太似乎还想不起儿媳妇是谁。孙子没生下来的时候，一想起孙子便也想到媳妇；孙子生下来了，似乎把媳妇忘了也没什么。娘家妈可是要看看女儿，谁知道女儿的肚子上开了多大一个洞呢？割病室不许闲人进去，没法，只好陪着王老太太瞭望着胖小子吧。

好容易看见大夫出来了。王老太太赶紧去交涉。

"用手术取小孩，顶好在院里住一个月。"大夫说。

"那么三天满月怎么办呢？"王老太太问。

"是命要紧，还是办三天要紧呢？产妇的肚子没长上，怎能去应酬客人呢？"大夫反问。

王老太太确是以为办三天比人命要紧，可是不便于说出来，因为娘家妈在旁边听着呢。至于肚子没长好，怎能招待客人，那有办法："叫她躺着招待，不必起来就是了。"

大夫还是不答应。王老太太悟出一条理来："住院不是为要钱吗？好，我给你钱，叫我们娘们走吧，这还不行？"

"你自己看看去，她能走不能？"大夫说。

两亲家反都不敢去了。万一儿媳妇肚子上还有个盆大的洞，多么吓人？还是娘家妈爱女儿的心重，大着胆子想去看看。王老太太也不好意思不跟着。

到了病房，儿媳妇在床上放着的一张卧椅上躺着呢，脸就像一张白纸。娘家妈哭得放了声，不知道女儿是活还是死。王老太太到底心硬，只落了一半个泪，紧跟着炸了烟："怎么不叫她平平正正地躺下呢？这是受什么洋刑罚呢？"

"直着呀，肚子上缝的线就绷了，明白没有？"大夫说。

"那么不会用胶粘上点吗？"王老太太总觉得大夫没有什么高明主意。

娘家妈想和女儿说几句话，大夫也不允许。两亲家似乎看出来，大夫不定使了什么坏招儿，把产妇弄成这个样。无论怎说吧，大概一时是不能出院。好吧。先把孙子抱走，回家好办三天呀。

大夫也不答应，王老太太急了。"医院里洗三不洗？要是洗的话，我把亲友全请到这儿来；要是不洗的话，再叫我抱走；头大的孙子，洗三不请客办事，还有什么脸得活着？"

"谁给小孩奶吃呢？"大夫问。

"雇奶妈子！"王老太太完全胜利。

到底把孙子抱出来了。王老太太抱着孙子上了汽车，一上车就打嚏喷，一直打到家，每个嚏喷都是照准了孙子的脸射去的。到了家，赶紧派人去找奶妈子，孙子还在怀中抱着，以便接收嚏喷。不错，王老太太知道自己是着了凉；可是至死也不能放下孙子。到了晌午，孙子接了至少有二百多个嚏喷，身上慢慢地热起来。王老太太更不肯撒手了。到了下午三点来钟，孙子烧得像块火炭了。到了夜里，奶妈子已雇妥了两个，可是孙子死了，一口奶也没吃。

王老太太只哭了一大阵；哭完了，她的老眼瞪圆了："掏出来的！掏出来的能活吗？跟医院打官司！那么沉重的孙子会只活了一天，哪有的事？全是医院的坏，二毛子们！"

王老太太约上亲家母，上医院去闹。娘家妈也想把女儿赶紧接出来，医院是靠不住的！

把儿媳妇接出来了；不接出来怎好打官司呢？接出来不久，儿媳妇的肚子裂了缝，贴上"产后回春膏"也没什么用，她也不言不语地死了。好吧，两案归一，王老太太把医院告了下来。老命不要了，不能不给孙子和媳妇报仇！

恋

在成都的西龙王街，北平的琉璃厂与早市夜市，济南的布政司街，我们都常常地可以看到两种人。第一种是规规矩矩，谨谨慎慎，与常人无异的；他们假若有一点异于常人的地方，就是他们喜欢收藏字画、铜器，或图章什么的。这点嗜好正像爱花、爱狗，或爱蟋蟀那样的不足为奇。以职业而言，他们也许是公务人员，也许是中学教师。有时候，我们也看见律师或医生，在闲暇的时候去搜捡一些小小的珍宝。这些人大致都有点学识。他们的学识使他们能规规矩矩地挣饭吃。他们有的挣得钱多，有的挣得钱少，但他们都是手中一有了余钱，便花费在使他们心中喜悦而又增加一些风雅的东西上。有时候，他们也不惜借几块钱，或当两件衣服，好使那爱不释手的玩意儿能印上自己的图章，假若那是件可以印上图章的物件。

第二种人便不是这样了。他们收藏，可也贩卖。他们看着似乎很风雅，可是心中却与商人没什么差别。他们的收藏差不多等于囤积。

现在我们要介绍的庄亦雅先生是属于第一种的。

庄先生是济南的一位小绅士。他之取得绅士的地位，绝不是因为他有多少财产，也不是因他的前辈做过什么大官。他不过是个普通的大学毕业生，有时候做做科员，有时候去当当中学教师。但是，对人对事都有一份儿热心，无论是在机关里，还是学校里，他总是个受人之托、劳而无怨的人。他不见得准能把事办得很漂亮，但是他肯于帮朋友的忙。事情办多，他便有了经验。社会上大家都是懒惰的，往往因为自己偷懒，而把别人的一分经验看成十分。因此，庄先生成为亲友中的重要的人，成为商店饭馆的熟客，成为地方上的小绅士。

从大体上说，他是个好人。从大体上说，他也是个体面的人。中等身材，圆圆的脸，两个极黑极亮的眼珠，常常看着自己的胸和鼻子，好像怕人家说他太锋芒外露似的。他的腿很短，而走路很快，终日老像忙得不得了的样子。有时候，他穿中山装；有时候，他穿大褂；材料都不大好，可是全很整洁。襟上老挂着个徽章。

他结了婚，没有儿女。太太可是住在离城四十多里的乡村里。因为事多，他不常常下乡，偶尔回一次家，朋友们便都感觉得寂寞，等到他一回来，他的重要就又增加了许多。有好多好多事都等着他的短腿去奔跑呢。

虽然走得很快，他时时打量着自己胸部或鼻子的眼可是很尖锐。路旁旧货摊上的一张旧黄纸，或是一个破扇面，都会使他从老远就刹住脚步，慢慢地凑到摊前，然后好像是绝对偶然立住。他爱字画。先随手地摸摸这个，动动那个，然后笑一笑，问问价钱。最后，才顺手把那张旧纸或扇面拿起来，看看，摇摇头，放下；走出两步，回头问问价钱，或开口就说出价钱："这个破扇面，给五毛钱吧。"

块儿八毛的，一块两块的，他把那些满是虫孔的，乌七八黑的，褶皱得像老太婆的脸似的宝贝，拿回去。晚上，他锁好了屋门，才翻过来掉过去地去欣赏，然后编了号数，极用心地打上图章，放在一只大楠木箱里。这点小小的辛苦，会给他一些愉快的疲乏，使他满意地躺在床上，连梦境都有些古色古香似的。

大小布政司街的古玩铺，他也时常地进去看看。对于那些完整的、有名的、成千成百论价的作品，他只能抱着歉意地饱一饱眼福。看罢，惭愧地一笑，而后毕恭毕敬地卷好，交还人家。他只能买那值三五块钱的"残篇断简"，或是没有行市的小名家的作品。每逢进到这些满目琳琅的铺子里，他就感到自己的寒酸。他本来没有什么野心，但是一进古玩店，他便想到假若发了财，把那几幅最名贵的字画买回家去，盖上自己的图章，该是多么得意的事呀！

"看一看"便是主顾，这是北方商家的生意经。虽然庄先生只"看"贵的，而买贱的，商人家可并不因此而慢待了他。他们愿意他来看，好给他们作义务宣传。同时，他们有便宜而并不假的东西，还特意地给他留着。他们知道"爱"是会生长的东西，只要他不断地买小件，有那么一天他必肯买一件大的。

一来二去，庄先生成了好几家古玩铺的朋友。香烟热茶，不用说，是每去必有了；他们还有时候约他吃老酒呢。他不再惭愧。果然不出所料，他给他们介绍了生意。那些有钱而实在无处去花的人，到最后想到买几幅字画，或几件古董，来做富户的商标。他们钻天觅缝地找行家，去代他们做义务的买办，唯恐花了冤枉钱。很自然地，他们找到庄亦雅先生——既是绅士，又肯帮忙，而且懂眼。

在做这种义务买办的时候，庄先生感到了兴奋与满意。打开，卷起，再打开；一张名画经他看多少次，摸多少回，每回都给他带来欣悦，都使他增加一些眼力与知识。在生意成交之后，买主卖主都请他吃酒。吃酒事小，大家畅谈倒事大，他从大家的口中又得到许多知识。再说，几次生意成交之后，他的地位也增高了许多。可以大胆地拒绝商人们特意给他保留着的小物件了。"这两天手里没闲钱"，或是"过两天再说吧"！他这样地表示出，你们不能塞给我什么，我就拿什么，我也有眼力。为应付这个，商人们又打了个好主意，把他称作"收藏山东小名家的专家"。以庄先生的财力，收藏家这头衔是永远加不到他身上的。而今，他居然被称为收藏家了，于是也就不管那个称号里边所含的讽刺，而坦然地领受了。有了这个头衔以后，庄先生想名副其实地去做个专家。他开始注意山东省的小名家，而且另制了一只箱子，专藏这路的作品。现在，他肯花一二十块，甚至三十块钱，买一张字或画了，只要那是他手中还没有的乡贤的手迹。他不惜和朋友们借债，或把大衣送到当铺去；要做个专家就不能不放开一点胆子喽。这些作品的本身未必都有艺术的价值，搁在以前，他也许连看也不要看，但是现在他要花十块二十块地去买来了。收藏是收藏，他可以，甚至应当，和艺术的价值分离，而成为一种特异的，独立的，嗜癖与欣悦。

在以前，那用三毛两毛买来的破纸烂画的上面，也许只有一朵小花，或两三个字，是完整的，看得清楚的。但是那的确是一朵美丽的花，或可爱的字。他真喜爱它们，看了还要再看。他锁上房门去看它们，一来是为避免别人来打搅，二来也是怕别人笑他。自从得了专家的称呼，他不但不再锁起门来，而且故意地使大家知道了。每逢得到一件新的小宝物，他的屋里便拥满了人。他的极黑极亮的眼珠不再看着自己的鼻子，而是兴奋地乱转，腮上泛起两朵红的云。他多少还有点腼腆，但是在轻咳过一两次后，他的胆子完全壮了起来。他给他们讲说那小名家的历史、作风和字或画上的图章与题跋。他不批评作品的好坏，而等着别人点头称赞。假若大家看完，默默不语，他就再给大家讲说，暗示出凡是老的，必是好的，而且名家——即使是小名家——的手下是没有劣品的。他的话很多，他的心跳得很快，直到大家都承认了那是张杰作的时候，他才含笑地把它卷好，轻轻放下；眼珠又去看看鼻子。

他的收入，好几年没有什么显然的增减。他似乎并不怎样爱钱。假若不是为买字画，他满可以永远不考虑金钱的问题。他有教书或做事的本领，而且相当的真诚，又没有什么不良的嗜好，在他想，顾虑生计简直是多此一举。

自从被称为专家，他感到生活增加了趣味与价值，在另一方面可是有点恨自己无能，不能挣更多的钱，买更好的字画。虽然如此，他可是不肯把字画转手，去赚些钱。好吧坏吧，那是他的收藏，将来也许随着他入了棺材，而绝对不能出卖。他不是商人。有时候，他会狠心地送给朋友一张画，或一幅字，可是永没有卖过。至多，他想，他只能兼一份儿差事，去增加些收入。但是事情多了，他便无暇去溜山水沟，和到布政司街去饱眼福。他需要空闲，因为每一张东西都须一口气看几个钟头。

既不能开源，他只好节流。这可就苦了他的太太。本来就不大爱回家，现在他更减少了回去的次数。这样，每逢休假的日子，他可以去到古玩铺或到有同好的朋友的家中去坐一整天；要不然，就打开箱子，把所有的收藏都细看一遍，甚至于忘了吃饭。同时，他省下回家来往的路费与零钱。对家中的日用，他狠心地缩减。虽然他也感到一点惭愧，可是细一想呢，欺侮自己的太太总比做别的亏心事要好得多。

在七七抗战那年的春天，朋友们给庄亦雅贺了四十的寿日。他似乎一向没有想过他的年纪，及至朋友们来到，他仿佛才明白自己确是四十岁的人了。他是个没有远大的志愿与无谓的顾虑的人，可是当贺寿的人们散了以后，他也不由得有点感触。四十岁了，他独自默想，可有什么足以夸耀于人的事呢？想来想去，只有一件。几年来，他已搜集了一百多家山东小名家的字画。这的确是一点成绩。前些日子，杨可昌——济南的一位我们所谓的第二种收藏家——居然带来两个日本人来看他的收藏。当时，他并没感到什么得意。反之，那些破纸烂画使他有点不好意思拿出来。可是，在四十的寿日这天一想，这的确有很大的意义。他跑腿花钱，并不是浪费。即使那些东西是那么破烂不堪，但是想想看吧，全国里有谁，有谁，收藏着一百多家山东的小名家呢？没有第二份儿！连日本人都来参观，哼，他的这点收藏已使他有了国际的声誉！他闭上了眼，细细地，反复前后地想，想把这点事看轻，看成不值一笑的事体。然而，这却千真万确，日本人注意到他的收藏是一点也不假。即使自己过火的谦虚，而事实总是事实。想到这里，他在惭愧、感慨、无可如何之中，感到了一点满意。生平没有别的建树，却"歪打正着"地成为收藏家，也就不错。这一生总算没有白活。人死留名，雁过留声呀！为招待亲友，他也很疲乏，但是想到这里，他又兴奋起来，把那一百多家的作品要重新看一遍。拿起任何一张，他都不忍释手，好像它们又比初买的时候美好了多少倍。就是那些虫孔都另有一种美丽，那些尘土都另有一种香味。看到第三十二张，他抱着它睡去了。

寿日的第二天，他发了个新的誓愿：我，庄亦雅，要有一件真值钱的东西！

夏初，一家小古玩商得到一张石谿的大幅山水，杨可昌与庄亦雅前后得到了消息。杨先生想赚一笔钱，庄先生想花一笔钱买过来，做传家之宝。那张山水画得极好，裱工也讲究，可惜在左下角有图章的地方残缺了一块。图章是看不见了；缺少的一角画面却被不知哪个多事的人补上几笔，补得很恶劣。杨先生是迷信图章的。既无图章，而补的那几笔又是那么明显的恶劣，所以他断定那幅画是假的。虽然他也知道那是张精品。在鉴赏之外，自然他还另有作用。他想用假画的价钱买过来，而后转手卖给日本人。他知道，那张画确是不错；而且，即使是假的，日本人也肯出相当高价买去，因为石谿在东洋正有极大的行市。

杨先生是济南鉴别古董的权威，而好玩古董的人多数又自己没长着眼睛，于是石豁的那张画便成了大家开心的东西。"去看看假石豁呀！"当他们没有事的时候，就这样去与那位小古玩商开个小玩笑。来看的人很多，而没有出价钱的——谁肯出钱买假东西呢？

最后，杨先生，看时机已熟，递了个价——二百五十元，不卖拉倒。他心中很快活，因为他一转手就起码能卖八百元，干赚五六百！

庄先生也看准了那张画。跑了不知多少次，看了不知多少回，他断定那一定是真的。每看一次，他的自信心便增高一分，要买到手里的决定也坚强了一些。但是，每看一次，他的难过也增加了许多。他没有钱。

有好几天，他坐卧不安，翻来覆去地自己叨唠："收藏贵精不贵多！石豁！石豁！有一张石豁岂不比这两箱陈谷子烂芝麻强？强得多！这两箱子算什么？有一张石豁才镇得住呀！哪怕从此以后绝对，绝对不再买任何东西呢，这张石豁非拿来不可……"他想去借钱，又不好意思。当衣服？没有值钱的。怎办呢？怎办呢？

及至听到杨先生出了二百五十元的价，他不能再考虑，不能再坐。一口气，他跑到小古玩店。他的手心出着汗，心房怦怦地乱跳，越要镇静，心中越慌，说话都有点结巴："我，我，我再看看那张假石豁！"

画儿打开。他看不清。眼前似乎有一片热雾遮着。其实他用不着再看，闭着眼他也记得画上的一切，愣了一会儿，他低声地说：

"我给五百！明天交钱！怎样？"

他闭住气等待回答，像囚犯等着死刑的宣判似的。好容易，他得到了商家的"好吧"两个字。他昏迷了一小会儿。然后疯也似的跑回家，把太太的金银首饰，不容分说地，一股拢总都抢过来，飞快地又往回跑。

他得到了那张画。

可是，也和杨先生结了仇。

杨先生，因为没得到那件赚钱的货物，到处去宣传庄亦雅是如何可笑的假内行，花五百元买了一张假画。全济南的收藏家几乎都拿这件事作为茶余酒后说笑话的好资料，弄得庄亦雅再也不敢在光天化日之下去逛古玩铺。可是，他并不妥协，既不肯因闲话而看轻那张画，也不肯因恢复名誉而把画偷偷地再卖出去，他仍旧相信，他是用最低的价钱得到一幅杰作。

在六月间，由北平下来一位姓卢的鉴赏家。卢先生的声望是国际的，字画上只要有他的图章，就是欧美的收藏家也不敢微微地摇一摇头。庄亦雅把那张石谿拿去给卢先生看，卢先生没说什么，给画上打了个图章。等庄亦雅抱着画要走的时候，卢先生才很随便地问了声："我给你一千二，你肯让给我不呢？"庄亦雅没敢回答什么，只把画儿抱紧了一些。"没关系！"卢先生表示了决不夺人所好。庄亦雅抱歉地，高兴地，惶惑而兴奋地，告了辞。

杨可昌低声下气地来看庄亦雅。他知道自己的眼力与声誉远不及卢先生。卢先生既说那张石谿是真的，他自己要是再说它是假的，简直就是自己打碎自己的饭碗。他想对庄亦雅说明，他以前的话不过是朋友们开开小玩笑，请庄先生不要认真。庄亦雅没有见他！

七七抗战。济南也与其他的地方一样，感到极度的兴奋。庄亦雅也与别人一样，受了极大的刺激，日夜期待着胜利的消息。

消息，可是，越来越不好。最使人不安的是车站上的慌乱与拥挤。谁也不知道上哪里去好，而大家都想动一动；车站上成为纷乱与动摇的中心。庄先生看着朋友们匆匆地逃往上海、青岛、南山，而后又各处逃了回来。他心中极其不安，但是不敢轻易地逃走，他是济南人，他舍不得老家。再说，即使想逃，应当跑到哪里去呢？逃出去，怎样维持生活呢？他决定看一看再说。好在自己还没有儿女，等到非跑不可的时候，他和太太总会临时想主意的。

沧州沦陷了，德州撤守了，敌机到了头上，泺口炸死了人，千佛山上开了高射炮。消息很乱，谣言比消息更乱。庄亦雅决定先下乡躲一躲。别的且不讲，他怕那两箱子画和石谿毁灭在炸弹下。腋下夹着石谿，背上负着一大包袱小名家，他挤出城去。雇不着车子。步行了十里。听到前边有匪。他飞快地往回跑。跑回来，他在屋中乱转了有十分钟。他不为自己忧虑什么；对太太，他简直地不去费什么心思。乡下人有几亩地，地不会被炮火打碎，用不着关心。他只愁石谿与那些小名家没有安全的地方去安置。又警报了。他抱着那些字画藏在了桌子底下。远处有轰炸的声响。他心里说："炸！炸吧！要死，我教这些字画殉了葬！"

敌人已越过德州，可是"保境安民"的谣言又给庄亦雅一点希望。他并非完全没有爱国的心，他不愿听这类可耻的谣言。可是，为了自己心爱的东西，仿佛投降也未为不可。杨可昌来看了他一次，劝他卖出那张石谿，作为路费，及早地逃走。"你不能和我比，"他劝告庄先生，"我是纯粹的收藏家，东洋人晓得。你，你做过公务人员和教员，知识分子，东洋人来到，非杀你的头不可！"

"杀头？"庄亦雅愣了一会儿，"杀头就杀头，我不能放手我的石谿！"

杨可昌走后，庄先生决定不带着太太，而只带着石谿与山东小名家逃出去。但是，走不成。敌机天天炸火车。自己没关系，石谿比什么也要紧。他须再等一等。

敌人到了。他并不十分后悔。每天，他抱着石谿等候日本人，自言自语地说："来吧！我和石谿死在一处！"等来等去，又把杨先生等来了。

庄亦雅，本是个最心平气和的人，现在发了怒。这些日子所受的惊恐与痛苦，要一股脑儿在杨可昌身上发泄出来："你又干吗来了？国都快亡了，你还想赚钱吗？"

"不必生气，"杨可昌笑着说，"听我慢慢地说。你知道东洋人最精细，咱们谁手里收藏着什么，他们全知道。他们知道你有石谿。他们的军队到，文人也到。挨家收取古物。你要脑袋呢，交出画来。要画呢，牺牲了脑袋！"

"好！我的脑袋，我的画都是我自己的！请不必替我担心！"

"你真算个硬汉！"

"硬不硬，用不着你夸奖！"

"别发脾气好不好？"杨先生又笑了，"告诉你吧，我不是来跟你要画，我来给你道喜！"

"道喜？你干吗跟我开这个玩笑呢？"

杨先生的脸上极严肃了："庄先生！东洋人派我来，请你出山，做教育局长！"

"嗯？"庄亦雅像由梦中被人唤醒似的发出这个声音来。呆了一会儿，"我不能给东洋人做事！"

"我忙得很，咱们痛快地说吧。"杨先生的眼像要施行催眠术似的盯住庄亦雅的脸，"你要肯答应做局长，你可以保存这点世上无双的收藏，不但保存，东洋人还可以另送你许多好东西呢！你若是不肯呢！他们没收你的东西，还要治罪——也许有性命之忧吧！怎样？"

好大半天，庄先生说不出话来。

"怎样？"杨先生催了一板。

庄先生低着头，声音极微地说："等我想一想！"

"要快。"

"明天我答复你！"

"现在就要答复！"杨先生看了手表，"五分钟内，给我'是'，或是'不是'！"

杨先生的一支香烟吸完，又看了看表。"怎样？"

庄亦雅对着那两只收藏字画的箱子，眼中含着泪，点了点头。

恋什么就死在什么上。

爱的小鬼

我向来没有见过苓这么喜欢，她的神气几乎使人怀疑了，假如不是使人害怕。她哼唧着有腔无字的歌，随着口腔的方便继续地添凑，好像可以永远唱下去而且永远新颖，扶着椅子的扶手，似乎是要立起来，可是脚尖在地上轻轻地点动，似乎急于为她自造的歌曲敲出节拍，而暂时地忘了立起来。她的眼可是看着天花板，像有朵鲜玫瑰在那儿似的。她的耳似乎听着她自己脸上的红潮进退的微音。她确是快乐得有点忘形。她忽然地跳起来，自己笑着，三步加一跳地在屋中转了几个圈，故意地微喘，嘴更笑得张开些。头发盖住了右眼，用脖子的弹力给抛回头上，然后双手交叉撑住脑勺儿，又看天花板上那朵无形的鲜玫瑰。

"苓！"我叫了她一声。

她的眼光似乎由天上收回到人间来了，刚遇上我的便又微微地挪开一些，放在我的耳唇那一溜儿。

"什么事这么喜欢？"我用逗弄的口气"说"——实在不像是"问"。

"猜吧。"苓永远把两个字，特别是那半个"吧"，说得像音乐做的两颗珠子，一大一小。

"谁猜得着你个小狗肚子里又憋什么坏！"我的笑容把那个"！"减去一切应有的分量。

"你个臭东东！打你去！"苓欢喜的时候，"东西"便是"东东"。

"不用打岔，告诉我！"

"偏不告诉你，偏不，偏不！"她还是笑着，可是笑的声儿，恐怕只有我听得出来，微微有点不自然了。

设若我不再往下问，大概三分钟后她总得给我些眼泪看看。设若一定问，也无须等三分钟眼泪便过度地降生。我还是不敢耽误工夫太大了，一分钟冷静地过去，全世界便变成个冰海。迅速定计，可是，真又不容易。爱的生活里有无数的小毛毛虫，每个小毛毛虫都足以使你哭不得笑不得。一天至少有那么几次。

"好宝贝，告诉我吧！"说得有点欠火力，我知道。

她笑着走向我来，手扶在我的藤椅背沿上。

"告诉你吧？"

"好爱人！"

"我妹妹待一会儿来。"

我的心从云中落在胸里。

"英来也值得这么乐，上星期六她还来过呢。还有别的典故，一定。"爱的笑语里时常有个小鬼，名字叫"疑"。

苓的脸，设若，又红起来，我的罪过便只限于爱闹着玩；她的脸上红色退了，我知道还是要阴天！

"你老不许人交朋友！"头一个闪。

"英还同着个人来？"我的雷也响了。

"不理你，不理你啦！"是的，被我猜对了。

一个旧日的男朋友——看爱的情面，我没敢多往这点上想。但是，就假使是个旧日的——爽快地说出来吧——爱人，又有什么关系？没关系，一点关系没有！可是，她那么快乐？天阴得更沉了。

苓又坐在她的小黑椅子上了。又依着发音机关的方便创造着自然的歌，可是并不带分毫歌意。

她和我全不说话了，都心里制造着黑云；雷闪暂时休息，可是大雨快到了。谁也不肯再先放个休战的口号，两个人的战事，因为关系不大，所以更难调解。

家庭里需要个小孩，其次是只小狗或小猫；不然，就是一对天使，老在一块儿，也得设法拌几句嘴，好给爱的音乐一点变化。决定去抱只小猫，我计划着；满可以不再生气了，但是"我"不能先投降；好吧，计划着抱只小猫：要全身雪白，短腿，长身，两个小耳朵就像两个小棉花阄儿。这个小白球一定会减少我们俩的小冲突。一定！可是，焉知不因这小白宝贝又发生新战事呢？离婚似乎比抱小白猫还简单，但这是发疯，就是离婚也不能由我提出！君子吗？君子似乎是没多大价值；看不起自己了；还是不能先向她投降；心中要笑；还是设计抱小猫吧！

英来了，暂时屈尊她做做小白猫吧。无论多么好的小姨子，遇到夫妻的冲突，哪怕小的冲突呢，她总是站在她们那边的。特别是订了婚的小姨，像英，因为正恋着自己的天字第一号的男性，不由得便挑剔出姐丈的毛病，以便给她那个人又增补上一些优点。可是我自有办法，我才不当着她们俩争论是非呢；我把苓交给英，便出去走走；她们背地里怎样谈论我，听不见心不烦，爱说什么说什么。这样，英便是小白猫了。

英刚到屋门，我的帽子已在手中，我不能不庆祝我的手疾眼快，就是想做个大魔术家也不是全无希望的。况且，脸上那一堆笑纹，倒好像英是发笑药似的。

"出门吗，共产党？"英对我——从她有了固定的情人以后——是一点不带敬意的。

"看个朋友去，坐着啊，晚上等我一块吃饭啊。"声音随着我的脚一同出了屋门，显着异常的缠绵幽默。

出了街门，我的速度减缩了许多，似乎又想回去了。为什么英独自来，而没同着那个人呢？是不是应当在街门外等等，看个水落石出？未免太小气了？焉知苓不是从门缝中窥看我呢？走吧，别闹笑话！偏偏看见个邮差，他的制服的颜色给我些酸感。

本来是不要去看朋友的；上哪儿去呢？走着瞧吧。街上不少女子，似乎今天街上没有什么男的。而且今天遇见的女子都非常的美艳，虽然没拿她们和苓比较，可是苓似乎在我心中已经没有很分明的一个丽像，像往常那样。由她们的美好便想到，我在她们的眼中到底是怎样的人物呢？由这个设想，心思的路线又折回到芩，她到底是佩服我呢，还是真爱我呢？佩服的爱是牺牲，无头脑的爱是真爱，芩的是哪种？借着百货店的玻璃照了照自己，也还看不出十分不得女子的心的地方。英老管我叫共产党，也许我的胡子苌太重，也许因为我太好辩论？可是芩在结婚以前说过，她"就"是爱听我说话。也许现在她的耳朵与从前不同了？说不定。

该回去了，隔着铺户的窗子看看里面的钟，然后拿出自己的表，这样似乎既占了点便宜，又可以多消磨半分来的时间；不过只走了半点多钟。不好就回家，这么短的时间不像去看朋友；君子人总得把谎话作圆到了。

对面来了个人，好像特别挑选了我来问路；我脸上必定有点特别引人注意的地方，似乎值得自傲。

"到万字巷去是往那儿走？"他向前指着。

"一点也不错。"笑着，总得把脸上那点特别引人注意的地方做足。

"凑巧您也许知道万字巷里可有一家姓李的，姊妹俩？"

脸上那点刚做足的特点又打了很大的折扣！"是这小子！"心里说。然后向他："可就是，我也在那儿住家。姊妹俩，怪好看，摩登，男朋友很多？"

那小子的脸上似乎没了日光。"噢"了几声。我心里比吃酸辣汤还要痛快，手心上居然见了汗。

"您能不能替我给她们捎个信？"

"不费事，正顺手。"

"您大概常和她们见面？"

"岂敢，天天看见她们；好出风头，她们。"笑着我自己的那个"岂敢"。

"原先她们并不住在万字巷，记得我给她们一封信，写的不是万字巷，是什么街？"

"大佛寺街，谁都知道她们的历史，她们搬家都在报纸本地新闻栏里登三号字。"

"噢！"他这个"噢"有点像牛闭住了气，"那么，请您就给捎个口信吧，告诉她们我不再想见她们了——"

"正好!"我心里说。

"我不必告诉您我的姓名,您一提我的样子她们自会明白。谢谢!"

"好说!我一定把信带到!"我伸出手和他握了握。

那小子带着五百多斤的怒气向后转。我往家里走——不是走,是飞。

到了家中。胜利使我把嫉妒从心里铲净,只是快乐,乐得几乎错吻小姨。但是街上那一幕还在心中消化着,暂且闷她们一会儿。

"他怎还不来?"英低声问苓。

我假装没听见。心里说,"他不想再见你们!"

苓在屋中转开了磨,时时用眼偷着瞭我一下;我假装写信。

"你告诉他是这里,不是——"苓低声地问。

"是这里,"英似乎也很关切,"我怕他去见伯母,所以写信说咱俩都住在这里。也没告诉他你已结了婚。"

我心中笑得起了泡。

"你始终也没看见他?"

"你知道他最怕妇女,尤其是怕见结过婚的妇女。"我的耳朵似乎要惊。

"他一晃儿走了八年了,一听说他来我直欢喜得像个小鸟。"苓说。

我憋不住了:"谁?"

"我们舅舅家的大哥!由家里逃走八年了!他待一会儿也许就来,他来的时候你可得藏起去,他最不喜欢见亲戚!"

"为什么早不告诉我?"我的声音有点发颤。

"你不是看朋友去了吗?谁知道你这么快就回来。我要明明白白地告诉你,你光景是不会相信么;臭男人们,脏心眼多着呢!"

她们的表哥始终没来。

黑白李

爱情不是他们兄弟俩这档子事的中心,可是我得由这儿说起。

黑李是哥,白李是弟,哥哥比弟弟大着五岁。俩人都是我的同学,虽然白李一入中学,黑李和我就毕业了。黑李是我的好友,因为常到他家去,所以对白李的事儿我也略知一二。五年是个长距离,在这个时代。这哥儿俩的不同正如他们的外号——黑,白。黑李要是"古人",白李是现代的。他们俩并不因此打架吵嘴,可是对任何事的看法也不一致。黑李并不黑;只是在左眉上有个大黑痣。因此他是"黑李";弟弟没有那么个记号,所以是"白李";这在给他们送外号的中学生们看,是很逻辑的。其实他俩的脸都很白,而且长得极相似。

他俩都追她——恕不道出姓名了——她说不清到底该爱谁,又不肯说谁也不爱。于是大家替他们弟兄捏着把汗。明知他俩不肯吵架,可是爱情这玩意是不讲交情的。

可是,黑李让了。

我还记得清清楚楚:正是个初夏的晚间,落着点小雨,我去找他闲谈,他独自在屋里坐着呢,面前摆着四个红鱼细瓷茶碗。我们俩是用不着客气的,我坐下吸烟,他摆弄那四个碗。转转这个,转转那个,把红鱼要一点不差地朝着他。摆好,身子往后仰一仰,像画家设完一层色那么退后看看。然后,又逐一地转开,把另一面的鱼们摆齐。又往后仰身端详了一番,回过头来向我笑了笑,笑得非常天真。

他爱弄这些小把戏。对什么也不精通，可是什么也爱动一动。他并不假充行家，只信这可以养性。不错，他确是个好脾性的人。有点小玩意，比如粘补旧书等等，他就平安地消磨半日。

叫了我一声，他又笑了笑，"我把她让给老四了，"按着大排行，白李是四爷，他们的伯父屋中还有弟兄呢。"不能因为个女子失了兄弟们的和气。"

"所以你不是现代人。"我打着哈哈说。

"不是；老狗熊学不会新玩意了。三角恋爱，不得劲儿。我和她说了，不管她是爱谁，我从此不再和她来往。觉得很痛快！"

"没看见过？这么讲恋爱的。"

"你没看见过？我还不讲了呢。干她的去，反正别和老四闹翻了。赶明儿咱俩要来这么一出的话，希望不是你收兵，就是我让了。"

"于是天下就太平了？"

我们笑开了。

过了有十天吧，黑李找我来了。我会看，每逢他的脑门发暗，必定是有心事。每逢有心事，我俩必喝上半斤莲花白。我赶紧把酒预备好，因为他的脑门不大亮嘛。

喝到第二盅上，他的手有点哆嗦。这个人的心里存不住事。遇上点事，他极想镇定，可是脸上还泄露出来。他太厚道。

"我刚从她那儿来。"他笑着，笑得无聊；可还是真的笑，因是要对个好友道出胸中的闷气。这个人若没有好朋友，是一天也活不了的。

我并不催促他；我俩说话用不着忙，感情都在话中间那些空子里流露出来呢。彼此对看着，一齐微笑，神气和默中的领悟，都比言语更有分量。要不怎么白李一见我俩喝酒就叫我们"一对糟蛋"呢。

"老四跟我好闹了一场。"他说，我明白这个"好"字——第一他不愿说兄弟间吵了架，第二不愿只说弟弟不对，即使弟弟真是不对。这个字带出不愿说而又不能不说的曲折。"因为她。我不好，太不明白女子心理。那天不是告诉你，我让了吗？我是居心无愧之好，她可出了花样。她以为我是故意羞辱她。

你说对了，我不是现代人，我把恋爱看成该怎样就怎样的事，敢情人家女子愿意'大家'在后面追随着。她恨上了我。这么报复一下——我放弃了她，她断绝了老四。老四当然跟我闹了。所以今天又找她去，请罪。她骂我一顿，出出气，或者还能和老四言归于好。我这么希望。哼，她没骂我。她还叫我和老四都做她的朋友。这个，我不能干，我并没这么明对她讲，我上这儿跟你说说。我不干，她自然也不再理老四。老四就得再跟我闹。"

"没办法！"我替他补上这一小句。过了一会儿，"我找老四一趟，解释一下？"

"也好。"他端着酒盅愣了会儿，"也许没用。反正我不再和她来往。老四再跟我闹呢，我不言语就是了。"

我们俩又谈了些别的，他说这几天正研究宗教。我知道他的读书全凭兴之所至，决不因为谈到宗教而想他有点厌世，或是精神上有什么大的变动。

哥哥走，弟弟来了。白李不常上我这儿来，这大概是有事。他在大学还没毕业，可是看起来比黑李精明着许多。他这个人，叫你一看，你就觉得他应当到处做领袖。每一句话，他不是领导着你走上他所指出的路子，便是把你绑在断头台上。他没有客气话，和他哥哥正相反。

我对他也不便太客气了，省得他说我是糊蛋。

"老二当然来过了？"他问；黑李是大排行行二。"也当然跟你谈到我们的事？"我自然不便急于回答，因为有两个"当然"在这里。果然，没等我回答，他说了下去："你知道，我是借题发挥？"

我不知道。

"你以为我真要那个女玩意？"他笑了，笑得和他哥哥一样，只是黑李的笑向来不带着这不屑于对我笑的劲儿。"我专为和老二捣乱，才和她来往；不然，谁有工夫招呼她？男与女的关系，从根儿上说，还不是兽欲的关联？为这个，我何必非她不行？老二以为这个兽欲的关系应当叫作神圣的，所以他郑重地向她磕头，及至磕了一鼻子灰，又以为我也应当去磕，对不起，我没那个瘾！"他哈哈地笑起来。

我没笑，也不敢插嘴。我很留心听他的话，更注意看他的脸。脸上处处像他哥哥，可是那股神气又完全不像他的哥哥。这个，使我忽而觉得是和一个顶熟识的人说话，忽而又像和个生人对坐着。我有点不舒坦——看着个熟识的面貌，而找不到那点看惯了的神气。

"你看，我不磕头；得机会就吻她一下。她喜欢这个，至少比受几个头更过瘾。不过，这不是正笔。正文是这个，你想我应当老和二爷在一块儿吗？"

我当时回答不出。

他又笑了笑——大概心中是叫我糟蛋呢。"我有我的志愿，我的计划；他有他的。顶好是各走各的路，是不是？"

"是；你有什么计划？"我好容易想起这么一句；不然便太僵得慌了。

"计划，先不告诉你。得先分家，以后你就明白我的计划了。"

"因为要分居，所以和老二吵；借题发挥？"我觉得自己很聪明似的。

他笑着点了头；没说什么，好像准知道我还有一句呢。我确是有一句："为什么不明说，而要吵呢？"

"他能明白我吗？你能和他一答一和地说，我不行。我一说分家，他立刻就得落泪。然后，又是那一套——母亲去世的时候，说什么来着？不是说咱俩老得和美吗？他必定说这一套，好像活人得叫死人管着似的。还有一层，一听说分家，他管保不肯，而愿把家产都给了我，我不想占便宜，他老拿我当作'弟弟'，老拿自己的感情限定住别人的行动，老假装他明白我，其实他是个时代落伍者。这个时代是我的，用不着他来操心管我。"他的脸上忽然地很严肃了。

看着他的脸，我心中慢慢地起了变化——白李不仅是看不起"俩糟蛋"的狂傲少年了，他确是要树立住自己。我也明白过来，他要是和黑李慢慢地商量，必定要费许多动感情的话，要讲许多弟兄间的情义；即使他不讲，黑李总要讲的。与其这样，还不如吵，省得拖泥带水；他要一刀两断，各奔前程。再说，慢慢地商议，老二决不肯干脆地答应。老四先吵嚷出来，老二若还不干，便是显着要霸占弟弟的财产了。猜到这里，我心中忽然一亮：

"你是不是叫我对老二去说？"

"一点不错。省得再吵。"他又笑了，"不愿叫老二太难堪了，究竟是弟兄。"

似乎他很不喜欢说这末后的两个字——弟兄。

我答应了给他办。

"把话说得越坚决越好。二十年内，我俩不能做弟兄。"他停了一会儿，嘴角上挤出点笑来，"也给老二想了，顶好赶快结婚，生个胖娃娃就容易把弟弟忘了。二十年后，我当然也落伍了，那时候，假如还活着的话，好回家做叔叔。不过，告诉他，讲恋爱的时候要多吻，少磕头，要死追，别死跪着。"他立起来，又想了想，"谢谢你呀。"他叫我明明地觉出来，这　句是特意为我说的，他并不负要说的责任。

为这件事，我天天找黑李去。天天他给我预备好莲花白。吃完喝完说完，无结果而散。至少有半个月的工夫是这样。我说的，他都明白，而且愿意老四去创练创练。可是临完的一句老是"舍不得老四呀"！

"老四的计划？计划？"他走过来，走过去，这么念道。眉上的黑痣夹陷在脑门的皱纹里，看着好似缩小了些。"什么计划？你问问他，问明白我就放心了。"

"他不说。"我已经这么回答过五十多次了。

"不说便是有危险性！我只有这么一个弟弟！叫他跟我吵吧，吵也是好的。从前他不这样，就是近来才和我吵。大概还是为那个女的！劝我结婚？没结婚就闹成这样，还结婚！什么计划呢？真！分家？他爱要什么拿什么好了。大概是我得罪了他，我虽不跟他吵，我知道我也有我的主张。什么计划呢？他要怎样就怎样好了，何必分家……"

这样来回磨，一磨就是一点多钟。他的小玩意也一天比一天增多：占课、打卦、测字、研究宗教……什么也没能帮助他推测出老四的计划，只添了不少的小恐怖。这可并不是说，他显着怎样的慌张。不，他依旧是那么婆婆慢慢的。他的举止动作好像老追不上他的感情，无论心中怎样着急，他的动作是慢的，慢得仿佛是拿生命当作玩意儿似的逗弄着。

我说老四的计划是指着将来的事业而言，不是现在有什么具体的办法。他摇头。

就这么耽延着，差不多又过了一个多月。

"你看，"我抓住了点理，"老四也不催我，显然他说的是长久之计，不是马上要干什么。"

他还是摇头。

时间越长，他的故事越多。有一个礼拜天的早晨，我看见他进了礼拜堂。也许是看朋友，我想。在外面等了他一会儿。他没出来。不便再等了，我一边走一边想：老李必是受了大的刺激——失恋，弟兄不和，或者还有别的。只就我知道的这两件事说，大概他已经支持不下去。他的动作仿佛是拿生命当作小玩意，那正是因他对任何小事都要慎重地考虑。茶碗上的花纹摆不齐都觉得不舒服。哪一件小事也得在他心中摆好，摆得使良心上舒服。上礼拜堂去祷告，为是坚定良心。良心是古圣先贤给他制备好了的，可是他又不愿将一切新事新精神一笔抹杀。结果，他"想"怎样，老不如"已是"怎样来得现成，他不知怎样才好。他大概是真爱她，可是为了弟弟不能不放弃她，而且失恋是说不出口的。他常对我说，"咱们也坐一回飞机"。说完，他一笑，不是他笑呢，是"身体发肤，受之父母"的笑呢。

过了晌午，我去找他。按说一见面就得谈老四，在过去的一个多月都是这样。这次他变了花样，眼睛很亮，脸上有点极静适的笑意，好像是又买着一册善本的旧书。

"看见你了。"我先发了言。

他点了点头，又笑了一下，"也很有意思！"

什么老事情被他头次遇上，他总是说这句。对他讲个闹鬼的笑话，也是"很有意思"！他不和人家辩论鬼的有无，他信那个故事，"说不定世上还有比这更奇怪的事"。据他看，什么事都是可能的。因此，他接受得容易，可就没有什么精到的见解。他不是不想多明白些，但是每每在该用脑筋的时候，他用了感情。

"道理都是一样的，"他说，"总是劝人为别人牺牲。"

"你不是已经牺牲了个爱人？"我愿多说些事实。

"那不算，那是消极地割舍，并非由自己身上拿出点什么来。这十来天，我已经读完《四福音书》。我也想好了，我应当分担老四的事，不应当只是不准他离开我。你想想吧，设若真是专为分家产，为什么不来跟我明说？"

"他怕你不干。"我回答。

"不是！这几天我用心想过了，他必是真有个计划，而且是有危险性的。所以他要一刀两断，以免连累了我。你以为他年轻，一冲子性？他正是利用这个骗咱们；他实在是体谅我，不肯使我受屈。把我放在安全的地方，他好独做独当地去干。必定是这样！我不能撒手他，我得为他牺牲，母亲临去世的时候……"他没往下说，因为知道我已听熟了那一套。

我真没想到这一层。可是还不深信他的话；焉知他不是受了点宗教的刺激而要充分地发泄感情呢？

我决定去找白李，万一黑李猜得不错呢！是，我不深信他的话，可也不敢耍玄虚。

怎样找也找不到白李。学校、宿舍、图书馆、网球场、小饭铺，都看到了，没有他的影儿。和人们打听，都说好几天没见着他。这又是白李之所以为白李；黑李要是离家几天，连好朋友们他也要通知一声。白李就这么人不知鬼不觉地不见了。我急出一个主意来——上"她"那里打听打听。

她也认识我，因为我常和黑李在一块儿。她也好几天没见着白李。她似乎很不满意李家兄弟，特别是对黑李。我和她打听白李，她偏跟我谈论黑李。我看出来，她确是注意——假如不是爱——黑李。大概她是要圈住黑李，做个标本。有比他强的呢，就把他免了职；始终找不到比他高明的呢，最后也许就跟了他。这么一想，虽然只是一想，我就没乘这个机会给他和她再撮合一下；按理说应当这么办，可是我太爱老李，总觉得他值得娶个天上的仙女。

从她那里出来，我心中打开了鼓。白李上哪儿去了呢？不能告诉黑李！一叫他知道了，他能立刻登报找弟弟，而且要在半夜里起来占课测字。可是，不说吧，我心中又痒痒。干脆不找他去？也不行。

走到他的书房外边，听见他在里面哼唧呢。他非高兴的时候不哼唧着玩。可是他平日哼唧，不是诗便是那句代表一切歌曲的"深闺内，端的是玉无瑕"，这次的哼唧不是这些。我细听了听，他是练习圣诗呢。他没有音乐的耳朵，无论什么，到他耳中都是一个味儿。他唱出的时候，自然也还是一个味儿。无论怎样吧，反正我知道他现在是很高兴。为什么事高兴呢？

我进到屋中，他赶紧放下手中的圣诗集，非常的快活："来得正好，正想找你去呢！老四刚走。跟我要了一千块钱去。没提分家的事，没提！"

显然他是没问过弟弟，那笔钱是干什么用的。要不然他不能这么痛快。他必是只求弟弟和他同居，不再管弟弟的行动，好像即使弟弟有带危险性的计划，只要不分家，便也没什么可怕的了。我看明白了这点。

"祷告确是有效，"他郑重地说，"这几天我天天祷告，果然老四就不提那回事了。即使他把钱都扔了，反正我还落下个弟弟！"

我提议喝我们照例的一壶莲花白。他笑着摇摇头："你喝吧，我陪着吃菜，我戒了酒。"

我也就没喝，也没敢告诉他，我怎么各处去找老四。老四既然回来了，何必再说？可是我又提起"她"来。他连接茬儿也没接，只笑了笑。

对于老四和"她"，似乎全没有什么可说的了。他给我讲了些《圣经》上的故事。我一面听着，一面心中嘀咕——老李对弟弟与爱人所取的态度似乎有点不大对；可是我说不出所以然来。我心中不十分安定，一直到回在家中还是这样。

又过了四五天，这点事还在我心中悬着。有一天晚上，王五来了。他是在李家拉车，已经有四年了。

王五是个诚实可靠的人，三十多岁，头上有块疤——据说是小时候被驴给啃了一口。除了有时候爱喝口酒，他没有别的毛病。

他又喝多了点，头上的疤都有点发红。

"干吗来了，王五？"我和他的交情不错，每逢我由李家回来得晚些，他总张罗把我拉回来，我自然也老给他点"酒钱"。

"来看看你。"说着便坐下了。

我知道他是来告诉我点什么。"刚沏上的茶，来碗？"

"那敢情好，我自己倒，还真有点渴。"

我给了他支烟卷，给他提了个头儿："有什么事吧？"

"哼，又喝了两壶，心里痒痒；本来是不应当说的事！"他用力吸了口烟。

"要是李家的事，你对我说了准保没错。"

"我也这么想，"他又停顿了会儿，可是被酒气催着，似乎不能不说，"我在李家四年零三十五天了！现在叫我很为难。二爷待我不错，四爷呢，简直是我的朋友。所以不好办。四爷的事，不准我告诉二爷；二爷又是那么傻好的人。对二爷说吧，又对不起四爷——我的朋友。心里别提多么为难了！论理说呢，我应当向着四爷。二爷是个好人，不错；可究竟是个主人呢。多么好的主人也还是主人，不能肩膀齐为弟兄。他真待我不错，比如说吧，在这老热天，我拉二爷出去，他总设法在半道上耽搁会儿，什么买包洋火呀，什么看看书摊呀，为什么？为是叫我歇歇，喘喘气。要不，怎说他是好主人呢。他好，咱也得敬重他，这叫作以好换好。久在街上混，还能不懂这个？"

我又让了他碗茶，显出我不是不懂"外面"的人。他喝完，用烟卷指着胸口说："这儿，咱这儿可是爱四爷。怎么呢？四爷年轻，不拿我当个拉车的看。他们哥儿俩的劲儿——心里的劲儿——不一样。二爷吧，一看天气热就多叫我歇会儿，四爷就不管这一套，多么热的天也得拉着他飞跑。可是四爷和我聊起来的时候，他就说，凭什么人应当拉着人呢？他是为我们拉车的——天下的拉车的都算在一块儿——抱不平。二爷对'我'不错，可想不到大家伙儿。所以你看，二爷来的小，四爷来的大。四爷不管我的腿，可是管我的心；二爷是家长里短，可怜我的腿，可不管这儿。"他又指了指心口。

我晓得他还有话呢，直怕他的酒气教酽茶给解去，所以又紧了他一板："往下说呀，王五！都说了吧，反正我还能拉老婆舌头，把你搁里！"

他摸了摸头上的疤，低头想了会儿。然后把椅子往前拉了拉，声音放得很低："你知道，电车道快修完了？电车一开，我们拉车的全玩完！这可不是为我自个儿发愁，是为大家伙儿。"他看了我一眼。

我点了点头。

"四爷明白这个；要不怎么我俩是朋友呢。四爷说：王五，想个办法呀！

我说：四爷，我就有一个主意，揍！四爷说：王五，这就对了！揍！一来二去，我们可就商量好了。这我不能告诉你。我要说的是这个，"他把声音放得更低了，"我看见了，侦探跟上了四爷！未必然是为这件事，可是叫侦探跟着总不妥当。这就来到坐蜡的地方了：我要告诉二爷吧？对不起四爷；不告诉吧？又怕把二爷也饶在里面。简直的没法儿！"

把王五支走，我自己琢磨开了。

黑李猜得不错，白李确是有个带危险性的计划。计划大概不一定就是打电车，他必定还有厉害的呢。所以要分家，省得把哥哥拉扯在内。他当然是不怕牺牲，也不怕别人牺牲，可是还不肯一声不发地牺牲了哥哥——把黑李牺牲了并无济于事。现在，电车的事来到眼前，连哥哥也顾不得了。

我怎办呢？警告黑李是适足以激起他的爱弟弟的热情。劝白李，不但没用，而且把王五搁在里边。

事情越来越紧了，电车公司已宣布出开车的日子。我不能再耗着了，得告诉黑李去。

他没在家，可是王五没出去。

"二爷呢？"

"出去了。"

"没坐车？"

"好几天了，天天出去不坐车！"

由王五的神气，我猜着了："王五，你告诉了他？"

王五头上的疤都紫了："又多喝了两盅，不由得就说了。"

"他呢？"

"他直要落泪。"

"说什么来着？"

"问了我一句——老五，你怎样？我说，王五听四爷的。他说了声，好。别的没说，天天出去，也不坐车。"

我足足地等了三点钟，天已大黑，他才回来。

"怎样?"我用这两个字问到了一切。

他笑了笑:"不怎样。"

决没想到他这么回答我。我无须再问了,他已决定了办法。我觉得非喝点酒不可。但是独自喝有什么味呢。我只好走吧。临别的时候,我提了句:"跟我出去玩几天,好不好?"

"过两天再说吧。"他没说别的。

感情到了最热的时候是会最冷的。想不到他会这样对待我。

电车开车的头天晚上,我又去看他。他没在家,直等到半夜,他还没回来。大概是故意地躲我。

王五回来了,向我笑了笑:"明天!"

"二爷呢?"

"不知道。那天你走后,他用了不知什么东西,把眉毛上的黑痦子烧去了,对着镜子直出神。"

完了,没了黑痦,便是没有了黑李,不必再等他了。

我已经走出大门,王五把我叫住:"明天我要是——"他摸了摸头上的疤,"你可照应着点我的老娘!"

约莫五点多钟吧,王五跑进来,跑得连裤子都湿了。"全——揍了!"他再也说不出话来。直喘了不知有多少工夫,他才缓过气来,抄起茶壶对着嘴喝了一气。"啊!全揍了!马队冲下来,我们才散。小马六叫他们拿去了,看得真真的。我们吃亏没有家伙,专仗着砖头哪行!小马六要玩完。"

"四爷呢?"我问。

"没看见,"他咬着嘴唇想了想,"哼,事闹得不小!要是拿的话呀,准保是拿四爷,他是头目。可也别说,四爷并不傻,别看他年轻。小马六要玩完,四爷也许不能。"

"也没看见二爷?"

"他昨天就没回家。"他又想了想,"我得在这儿藏两天。"

"那行。"

第二天早晨,报纸上登出——砸车暴徒首领李——当场被获,一同被获的还有一个学生，五个车夫。

王五看着纸上那些字，只认得一个"李"字，"四爷玩完了！四爷玩完了！"低着头假装抓那块疤，泪落在报上。

消息传遍了全城，枪毙李——和小马六，游街示众。

毒花花的太阳，把路上的石子晒得烫脚，街上可是还挤满了人。一辆敞车上坐着两个人，手在背后捆着。土黄制服的巡警，灰色制服的兵，前后押着，刀光在阳光下发着冷气。车越走越近了，两个白招子随着车轻轻地颤动。前面坐着的那个，闭着眼，额上有点汗，嘴唇微动，像是祷告呢。车离我不远，他在我头前坐着摆动过去。我的泪迷住了我的心。等车过去半天，我才醒了过来，一直跟着车走到行刑场。他一路上连头也没抬一次。

他的眉皱着点，嘴微张着，胸上汪着血，好像死的时候正在祷告。我收了他的尸。

过了两个月，我在上海遇见了白李，要不是我招呼他，他一定就跑过去了。

"老四！"我喊了他一声。

"啊？"他似乎受了一惊，"哦，你？我当是老二复活了呢。"

大概我叫得很像黑李的声调，并非有意的，或者是在我心中活着的黑李替我叫了一声。

白李显着老了一些，更像他的哥哥了。我们俩并没说多少话，他好似不大愿意和我多谈。只记得他的这么两句：

"老二大概是进了天堂，他在那里顶合适了；我还在这儿砸地狱的门呢。"

马裤先生

　　火车在北平东站还没开，同屋那位睡上铺的穿马裤，戴平光的眼镜，青缎子洋服上身，胸袋插着小楷羊毫，足蹬青绒快靴的先生发了问："你也是从北平上车?"很和气的。

　　我倒有点迷了头，火车还没动呢，不从北平上车，难道由——由哪儿呢?我只好反攻了："你从哪儿上车?"很和气的。我希望他说是由汉口或绥远上车，因为果然如此，那么中国火车一定已经是无轨的，可以随便走去；那多么自由!

　　他没言语。看了看铺位，用尽全身——假如不是全身——的力气喊了声，"茶房!"

　　茶房正忙着给客人搬东西，找铺位。可是听见这么紧急的一声喊，就是有天大的事也得放下，茶房跑来了。

　　"拿毯子!"马裤先生喊。

　　"请少待一会儿，先生，"茶房很和气地说，"　开车，马上就给您铺好。"

　　马裤先生用食指挖了鼻孔一下，别无动作。

　　茶房刚走开两步。

　　"茶房!"这次连火车好似都震得直动。

　　茶房像旋风似的转过身来。

　　"拿枕头。"

马裤先生大概是已经承认毯子可以迟一下，可是枕头总该先拿来。

"先生，请等一等，您等我忙过这会儿去，毯子和枕头就一齐全到。"茶房说得很快，可依然是很和气。

茶房看马裤客人没任何表示，刚转过身去要走，这次火车确是哗啦了半天，"茶房！"

茶房差点吓了个跟头，赶紧转回身来。

"拿茶！"

"先生请略微等一等，一开车茶水就来。"

马裤先生没任何的表示。茶房故意地笑了笑，表示歉意。然后搭讪着慢慢地转身，以免快转又吓个跟头。转好了身，腿刚预备好要走，背后打了个霹雳，"茶房！"

茶房不是假装没听见，便是耳朵已经震聋，竟自没回头，一直地快步走开。

"茶房！茶房！茶房！"马裤先生连喊，一声比一声高：站台上送客的跑过一群来，以为车上失了火，要不然便是出了人命。茶房始终没回头。马裤先生又挖了鼻孔一下，坐在我的床上。刚坐下，"茶房！"茶房还是没来。看着自己的磕膝，脸往下沉，沉到最长的限度，手指一挖鼻孔，脸好似唰的一下又纵回去了。然后，"你坐二等？"这是问我呢。我又毛了，我确是买的二等，难道上错了车？

"你呢？"我问。

"二等。这是二等。二等有卧铺。快开车了吧？茶房！"

我拿起报纸来。

他站起来，数他自己的行李，一共八件，全堆在另一卧铺上——两个上铺都被他占了。数了两次，又说了话，"你的行李呢？"

我没言语。原来我误会了：他是善意，因为他跟着说，"可恶的茶房，怎么不给你搬行李？"

我非说话不可了："我没有行李。"

"喉？！"他确是吓了一跳，好像坐车不带行李是大逆不道似的。"早知道，我那四只皮箱也可以不打行李票了！"

这回该轮着我了，"噢?!"我心里说，"幸而是如此，不然的话，把四只皮箱也搬进来，还有睡觉的地方啊?!"

我对面的铺位也来了客人，他也没有行李，除了手中提着个扁皮夹。

"噢?!"马裤先生又出了声，"早知道你们都没行李，那口棺材也可以不另起票了！"

我决定了。下次旅行一定带行李；真要陪着棺材睡一夜，谁受得了！

茶房从门前走过。

"茶房！拿手巾把！"

"等等。"茶房似乎下了抵抗的决心。

马裤先生把领带解开，摘下领子来，分别挂在铁钩上：所有的钩子都被占了，他的帽子、大衣，已占了两个。

车开了，他顿时想起买报，"茶房！"

茶房没有来。我把我的报赠给他；我的耳鼓出的主意。

他爬上了上铺，在我的头上脱靴子，并且击打靴底上的土。枕着个手提箱，用我的报纸盖上脸，车还没到永定门，他睡着了。

我心中安坦了许多。

到了丰台，车还没站住，上面出了声，"茶房！"

没等茶房答应，他又睡着了；大概这次是梦话。

过了丰台，茶房拿来两壶热茶。我和对面的客人——一位四十来岁平平无奇的人，脸上的肉还可观——吃茶闲扯。大概还没到廊坊，上面又打了雷，"茶房！"

茶房来了，眉毛拧得好像要把谁吃了才痛快。

"干吗？先——牛——"

"拿茶！"上面的雷声响亮。

"这不是两壶？"茶房指着小桌说。

"上边另要一壶！"

"好吧！"茶房退出去。

"茶房！"

茶房的眉毛拧得直往下落毛。

"不要茶，要一壶开水！"

"好啦！"

"茶房！"

我直怕茶房的眉毛脱净！

"拿毯子，拿枕头，打手巾把，拿——"似乎没想起拿什么好。

"先生，您等一等。天津还上客人呢；过了天津我们一总收拾，也耽误不了您睡觉！"

茶房一气说完，扭头就走，好像永远不再想回来。

待了会儿，开水到了，马裤先生又入了梦乡，呼声只比"茶房"小一点。可是匀调而且是继续的努力，有时呼声稍低一点。用咬牙来补上。

"开水，先生！"

"茶房！"

"就在这哪；开水！"

"拿手纸。"

"厕所里有。"

"茶房！厕所在哪边？"

"哪边都有。"

"茶房！"

"回头见。"

"茶房！茶房！！茶房！！"

没有应声。

"呼——呼呼——呼。"又睡了。

有趣！

到了天津。又上来些旅客。马裤先生醒了，对着壶嘴喝了一气水。又在我头上击打靴底。穿上靴子，出溜下来，食指挖了鼻孔一下，看了看外面。"茶房！"

恰巧茶房在门前经过。

"拿毯子！"

"毯子就来。"

马裤先生出去，呆呆地立在走廊中间，专为阻碍来往的旅客与脚夫。忽然用力挖了鼻孔一下，走了。下了车，看看梨，没买；看看报，没买；看看脚行的号衣，更没作用。又上来了，向我招呼了声，"天津，唉？"我没言语。他向自己说，"问问茶房，"紧跟着一个雷，"茶房！"我后悔了，赶紧地说，"是天津，没错儿。"

"总得问问茶房；茶房！"

我笑了，没法再忍住。

车好容易又从天津开走。

刚一开车，茶房给马裤先生拿来头一份毯子枕头和手巾把。马裤先生用手巾把耳鼻孔全钻得到家，这一把手巾擦了至少有一刻钟，最后用手巾擦了擦手提箱上的土。

我给他数着，从老站到总站的十来分钟之间，他又喊了四五十声茶房。茶房只来了一次，他的问题是火车向哪面走呢？茶房的回答是不知道；于是又引起他的建议，车上总该有人知道，茶房应当负责去问。茶房说，连驶车的也不晓得东西南北。于是他几乎变了颜色，万一车走迷了路?! 茶房没再回答，可是又掉了几根眉毛。

他又睡了，这次是在头上摔了摔袜子，可是一口痰并没往下唾，而是照顾了车顶。

我睡不着是当然的，我早已看清，除非有一对"避呼耳套"当然不能睡着。可怜的是别屋的人，他们并没预备来熬夜，可是在这种带钩的呼声下，还只好是白瞪眼一夜。

我的目的地是德州，天将亮就到了。谢天谢地！

车在此处停半点钟，我雇好车，进了城，还清清楚楚地听见"茶房"！

一个多礼拜了，我还惦记着茶房的眉毛呢。

铁牛和病鸭

王明远的乳名叫"铁柱子"。在学校里他是"铁牛"。好像他总离不开铁。这个家伙也真是有点"铁"。大概他是不大爱吃石头罢了；真要吃上几块的话，那一定也会照常地消化。

他的浑身上下，看哪儿有哪儿，整像匹名马。他可比名马还泼辣一些，既不娇贵，又没脾气。一年到头，他老笑着。两排牙，齐整洁白，像个小孩儿的。可是由他说话的时候看，他的嘴动得那么有力量，你会承认这两排牙，看着那么白嫩好玩，实在能啃碎石头子儿。

认识他的人们都知道这么一句——老王也得咧嘴。这是形容一件最累人的事。王铁牛几乎不懂什么叫累得慌。他要是咧了嘴，别人就不用想干了。

铁牛不念《红楼梦》——"受不了那套妞儿气！"他永远不闹小脾气，真的。"看看这个，"他把袖子搂到肘部，敲着筋粗肉满的胳臂，"这么粗的小棒锤，还闹小性，羞不羞？"顺势砸自己的胸口两拳，咚咚地响。

他有个志愿，要和和平平地做点大事。他的意思大概是说，做点对别人有益的事，而且要自自然然做成，既不锣鼓喧天，也不杀人流血。

由他的谈吐举动上看，谁也看不出他曾留过洋，念过整本的洋书，他说话的时候永不夹杂着洋字。他看见洋餐就挠头，虽然请他吃，他也吃得不比别人少。不服洋服，不会跳舞，不因为街上脏而堵上鼻子，不必一定吃美国橘子。总而言之，他既不闹中国脾气，也不闹外国脾气。比如看电影，《火烧红莲寺》

和《三剑客》，对他，并没有多少分别。除了"妞儿气"的片子，都"不坏"。

他是学农的。这与他那个"和和平平地做点大事"颇有关系。他的态度大致是这样：无论政治上怎样革命，人反正得吃饭。农业改良是件大事。他不对人们用农学上的专名词；他研究的是农业，所以心中想的是农民，他的感情把研究室的工作与农民的生活连成一气。他不自居为学者。遇上好转文的人，他有句善意的玩笑话："好不好由武松打虎说起？"《水浒传》是他的"文学"。

自从留学回来，他就在一个官办的农场做选种的研究与试验。这个农场的成立，本是由几个开明官儿偶然灵机一动，想要关心民瘼，所以经费永远没有一定的着落。场长呢，是照例每七八个月换一位，好像场长的来去与气候有关系似的。这些来来往往的场长们，人物不同，可是风格极相似，颇似秀才们做的八股儿。他们都是咧着嘴来，咧着嘴去，设若不是"场长"二字在履历上有点作用，他们似乎还应当痛哭一番。场长既是来熬资格，自然还有愿在他们手下熬更小一些资格的人。所以农场虽成立多年，农场试验可并没有做过。要是有的话，就是铁牛自己那点事儿。

为他，这个农场在用人上开了个官界所不许的例子——场长到任，照例不撤换铁牛。这已有五六年的样子了。

铁牛不大记得场长们的姓名，可是他知道怎样央告场长。在他心中，场长，不管姓甚名谁，是必须央告的。"我的试验需要长的时间。我爱我的工作。能不撤换我，是感激不尽的！请看看我的工作来，请来看看！"场长当然是不去看的；提到经费的困难；铁牛请场长放心，"减薪我也乐意干，我爱这个工作！"场长手下的人怎么安置呢？铁牛也有办法："只要准我在这儿工作，名义倒不拘。"薪水真减了，他照常地工作，而且做得颇高兴。

可有一回，他几乎落了泪。场长无论如何非撤他不可。可是头天免了职，第二天他照常去做试验，并且拉着场长去看他的工作："场长，这是我的命！再有些日子，我必能得到好成绩；这不是一天半天能做成的。请准我上这里做试验好了，什么我也不要。到别处去，我得从头另做，前功尽弃。况且我和这个地方有了感情，这里的一切是我的手，我的脚。我永不对它们发脾气，它们也老爱我。这些标本，这些仪器，都是我的好朋友！"他笑着，眼角里有个泪珠。

耶稣收税吏做门徒必是真事，要不然场长怎会心一软，又留下了铁牛呢？从此以后，他的地位稳固多了，虽然每次减薪，他还是跑不了。"你就是把钱都减了去，反正你减不去铁牛！"他对知己的朋友总这样说。

他虽不记得场长们的姓名，他们可是记住了他的。在他们天良偶尔发现的时候，他们便想起铁牛。因此，很有几位场长在高升了之后，偶尔凭良心做某件事，便不由得想"借重"铁牛一下，向他打个招呼。铁牛对这种"抬爱"老回答这么一句："谢谢善意，可是我爱我的工作，这是我的命！"他不能离开那个农场，正像小孩离不开母亲。

为维持农场的存在，总得做点什么给人们瞧瞧，所以每年必开一次农品展览会。职员们在开会以前，对铁牛特别的和气。"王先生，多偏劳！开完会请你吃饭！"吃饭不吃饭，铁牛倒不在乎；这是和农民与社会接触的好机会。他忙开了：征集，编制，陈列，讲演，招待，全是他，累得"四脖子汗流"。有的职员在旁边看着，有点不大好意思。所以过来指摘出点毛病，以便表示他们虽没动手，可是眼睛没闲着。铁牛一边擦汗一边道歉："幸亏你告诉我！幸亏你告诉我！"对于来参观的农民，他只恨长着一张嘴，没法儿给人人掰开揉碎地讲。

有长官们坐在中间，好像兔儿爷摊子的开会纪念相片里，十回有九回没铁牛。他顾不得照相。这一点，有些职员实在是佩服了他。所以会开完了，总有几位过来招呼一声："你可真累了，这两天！"铁牛笑得像小姑娘穿新鞋似的："不累，一年才开一次会，还能说累？"

因此，好朋友有时候对他说，"你也太好脾性了，老王！"

他笑着，似乎是要害羞："左不是多卖点力气，好在身体棒。"他又搂起袖子来，展览他的胳臂。他决听不出朋友那句话是有不满而故意欺侮他的意思。他自己的话永远是从正面说，所以想不到别人会说偏锋话。有的时候招得朋友不能不给他解释一下，他这才听明白。可是"谁有工夫想那么些个弯子！我告诉你，我的头一放在枕头上，就睡得像个球；要是心中老绕弯儿，怎能睡得着？人就仗着身体棒；身体棒，睁开眼就唱。"他笑开了。

铁牛的同学李文也是个学农的。李文的腿很短，嘴很长，脸很瘦，心眼很多，被同学们封为"病鸭"。病鸭是牢骚的结晶，袋中老带着点"补丸"之类的小药，未曾吃饭先叹口气。他很热心地研究农学，而且深信改良农事是最要紧的。可是他始终没有成绩。他倒不愁得不到地位，而是事事人人总跟他闹别扭。就了一个事，至多半年就得散伙。即使事事人人都很顺心，他所坐的椅子，或头上戴的帽子，或做试验用的器具，总会跟他捣乱；于是他不能继续工作。世界上好像没有给他预备下一个可爱的东西、一个顺眼的地方、一个可以交往的人；他只看他自己好，而人人事事和样样东西都跟他过不去。不是他做不出成绩来，是到处受人们的排挤，没法子再做下去。比如他刚要动手做工，旁边有位先生说了句："天很冷啊！"于是他的脑中转开了螺丝：什么意思呢，这句话？是不是说我刚才没有把门关严呢？他没法安心工作下去。受了欺侮是不能再做工的。早晚他要报复这个，可是马上就得想办法，他和这位说天气太冷的先生势不两立。

他有时候也能交下一两位朋友，可是交过了三个月，他开始怀疑，然后更进一步去试探，结果是看出许多破绽，连朋友那天穿了件蓝大衫都有作用。三个月的交情于是吵散。一来二去，他不再想交友。他慢慢把人分成三等，一等是比他位分高的，一等是比他矮的，一等是和他一样儿高的。他也决定了，他可以成功，假如他能只交比他高的人，不理和他肩膀齐的，管辖着奴使着比他矮的。"人"既选定，对"事"便也有了办法。"拿过来"成了他的口号。非自己拿到一种或多种事业，终身便一无所成。拿过来自己办，才能不受别人的气。拿过来自己办，椅子要是成心捣乱，砸碎了兔崽子！非这样不可，他是热心于改良农事的；不能因受闲气而抛弃了一生的事业；打算不受闲气，自己得站在高处。

有志者事竟成，几年的工夫他成了个重要的人物，"拿过来"不少的事业。原先本是想拿过来便去由自己做，可是既拿过来一样，还觉得不稳固。还有斜眼看他的人呢！于是再去拿。越拿越多，越多越复杂，各处的椅子不同，一种椅子有一种气人的办法。他要统一椅子都得费许多时间。因此，每拿过来一个地方，他先把椅子都漆白了，为是省得有污点不易看见。椅子倒是都漆白了，别的呢？他不能太累了，虽然小药老在袋中，到底应当珍惜自己；世界上就是这样，除了你自己爱你自己，别人不会关心。

他和铁牛有好几年没见了。

正赶上开农业学会年会。堂中坐满了农业专家。台上正当中坐着病鸭，头发挺长，脸色灰绿，长嘴放在胸前，眼睛时开时闭，活像个半睡的鸭子。他自己当然不承认是个鸭子；时开时闭的眼，大有不屑于多看台下那群人的意思。他明知道他们的学问比他强，可是他坐在台上，他们坐在台下；无论怎说，他是个人物，学问不学问的，他们不过是些小兵小将。他是主席，到底他是主人。他不能不觉着得意，可是还要露出有涵养，所以眼睛不能老睁着，好像天下最不要紧的事就是做主席。可是，眼睛也不能老闭着，也得留神下边有斜眼看他的人没有。假如有的话，得设法收拾他。就是在这么一睁眼的工夫，他看见了铁牛。

铁牛仿佛不是来赴会，而是料理自家的丧事或喜事呢。出来进去，好似世上就忙了他一个人了。

有人在台上宣读论文。病鸭的眼闭死了，每隔一分多钟点一次头，他表示对论文的欣赏，其实他是琢磨铁牛呢。他不愿承认他和铁牛同过学，他在台上闭目养神，铁牛在台下当"碎催"，好像他们不能做过学友；现在距离这么远，原先也似乎相差不应当那么近。他又不能不承认铁牛确是他的同学，这使他很难堪：是可怜铁牛好呢，还是夸奖自己好呢？铁牛是不是看见了他而故意地躲着他？或者也许铁牛自惭形秽不敢上前？是不是他应当显着大度包容而先招呼铁牛？他不能决定，而越发觉得"同学"是件别扭事。

台下一阵掌声，主席睁开了眼。到了休息的时间。

病鸭走到会场的门口，迎面碰上了铁牛。病鸭刚看见他，便赶紧拿着尺寸一低头，理铁牛不理呢？得想一想。可是他还没想出主意，就觉出右手像掩在门缝里那么疼了一阵。一抽手的工夫，他听见了："老李！还是这么瘦？老李——"

病鸭把手藏在衣袋里，去暗中舒展舒展；翻眼看了铁牛一下，铁牛脸上的笑意像个开花弹似的，从脸上射到空中。病鸭一时找不到相当的话说。他觉得铁牛有点过于亲热。可又觉得他或者没有什么恶意——"还是这么瘦"打动了自怜的心，急于找话说，往往就说了不负责任的话。"老王，跟我吃饭去吧？"

说完很后悔，只希望对方客气一下，可是铁牛点了头。病鸭脸上的绿色加深了些。"几年没有见了，咱们得谈一谈！"铁牛这个家伙是赏不得脸的。

两个老同学一块儿吃饭，在铁牛看，是最有意思的。病鸭可不这样看——两个人吵起来才没法下台呢！他并不希望吵，可是朋友到一块儿，有时候不由得不吵。脑子里一转弯，不能不吵；谁还能禁止得住脑子转弯？

铁牛是看见什么吃什么，病鸭要了不少的菜。病鸭自己可是不吃，他的筷子只偶尔地夹起一小块锅贴豆腐。"我只能吃点豆腐。"他说。他把"豆腐"两个字说得不像国音，也不像任何方音，听着怪像是外国字。他有好些字这么说出来。表示他是走南闯北，自己另制了一份儿"国语"。

"哎？"铁牛听不懂这两个字。继而一看他夹的是豆腐，才明白过来："咱可不行；豆腐要是加上点牛肉或者还沉重点儿。我说，老李，你得注意身体呀。那么瘦还行？"

太过火了！提一回正足以打动自怜的情感。紧自说人家瘦，这是看不起人！病鸭的脑子里皱上了眉。不便往下接着说，换换题目吧：

"老王，这几年净在哪儿呢？"

"——农场，不坏的小地方。"

"场长是谁？"

幸而铁牛这回没忘了——"赵次江。"

病鸭微微点了点头，唯恐怕伤了气。"他呀？待你怎样？"

"无所谓，他干他的，我干我的；只希望他别撤换我。"铁牛为的是显着和气。也动了一块豆腐。

"拿过来好了。"病鸭觉得说了这半天，只有这一句还痛快些，"老王，你干吧！"

"我当然是干哪，我就怕干不下去，前功尽弃。咱们这种工作要是没有长时间，是等于把钱打了水漂儿。"

"我是让你干场长。现成的事，为什么不拿过来？拿过来，你爱怎办怎办；赵次江是什么玩意！"

"我当场长，"铁牛好像听见了一件奇事，"等过个半年来的，好被别人顶了？"

有点给脸不兜着！病鸭心里默演对话："你这小子还不晓得李老爷有多大势力？轻看我？你不放心哪，我给你一手儿看看。"他略微一笑，说出声来："你不干也好，反正咱们把它拿过来好了。咱们有的是人。你帮忙好了。你看看，我说不叫赵次江干，他就干不了！这话可不用对别人说。"

铁牛莫名其妙。

病鸭又补上一句："你想好了，愿意干呢，我还是把场长给你。"

"我只求能继续做我的试验；别的我不管。"铁牛想不出别的话。

"好吧。"病鸭又"那么"说了这两个字，好像德国人在梦里练习华语呢。

直到年会开完，他们俩没再坐在一块谈什么。从铁牛那面儿说，他觉得病鸭是拿着一点精神病做事呢。"身体弱，见了喜神也不乐。"编好了这么句唱儿，就把病鸭忘了。

铁牛回到农场不久，场长果然换了。新场长对他很客气，头一天到任便请他去谈话：

"王先生，李先生的老同学。请多帮忙，我们得合作。老实不客气地讲，兄弟对于农学是一窍不通。不过呢，和李先生的关系还那个。王先生帮忙就是了，合作，我们合作。"

铁牛想不出，他怎能和个不懂农学的人合作。"精神病！"他想到这么三个字，就顺口说出来。

新场长好像很明白这三个字的意思，脸沉下去："兄弟老实不客气地讲，王先生，这路话以后请少说为是。这倒与我没关系，是为你好。你看，李先生打发我到这儿来的时候，跟我谈了几句那天你怎么与他一同吃饭，说了什么。李先生露出一点意思，好像是说你有不合作的表示。不过他决不因为这个便想——啊，同学的面子总得顾到。请原谅我这样太不客气！据我看呢，大家既是朋友，总得合作。我们对于李先生呢，也理当拥护。自然我们不拥护他，那也没什么。不过是我们——不是李先生——先吃亏罢了。"

铁牛莫名其妙。

新场长到任后第一件事是撤换人，第二件事是把椅子都漆白了。第一件与铁牛无关，因为他没被撤职。第二件可不这样，场长派他办理油饰椅子，因这是李先生视为最重要的事，所以选派铁牛，以表示合作的精神。

铁牛既没那个工夫，又看不出漆刷椅子的重要，所以不管。

新场长告诉了他："我接收你的战书；不过，你既是李先生的同学，我还得留个面子，请李先生自己处置这回事。李先生要是——什么呢，那我可也就爱莫能助了！"

"老李——"铁牛刚一张嘴，被场长给截住：

"你说的是李先生？原谅我这样爽直，李先生大概不甚喜欢你这个'老李'。"

"好吧，李先生知道我的工作，他也是学农的。场长就是告诉他，我不管这回事，他自然会晓得我什么不管。假如他真不晓得，他那才真是精神病呢。"铁牛似乎说高了兴，"我一见他的面，就看出来，他的脸是绿的。他不是坏人，我知道他；同学好几年，还能不知道这个？假如他现在变了的话，那一定是因为身体不好。我看见不是一位了，因为身体弱常闹小性。我一见面就劝了他一顿，身体弱，脑子就爱转弯。看我，身体棒，睁开眼就唱。"他哈哈地笑起来。

场长一声没出。

过了一个星期，铁牛被撤了差。

他以为这一定不能是病鸭的主意，因此他并不着慌。他计划好：援据前例，第二天还照常来工作；场长真禁止他进去呢，再找老李——老李当然要维持老同学的。

可是，他临出来的时候，有人来告诉他："场长交派下来，你要明天是——的话，可别说用巡警抓你。"

他要求见场长，不见。

他又回到试验室，呆呆地坐了半天，几年的心血……

不能，不能是老李的主意，老李也是学农的，还能不明白我的工作的重要？他必定能原谅咱铁牛，即使真得罪了他。什么地方得罪了他呢？想不出来。除非他真是精神病。不能，他那天不是还请我吃饭来着？不论怎着吧，找老李去，他必定能原谅我。

铁牛越这样想越心宽，一见到病鸭，必能回职继续工作。他看着试验室内的东西，心中想象着将来的成功——再有一二年，把试验的结果拿到农村去实地应用，该收一个粮的便收两个……和和平平地做了件大事！他到农场去绕了一圈，地里的每一棵谷每一个小木牌，都是他的儿女。回到屋内，给老李写了封顶知己的信，告诉他在某天去见他。把信发了，他觉得已经是一天云雾散。

按着信上规定的时间去见病鸭，病鸭没在家。

可是铁牛不肯走，等一等好了。

等到第四个钟头上，来了个仆人："请不用等我们老爷了，刚才来了电话，中途上暴病，入了医院。"

铁牛顾不得去吃饭，一直跑到医院去。

病人不能接见客人。

"什么病呢？"铁牛和门上的人打听。

"没病，我们这儿的病人都没病。"门上的人倒还和气。

"没病干吗住院？"

"那咱们就不晓得了，也别说，他们也多少有点病。"

铁牛托那个人送进张名片。

待了一会儿，那个人把名片拿起来，上面有几个铅笔写的字："不用再来，咱们不合作。"

"和和平平地做件大事！"铁牛一边走一面低声地念道。

开市大吉

　　我，老王，和老邱，凑了点钱，开了个小医院。老王的夫人做护士主任，她本是由看护而高升为医生太太的。老邱的岳父是庶务兼会计。我和老王是这么打算好，假如老丈人报花账或是携款潜逃的话，我们俩就揍老邱；合着老邱是老丈人的保证金。我和老王是一党，老邱是我们后约的，我们俩总得防备他一下。办什么事，不拘多少人，总得分个党派，留个心眼。不然，看着便不大像回事儿。加上王太太，我们是三个打一个，假如必须打老邱的话。老丈人自然是帮助老邱喽，可是他年岁大了，有王太太一个人就可把他的胡子扯净了。老邱的本事可真是不错，不说屈心的话。他是专门割痔疮，手术非常的漂亮，所以请他合作。不过他要是找揍的话，我们也不便太厚道了。

　　我治内科，老王花柳，老邱专门痔漏兼外科，王太太是看护士主任兼产科，合着我们一共有四科。我们内科，老老实实地讲，是地道二五八。一分钱一分货，我们的内科收费可少呢。要敲是敲花柳与痔疮，老王和老邱是我们的希望。我和王太太不过是配搭，她就根本不是大夫，对于生产的经验她有一些，因为她自己生过两个小孩。至于接生的手术，反正我有太太决不叫她接生。可是我们得设产科，产科是最有利的。只要顺顺当当地产下来，至少也得住十天半月的；稀粥烂饭地对付着，住一天拿一天的钱。要是不顺顺当当地生产呢，那看事做事，临时再想主意。活人还能叫尿憋死？

　　我们开了张。"大众医院"四个字在大小报纸已登了一个半月。名字起得好——办什么赚钱的事儿，在这个年月，就是别忘了"大众"。不赚大众的钱，赚谁的？这不是真情实理吗？自然在广告上我们没这么说，因为大众不爱听实话的；我们说的是："为大众而牺牲，为同胞谋幸福。一切科学化，一切平民化，沟通中西医术，打破阶级思想。"真花了不少广告费，本钱是得下一些的。把大众招来以后，再慢慢收拾他们。专就广告上看，谁也不知道我们的医院有多么大。院图是三层大楼，那是借用近邻转运公司的相片，我们一共只有六间平房。

我们开张了。门诊施诊一个星期，人来得不少，还真是"大众"，我挑着那稍像点样子的都给了点各色的苏打水，不管害的是什么病。这样，延迟过一星期好正式收费呀；那真正老号的大众就干脆连苏打水也不给，我告诉他们回家洗洗脸再来，一脸的滋泥，吃药也是白搭。

忙了一天，晚上我们开了紧急会议，专替大众不行啊，得设法找"二众"。我们都后悔了，不该叫"大众医院"。有大众而没贵族，由哪儿发财去？医院不是煤油公司啊，早知道还不如干脆叫"贵族医院"呢。老邱把刀子沾了多少回消毒水，一个割痔疮的也没来！长痔疮的阔佬谁能上"大众医院"来割？

老王出了主意：明天包一辆能驶的汽车，我们轮流地跑几趟，把二姥姥接来也好，把三舅母装来也行。一到门口看护赶紧往里搀，接上这么三四十趟，四邻的人们当然得佩服我们。

我们都很佩服老王。

"再赁几辆不能驶的。"老王接着说。

"干吗？"我问。

"和汽车行商量借给咱们几辆正在修理的车，在医院门口放一天。一会儿叫咕嘟一阵。上咱们这儿看病的人老听外面咕嘟咕嘟地响，不知道咱们又来了多少坐汽车的。外面的人呢，老看着咱们的门口有一队汽车，还不唬住？"

我们照计而行，第二天把亲戚们接了来，给他们碗茶喝，又送送走。两个女看护是见一个搀一个，出来进去，一天没住脚。那几辆不能活动而能咕嘟的车由一天亮就运来了，五分钟一阵，轮流地咕嘟，刚一出太阳就围上一群小孩。我们给汽车队照了个相，托人给登晚报。老邱的丈人做了篇八股，形容汽车往来的盛况。当天晚上我们都没能吃饭，车咕嘟得太厉害了，大家都有点头晕。

不能不佩服老王，第三天刚一开门，汽车，进来位军官。老王急于出去迎接，忘了屋门是那么矮，头上碰了个大包。花柳；老王顾不得头上的包了，脸笑得一朵玫瑰似的，似乎再碰它七八个包也没大关系。三言五语，卖了一针六〇六。我们的两位女看护给军官解开制服，然后四只白手扶着他的胳臂，王太太过来先用小胖食指在针穴轻轻点了两下，然后老王才给用针。军官不知道东西南北了，看着看护一个劲儿说："得劲！得劲！得劲！"我在旁边说了话，再给他一针。老邱也是福至心灵，早预备好了——香片茶加了点盐。老王叫看护扶着军官的胳臂，王太太又过来用小胖食指点了点，一针香片下去了。军官还说得劲，老王这回是自动地又给了他一针龙井。我们的医院里吃茶是讲究的，老是香片龙井两着沏。两针茶，一针六〇六，我们收了他二十五块钱。本来应当是十元一针，因为三针，减收五元。我们告诉他还得接着来，有十次管保除根。反正我们有的是茶，我心里说。

把钱交了，军官还舍不得走，老王和我开始跟他瞎扯，我就夸奖他的不瞒着病——有花柳，赶快治，到我们这里来治，准保没危险。花柳是伟人病，正大光明，有病就治，几针六〇六，完了，什么事也没有。就怕像铺子里的小伙计，或是中学的学考，得了要藏藏掩掩，偷偷地去找老虎大夫，或是袖口来袖口去买私药——广告专贴在公共厕所里，非糟不可。军官非常赞同我的话，告诉我他已上过二十多次医院。不过哪一回也没有这一回舒服。我没往下接茬儿。

老王接过去，花柳根本就不算病，自要勤扎点六〇六。军官非常赞同老王的话，并且有事实为证——他老是不等完全好了便又接着去逛，反正再扎几针就是了。老王非常赞同军官的话，并且愿拉个主顾，军官要是长期扎针的话，他愿减收一半药费；五块钱一针。包月也行，一月一百块钱，不论扎多少针。军官非常赞同这个主意，可是每次得照着今天的样子办，我们都没言语，可是笑着点了点头。

军官汽车刚开走，迎头来了一辆，四个丫环搀下一位太太来。一下车，五张嘴一齐问：有特别房没有？我推开一个丫环，轻轻地托住太太的手腕，搀到小院中。我指着转运公司的楼房说，"那边的特别室都住满了。您还算得凑巧，这里——我指着我们的几间小房说——还有两间头等房，您暂时将就一下吧。其实这两间比楼上还舒服，省得楼上楼下地跑，是不是，老太太？"

老太太的第一句话就叫我心中开了一朵花，"唉，这还像个大夫——病人不为舒服，上医院来干吗？东生医院那群大夫，简直的不是人！"

"老太太，您上过东生医院？"我非常惊异地问。

"刚由那里来，那群王八羔子！"

乘着她骂东生医院——凭良心说，这是我们这里最大最好的医院——我把她搀到小屋里，我知道，我要是不引着她骂东生医院，她决不会住这间小屋，"您在那儿住了几天？"我问。

"两天，两天就差点要了我的命！"老太太坐在小床上。

我直用腿顶着床沿，我们的病床都好，就是上了点年纪，爱倒。"怎么上那儿去了呢？"我的嘴不敢闲着，不然，老太太一定会注意到我的腿的。

"别提了！一提就气我个倒仰——你看，大夫，我害的是胃病，他们不给我东西吃！"老太太的泪直要落下来。

"不给您东西吃？"我的眼都瞪圆了，"有胃病不给东西吃？蒙古大夫！就凭您这个年纪？老太太您有八十了吧？"

老太太的泪立刻收回去许多，微微地笑着："还小呢，刚五十八岁。"

"和我的母亲同岁，她也是有时候害胃口疼！"我抹了抹眼睛，"老太太，您就在这儿住吧，我准把那点病治好了。这个病全仗着好保养，想吃什么就吃：吃下去，心里一舒服，病就减去几分，是不是，老太太？"

老太太的泪又回来了，这回是因为感激我。"大夫，你看，我专爱吃点硬的，他们偏叫我喝粥，这不是故意气我吗？"

"您的牙口好，正应当吃口硬的呀！"我郑重地说。

"我是一会儿就饿，他们非到时候不准我吃！"

"糊涂东西们！"

"半夜里我刚睡好，他们把小玻璃棍放在我嘴里，试什么度。"

"不知好歹！"

"我要便盆，那些看护说，等一等，大夫就来，等大夫查过病去再说！"

"该死的玩意儿！"

"我刚挣扎着坐起来，看护说，躺下。"

"讨厌的东西！"

我和老太太越说越投缘，就是我们的屋子再小一点，大概她也不走了。爽性我也不再用腿顶着床了，即使床倒了，她也能原谅。

"你们这里也有看护呀？"老太太问。

"有，可是没关系，"我笑着说，"您不是带来四个丫环吗？叫她们也都住院就结了。您自己的人当然伺候得周到；我干脆不叫看护们过来，好不好？"

"那敢情好啦，有地方呀？"老太太好像有点过意不去了。

"有地方，您干脆包了这个小院吧。四个丫环之外，不妨再叫个厨子来，您爱吃什么吃什么。我只算您一个人的钱，丫环厨子都白住，就算您五十块钱一天。"

老太太叹了口气："钱多少的没有关系，就这么办吧。春香，你回家去把厨子叫来，告诉他就手儿带两只鸭子来。"

我后悔了：怎么才要五十块钱呢？真想抽自己一顿嘴巴！幸而我没说药费在内；好吧，在药费上找齐儿就是了；反正看这个来派，这位老太太至少有一个儿子当过师长。况且，她要是天天吃火烧夹烤鸭，大概不会三五天就出院，事情也得往长里看。

医院很有个样子了：四个丫环穿梭似的跑出跑入，厨师在院中墙根砌起一座炉灶，好像是要办喜事似的。我们也不客气，老太太的果子随便拿起就尝，全鸭子也吃它几块。始终就没人想起给她看病，因为注意力全用在看她买来什么好吃食。

老王和我总算开了张，老邱可有点挂不住了。他手里老拿着刀子。我都直躲他，恐怕他拿我试试手。老王直劝他不要着急，可是他太好胜，非也给医院弄个几十块不甘心。我佩服他这种精神。

吃过午饭，来了！割痔疮的！四十多岁，胖胖的，肚子很大。王太太以为他是来生小孩，后来看清他是男性，才把他让给老邱。老邱的眼睛都红了。三言五语，老邱的刀子便下去了。四十多岁的小胖子疼得直叫唤，央告老邱用点麻药。老邱可有了话：

"咱们没讲下用麻药哇！用也行，外加十块钱，用不用？快着！"

小胖子连头也没敢摇。老邱给他上了麻药。又是一刀，又停住了："我说，你这可有管子，刚才咱们可没讲下割管子，还往下割不割？往下割的话，外加三十块钱。不的话，这就算完了。"

我在一旁，暗伸大指，真有老邱的！拿住了往下敲，是个办法！

四十多岁的小胖子没有驳回，我算计着他也不能驳回。老邱的手术漂亮，话也说得脆，一边割管子一边宣传："我告诉你，这点事儿值得你二百块钱；不过，我们不敲人；治好了只求你给传传名。赶明天你有工夫的时候，不妨来看看。我这些家伙用四万五千倍的显微镜照，照不出半点微生物！"胖子一声也没出，也许是气糊涂了。

老邱又弄了五十块。当天晚上我们打了点酒，托老太太的厨子给做了几样菜。菜的材料多一半是利用老太太的。一边吃一边讨论我们的事业，我们决定添设打胎和戒烟。老王主张暗中宣传检查身体，凡是要考学校或保寿险的，哪怕已经做下寿衣，预备下棺材，我们也把体格表填写得好好的；只要交五元的检查费就行。这一案也没费事就通过了。老邱的老丈人最后建议，我们匀出几块钱，自己挂块匾。老人出老办法。可是总算有心爱护我们的医院，我们也就没反对。老丈人已把匾文拟好——仁心仁术。陈腐一点，不过也还恰当。我们议决，第二天早晨由老丈人上早市去找块旧匾。王太太说，把匾油饰好，等门口有过娶妇的，借着人家的乐队吹打的时候，我们就挂匾。到底妇女的心细，老王特别显着骄傲。

沈二哥加了薪水

　　四十来岁，扁脸，细眉，冬夏常青地笑着，就是沈二哥。走路非常慎重，左脚迈出，右脚得想一会儿才敢跟上去。因此左肩有些探出。在左肩左脚都伸出去，而右脚正思索着的时节，很可以给他照张相，姿态有如什么大人物刚下飞机的样子。

　　自幼儿沈二哥就想做大人物，到如今可是还没信儿做成。因为要做大人物，就很谨慎，成人以后谁晓得他老于世故。可是老于世故并不是怎样的惊天动地。他觉得受着压迫，很悲观。处处他用着心思，事事他想得周到，步法永远一丝不乱，可也没走到哪儿去。他不明白。总是受着压迫，他想；不然的话……他要由细腻而丰富，谁知道越细心越往小里抽，像个盘中的橘子，一天比一天缩小。他感到了空虚，而莫名其妙。

　　只有一点安慰——他没碰过多少钉子，凡事他都要"想想看"，唯恐碰在钉子上。他躲开了许多钉子，可是也躲开了伟大；安慰改成了失望。四十来岁的人了，他还没飞起来过一次。躲开一些钉子，真的，可是嘴按在沙窝上，不疼，怪憋得慌。

　　对家里的人，他算尽到了心。可是他们都欺侮他。太太又要件蓝自由呢的夹袍。他照例地想想看，不说行，也不说不行。他得想想看：论岁数，她也三十五六了，穿哪门子自由呢？论需要，她不是有两三件夹袍了吗？论体面，似乎应当先给儿女们做新衣裳，论……他想出无数的理由，可是不便对她直说。

想想看最保险。

"想想看，老想想看，"沈二嫂挂了气，"想他妈的蛋！你一辈子可想出来什么了?!"

沈二哥的细眉拧起来，太太没这样厉害过，野蛮过。他不便还口，老夫老妻的，别打破了脸。太太会后悔的，一定。他管束着自己，等她后悔。

可是一两天了，他老没忘了她的话，一时一刻也没忘。时时刻刻那两句话刺着他的心。他似乎已忘了那是她说的，他已忘了太太的厉害与野蛮。那好像是一个启示，一个提醒，一个向生命的总攻击。"一辈子可想出什么来了？老想想看！想他妈的蛋！"在往日，太太要是发脾气，他只认为那是一种压迫——他越细心，越周到，越智慧，他们大家越欺侮他。这一回可不是这样了。这不是压迫，不是闹脾气，而是什么一种摇动，像一阵狂风要把老老实实的一棵树连根拔起来，连根！他仿佛忽然明白过来：生命之所以空虚，都因为想他妈的蛋。他得干点什么，要干就干，再没有想想看。

是的，马上给她买自由呢，没有想想看。生命是要流出来的，不能罐里养王八。不能！三角五一尺，自由呢。买，没有想想看，连价钱也不还，买就是买。

刮着小西北风，斜阳中的少数黄叶金子似的。风刮在扁脸上，凉，痛快。秋也有它的光荣。沈二哥夹着那卷儿自由呢，几乎是随便地走，歪着肩膀，两脚谁也不等着谁，一溜歪斜地走。没有想想看，碰着人也活该。这是点劲儿。先叫老婆赏识赏识，三角五一尺，自由呢，连价也没还，劲儿！沈二哥的平腮挂出了红色，心里发热。生命应该是热的，他想，他痛快。

"给你，自由呢！"连多少钱一尺也不便说，丈夫气。

"你这个人，"太太笑着，一种轻慢的笑，"不问问我就买，真，我昨天已经买下了。得，来个双份。有钱是怎着?!"

"那你可不告诉我?!"沈二哥还不肯后悔，只是乘机会给太太两句硬的，"双份也没关系，买了就是买了！"

"哟，瞧这股子劲！"太太几乎要佩服丈夫一下，"吃了横人肉了？不告诉你喽，哪一回想想看不是个蔫溜儿屁?!"太太决定不佩服他一下了。

沈二哥没再言语，心中叫上了劲。快四十了，不能再抽抽。英雄伟人必须有个劲儿，没有前思，没有后想，对！第二天上衙门，走得很快。遇上熟人，大概地一点头，向着树，还是向着电线杆子，都没关系。使他们惊异，正好。

衙门里同事的有三个加了薪。沈二哥决定去见长官，没有想想看。沈二哥在衙门里多年了，哪一件事，经他的手，没出过错。加薪没他的事？可以！他挺起身来，自己觉得高了一块，去见司长。

"司长，我要求加薪。"没有想想看，要什么就说什么。这是到伟大之路。

"沈先生，"司长对老人儿挺和气，"坐，坐。"

没有想想看，沈二哥坐在司长的对面，脸上红着。"要加薪？"司长笑了笑，"老人儿了，应当的，不过，我想想看。"

"没有想想看，司长，说句痛快的！"沈二哥的心几乎炸了，声音发颤，一辈子没说过这样的话。

司长愣了，手下没有一个人敢这样说话，特别是沈二哥；沈二哥一定有点毛病，也许是喝了两盅酒，"沈先生，我不能马上回答你；这么办，晚上你到我家里，咱们谈一谈？"

沈二哥心中打了鼓，几乎说出"想想看"来。他管住了嘴："晚上见，司长。"他退出屋。什么意思呢？什么意思呢？管他呢，已经就是已经。看司长的神气，也许……不管！该死反正活不了。不过，真要是……沈二哥的脸慢慢白了，嘴唇自己动着。他得去喝盅酒，酒是英雄们的玩意儿。可是他没去喝酒，他没那个习惯。

他决定到司长家里去。一定没什么错儿，要是真得罪了司长，还往家中邀他么？说不定还许有点好处，"硬"的结果；人是得硬，哪怕偶尔一次呢。他不再怕，也不告诉太太，他一声不出地去见司长，得到好处再告诉她，得叫她看一手两手的。沈二哥几乎是高了兴。

司长真等着他呢。很客气，并且管他叫沈二哥："你比我资格老，我们背地里都叫你沈二哥，坐，坐！"沈二哥感激司长，想起自己的过错，不该和司长耍脾气。"司长，对不起，我那么无礼。"沈二哥交代了这几句，心里合了辙。他就是这么说话的时候觉得自然，合身份。"自己一定是疯了，跟司长翻脸。"他心里说。他一点也不硬了，规规矩矩地坐着，眼睛看着自己的膝。"司长叫我干什么？""没事，谈一谈。"

"是。"沈二哥的声音低而好听，自己听着都入耳。说完了，似乎随着来了个声音："你抽抽"，他也觉出来自己是一点一点往里缩呢。可是他不能改，特别是在司长面前。司长比他大得多，他得承认自己是"小不点"。况且司长这样客气呢，能给脸不兜着么？

"你在衙门里有十年了吧？"司长问，很亲热地。"十多年了。"沈二哥不敢多带感情，可是不由得有点骄傲，生命并没白白过去，十多年了，老有差事做，稳当，熟习，没碰过钉子。

"还愿往下做？"司长笑了。

沈二哥回答不出，觉得身子直往里抽抽。他的心疼了一下。还愿往下做？是的。但是，这么下去能成个人物么？他真不敢问自己，舌头木住了，全是空的，全是。"你看，今天你找我去……我明白……你是这样，我何尝不是这样。"司长思索了会儿。"咱们差不多。没有想想看，你说的，对了。咱们都坏在想想看上。不是活着，是凑合。你打动了我。咱们都有这种时候，不过很少敢像你这么直说出来的。咱们把心放在手上捧着。越活越抽抽。"司长的眼中露出真的情感。

沈二哥的嘴中冒了水。"司长，对！咱们，我，一天一天地思索，只是为'躲'，像苍蝇。对谁，对任何事，想想看。精明，不吃亏。其实，其实……"他再找不到话，嗓子中堵住了点什么。

"几时咱们才能不想想看呢？"司长叹息着。

"几时才能不想想看呢？"沈二哥重了一句，作为回答。

"说真的，当你说想想看的时候，你想什么？"

"我？"沈二哥要落泪，"我只想把自己放在有垫子的地方，不碰屁股。可也有时候，什么也不想，只是一种习惯，一种习惯。当我一说那三个字，我就觉得自己小了一些。可是我还得说，像小麻雀听见声儿必飞一下似的。我自己小起来，同时我管这种不舒服叫作压迫。我疑心。事事是和我顶着牛。我抓不到什么，只求别沉下去，像不会水的落在河里。我——"

"像个没病而怕要生病的，"司长接了过去，"什么事都先从坏里想，老微笑着从反面解释人家的好话真话。"他停了一会儿，"可是，不用多讲过去的了，现在我们怎办呢?"

"怎办呢?"沈二哥随着问，心里发空，"我们得有劲儿，我认为?"

"今天你在衙门里总算有了劲儿，"司长又笑了笑，"但是，假如不是遇上我，你的劲儿有什么结果呢? 我明天要是对部长有劲儿一回，又怎样呢?"

"事情大概就吹了!"

"沈二哥，假若在四川，或是青海，有个事情，需要两个硬人，咱俩可以一同去，你去不去?"

"我想想看。"沈二哥不由得说出来了。

司长哈哈地笑起来，可是他很快地止住了:"沈二哥，别脸红! 我也得这么说，假如你问我的话。咱们完了。人家托咱们捎封信，带点东西，咱们都得想想看。惯了。头裹在被子里咱们才睡得香呢。沈二哥，明天我替你办加薪。"

"谢!"堵住了沈二哥的喉。

柳家大院

这两天我们的大院里又透着热闹，出了人命。

事情可不能由这儿说起，得打头儿来。先交代我自己吧，我是个算命的先生。我也卖过酸枣、落花生什么的，那可是先前的事了。现在我在街上摆卦摊，好了呢，一天也抓弄个三毛五毛的。老伴儿早死了，儿子拉洋车。我们爷儿俩住着柳家大院的一间北房。

除了我这间北房，大院里还有二十多间房呢。一共住着多少家子？谁记得清！住两间房的就不多，又搭上今个搬来，明儿又搬走，我没有那么好记性。大家见面招呼声"吃了吗"，透着和气；不说呢，也没什么。大家一天到晚为嘴奔命，没有工夫扯闲盘儿。爱说话的自然也有啊，可是也得先吃饱了。

还就是我们爷儿俩和王家可以算作老住户，都住了一年多了。早就想搬家，可是我这间屋子下雨还算不十分漏；这个世界哪去找不十分漏水的屋子？不漏的自然有哇，也得住得起呀！再说，一搬家又得花三份儿房钱，莫如忍着吧。晚报上常说什么"平等"，铜子儿不平等，什么也不用说。这是实话。就拿媳妇们说吧，娘家要是不使彩礼，她们一定少挨点揍，是不是？

王家是住两间房。老王和我算是柳家大院里最"文明"的人了。"文明"是三孙子，话先说在头里。我是算命的先生，眼前的字儿颇念一气。天天我看俩大子的晚报。"文明"人，就凭看篇晚报，别装孙子啦！老王是给一家洋人当花匠，总算混着洋事。其实他会种花不会，他自己晓得；若是不会的话，大概他也不肯说。给洋人院里剪草皮的也许叫作花匠；无论怎说吧，老王有点好吹。有什么意思？剪草皮又怎么低得呢？老王想不开这一层。要不怎么穷人没起色呢，穷不是，还好吹两句！大院里这样的人多了，老跟"文明"人学；好像"文明"人的吹胡子瞪眼睛是应当应分。反正他挣钱不多，花匠也罢，草匠也罢。

老王的儿子是个石匠，脑袋还没石头顺溜呢，没见过这么死巴的人。他可是好石匠，不说屈心话。小王娶了媳妇，比他小着十岁，长得像搁陈了的窝窝头，一脑袋黄毛，永远不乐，一挨揍就哭，还是不短挨揍。老王还有个女儿，大概也有十四五岁了，又贼又坏。他们四口住两间房。

除了我们两家，就得算张二是老住户了；已经在这儿住了六个多月。虽然欠下俩月的房钱，可是还对付着没叫房东给撵出去。张二的媳妇嘴真甜甘，会说话；这或者就是还没叫撵出去的原因。自然她只是在要房租来的时候嘴甜甘；房东一转身，你听她那个骂。谁能不骂房东呢；就凭那么一间狗窝，一月也要一块半钱?! 可是谁也没有她骂得那么到家，那么解气。连我这老头子都有点爱上她了，不是为别的，她真会骂。可是，任凭怎么骂，一间狗窝还是一块半钱。这么一想，我又不爱她了。没真章儿，骂骂算得了什么呢。

张二和我的儿子同行，拉车。他的嘴也不善，喝俩铜子的"猫尿"能把全院的人说晕了；穷嚼！我就讨厌穷嚼，虽然张二不是坏心肠的人。张二有三个小孩，大的捡煤核，二的滚车辙，三的满院爬。

提起孩子来了，简直地说不上来他们都叫什么。院子里的孩子足够一混成旅，怎能记得清楚呢？男女倒好分，反正能光眼子就光着。在院子里走道总得小心点；一慌，不定踩在谁的身上呢。踩了谁也得闹一场气。大人全憋着一肚子委屈，可不就抓个碴儿吵一阵吧。越穷，孩子越多，难道穷人就不该养孩子？不过，穷人也真得想个办法。这群小光眼子将来都干什么去呢？又跟我的儿子一样，拉洋车？我倒不是说拉洋车就低贱，我是说人就不应当拉车；人嘛，当牛马？可是，好些个还活不到能拉车的年纪呢。今年春天闹瘟疹，死了一大批。最爱打孩子的爸爸也咧着大嘴地哭，自己的孩子有个不心疼的？可是哭完也就完了，小席头一卷，夹出城去；死了就死了，省吃是真的。腰里没钱心似铁，我常这么说。这不像一句话，总得想个办法！

除了我们三家子，人家还多着呢。可是我只提这三家子就够了。我不是说柳家大院出了人命吗？死的就是王家那个小媳妇——像窝窝头的那位。我又说她像窝窝头，这可不是拿死人打哈哈。我也不是说她"的确"像窝窝头。我是替她难受，替和她差不多的姑娘媳妇们难受。我就常思索，凭什么好好的一个姑娘，养成像窝窝头呢？从小儿不得吃，不得喝，还能油光水滑的吗？是，不错，可是凭什么呢？

少说闲话吧；是这么回事：老王第一个不是东西。我不是说他好吹吗？是，事事他老学那些"文明"人。娶了儿媳妇，嗬，他不知道怎么好了。一天到晚对儿媳妇挑鼻子弄眼睛，派头大了。为三个钱的油、两个钱的醋，他能闹得翻江倒海。我知道，穷人肝气旺，爱吵架。老王可是有点存心找毛病；他闹气，不为别的，专为学学"文明"人的派头。他是公公；妈的，公公几个子儿一个！我真不明白，为什么穷小子单要充"文明"，这是哪一股儿毒气呢？早晨，他起得早，总得也把小媳妇叫起来，其实有什么事呢？他要立这个规矩，穷酸！她稍微晚起来一点，听吧，这一顿揍！

我知道，小媳妇的娘家使了一百块的彩礼。他们爷儿俩大概再有一年也还不清这笔亏空，所以老拿小媳妇泄气。可是要专为这一百块钱闹气，也倒罢了，虽然小媳妇已经够冤枉的。他不是专为这点钱。他是学"文明"人呢，他要做足了当公公的气派。他的老伴不是死了吗，他想把婆婆给儿媳妇的折磨也由他承办。他变着方儿挑她的毛病。她呢，一个十七岁的孩子可懂得什么？跟她要排场？我知道他那些排场是打哪儿学来的：在茶馆里听那些"文明"人说的。他就是这么个人——和"文明"人要是过两句话，替别人吹几句，脸上立刻能红堂堂的。在洋人家里剪草皮的时候，洋人要是跟他过一句半句的话，他能把尾巴摆动三天三夜。他确是有尾巴。可是他摆了一辈子的尾巴了，还是他妈的住破大院啃窝窝头。我真不明白！

老王上工去的时候，把折磨儿媳妇的办法交给女儿替他办。那个贼丫头！我一点也没有看不起穷人家的姑娘的意思；她们给人家做丫环去呀，做二房去呀，当窑姐去呀，是常有的事（不是应该的事），那能怨她们吗？不能！可是我讨厌王家这个二妞，她和她爸爸一样的讨人嫌，能钻天觅缝地给她嫂子小鞋穿，能大睁白眼地造旱谣言给嫂子使坏。我知道她为什么这么坏，她是由那个洋人供给着在一个学校念书，她一万多个看不上她的嫂子。她也穿一双整鞋，头发上也戴着一把梳子，瞧她那个美！我就这么琢磨这回事：世界上不应当有穷有富。可是穷人要是狗着①有钱的，往高处爬，比什么也坏。老王和二妞就是好例子。她嫂子要是做一双青布新鞋，她变着方儿给踩上泥，然后叫她爸爸骂儿媳妇。我没工夫细说这些事儿，反正这个小媳妇没有一天得着好气；有的时候还吃不饱。

小王呢，石子厂在城外，不住在家里。十天半月地回来一趟，一定揍媳妇一顿。在我们的柳家大院，揍儿媳妇是家常便饭。谁叫老婆吃着男子汉呢，谁叫娘家使了彩礼呢？揍揍是该当的。可是小王本来可以不揍媳妇，因为他轻易不家来，还愿意回回闹气吗？哼，有老王和二妞在旁边唧咕啊。老王罚儿媳妇挨饿，跪着；到底不能亲自下手打，他是自居为"文明"人的，哪能落个公公打儿媳妇呢？所以挑唆儿子去打；他知道儿子是石匠，打一回胜似别人打五回的。儿子打完了媳妇，他对儿子和气极了。二妞呢，虽然常拧嫂子的胳臂，可也究竟是不过瘾，恨不能看着哥哥把嫂子当作石头，一下子捶碎才痛快。我告诉你，一个女人要是看不起一个女人的话，那就是活对头。二妞自居女学生；嫂子不过是花一百块钱买来的一个活窝窝头。

王家的小媳妇没有活路。心里越难受，对人也越不和气，全院里没有爱她的人。她连说话都忘了怎么说了。也有痛快的时候，见神见鬼地闹撞客②。总是在小王揍完她走了以后，她又哭又说，一个人闹欢了。我的差事来了，老王和我借宪书，抽她的嘴巴。他怕鬼，叫我去抽。等我进了她的屋子，把她安慰得不哭了——我没抽过她，她要的是安慰，几句好话——他进来了，掐她的人中，用草纸熏；其实他知道她已缓醒过来，故意地惩治她。每逢到这个节骨眼，我和老王吵一架。平日他们吵闹我不管；管又有什么用呢？我要是管，一定是向

---

① 狗着：巴结。

② 撞客：神志昏迷、哭闹、说胡话，迷信的认为是撞见鬼了。

着小媳妇；这岂不更给她添堵？所以我不管。不过，每逢一闹撞客，我们俩非吵不可了，因为我是在那儿，眼看着，还能一语不发？奇怪的是这个，我们俩吵架，院里的人总说我不对；妇女们也这么说。她们以为她该挨揍。他们也说我多事。男的该打女的，公公该管教儿媳妇，小姑子该给嫂子气受，他们这群男女信这个！怎么会信这个呢？谁教给他们的呢？哪个王八蛋三孙子"文明"可笑，又可哭，肚子饿得像两层皮的臭虫，还信"文明"呢！

前两天，石匠又回来了。老王不知怎么一时心顺，没叫儿子揍媳妇，小媳妇一见大家欢天喜地，当然是喜欢，脸上居然有点像要笑的意思。二妞看见了这个，仿佛是看见天上出了两个太阳。一定有事！她嫂子正在院子里做饭，她到嫂子屋里去搜开了。一定是石匠哥哥给嫂子买来了贴己的东西，要不然她不会脸上笑出来。翻了半天，什么也没翻出来。我说"半天"，意思是翻得很详细；小媳妇屋里的东西还多得了吗？我们的大院里凑到一块也找不出两张整桌子来，要不怎么不闹贼呢。我们要是有钱票，是放在袜筒儿里。

二妞的气大了。嫂子脸上敢有笑容？不管查得出私弊查不出，反正得惩治她！

小媳妇正端着锅饭澄米汤，二妞给了她一脚。她的一锅饭出了手。"米饭！"不是丈夫回来，谁敢出主意吃"饭"！她的命好像随着饭锅一同出去了。米汤还没澄干，稀粥似的，雪白的饭，摊在地上。她拼命用手去捧，滚烫，顾不得手；她自己还不如那锅饭值钱呢。实在太热，她捧了几把，疼到了心上，米汁把手糊住。她不敢出声，咬上牙，扎着两只手，疼得直打转。

"爸！瞧她把饭全撒在地上啦！"二妞喊。

爷儿俩全出来了。老王一眼看见饭在地上冒热气，登时就疯了。他只看了小王那么一眼，已然是说明白了："你是要媳妇，还是要爸爸？"

小王的脸当时就涨紫了，过去揪住小媳妇的头发，拉倒在地。小媳妇没出一声，就人事不知了。

"打！往死了打！打！"老王在一旁嚷，脚踢起许多土来。

二妞怕嫂子是装死，过去拧她的大腿。

院子里的人都出来看热闹，男人不过来劝解，女的自然不敢出声；男人就是喜欢看别人揍媳妇——给自己的那个老婆一个榜样。

我不能不出头了。老王很有揍我一顿的意思。可是我一出头，别的男人也蹭过来。好说歹说，算是劝开了。

第二天一清早，小王老王全去工作。二妞没上学，为是继续给嫂子气受。

张二嫂动了善心，过来看看小媳妇。因为张二嫂自信会说话，所以一安慰小媳妇，可就得罪了二妞。她们俩抬起来了。当然二妞不行，她还说得过张二嫂！"你这个丫头要不下窑子，我不姓张！"一句话就把二妞骂闷过去了，"三秃子给你俩大子，你就叫他亲嘴；你当我没看见呢？有这么回事没有？有没有？"二嫂的嘴就堵着二妞的耳朵眼，二妞直往后退，还说不出话来。

这一场过去，二妞搭讪着上了街，不好意思再和嫂子闹了。

小媳妇一个人在屋里，工夫可就大啦。张二嫂又过来看一眼，小媳妇在炕上躺着呢，可是穿着出嫁时候的那件红袄。张二嫂问了她两句，她也没回答，只扭过脸去。张家的小二，正在这么工夫跟个孩子打起来，张二嫂忙着跑去解围，因为小二被敌人给按在底下了。

二妞直到快吃饭的时候才回来，一直奔了嫂子的屋子去，看看她做好了饭没有。二妞向来不动手做饭，女学生嘛！一开屋门，她失了魂似的喊了一声，嫂子在房梁上吊着呢！一院子的人全吓惊了，没人想起把她摘下来，好鞋不踩臭狗屎，谁肯往人命事儿里掺和呢？

二妞捂着眼吓成孙子了。"还不找你爸爸去?!"不知道谁说了这么一句，她扭头就跑，仿佛鬼在后头追她呢。

老王回来也傻了。小媳妇是没有救儿了；这倒不算什么，脏了房，人家房东能饶得了他吗？再娶一个，只要有钱，可是上次的债还没归清呢！这些个事叫他越想越气，真想咬吊死鬼儿几块肉才解气！

娘家来了人，虽然大嚷大闹，老王并不怕。他早有了预备，早问明白了二妞，小媳妇是受张二嫂的挑唆才想上吊；王家没逼她死，王家没给她气受。你看，老王学"文明"人真学得到家，能瞪着眼扯谎。

张二嫂可抓了瞎，任凭怎么能说会道，也禁不住贼咬一口，入骨三分！人命，就是自己能分辩，丈夫回来也得闹一阵。打官司自然是不会打的，柳家大院的人还敢打官司？可是老王和二妞要是一口咬定，小媳妇的娘家要是跟她要人呢，这可不好办！柳家大院是不讲情理的，老王要是咬定了她，她还就真跑不了。谁叫自己平日爱说话呢，街坊们有不少恨着她的，就棍打腿，他们还不一拥而上把她"打倒"，用个晚报上的字眼。果不其然，张二一回来就听说了，自己的媳妇惹了祸。谁还管青红皂白，先揍完再说，反正打媳妇是理所当然的事。张二嫂挨了顿好的，全大院都觉得十分的痛快。

小媳妇的娘家不打官司；要钱；没钱再说厉害。老王怕什么偏有什么；前者娶儿媳妇的钱还没还清，现在又来了一档子！可是，无论怎样，也得答应着拿钱，要不然屋里放着吊死鬼，总不像句话。

小王也回来了，十分像个石头人，可是我看得出，他的心里很难过，谁也没把死了的小媳妇放在心上，只有小王进到屋中，在尸首旁边坐了半天。要不是他的爸爸"文明"，我想他决不会常打她。可是，爸爸"文明"，儿子也自然是要孝顺了，打吧！一打，他可就忘了他的胳臂本是砸石头的。他一声没出，在屋里坐了好大半天，而且把一条新裤子——就是没补丁的呀——给媳妇穿上，他的爸爸跟他说什么，他好像没听见。他一个劲儿地吸蝙蝠牌的烟，眼睛不错眼珠地看着点什么——别人都看不见的一点什么。

娘家要一百块钱——五十是发送小媳妇的，五十归娘家人用。小王还是一语不发。老王答应了拿钱。他第一个先找了张二去。"你的媳妇惹的祸，没什么说的，你拿五十，我拿五十，要不然我把吊死鬼搬到你屋里来。"老王说得温和，可又硬张。

张二刚喝了四个大子的猫尿，眼珠子红着。他也来得不善："好王大爷的话，五十？我拿！看见没有？屋里有什么你拿什么好了。要不然我把这两个大孩子卖给你。还不值五十块钱？小三的妈！把两个大的送到王大爷屋里去！会跑会吃，决不费事，你又没个孙子，正好嘛！"

老王碰了个软的。张二屋里的陈设大概一共值不了几个子儿！俩孩子？叫张二留着吧。可是，不能这么轻轻地便宜了张二；拿不出五十呀，三十行不行? 张二唱开了《打牙牌》①，好像很高兴似的。"三十干吗? 还是五十好了，先写在账上，多咱我叫电车轧死，多咱还你。"

老王想叫儿子揍张二一顿。可是张二也挺壮，不一定能揍得了他。张二嫂始终没敢说话，这时候看出一步棋来，乘机会自己找脸："姓王的，你等着好了，我要不上你屋里去上吊，我不算好老婆，你等着吧!"

老王是"文明"人，不能和张二嫂斗嘴皮子。而且他也看出来，这种野娘们什么也干得出来。真要再来个吊死鬼，可得更吃不了兜着走了。老王算是没敲上张二，张二由《打牙牌》改成了《刀劈三关》。

其实老王早有了"文明"主意，跟张二这一场不过是虚晃一刀。他上洋人家里去，洋大人没在家，他给洋太太跪下了，要一百块钱。洋太太给了他，可是其中的五十是要由老王的工钱扣的，不要利钱。

老王拿着回来了，鼻子朝着天。

开张殃榜就使了八块；阴阳先生要不开这张玩意，麻烦还小得了吗? 这笔钱不能不花。

小媳妇总算死得"值"。一身新红洋缎的衣裤，新鞋新袜子，一头银白铜的首饰。十二块钱的棺材。还有五个和尚念了个光头三②。娘家弄了四十多块去；老王无论如何不能照着五十的数给。

事情算是过去了，二妞可遭了报应，不敢进屋子。无论干什么，她老看见嫂子在房梁上挂着呢。老王得搬家。可是，脏房谁来住呢? 自己住着，房东也许马马虎虎不究真儿；搬家，不叫赔房才怪呢。可是二妞不敢进屋睡觉也是个事儿。况且儿媳妇已经死了，何必再住两间房? 让出那一间去，谁肯住呢? 这倒难办了。

老王又有了高招儿，儿媳妇变成吊死鬼，他更看不起女人了。四五十块花在吊死鬼身上，还叫她娘家拿走四十多，真堵得慌。因此，连二妞的身份也落下来了。干脆把她打发了，进点彩礼，然后赶紧再给儿子续上一房。二妞不敢

---

① 打牙牌: 娼妓中流行的黄色小调，小曲。
② 光头三: 死了人，在第三天上念经超度亡魂。

进屋子呀，正好，去她的。卖个三百二百的，除给儿子续娶之外，自己也得留点棺材本儿。

他搭讪着跟我说这个事。我以为要把二妞给我的儿子呢；不是，他是托我给留点神，有对事的外乡人肯出三百二百的就行。我没说什么。

正在这个时候，有人来给小王提亲，十八岁的大姑娘，能洗能做，才要一百二十块钱的彩礼。老王更急了，好像立刻把二妞铲出去才痛快。

房东来了，因为上吊的事吹到他耳朵里。老王把他唬回去了：房脏了，我现在还住着呢！这个事怨不上来我呀，我一天到晚不在家；还能给儿媳妇气受？架不住有坏街坊，要不是张二的娘们，我的儿媳妇能想起上吊？上吊也倒没什么，我呢现在又给儿子张罗着，反正混着洋事，自己没钱呀，还能和洋人说句话，接济一步。就凭这回事说吧，洋人送了我一百块钱！

房东叫他给唬住了，跟旁人一打听，的的确确是由洋人那儿拿来的钱，而且大家都很佩服老王。房东没再对老王说什么，不便于得罪混洋事的。可是张二这个家伙不是好调货，欠下两个月的房租，还由着娘们拉舌头扯簸箕，撵他搬家！张二嫂无论怎么会说，也得补上俩月的房钱，赶快滚蛋！

张二搬走了，搬走的那天，他又喝得醉猫似的。

等着看吧。看二妞能卖多少钱，看小王又娶个什么样的媳妇。什么事呢！"文明"是三孙子，还是那句！

邻居们

　　明太太的心眼很多。她给明先生已生了儿养了女，她也烫着头发，虽然已经快四十岁；可是她究竟得一天到晚悬着心。她知道自己有个大缺点，不认识字。为补救这个缺欠，她得使碎了心；对于儿女，对于丈夫，她无微不至地看护着。对于儿女，她放纵着，不敢责罚管教他们。她知道自己的地位还不如儿女高，在她的丈夫眼前，她不敢对他们发威。她是他们的妈妈，只因为他们有那个爸爸。她不能不多留个心眼，她的丈夫是一切，她不能打骂丈夫的儿女。她晓得丈夫要是恼了，满可以用最难堪的手段待她；明先生可以随便再娶一个，她一点办法也没有。

　　她爱疑心，对于凡是有字的东西，她都不放心。字里藏着一些她猜不透的秘密。因此，她恨那些识字的太太们、小姐们。可是，回过头来一想，她的丈夫，她的儿女，并不比那些读书识字的太太们更坏，她又不能不承认自己的聪明，自己的造化，与自己的身份。她不许别人说她的儿女不好，或爱淘气。儿女不好便是间接地说妈妈不好，她不能受这个。她一切听从丈夫，其次就是听从儿女；此外，她比一切人都高明。对邻居，对仆人，她时时刻刻想表示出她的尊严。孩子们和别家的儿女打架，她是可以豁出命地加入战争；叫别人知道她的厉害，她是明太太，她的霸道是反射出丈夫的威严，像月亮那样地使人想起太阳的光荣。

　　她恨仆人们，因为他们看不起她。他们并非不口口声声地叫她明太太，而是他们有时候露出那么点神气来，使她觉得他们心里是说："脱了你那件袍子，咱们都是一样；也许你更糊涂。"越是在明太太详密地计划好了事情的时候，他们越爱露这种神气。这使她恨不能吃了他们。她常辞退仆人，她只能这么吐一口恶气。

明先生对太太是专制的，可是对她放纵儿女、和邻居吵闹、辞退仆人这些事，他给她一些自由。他以为在这些方面，太太是为明家露脸。他是个勤恳而自傲的人。在心里，他真看不起太太，可是不许别人轻看她；她无论怎样，到底是他的夫人。他不能再娶，因为他是在个笃信宗教而很发财的外国人手下做事；离婚或再娶都足以打破他的饭碗。既得将就着这位夫人，他就不许有人轻看她。他可以打她，别人可不许斜看她一眼。他既不能真爱她，所以不能不溺爱他的儿女。他的什么都得高过别人，自己的儿女就更无须乎说了。

明先生的头抬得很高。他对得起夫人，疼爱儿女，有赚钱的职业，没一点嗜好，他看自己好像看一位圣人那样可钦仰。他求不着别人，所以用不着客气。白天他去工作，晚上回家和儿女们玩耍；他永远不看书，因为书籍不能供给他什么，他已经知道了一切。看见邻居要向他点头，他转过脸去。他没有国家，没有社会。可是他有个理想，就是他怎样多积蓄一些钱，使自己安稳独立像座小山似的。

可是，他究竟还有点不满意。他嘱告自己应当满意，但在生命里好像有些不受自己支配管辖的东西。这点东西不能被别的物件代替了。他清清楚楚地看见自己身里有个黑点，像水晶里包着的一个小物件。除了这个黑点，他自信，并且自傲，他是遍体透明、无可指摘的。可是他没法去掉它，它长在他的心里。

他知道太太晓得这个黑点。明太太所以爱多心，也正因为这个黑点。她设尽方法，想把它除掉，可是她知道它越长越大。她会从丈夫的笑容与眼神里看出这黑点的大小，她可不敢动手去摸，那是太阳的黑点，不定多么热呢。那些热力终究会叫别人承受，她怕，她得想方法。

明先生的小孩偷了邻居的葡萄。界墙很矮，孩子们不断地过去偷花草。邻居是对姓杨的小夫妇，向来也没说过什么，虽然他们很爱花草。明先生和明太太都不奖励孩子去偷东西，可是既然偷了来，也不便再说他们不对。况且花草又不同别的东西，摘下几朵并没什么了不得。在他们夫妇想，假如孩子们偷几朵花，而邻居找上门来不答应，那简直是不知好歹。杨氏夫妇没有找来，明太太更进一步地想，这必是杨家怕姓明的，所以不敢找来。明先生是早就知道杨家怕他，并非杨家小两口怎样明白地表示了惧意，而是明先生以为人人应当怕他，他是永远抬着头走路的人。还有呢，杨家夫妇都是教书的，明先生看不起这路人。他总以为教书的人是穷酸，没出息。尤其叫他恨恶杨先生的是杨太太很好看。他看不起教书的，可是女教书的——设若长得够样儿——多少得另眼看待一点。杨穷酸居然有这够样的太太，比起他自己的要好上十几倍，他不能不恨。反过来一想，挺俊俏的女人而嫁个教书的，或者是缺个心眼，所以他本不打算恨杨太太，可是不能不恨。明太太也看出这么一点来——丈夫的眼睛时常往矮墙那边溜。因此，孩子们偷杨家老婆的花与葡萄是对的，是对杨老婆的一种惩罚。她早算计好了，自要那个老婆敢出一声，她预备着厉害的呢。

杨先生是最新式的中国人，处处要用礼貌表示出自己所受过的教育。对于明家孩子偷花草，他始终不愿说什么，他似乎想到明家夫妇要是受过教育的，自然会自动地过来道歉。强迫人家来道歉未免太使人难堪。可是明家始终没自动地过来道歉。杨先生还不敢动气，明家可以无礼，杨先生是要保持住自己的尊严的。及至孩子们偷去葡萄，杨先生却有点受不住了，倒不为那点东西，而是可惜自己花费的那些工夫；种了三年，这是第一次结果，只结了三四小团儿，都被孩子们摘了走。杨太太决定找明太太去报告。可是杨先生，虽然很愿意太太去，却拦住了她。他的讲礼貌与教师的身份胜过了怒气。杨太太不以为然，这是该当去的，而且是抱着客客气气的态度去，并且不想吵嘴打架。杨先生怕太太想他太软弱了，不便于坚决的拦阻。于是明太太与杨太太见了面。

杨太太很客气："明太太吧？我姓杨。"

明太太准知道杨太太是干什么来的，而且从心里头厌恶她："啊，我早知道。"

杨太太所受的教育使她红了脸，而想不出再说什么。可是她必须说点什么："没什么，小孩们，没多大关系，拿了点葡萄。"

"是吗？"明太太的音调是音乐的，"小孩们都爱葡萄，好玩。我并不许他们吃，拿着玩。"

"我们的葡萄，"杨太太的脸渐渐白起来，"不容易，三年才结果！"

"我说的也是你们的葡萄呀，酸的；我只许他们拿着玩。你们的葡萄泄气，才结那么一点！"

"小孩呀，"杨太太想起教育的理论，"都淘气。不过，杨先生和我都爱花草。"

"明先生和我也爱花草。"

"假如你们的花草被别人家的孩子偷去呢？"

"谁敢呢？"

"你们的孩子偷了别人家的呢？"

"偷了你们的，是不是？你们顶好搬家呀，别在这儿住哇。我们的孩子就是爱拿葡萄玩。"

杨太太没法再说什么了，嘴唇哆嗦着回了家。见了丈夫，她几乎要哭了。

杨先生劝了她半天。虽然他觉得明太太不对，可是他不想有什么动作，他觉得明太太野蛮；跟个野蛮人打吵子是有失身份的。但是杨太太不答应，他必得给她去报仇。他想了半天，想起来明先生是不能也这样野蛮的，跟明先生交涉好了。可是还不便于当面交涉，写封信吧，客客气气地写封信，并不提明太太与妻子那一场，也不提明家孩子的淘气，只求明先生嘱咐孩子们不要再来糟蹋花草。这像个受过教育的人，他觉得。他也想到什么，近邻之谊……无任感激……至为欣幸……等等好听的词句。还想象到明先生见了信，受了感动，亲自来道歉……他很满意地写成了一封并不十分短的信，叫老妈子送过去。

明太太把邻居窝回去，非常的得意。她久想窝个像杨太太那样的女人，而杨太太给了她这机会。她想象着杨太太回家去应当怎样对丈夫讲说，而后杨氏夫妇怎样一齐地醒悟过来他们的错误——即使孩子偷葡萄是不对的，可是也得看谁家的孩子呀。明家孩子偷葡萄是不应当抱怨的。这样，杨家夫妇便完全怕了明家；明太太不能不高兴。

杨家的女仆送来了信。明太太的心眼是多的。不用说，这是杨老婆写给明先生的，把她"刷"了下来。她恨杨老婆，恨字，更恨会写字的杨老婆。她决定不收那封信。

　　杨家的女仆把信拿了走，明太太还不放心，万一等先生回来而他们再把这信送回来呢！虽然她明知道丈夫是爱孩子的，可是那封信是杨老婆写来的；丈夫也许看在杨老婆的面上而跟自己闹一场，甚至于挨顿揍也是可能的。丈夫设若揍她一顿给杨老婆听，那可不好消化！为别的事挨揍还可以，为杨老婆……她得预备好了，等丈夫回来，先垫下底儿——说杨家为点酸葡萄而来闹了一大阵，还说要给他写信要求道歉。丈夫听了这个，必定也可以不收杨老婆的信，而胜利完全是她自己的。

　　她等着明先生，编好了所要说的话语，设法把丈夫常爱用的字眼都加进去。明先生回来了。明太太的话很有力量地打动了他爱子女的热情。他是可以原谅杨太太的，假若她没说孩子们不好。她既然是看不起他的孩子，便没有可原谅的了，而且勾上他的厌恶来——她嫁给那么个穷教书的，一定不是什么好东西。赶到明太太报告杨家要来信要求道歉，他更从心里觉得讨厌了；他讨厌这种没事儿就动笔的穷酸们。在洋人手下做事，他晓得签字与用打字机打的契约是有用的；他想不到穷教书的人们写信有什么用。是的，杨家再把信送来，他决定不收。他心中那个黑点使他希望看看杨太太的字迹；字是讨厌的，可是看谁写的。明太太早防备到这里，她说那封信是杨先生写的。明先生没那么大工夫去看杨先生的臭信。他相信中国顶大的官儿写的信，也不如洋人签个字有用。

　　明太太派孩子到门口去等着，杨家送信来不收。她自己也没闲着，时时向杨家那边望一望。她得意自己的成功，没话找话甚至于向丈夫建议，把杨家住的房买过来。明先生虽然知道手中没有买房的富余，可是答应着，因为这个建议听着有劲，过瘾，无论那所房是杨家的，还是杨家租住的，明家要买，它就得出卖，没有问题。明先生爱听孩子们说"赶明儿咱们买那个"。"买"是最大胜利。他想买房，买地，买汽车，买金物件……每一想到买，他便觉到自己的伟大。

　　杨先生不主张再把那封信送去，虽然他以为明家不收他的信是故意污辱他。他甚至于想到和明先生在街上打一通儿架，可是只能这么想想，他的身份不允许他动野蛮的。他只能告诉太太，明家都是混蛋，不便和混蛋们开仗；这给她一些安慰。杨太太虽然不出气，可也想不起好方法；她开始觉得做个文明人是吃亏的事，而对丈夫发了许多悲观的议论，这些议论使他消了不少的气。

夫妇们正这样碎叨唠着出气，老妈子拿进一封信来。杨先生接过一看，门牌写对了，可是给明先生的。他忽然想到扣下这封信，可是马上觉得那不是好人应干的事。他告诉老妈子把信送到邻家去。

明太太早在那儿埋伏着呢。看见老妈子往这边来了，唯恐孩子们还不可靠，她自己出了马。"拿回去吧，我们不看这个！"

"给明先生的！"老妈子说。

"是呀，我们先生没那么大功夫看你们的信！"明太太非常地坚决。

"是送错了的，不是我们的！"老妈子把信递过去。

"送错了的？"明太太翻了翻眼，马上有了主意，"叫你们先生给收着吧。当是我看不出来呢，不用打算诈我！"啪的一声，门关上了。

老妈子把信拿回来，杨先生倒为了难：他不愿亲自再去送一趟，也不肯打开看看；同时，他觉得明先生也是个混蛋——他知道明先生已经回来了，而且是与明太太站在一条战线上。怎么处置这封信呢？私藏别人的信件是不光明的。想来想去，他决定给外加一个信封，改上门牌号数，第二天早上扔在邮筒里；他还得赔上二分邮票，他倒笑了。

第二天早晨，夫妇忙着去上学，忘了那封信。已经到了学校，杨先生才想起来，可是不能再回家去取。好在呢，他想，那只是一封平信，大概没有什么重要的事，迟发一天也没多大关系。

下学回来，懒得出去，把那封信可是放在书籍一块，预备第二天早上必能发出去。这样安排好，刚要吃饭，他听见明家闹起来了。明先生是高傲的人，不愿意高声地打太太，可是被打的明太太并不这样讲体面，她一劲儿地哭喊，孩子们也没敢闲着。杨先生听着，听不出怎回事来，可是忽然想起那封信，也许那是封重要的信。因为没得到这封信，而明先生误了事，所以回家打太太。这么一想，他非常地不安。他想打开信看看，又没那个勇气。不看，又怪憋闷得慌，他连晚饭也没吃好。

饭后，杨家的老妈子遇见了明家的老妈子。主人们结仇并不碍于仆人们交往。明家的老妈子走漏了消息：明先生打太太是为一封信，要紧的信。杨家的老妈子回家来报告，杨先生连觉也睡不安了。所谓一封信者，他想必定就是他所存着的那一封信了。可是，既是要紧的信，为什么不挂号，而且马马虎虎写错了门牌呢？他想了半天，只能想到商人们对于文字的事是粗心的。这大概可以说明他为什么写错了门牌。又搭上明先生平日没有什么来往的信，所以邮差按着门牌送，而没注意姓名甚至或者不记得有个明家。这样一想，使他觉出自己的优越，明先生只是个会抓几个钱的混蛋。明先生既是混蛋，杨先生很可以打开那封信看看了。私看别人的信是有罪的，可是明先生还会懂得这个？不过，万一明先生来索要呢？不妥。他把那封信拿起好几次，到底不敢拆开。同时，他也不想再寄给明先生了。既是要紧的信，在自己手中拿着是有用的。这不光明正大，但是谁叫明先生是混蛋呢，谁教他故意和杨家捣乱呢？混蛋应受惩罚。他想起那些葡萄来。他想着想着可就又变了主意，他第二天早晨还是把那封送错的信发出去。而且把自己寄的那封劝告明家管束孩子的信也发了；到底叫明混蛋看看读书的人是怎样的客气与和蔼；他不希望明先生悔过，只教他明白过来教书的人是君子就够了。

明先生命令着太太去索要那封信。他已经知道了信的内容，因为已经见着了写信的人。事情已经有了预备，可是那封信不应当存在杨小子手里。事情是这样：他和一个朋友借着外国人的光儿私运了一些货物，被那个笃信宗教而很发财的洋人晓得了；那封信是朋友的警告，叫他设法别招翻了洋人。明先生不怕杨家发表了那封信，他心中没有中国政府，也没看起中国的法律；私运货物即使被中国人知道了也没多大关系。他怕杨家把那封信寄给洋人，证明他私运货物。他想杨先生必是这种鬼鬼祟祟的人，必定偷看了他的信，而去弄坏他的事。他不能自己去讨要，假若和杨小子见着面，那必定得打起来，他从心里讨厌杨先生这种人。他老觉得姓杨的该挨顿揍。他派太太去要，因为太太不收那封信才惹起这一套，他得惩罚她。

明太太不肯去，这太难堪了。她愣愿意再挨丈夫一顿打也不肯到杨家去丢脸。她耗着，把丈夫耗走，又偷偷地看看杨家夫妇也上了学，她才打发老妈子向杨家的老妈子去说。

杨先生很得意地把两封信一齐发了。他想象着明先生看看那封客气的信必定悔悟过来，而佩服杨先生的人格与手笔。

明先生被洋人传了去，受了一顿审问。幸而他已经见着写错了门牌的那位朋友，心中有个底儿，没被洋人问秃噜了。可是他还不放心那封信。最难堪的是那封信偏偏落在杨穷酸手里！他得想法子惩治姓杨的。

回到了家，明先生第一句话是问太太把那封信要回来没有。明太太的心眼是多的，告诉丈夫杨家不给那封信，这样她把错儿都从自己的肩膀上推下去，明先生的气不打一处而来，就凭个穷酸教书的敢跟明先生斗气。哼！他发了命令，叫孩子们跳过墙去，先把杨家的花草都踩坏，然后再说别的。孩子们高了兴，把能踩坏的花草一点也没留下。

孩子们远征回来，邮差送到下午四点多钟那拨儿信。明先生看完了两封信，心中说不出是难受还是痛快。那封写错了门牌的信使他痛快，因为他看明白了，杨先生确是没有拆开看；杨先生那封信使他难过，使他更讨厌那个穷酸，他觉得只有穷酸才能那样客气，客气得讨厌。冲这份讨厌也该把他的花草都踏平了。

杨先生在路上，心中满痛快：既然把那封信送回了原主，而且客气地劝告了邻居，这必能感动了明先生。一进家门，他愣了，院中的花草好似垃圾箱忽然疯了，一院子满是破烂儿。他知道这是谁做的。可是怎办呢？他想要冷静地找主意，受过教育的人是不能凭着冲动做事的。但是他不能冷静，他的那点野蛮的血沸腾起来，他不能思索了。扯下了衣服，他捡起两三块半大的砖头，隔着墙向明家的窗子扔了去。哗啦哗啦的声音使他感到已经是惹下祸，可是心中痛快，他继续着扔；听着玻璃的碎裂。他心里痛快，他什么也不计较了，只觉得这么做痛快、舒服、光荣。他似乎忽然由文明人变成野蛮人，觉出自己的力量与胆气，像赤裸裸的洗澡时那样舒服，无拘无束地领略着一点新的生活味道。他觉得年轻、热烈、自由、勇敢。

把玻璃打得差不多了，他进屋去休息。他等着明先生来找他打架，他不怕，他狂吸着烟卷，仿佛打完一个胜仗的兵士似的。等了许久，明先生那边一点动静没有。

明先生不想过来，因为他觉得杨先生不那么讨厌了。看着破碎玻璃，他虽不高兴，可也不十分不舒服。他开始想到有嘱告孩子们不要再去偷花的必要，以前他无论怎样也想不到这理；那些碎玻璃使他想到了这个。想到了这个，他也想起杨太太来。想到她，他不能不恨杨先生；可是恨与讨厌，他现在觉出来，是不十分相同的。"恨"有那么一点佩服的气味在里头。

第二天是星期日，杨先生在院中收拾花草，明先生在屋里修补窗户。世界上仿佛很平安，人类似乎有了相互的了解。

同盟

"男子即使没别的好处：胆量总比女人大一些。"天一对爱人说，因为她把男人看得不值半个小钱。

"哼！"她的鼻子里响了声，天一的话只值得用鼻子回答。

"天一虽然没胆量，可是他的话说得不错；男子，至少是多数的男子，比你们女人胆儿大。天一，你很怕鬼，是不是？我就不管什么鬼不鬼，专好走黑路！"子敬对爱人说，拿天一做了她所看不起的男子的代表。

"哼！"她的鼻子里响了一声，把子敬和天一全看得不值半个小钱。

他们俩都以她为爱人，写信的时候都称她为"我的粉红翅的安琪儿"。可是她——玉春——高兴的时候才给他们一个"哼"。

看见子敬也挨了一哼，天一的心差点乐碎了："我怕鬼，也不是谁，那天电灯忽然灭了，吓得登时钻了被窝？"

"对了，也不是谁，那天看见一个老鼠，嘴唇都吓白了？"子敬也发了问。

"也不是谁，那天床上有个鸡毛，吓得直叫唤？"

"也不是谁，那天——"

玉春没等子敬说出男子胆大的证据，发了命令："都给我出去！"

二位先生立刻觉出服从是必要的，一齐微笑，一齐立起，一齐鞠躬，一齐出去。

出了她的屋门，二位立刻由情敌改为朋友。

"子敬，还得回去，圆上脸面。"天一说，"咱俩一齐上她的屋顶，表示男子登梯爬高也不眼晕？"

"万一要真眼晕，从房上滚下来呢，岂不是当场出丑？"子敬不赞成。

"再说，咱们的新洋服也六十多块一身呢；爬一身土？不！"天一看了看自己的裤缝比子敬的直些，更不愿上房了。"你说怎么办？"

"咱们俩三天不去找她，"子敬建议，"到第三天晚上，你我前后脚到她那里去，假装咱们俩三天没见面了，咱们一见面，你就问我：子敬，老没见呀，上哪儿啦？我就造一片谣言，说什么表嫂被鬼迷住了，我去给赶鬼。然后我就问你，天一，老没见呀，上哪儿啦？你就造一片谣言，说家里闹狐狸精，盆碗大酒坛子满屋里飞，你回家去捉妖。这个主意怎样？"

"不错，可也不十分高明，"天一取了批评的态度说，"第一，我三天不去，你要是偷偷地去了呢？不公道！"

"一言为定，谁也不准私自去。咱们俩讲究联合起来，公开地，和她求爱；看到底谁能得胜，这才叫难能可贵！谁要是背地里加油，谁就不算人！"子敬带着热情声明。

"好了；第二，咱们造谣，她可得信哪？"天一问。

"这里还有文章，"子敬非常的得意，"我刚才说什么时候去找她？晚上。为什么要在晚上？女人在晚上胆子更小。你我拼命地说鬼，小眼鬼，大眼鬼，牛头鬼，歪脖鬼，越多越好，越厉害越好，你说，她得害怕不？她一害怕，咱俩就告辞，她还不央告咱们多坐一会儿？这，她已经算输了。咱们乐得多坐一会儿，可是不要再提半个鬼字。然后，你或者我，立起来说：唉！忘了，还得出城呢！好在路上只经过五六块坟地，不算什么；有鬼也打它个粉碎！你或是我这么说完就走。然后剩下的那位也立起来，也说些什么到亲戚家去守尸那类的话，也就出来。谁先走谁在巷口上等，咱们好一块儿回来。"

"她相信吗？"

"管她信不信呢，"子敬笑了，"反正半夜里独自走道，女人就来不及。就是她不信咱们去打鬼守尸，她也得佩服咱们敢在半夜里独行。"

"对！现在要说第三，咱们三天不去，岂不是给小李个好机会？你难道不知道她给小李的哼声比给咱们的柔和着一半？"

"这——"子敬确是要思索会儿了；想了半天，有了主意，"你要晓得，天一，在爱情的进程里须有柔有刚，忽近忽远；一味地缠磨，有时适足惹起厌恶，因为你老不给她想念你的机会，她自然对你不敬。反之，在相当的时节给她个休息三天，你看吧，她再见你的时候，管保另眼看待，就好像三个星期没看电影以后，连破片子也觉得有趣。咱们三天不去，而小李天天去，正可以减少他的价值，而增高我们的身份。咱们先约好，你给她买水果，我买鲜花；而且要理发刮脸，穿新洋服，这一下子要不把小李打退十里才怪！"

"有理！"天一十分佩服子敬。

"这只是一端，还有花样呢，"子敬似乎说开了头，话是源源而来，"咱们还可以当面和小李挑战，假如他也在那儿的话——我想咱们必定遇上他。咱们就可以老声老气地问他：小李，不跟我到王家坟绕个弯？或是，小李，跟我去守尸吧？他一定说不去；在她面前，咱们又压过他一头。"

天一插嘴："他要是不输气，真和咱们去，咱们岂不漏了底？"

"没那回事！他干什么没事发疯去半夜绕坟地玩呀，他正乐得我们出去；他好多坐一会儿——可是适足以增加她的厌恶心。他又不认识咱们的亲戚，他去守哪门子尸呀，当然说不去。只要他一说不去，咱们就算战胜，因为女子的心细极了，她总要把爱人们全丝毫不苟地称量过，然后她挑选个最合适的——最合适的，并非是最好的，你要晓得。你看，小李的长相，无须说，是比咱俩漂亮些。"

"哼！"天一差点把鼻子弄成三个鼻孔。

"可是，漂亮不是一切。假如个个女子'能'嫁梅博士，不见得个个就'愿'嫁他。小李漂亮及格，而无胆量，便不是最合适的；女子不喜欢女性的男人；除非是林黛玉那样的痨病鬼，才会爱那个傻公子宝玉，可是就连宝玉也到底比黛玉强健些，是不是？看吧，我的计划决弄不出错儿来！等把小李打倒，那便要看你我见个高低了。"子敬笑了。

天一看了看自己的拳头，并不比子敬的大，微觉失意。

小李果然是在她那里呢。

子敬先到，献上一束带露水的紫玫瑰。

她给他一个小指叫他挨了一挨，可是没哼。他的脸比小李的多着二两雪花膏。

天一次到，献上一筐包纸印洋字的英国罐形梨。

她给他一个小指叫他挨了一挨，可是没哼。他的头发比小李的亮得多着二十烛光。

"嗬，小李，"二人一齐唱，"领带该换了！"

她的眼光在小李的项下一扫。二人心中痒了一下。

"天一，老没见哪？别太用功了；得个学士就够了，何必非考留洋不可呢？"子敬独唱。

"不是；不用提了！"天一叹了口气，"家里闹狐狸。"

"哟！"子敬的脸落下一寸。

"家里闹狐狸还往这儿跑干吗？"玉春说，"别往下说，不爱听！"

天一的头一炮没响，心中乱了营。

"大概是闹完了？"子敬给他个台阶，"别说了，怪叫人害怕！我倒不怕；小李你呢？"

"晚上不大爱听可怕的事。"小李回答。

子敬看了天一一眼。

"子敬，老没见哪？"天一背书似的问，"上哪儿去？"

"也是可怕的事，所以不便说，怕小李害怕；表哥家里闹大头鬼，我——"玉春把耳朵用手指堵上。

"噢，对不起！不说就是了。"子敬很快活地道歉。

小李站起来要走。

"咱们也走吧？"天一探探子敬的口气。

"你上哪儿？"子敬问。

"二舅过去了，得去守尸，家里还就是我有点胆子。你呢？"

"我还得出城呢，好在只过五六块坟地，遇上一个半个吊死鬼也还没什么。"

子敬转问小李，"不出城和我绕个弯去？坟地上冒绿火，很有个意思。"

小李摇了摇头。

天一和小李先走了，临走的时候天一问小李愿意陪他守尸去不？小李又摇了摇头。

剩下子敬和玉春。

"小李都好，"他笑着说，"就是胆量太小，没有男子气。请原谅我，按说不应当背后讲究人，都是好朋友。"

"他的胆子不大。"她承认了。

"一个男人没有胆气可不大好办。"子敬叹惜着。

"一个男人要是不诚实，假充胆大，就更不好办。"她看着天花板说。

子敬胸中一恶心。

"请你告诉天一以后少来，我不愿意吃他的果子，更不愿意听闹狐狸！"

"一定告诉他：以后再来，我不约着他就是了。"

"你也少来，不愿意什么大头鬼小头鬼的吓着我的小李。小李的领带也用不着你提醒他换；我是干什么的？再说，长得俊也不在乎修饰；我就不爱看男人的头发亮得像电灯泡。"

天一一清早就去找子敬，心中觉得昨晚的经过确是战胜了小李——当着她承认了胆小。

子敬没在宿舍，因为入了医院。

子敬在医院里比不在医院里的人还健美，脸上红扑扑的好像老是刚吃过一杯白兰地。可是他要住医院——希望玉春来看他。假如她拿着一束鲜花来看他，那便足以说明她还是有意，而他还大有希望。

她压根儿没来！

于是他就很喜欢：她不来，正好。因为他的心已经寄放在另一地方。

天一来看他，带来一束鲜花、一筐水果、一套武侠爱情小说。到底是好朋友，子敬非常感谢天一；可是不愿意天一常来，因天一头一次来看朋友，眼睛就专看那个小看护妇，似乎不大觉得子敬是他所要看的人。而子敬的心现在正是寄放在小看护妇的身上，所以既不以玉春无情为可恼，反觉得天一的探病为多事。不过，看在鲜花水果的面上，还不好意思不和天一瞎扯一番。

"不用叫玉春臭抖，我才有工夫给她再送鲜花呢！"子敬决定把玉春打入冷宫。

"她的鼻子也不美！"天一也觉出她的缺点。

"就会哼人，好像长鼻子不为吸气，只为哼气的！"

"那还不提，鼻子上还有一排黑雀斑呢！就仗着粉厚，不然的话，那只鼻子还不像个斑竹短烟嘴？"

"扇风耳朵！"

"故意地用头发盖住，假装不扇风！"

"上嘴唇多么厚！"

"下嘴唇也不薄，两片夹馅的鸡蛋糕，白叫我吻也不干！"

"高领子专为掩盖着一脖子泥！"

"小短手就会接人家的礼物！"

粉红翅的安琪儿变成一个小钱不值。

天一舍不得走；子敬假装要吃药，为是把天一支出去。二人心中的安琪儿现在不是粉红翅的了，而是像个玉蝴蝶：白帽，白衣，白小鞋，耳朵不扇风，鼻子不像斑竹烟嘴，嘴唇不像两片鸡蛋糕，脖子上没泥，而且胳臂在外面露着，像一对温泉出的藕棒，又鲜又白又香甜。这还不过是消极的比证；积极的美点正是非常的多：全身没有一处不活泼、不漂亮、不温柔、不洁净。先笑后说话，一嘴的长形小珍珠。按着你的头闭上了眼，任你参观，她是只顾测你的温度。然后，小白手指轻动，像蟋蟀的须儿似的，在小白本上写几个字。你碰她的鲜藕棒一下，不但不恼，反倒一笑。捧着约碗送到你的唇边。对着你的脸问你还要什么。子敬不想再出院，天一打算也赶紧搬进来，预防长盲肠炎。好在没病住院，自要纳费，谁也不把你撵出去。

子敬的鲜花与水果已经没地方放。因为天一有时候一天来三次；拿子敬当幌子，专为看她。子敬在院内把看护所应做的和帮助做的都尝试过，打清血针，照爱克司光，洗肠子；越觉得她可爱：老是那么温和、干净、快活。天一在院外把看护的历史族系住址籍贯全打听明白；越觉得她可爱：虽够不上大家闺秀，可也不失之为良家碧玉。子敬打算约她去看电影，苦于无法出口——病人出去看电影似乎不成一句话。天一打算请她吃饭，在医院外边每每等候半点多钟，一回没有碰到她。

"天一，"子敬最后发了言，"世界上最难堪的是什么？"

"据我看是没病住医院。"天一也来得厉害。

"不对。是一个人发现了爱的花，而别人老在里面捣乱！"

"你是不喜欢我来？"

"一点不错；我的水果已够开个小铺子的了，你也该休息几天吧。"

"好啦，明天不再买果子就是，来还是要来的。假如你不愿意见我的话，我可以专来找她；也许约她出去走一走，没准！"

天一把子敬拿下马来了。子敬假笑着说：

"来就是了，何必多心呢！也许咱们是生就了的一对朋友兼情敌。"

"这么说，你是看上了小秀珍？"天一诈子敬一下。

"要不然怎会把她的名字都打听出来！"子敬也不示弱。

"那也是个本事！"天一决定一句不让。

"到底不如叫她握着胳臂给打清血针。你看，天一，这只小手按着这儿，那只小手——打得浑身发麻！"

天一馋得直咽唾沫，非常地恨恶子敬；要不是看他是病人，非打他一顿不可，把清血药汁全打出来！

天一的脸气得像大肚坛子似的走了，决定明天再来。

天一又来了。子敬热烈地欢迎他。

"天一，昨天我不是说咱俩天生是好朋友一对？真的！咱们还得合作。"

"又出了事故？"天一惊喜各半地问。

"你过来，"子敬把声音低降得无可再低，"昨天晚上我看见给我治病的那个小医生吻她来着！"

"嗬！"天一的脸登时红起来，"那怎么办呢？"

"还是得联合战线，先战败小医生再讲。"

"又得设计？老实不客气地说，对于设计我有点寒心，上次——"

"不用提上次，那是个教训，有上次的经验，这回咱们确有把握。上次咱们的失败在哪儿？"

"不诚实，假充大胆。"

"是呀。来，递给我耳朵。"以下全是嘀咕嘀咕。

秀珍七点半来送药——一杯开水，半片阿司匹林。天一七点二十五分来到。

秀珍笑着和天一握手，又热又有力气。子敬看着眼馋，也和她握手，她还是笑着。

"天一，你的气色可不好，怎么啦？"子敬很关心地问。

"子敬，你的胆量怎样？假如胆小的话，我就不便说了。"

"我？为人总得诚实，我的胆子不大。可是，咱们都在这儿，还怕什么？说吧！"

"你知道，我也是胆小——总得说实话。你记得我的表哥？西医，很漂亮——"

"我记得他，大眼睛，可不是，当西医；他怎么啦？"

"不用提啦！"天一叹了一口气，"把我表嫂给杀了！"

"哟！"子敬向秀珍张着嘴。

"他不是西医吗？好，半夜三更撒吆挣，用小刀把表嫂给解剖了！"天一的嘴唇都白了。

"要不怎么说，姑娘千万别嫁给医生呢！"子敬对秀珍说，"解剖有瘾，不定哪时一高兴便把太太做了试验，不是玩的！"

"我可怕死了！"天一直哆嗦，"大解八块，嗬，我的老天爷！秀珍女士，原谅我，大晚上地说这么可怕的事！"

"我才不怕呢，"秀珍轻慢地笑着，"常看死人。我们当看护的没有别的好处，就是在死人面前觉到了比常人有胆量，尸不怕，血不怕；除了医生就得属我们了。因此，我们就是看得起医生！"

"可是，医生做梦把太太解剖了呢？"天一问。

"那只是因为太太不是看护。假如我是医生的太太，天天晚上给他点小药吃，消食化水，不会做噩梦。"

"秀珍！"小医生在门外叫，"什么时候下班哪？我楼下等你。"

"这就完事；你进来，听听这件奇事。"秀珍把医生叫了进来，"一位大夫在梦中把太太解剖了。"

"那不足为奇！看护妇做梦把丈夫毒死当死尸看着，常有的事。胆小的人就别别娶看护妇，她一看不起他，不定几时就把他毒死，为是练习看守死尸。就是不毒死他，也得天天打他一顿。胆小的男人，胆大的女人，弄不到一块！走啊，秀珍，看电影去！"

"再见——"秀珍拉着长声，手拉手和小医生走出去。

子敬出了院。

天一来看他："干什么玩呢，子敬？"

"读点妇女心理，有趣味的小书！"子敬依然乐观，"子敬，你不是好朋友，独自念妇女心理！"

"没的事！来，咱们一块儿念。念完这本小书，你看吧，一来一个准！就怕一样——四角恋爱。咱们就怕四角恋爱。上两回咱们都输了。"

"顶好由第三章，'三角恋爱'念起。"

"好吧。大概几时咱俩由同盟改为敌手，几时才真有点希望，是不是？"

"也许。"

东西

晚饭吃过了好久，电报还没有到；鹿书香和郝凤鸣已等了好几点钟——等着极要紧的一个电报。

他俩是在鹿书香的书房里。屋子很大，并没有多少书。电灯非常的亮，亮得使人难过。鹿书香的嘴上耷拉着支香烟，手握在背后，背向前探着些；在屋中轻轻地走。中等身材，长脸，头顶上秃了一小块；脸上没什么颜色，可是很亮。光亮掩去些他的削瘦；大眼、高鼻梁，长黑眼毛，显出几乎是俊秀的样子。似乎是欣赏着自己的黑长眼毛，一边走一边连连地眨巴眼。每隔一会儿，他的下巴猛地往里一收，脖子上抽那么一下，像噎住了食。每逢一抽，他忽然改变了点样儿，很难看，像个长脸的饿狼似的。抽完，他赶快又眨巴那些黑美的眼毛，仿佛是为恢复脸上的俊秀。

烟卷要掉下来好几回，因为他抽气的时候带累得嘴唇也咧一咧；可是他始终没用手去扶，没工夫顾及烟卷。烟卷到底被脖子的抽动给弄掉了，他眨巴着眼用脚把它揉碎。站定，似乎想说话；脖子又噎了一下，忘了说什么。

郝凤鸣坐在写字台前的转椅上，脸朝着玻璃窗出神。他比鹿书香年轻着好些，有三十五六岁的样子，圆头圆脸圆眼睛，有点傻气，可是俊得挺精神，像个吃饱了的笨狗似的。洋服很讲究，可是被他的面貌体态上减少了些衣服的漂亮。自膝以下都伸在写字台的洞儿里，圆满得像俩金橘似的手指肚儿无声地在膝上敲着。他早就想说话，可是不便开口。抽冷子院中狗叫了一声，他差点没由转椅上出溜下去，无声地傻笑了一下，向上提了提身子，继续用手指敲着膝盖。

在饭前，虽然着急，还能找到些话说；即使所说的不都入耳，也愿意活动着嘴唇，掩饰着心中的急躁。现在，既然静默了许久，谁也不肯先开口了，谁先开口仿佛就是谁沉不住气。口既张不开，而着急又无济于事，他们都想用一点什么别的事岔开心中的烦恼。那么，最方便的无过于轻看或甚至于仇视面前的人了。郝凤鸣看着玻璃，想起自己当年在英国的一个花园里，伴着个秀美的女友，欣赏着初夏的樱花。不敢顺着这个景色往下想，他瞭了鹿书香一眼——在电灯下立着，头顶上秃的那一块亮得像个新铸的铜子。什么东西！他看准了这个头上秃了一块的家伙。心中咒骂，手指在膝盖上无声地击节：小小的一个东洋留学生，人模狗样地竟自把个地道英国硕士给压下去，什么玩意！

郝凤鸣真是不平，凭自己的学位资格，地道西洋留学生，会来在鹿书香这里打下手，做配角；鹿书香不过上东洋赶过几天集，会说几个什么什么"一马司"！他不敢再想在英国时候那些事、那些女友、那些志愿。过去的一切都是空的。把现在的一切调动好了才算好汉。是的，现在他有妻小，有包车，有摆着沙发的客厅，有必须吃六角钱一杯冰激凌的友人……这些凑在一块才稍微像个西洋留学生，而这一切都需要钱，越来越需要更多的钱。为满足太太，为把留学生做到家，他得来敷衍向来他所轻视的鹿书香，小小的东洋留学生！他现在并非没有事做，所以他不完全惧怕鹿书香。不过，他想要进更多的钱，想要再增高些地位，可就非仗着鹿书香不可。鹿书香就是现在不做事，也能极舒服地过活，这个，使他羡慕，由羡慕而忌妒。鹿书香可以不做事而还一天到晚地跳腾，这几乎是个灵感；鹿书香，连鹿书香还不肯闲着，郝凤鸣就更应当努力；以金钱说，以地位说，以年纪说，他都应当拼命地往前干，不能知足，也不许知足。设若光是由鹿书香得到这点灵感，他或者不会怀恨，虽然一向看不起这个东洋留学生。现在，他求到鹿书香的手里，他的更好的希望是仗着鹿书香的力量才能实现，难堪倒在其次，他根本以为不应当如此，一个西洋留学生就是看洋楼也比留东洋的多看见过几所，先不用说别的！他不平。可是一时无法把他与鹿书香的上下颠倒过来。走着瞧吧，有朝一日，姓郝的总会教鹿书香认识清楚了!

又偷偷看了鹿书香一眼,他想起韵香——他的太太。鹿书香的叔伯妹妹。同时,他也想起在英国公园里一块玩耍的那个女郎,心中有点迷糊。把韵香与那个女郎都搀在一处,仿佛在梦中那样能把俩人合成一个人,他不知是应当后悔好,还是……不,娶了就是娶了,不便后悔,韵香又清楚地立在目前。她的头发,烫一次得十二块钱;她的衣服、香粉、皮鞋、手提包……她可是怪好看呢!花钱,当然得花钱,不成问题。天下没有不费钱的太太。问题是在自己得设法多挣。想到这儿,他几乎为怜爱太太而也想对鹿书香有点好感。鹿书香也的确有好处:永远劝人多挣钱,永远教给人见缝子就钻……郝凤鸣多少是受了这个影响,所以才肯来和他一同等着那个电报。有这么个大舅子,正如有那么个漂亮的太太,也并不是一件希望就可以做到的事。到底是自己的身份;当然,地道留英的学生再弄不到这么点便宜,那还行!

即使鹿书香不安着好心,利用完了个英国硕士而过河拆桥,郝凤鸣也不怕,他是鹿家的女婿,凭着这点关系他敢拍着桌子,指着脸子,和鹿书香闹。况且到必要的时候,还可以把韵香搬了来呢!是的,一个西洋留学生假若干不过东洋留学生的话,至少一个妹夫也可以挟制住个大舅子。他心中平静起来,脸上露出点笑容,像夏天的碧海,只在边岸上击弄起一线微笑的白花。他闭上了眼。

狗叫起来,有人去开大门,郝凤鸣猛地立起来,脸上忽然发了热。看看窗外,很黑;回过头来看鹿书香,鹿书香正要点烟,右手拿着火柴,手指微微地哆嗦;看着黑火柴头,连噎了三口气。

张顺推门进来,手里拿着个白纸封,上面画着极粗的蓝字。亮得使人难过的电灯似乎把所有的光全射在那个白纸封儿上。鹿书香用手里的火柴向桌上一指。等张顺出去,他好像跟谁抢夺似的一把将电报抓到手中。

郝凤鸣不便于过来,英国绅士的气派使他管束住心中的急切。可是,他脸上更热了。这点热气使他不能再呆呆地立候,又立了几秒钟,他的绅士气度被心中的热气烧散,他走了过来。

鹿书香已把电报看了两遍,或者不止两遍,一字一字地细看,好像字字都含着些什么不可解的意思。似乎没有可看的了,他还不肯撒手;郝凤鸣立在他旁边，他觉得非常的可厌。他一向讨厌这个穿洋服的妹夫，以一个西洋留学生而处处仗着人，只会吃冰激凌与跳舞，正事儿一点也不经心。这位留学生又偏偏是他的妹丈，为鹿家想，为那个美丽的妹妹想，为一点不好说出来的嫉妒想，他都觉得这个傻蛋讨厌，既讨厌而又幸运；他猜不透为什么妹妹偏爱这么个家伙，妹妹假若真是爱他，那么他——鹿书香——似乎就该讨厌他，说不出道理来，可是只有这么着心里才舒服一点。他把电报扔在桌子上，就手儿拿起电报的封套来，也细细地看了看。然后，似乎忘了郝凤鸣的讨厌，又从郝的手里看了电报一遍，虽然电报上的几个字他已能背诵出来，可还细心地看，好似那些蓝道子有什么魔力。

郝凤鸣也至少细细看了电报两遍。觉出鹿书香是紧靠在他的身旁，他心中非常憋闷得慌：纸上写的是鹿书香，身旁立着的是鹿书香，一切都是鹿书香，小小的东洋留学生，大舅子！

"怕什么偏有什么，怕什么……"鹿书香似乎没有力量说完这句话，坐下，噎了口气。

"可不是。"郝凤鸣心中几乎有点快活，鹿书香的失败正好趁了他的心愿，不过，鹿的失败也就是自己的失败，他不能完全凭着情感做事，他也皱上了眉。

鹿书香闭上了眼，仿佛极疲倦了似的。过了一会儿，脸上又见了点血色，眼睛睁开，像和自己说似的："副局长！副——局长！"

"电码也许……"郝凤鸣还没有放手那个电报，开始心里念那些数目字，虽然明知一点用处没有。

"想点高明的会不会！"鹿书香的话非常的难听。他很想说："都是你，有你，什么事也得弄哗啦了！"可是他没有往外说，一来因为现在不是闹脾气的时候，二来面前没有别人，要泄泄怒气还是非对郝凤鸣说说不可；既然想对他说说，就不能先开口骂他。他的话转到正面儿来："局长，好；听差，也好；副局长，哼！我永不嫌事小，只要独当一面就行。副局长，副师长，副总统，副的一切，凡是副的都没用！递给我支烟！"

"电报是犬棱发的，正式的命令还没有到。"郝凤鸣郑重地说。对鹿书香的人，他看不大起；对鹿书香的话，他可是老觉得有些价值。鹿书香的话总是由经验中提炼出来的，老能够赤裸裸地说到事情的根儿上，就事论事，不带任何无谓的感情与客气。郝凤鸣晓得自己没这份儿本事，所以不能不佩服大舅子的话，大舅子的话比英国绅士的气度与文化又老着几个世纪，一点虚伪没有，伸手就碰在痒痒筋儿上。

"什么正式的命令？你这人没办法！"鹿书香很想发作一顿了，可是又管住了自己，而半恼半亲近地加了点解释："犬棱的电报才算事，命令？屁！"

郝凤鸣依然觉得这种话说得很对，不过像"屁"字这类的字眼不大应该出自个绅士的口中。是的，他永远不能佩服鹿书香的态度与举动——永成不了个英国人所谓的"贞头曼"；大概西洋留学生的这点陶冶永远不是东洋留学生所能及的。好吧，不用管这个，先讨论事情呢："把政府放在一边，我们好意思驳回犬棱？"

"这就是你不行的地方！什么叫好意思不好意思？无所谓！"鹿书香故意地笑了一下，"合我的适便做，反之就不做；多咱你学会这一招，你就会明白我的伟大了。你知道，我的东洋朋友并不止是犬棱？"

郝凤鸣没说出什么来。他没法不佩服鹿书香的话，可又没法改变他一向轻视这位内兄的心理，他没了办法。鹿书香看妹丈没了话，心中高兴了些："告诉你，凤鸣，我若是只弄到副局长，那就用不着说，正局长必定完全是东洋那边的；我坏在摆脱不开政府这方面。你记住了：当你要下脚的时候，得看清楚哪边儿硬！"

"那么正局长所靠着的人也必定比犬棱还硬？"郝凤鸣准知道这句说对了地方，圆脸上转着遭儿流动着笑意。

鹿书香哐摸着味儿点了点头："这才像句话！所以我刚才说，我的东洋朋友并不止是犬棱。你要知道，自从九一八以后，东洋人的势力也并不集中，谁都想建功争胜，强中自有强中手。在这种乱动的局面中，不能死靠一个人。做事，如同游泳，如同驶船，要随着水势，随时变动。按说，我和犬棱的关系不算不深，我给他出主意，他不能不采纳；他给我要位置，我一点也不能怀疑。无奈，他们自己的争斗也非常的激烈，咱们可就吃了挂落！现在的问题是我还是就职呢，还是看看再说？"

"土地局的计划是我们拟就的，你要是连副局长都推了，岂不是连根儿烂？"郝凤鸣好似受了鹿书香的传染，也连连地眨巴眼，"据我看，即使一点实权拿不到，也跟他们苦腻。这，一来是不得罪犬棱，二来是看机会还得把局长抓过来，是不是？"

"也有你这么一说，也有你这么一说，"鹿书香轻轻地点着头，"可是有一样，我要就了副局长，空筒子的副局长，你可就完了。你想呀，有比犬棱还硬的人立在正局长背后，还有咱们荐人的份儿？我挂上个名，把你甩了，何苦呢！我闲也还闲得起，所以不肯闲着的原因，一来是我愿意提拔一些亲友，造成咱们自己的势力，为咱们的晚辈设想，咱们自己不能不多受点累。二来是我有东洋朋友，我知道东洋的事，这点知识与经验不应当随便扔弃了。妒恨我的也许叫我卖国贼，其实我是拿着自己的真本领去给人民做点事，况且东洋人的办法并不像大家所说的那么可恶，人家的确是有高明人；老实不客气地说，我愿意和东洋人合作；卖国贼？盖棺论定，各凭良心吧！"他闭上眼，缓了一口气。

"往回说吧，你要是教我去做副局长，而且一点不抱怨我不帮忙你，我就去；你若是不谅解我呢，吹，我情愿得罪了犬棱，把事推了！怎样？"郝凤鸣的气不打一处来。倒退——不用多了——十年，他一定会对着鹿书香的脸，呐喊一声卖国贼。现在，他喊不出来。现在，他只知道为生活而生活着；他，他的太太，都短着许多许多的东西；没有这些东西，生活就感到贫窘，难堪，毫无乐趣。比如说，夫妇们商议了多少日子了，始终也没能买上一辆小汽车；没有这辆小汽车，生活受着多么大的限制，几乎哪里也不敢去，一天的时间倒被人力车白白费去一半！为这辆小汽车，为其他好些个必需的东西，使生活丰富的东西，他不能喊卖国贼；他现在知道了生命的意义，认识了生活的趣味；少年时一切理想都是空的，现在也只知道多挣钱，去丰富生命。可是受了骗，受了大舅子的骗，他不能忍受，他喊不出卖国贼这三个字，可是也不甘心老老实实地被大舅子这么玩弄。

他恨自己，为什么当初要上英国去读书，而不到东洋去。看不起东洋留学生是真的，可是事实是事实，现在东洋留学生都长了行市，他自己落了价。假若他会说日语，假若他有东洋朋友，就凭鹿书香？哼，他也配！

不，不能恨自己。到底英国留学生是英国留学生；设若鹿书香到过英国，也许还不会坏到这个地步！况且，政治与外交是变化多端的，今年东洋派抬头，焉知明年不该留欧的走运呢？是的，真要讲亡国的话，似乎亡在英国人手里还比较的好一些。想到这里，郝凤鸣的气消了一些，仿佛国家亡在英人手里是非常的有把握，而自己一口气就阔起来，压倒鹿书香，压倒整个的东洋派，买上汽车及一切需要的东西，是必能做到的。

气消了一些，他想要大仁大义地劝鹿书香就职，自己情愿退后，以后再也不和大舅子合作；好说好散，贞头曼！

他刚要开口，电话铃响了。本不想去接，可是就这么把刚才那一场打断，也好，省得再说什么。

他拿下耳机来："什么局长？方？等等。"一手捂住口机，"大概是新局长，姓方。"鹿书香极快地立起来："难道是方佐华？"接过电话机来："喂，方局长吗？"声音非常的温柔好听，眼睛像下小雨似的眨巴着。"啊？什么？"声音高了些，不甚好听了。"噢，局长派我预备就职礼，派——我；嗯，晓得！"猛地把耳机挂上了。"你怎么不问明白了！什么东西，一个不三不四的小职员敢给我打电话，还外带着说局长派我，派——我！"他深深地噎了一口气。

"有事没事？"郝凤鸣整着脸问，"没事，我可要走啦；没工夫在这儿看电话！"

鹿书香仿佛没有听见，只顾说他自己的："哼，说不定教我预备就职典礼就是瞧我一手儿呢！厉害！挤我！我还是干定了，凤鸣你说对了，给他们个苦腻！"说完，向郝凤鸣笑了笑，"预备个会场，还不就是摆几把椅子的事？"郝凤鸣顺口答音地问了句，不希望得到什么回答，他想回家，回家和韵香一同骂书香去。

"我说你不行，你老不信，坐下，不忙，回头我用车送你去。"看郝凤鸣又坐下，他闭了会儿眼才说，"光预备几把椅子可不行！不行！挂国旗与否，挂遗嘱与否，都成问题！挂呢。"右手的中指扳住左手的大指，"显出我倾向政府。犬棱们都是细心的人。况且，即使他们没留神，方佐华们会偷偷地指点给他们。

不挂呢，"中指点了点食指，"方佐华会借题发挥，向政府把我刷下来，先剪去我在政府方面的势力。你看，这不是很有些文章吗？"

郝凤鸣点了点头，他承认了自己的不行。不错，这几年来，他已经把少年时的理想与热气扫除了十之八九，可是到底他还是太直爽简单。他"是"得和鹿书香学学，即使得不到什么实际的利益，学些招数也是极可宝贵的。"现在的年月，做事好不容易！"鹿书香一半是叹悔自己这次的失败，一半是——比起郝凤鸣来——赞美自己的精明。"我们这是闲谈，闲谈。你看，现在的困难是，人才太多，咱们这边和东洋那边都是人多于事。于是，一人一个主意，谁都设法不教自己的主意落了空。主意老在那儿变动。结果弄成谁胳臂粗谁得势，土地局是咱们的主意，临完教别人把饭锅端了去。我先前还力争非成厅长不可，哼，真要是被人家现成的把厅长端去，笑话才更大呢！我看出来了，我们的主意越多，东洋人的心也就越乱，他们的心一乱，咱们可就抓不着头。你说是不是？为今之计，咱们还得打好主意。只要有主意，不管多么离奇，总会打动东洋人——他们心细，不肯轻易放过一个意见；再加上他们人多，咱们说不动甲，还可以献计给乙，总会碰到个愿意采纳的。有一个点头的，事情就有门儿。凤鸣，别灰心，想好主意。你想出来，我去做；一旦把正局长夺回来，你知道我不会白了你。我敢起誓！"

"上回你也起了誓！"郝凤鸣横着来了一句。

"别，别，咱俩不过这个！"鹿书香把对方的横劲儿往竖里扯，"你知道我是副局长，你也知道副局长毫无实权，何苦呢！先别捣乱，想高明的，想！只要你说出这道儿，我就去，我不怕跑腿；这回干脆不找犬棱，另起炉灶，找沉重的往下硬压。我们本愿规规矩矩地做，不过别人既是乱抄家伙，我们还能按规矩做吗？先别气馁，人家乱，咱们也跟着乱就是了，这就叫作时势造英雄！我就去就副局长的职，也尝尝闲职什么味儿。假若有好主意的话。也许由副而正，也许一高兴另some个机关玩玩。反正你我的学问本领不能随便弃而不用，那么何不多跑几步路呢？"

"我要是给你一个主意，你给我什么？"郝凤鸣笑着，可是笑得僵不吃的。"这回我不要空头支票，得说实在的。比如说，韵香早就想要辆小汽车……"

"只要你肯告诉我，灵验了以后，准有你的汽车。我并非没有主意，不过是愿意多搜集一些。谁知道哪一个会响了呢。"

"一言为定？我回去就告诉她！你知道姑奶奶是不好惹的？"

"晓得呀，还用你说！"

"你听这个怎样，"郝凤鸣的圆眼睛露出点淘气的神气，"掘墓行不行？"

"什么？"

"有系统地挖坟。"郝凤鸣笑了，承认这是故意地开玩笑。

"有你这么一说，"鹿书香的神气可是非常的郑重，"有你这么一说！你怎么想起来的。是不是因为土地局而联想到坟墓？"

"不是快到阴历十月了。"郝凤鸣把笑意收起去，倒觉得有点不大好意思了，"想起上坟烧纸，也就想起盗墓来，报纸上不是常登着这种事儿？"

"你倒别说，这确是个主意！"鹿书香立起来，伸出右手，仿佛是要接过点什么东西来似的，"这个主意你给我了？"

"送给你了；灵验之后，跟你要辆汽车！不过，我想不起这个主意能有什么用处。就是真去实行，也似乎太缺德，是不是？"郝凤鸣似乎有点后悔。

"可惜你这个西洋留学生！"鹿书香笑着坐下了，"坟地早就都该平了！民食不足，而教坟墓空占着那么多地方，岂不是愚蠢？我告诉你，我先找几个人去调查一下，大概地哪怕先把一县的地亩与坟地的比例弄出来呢，报上去，必足以打动东洋人，他们想开发华北，这也是一宗事业，只需把坟平了，平白地就添出多少地亩，是种棉，种豆，或是种鸦片，谁管它种什么呢，反正地多出产才能多！这是一招。假如他们愿意，当然愿意，咱们就有第二招：既然要平坟，就何不一打两用，把坟里埋着的好东西就手儿掘出来？这可又得先调查一下，大概地能先把一县的富家的茔地调查清了，一报上去就得教他们红眼。怎么说呢，平坟种地需要时间，就地抠饼够多么现成？真要是一县里挖出几万来，先不用往多里说，算算看，一省该有多少？况且还许挖出些件无价之宝来呢？哼！我简直可以保险，平坟的主意假若不被采纳，拣着古坟先掘几处一定能行！说不定，因此咱们还许另弄个机关——譬如古物之类的玩意——专办这件事呢？你要知道，东洋人这二年来的开发计划，都得先投资而后慢慢地得利；

咱们这一招是开门见山，手到擒来！就是大爵儿们不屑于办，咱们会拉那些打快杓子的，这不比走私省事？行，凤鸣！你的汽车十之八九算是妥当了！"

"可是，你要真能弄成个机关，别光弄辆破汽车搪塞我；你的局长，我至少得来个科长！"郝凤鸣非常地后悔把这么好的主意随便地卖出去。

"你放心吧，白不了你！只要你肯用脑子，肯把好主意告诉我，地位金钱没问题！谁教咱们赶上这个乱世呢，咱们得别老教脑子闲着，腿闲着。只要不怕受累，话又往回说，乱世正是给我们预备的，乱世才出英雄！"

郝凤鸣郑重地点了点头，东西两位留学生感到有合作的必要，而前途有无限的光明！

记懒人

一间小屋，墙角长着些兔儿草，床上卧着懒人。他姓什么？或者因为懒得说，连他自己也记不清了。大家只呼他为懒人，他也懒得否认。

在我的经验中，他是世上第一个懒人，因此我对他很注意：能上"无双谱"的总该是有价值的。

幸而人人有个弱点，不然我便无法与他来往；他的弱点是喜欢喝一盅。虽然他并不因爱酒而有任何行动，可是我给他送酒去，他也不坚持到底地不张开嘴。更可喜的是三杯下去，他能暂时地破戒——和我说话。我还能舍不得几瓶酒么？所以我成了他的好友。自然我须把酒杯满上，送到他的唇边，他才肯饮。为引诱他讲话，我能不殷勤些？况且过了三杯，我只需把酒瓶放在他的手下，他自己便会斟满的。

他的话有些，假如不都是，很奇怪可喜的。而且极其天真，因为他的脑子是懒于搜集任何书籍上的与旁人制造的话的。他没有常识，因此他不讨厌。他确是个宝贝，在这可厌的社会中。

据他说，他是自幼便很懒的。他不记得他的父亲是黄脸膛还是白净无须：他三岁的时候，他的父亲死去；他懒得问妈妈关于爸爸的事。他是妈妈的儿子，因为她也是懒得很有个模样儿。旁的妇女是孕后九或十个月就生产。懒人的妈妈怀了他一年半，因为懒得生产。他的生日，没人晓得；妈妈是第一个忘记了它，他自然想不起问。

他的妈妈后来也死了，他不记得怎样将她埋葬。可是，他还记得妈妈的面貌。妈妈，虽在懒人的心中，也难免被想念着；懒人借着酒力叹了一口十年未曾叹过的气；泪是终于懒得落的。

他入过学。懒得记忆一切，可是他不能忘记许多小四方块的字，因为学校里的人，自校长至学生，没有一个不像活猴儿，终日跳动；所以他不能不去看那些小四方块，以得些安慰。最可怕的记忆便是"学生"。他想不出为何他的懒妈将他送入学校去，或者因为他入了学，她可以多心静一些？苦痛往往逼迫着人去记忆。他记得"学生"——一群推他打他挤他踢他骂他笑他的活猴子。他是一块木头，被猴子们向四边推滚。他似乎也毕过业，但是懒得去领文凭。

"老子的心中到底有个'无为'萦绕着，我连个针尖大的理想也没有。"他已饮了半瓶白酒，闭着眼说。"人类的纷争都是出于好事好动：假如人都变成桂树或梅花，世上当怎样的芬香静美？"我故意诱他说话。

他似乎没有听见，或是故意懒得听别人的意见。

我决定了下次再来，须带白兰地；普通的白酒还不够打开他的说话机关的。

白兰地果然有效，他居然坐起来了。往常他向我致敬只是闭着眼，稍微动一动眉毛。然后，我把酒递到他的唇边，酒过三杯，他开始讲话，可是始终是躺在床上不起来。酒喝足了，在我告辞之际，他才肯指一指酒瓶，意思是叫我将它挪开；有的时候他连指指酒瓶都觉得是多事。

白兰地得着了空前的胜利，他坐起来了！我的惊异就好似看见了死人复活。我要盘问他了。

"朋友，"我的声音有点发颤，大概因为是有惊有喜，"朋友，在过去的经验中，你可曾不懒过一天或一回没有呢？""天下有多少事能叫人不懒一整天呢？"他的舌头有点僵硬。我心中更喜欢了：被酒激硬的舌头是最喜欢运动的。

"那么，不懒过一回没有呢？"

他没当时回答我。我看得出，他是搜寻他的记忆呢。他的脸上有点很近于笑的表示——这不过是我的猜测，我没见过他怎样笑。过了好久，他点了点头，又喝下一杯酒，慢慢地说：

"有过一次。许久许久以前的事了。设若我今年是四十岁——没心留意自己的岁数——那必是我二十来岁的事了。"

他又停顿住了。我非常地怕他不再往下说，可是也不敢促迫他；我等着，听得见我自己的心跳。

"你说，什么事足以使懒人不懒一次。"他猛不丁地问了我一句。

我一时找不到相当的答案；不知道是怎么想起来的，我这么答对了他：

"爱情，爱情能使人不懒。"

"你是个聪明人！"他说。

我也吞了一大口白兰地，我的心几乎要跳出来。

他的眼合成一道缝，好像看着心中正在构成着的一张图画。然后向自己念道："想起来了！"

我连大气也不敢出地等着。

"一株海棠树，"他大概是形容他心里那张画，"第一次见着她，便是在海棠树下。开满了花，像蓝天下的一大团雪，围着金黄的蜜蜂。我与她便躺在树下，脸朝着海棠花，时时有小鸟踏下些花片，像些雪花，落在我们的脸上，她，那时节，也就是十几岁吧，我或者比她大一些。她是妈妈的娘家的；不晓得怎样称呼她，懒得问。我们躺了多少时候？我不记得。只记得那是最快活的一天：听着蜂声，闭着眼用脸承接着花片，花荫下见不着阳光，可是春气吹拂着全身，安适而温暖。我们俩就像埋在春光中的一对爱人，最好能永远不动，直到宇宙崩毁的时候。她是我理想中的人儿。她和妈妈相似——爱情在静里享受。别的女子们，见了花便折，见了镜子就照，使人心慌意乱。她能领略花木样的恋爱；我是讨厌蜜蜂的，终日瞎忙。可是在那一天，蜜蜂确是不错，它们的嗡嗡使我半睡半醒，半死半生；在生死之间我得到完全的恬静与快乐。这个快乐是一睁眄眼便会失去的。"

他停顿了一会儿，又喝了半杯酒。他的话来得流畅轻快了："海棠花开残，她不见了。大概是回了家，大概是。临走的那一天，我与她在海棠树下——花开已残，一树的油绿叶儿，小绿海棠果顶着些黄须——彼此看着脸上的红潮起落，不知起落了多少次。我们都懒得说话。眼睛交谈了一切。"

"她不见了，"他说得更快了。"自然懒得去打听，更提不到去找她。想她的时候，我便在海棠树下静卧一天。第二年花开的时候，她没有来，花一点也不似去年那么美了，蜂声更讨厌。"

这回他是对着瓶口灌了一气。

"又看见她了，已长成了个大姑娘。但是，但是，"他的眼似乎不得力地眨了几下，微微有点发湿，"她变了。她一来到，我便觉出她太活泼了。她的话也很多，几乎不给我留个追想旧时她怎样静美的机会了。到了晚间，她偷偷地约我在海棠树下相见。我是日落后向来不轻动一步的，可是我答应了她；爱情使人能不懒了，你是个聪明人。我不该赴约，可是我去了。她在树下等着我呢。'你还是这么懒？'这是她的第一句话，我没言语。'你记得前几年，咱们在这花下？'她又问，我点了点头——出于不得已。'唉！'她叹了一口气，'假如你也能不懒了；你看我！'我没说话。'其实你也可以不懒的；假如你真是懒得到家，为什么你来见我？你可以不懒！咱们——'她没往下说，我始终没开口，她落了泪，走开。我便在海棠下睡了一夜，懒得再动。她又走了。不久听说她出嫁了。不久，听说她被丈夫给虐待死了。懒是不利于爱情的。但是，她，她因不懒而丧了一朵花似的生命！假如我听她的话改为勤谨，也许能保全了她，可也许丧掉我的命。假如她始终不改懒的习惯，也许我们到现在还是同卧在海棠花下，虽然未必是活着，可是同卧在一处便是活着，永远地活着。只有成双作对才算爱，爱不会死！"

"到如今你还想念着她？"我问。

"哼，那就是那次破了懒戒的惩罚！一次不懒，终身受罪，我还不算个最懒的人。"他又卧在床上。

我将酒瓶挪开。他又说了话："假如我死去——虽然很懒得死——请把我埋在海棠花下，不必费事买棺材。我懒得理想，可是既提起这件事，我似乎应当永远卧在海棠花下——受着永远的惩罚！"

过了些日子，我果然将他埋葬了。在上边临时种了一株海棠；有海棠树的人家没有允许我埋人的。

创造病

　　杨家夫妇的心中长了个小疙瘩，结婚以后，心中往往长小疙瘩，像水仙包儿似的，非经过相当的时期不会抽叶开花。他们的小家庭里，处处是这样的花儿。桌，椅，小巧的玩意儿，几乎没有不是先长疙瘩而后开成了花的。

　　在长疙瘩的时期，他们的小家庭像晴美人间的唯一的小黑点，只有这里没有阳光。他们的谈话失去了音乐，他们的笑没有热力，他们的拥抱像两件衣服堆在一起。他们几乎想到离婚也不完全是坏事。

　　过了几天，小疙瘩发了芽。这个小芽往往是突然而来，使小家庭里雷雨交加。那是，芽儿既已长出，花是非开不可了。花带来阳光与春风，小家庭又移回到晴美的人间来；那个小疙瘩，凭良心说，并不是个坏包。它使他们的生活不至于太平凡了，使他们自信有创造的力量，使他们忘记了黑暗而喜爱他们自己所开的花。他们还明白了呢：在冲突中，他们会自己解和，会使丑恶的泪变成花瓣上的水珠；他们明白了彼此的力量与度量。况且再一说呢，每一朵花开开，总是他们俩的，虽然那个小包是在一个人心中长成的。他们承认了这共有的花，而忘记了那个独有的小疙瘩。他们的花都是并蒂的，他们说。

　　前些日子，他们俩一人怀着一个小包。春天结的婚，他的薄大衣在秋天也还合适。可是哪能老是秋天呢？冬已在风儿里拉他的袖口，他轻轻颤了一下，心里结成个小疙瘩。他有件厚大衣；生命是旧衣裳架子么？

　　他必须做件新的大衣。他已经计划好，用什么材料，裁什么样式，要什么颜色。另外，他还想到穿上这件大衣时的光荣、俊美，自己在这件大衣之下，像一朵高贵的花。为穿这件新大衣，他想到浑身上下应该加以修饰的地方；要是没有这件新衣，这些修饰是无须乎费心去思索的；新大衣给了他对全身的美丽的注意与兴趣。冬日生活中的音乐，拿这件大衣作为主音。没有它，生命是一片荒凉；风，寒，与颤抖。

他知道在订婚与结婚时落下不少的亏空，不应当把债眼儿弄得更大。可是生命是创造的，人间美的总合是个人对美的创造与贡献；他不能不尽自己的责任。他也并非自私，只顾自己的好看；他是想象着穿上新大衣与太太一同在街上走的光景与光荣：他是美男子，她是美女人，在大家的眼中。

但是他不能自己做主，他必须和太太商议一下。他也准知道太太必定不拦着他，她愿意他打扮得漂亮，把青春挂在外面，如同新汽车的金漆的商标。可是他不能利用这个而马上去做衣裳，他有亏空。要是不欠债的话，他为买大衣而借些钱也没什么。现在，他不应当再给将来预定下困难，所以根本不能和太太商议。可是呢，大衣又非买不可。怎办呢？他心中结了个小疙瘩。

他不愿意露出他的心事来，但是心管不住脸，正像土拦不住种子往上拔芽儿。藏着心事，脸上会闹鬼。

她呢，在结婚后也认识了许多的事，她晓得了爱的完成并不能减少别的困难；钱——先不说别的——并不偏向着爱。可是她反过来一想呢，他们还都年少，不应当把青春随便地抛弃。假若处处俭省，等年老的时候享受，年老了还会享受吗？这样一想，她觉得老年还离他们很远很远，几乎是可以永远走不到的。即使不幸而走到呢，老年再说老年的吧，谁能不开花便为果子思虑呢。她得先买个冬季用的黑皮包。她有个黄色的，春秋用着合适；还有个白的，配着个天蓝的扣子，夏天——配上长白手套——也还体面。冬天，已经快到了，还要有合适的皮包。

她也不愿意告诉丈夫，而心中结了个小疙瘩。

他们都偷偷地详细地算过账，看看一月的收入和开支中间有没有个小缝儿，可以不可以从这小缝儿钻出去而不十分地觉得难受。差不多没有缝儿！冬天还没到，他们的秋花都被霜雪给埋住了。他们不晓得能否挨过这个冬天，也许要双双地入墓!

他们不能屈服,生命的价值是在创造。假如不能十全,那只好有一方面让步,别叫两人都冻在冰里。这样,他们承认,才能打开僵局。谁应当让步呢?二人都愿自己去牺牲。牺牲是甜美的苦痛。他愿意设法给她买上皮包,自己的大衣在热烈的英雄主义之下可以后缓;她愿意给他置买大衣,皮包只是为牺牲可以不买。他们都很坚决。几乎以为大衣或皮包的购买费已经有了似的。他们热烈地辩驳,拥抱着推让,没有结果。及至看清了买一件东西的钱并还没有着落,他们的勇气与相互的钦佩使他们决定,一不做,二不休,爽性借笔钱把两样都买了吧。

他穿上了大衣,她提上了皮包,生命在冬天似乎可以不觉到风雪了。他们不再讨论钱的问题,美丽快乐充满了世界。债是要还的,但那是将来的事,他们的前途是不可限量的。况且他们并非把钱花在不必要的东西上,他们做梦都梦不到买些古玩或开个先施公司。他们所必需的没法不买。假如他们来一笔外财,他们就先买个小汽车,这是必需的。

冬天来了。大衣与皮包的欣喜已经渐渐地衰减,因为这两样东西并不像在未买的时候所想的那么足以代替一切,那么足以结束了借款。冬天还有问题。原先梦也梦不到冬天的晚上是这么可怕,冷风把户外一切的游戏都禁止住,虽然有大衣与皮包也无用武之处。这个冬天,照这样下去,是会杀人的。多么长的晚上呢,不能出去看电影,不能去吃咖啡,不能去散步。坐在一块儿说什么呢? 干什么呢? 接吻也有讨厌了的时候,假如老接吻!

这回,那个小疙瘩是同时种在他们二人的心里。他们必须设法打破这样的无聊与苦闷。他们不约而同地想到:得买个话匣子。

话匣子又比大衣与皮包贵了。要买就买下得去的,不能受别人的耻笑。下得去的,得在一百五与二百之间。杨先生一月挣一百二,杨太太挣三十五,凑起来才一百五十五!

可是生命只是经验,好坏的结果都是死。经验与追求是真的,是一切。想到这个,他们几乎愿意把身份降得极低,假如这样能满足目前的需要与理想。

他们谁也没有首先发难的勇气,可是明知道他们失去勇气便失去生命。生命被个留声机给憋闷回去，那未免太可笑，太可怜了。他们宁可将来挨饿，也受不住目前的心灵的饥荒。他们必得给冬天一些音乐。谁也不发言，但是都留神报纸上的小广告，万一有贱卖的留声机呢，万一有按月偿还的呢……向来他们没觉到过报纸是这么重要，应当费这么多的心去细看。凡是费过一番心的必得到酬报，杨太太看见了：明华公司的留声机是可以按月付钱，八个月还清。她不能再沉默着，可也无须说话。她把这段广告用红铅笔勾起来，放在丈夫的书桌上。他不会看不见这个。

他看见了，对她一笑，她回了一笑。在寒风雪地之中忽然开了朵花！

留声机拿到了，可惜片子少一点，只买了三片，都是西洋的名乐。片子是要用现钱买的，他们只好暂时听这三片，等慢慢地逐月增多。他们想象着，在一年的工夫，他们至少可以有四五十片名贵的音乐与歌唱。他们可以学着唱，可以随着跳舞，可以闭目静听那感动心灵的大乐，他们的快乐是无穷的。

对于机器，对于那三张片子，他们像对于一个刚抱来的小猫那样爱惜。杨太太预备下绸子手绢，专去擦片子。那个机器发着欣喜的光辉，每张片子中间有个鲜红的圆光，像黑夜里忽然出了太阳。他们听着，看着，抚摸着，从各项感官中传进来欣悦，使他们更天真了，像一对八九岁的小儿女。

在一个星期里，他们把三张片子已经背下来；似乎已经没有再使片子旋转的必要。而且也想到了，如若再使它们旋转，大概邻居们也会暗中耻笑，假如不高声地咒骂。而时间呢，并不为这个而着急，离下月还有三个多星期呢。为等到下月初买新片，而使这三个多星期成块白纸，买了话匣和没买有什么分别呢？马上去再买新片是不敢想的，这个月的下半已经很难过去了。

看着那个机器，他们有点说不出的后悔。

他们虽然退一步地想，那个玩意也可以当作一件摆设看，但究竟不是办法。把它送回去损失一个月的钱与那三张片子，是个办法，可是怎好意思呢！谁能拉下长脸把它送回去呢？他们俩没这个勇气。他们俩连讨论这个事都不敢，因为买来时的欣喜是那么高，怎好意思承认一对聪明的夫妇会陷到这种难堪中呢；青年是不肯认错，更不肯认自己呆蠢的。他们相对愣着，几乎不敢再瞧那个机器；那是他们自己创造出来的一块心病。

上任

尤老二去上任。

看见办公的地方，他放慢了脚步。那个地方不大，他晓得。城里的大小公所和赌局烟馆，差不多他都进去过。他记得这个地方——开开门就能看见千佛山。现在他自然没心情去想千佛山；他的责任不轻呢！他可是没透出慌张来；走南闯北的多年了，他沉得住气，走得更慢了。胖胖的，四十多岁，重眉毛，黄净子脸。灰哗叽夹袍，肥袖口；青缎双脸鞋。稳稳地走，没看千佛山；倒想着：似乎应当坐车来。不必，几个伙计都是自家人，谁还不知道谁；大可以不必讲排场。况且自己的责任不轻，干吗招摇呢。这并不完全是怕；青缎鞋，灰哗叽袍，恰合身份；慢慢地走，也显着稳。没有穿军衣的必要。腰里可藏着把硬的。自己笑了笑。

办公处没有什么牌匾：和尤老二一样，里边有硬家伙。只是两间小屋。门开着呢，四位伙计在凳子上坐着，都低着头吸烟，没有看千佛山的。靠墙的八仙桌上有几个茶杯，地上放着把新洋铁壶，壶的四围趴着好几个香烟头儿，有一个还冒着烟。尤老二看见他们立起来，又想起车来，到底这样上任显着"秃"一点。可是，老朋友们都立得很规矩。虽然大家是笑着，可是在亲热中含着敬意。他们没因为他没坐车而看不起他。说起来呢，稽察长和稽察是做暗活的，越不惹人注意越好。他们自然晓得这个。他舒服了些。

尤老二在八仙桌前面立了会儿，向大家笑了笑，走进里屋去。里屋只有一条长桌，两把椅子，墙上钉着月份牌，月份牌的上面有一条臭虫血。办公室太空了些，尤老二想；可又想不出添置什么。赵伙计送进一杯茶来，漂着根茶叶棍儿。尤老二和赵伙计全没得说，尤老二擦了下脑门。啊，想起来了：得有个洗脸盆，他可是没告诉赵伙计去买。他得细细地想一下：办公费都在他自己手里呢，是应该公开地用，还是自己一把死拿？自己的薪水是一百二，办公费八十。卖命的事，把八十全拿着不算多。可是伙计们难道不是卖命？况且是老朋友们？多少年不是一处吃、一处喝呢？睡土窑子不是一同住大炕？不能独吞。赵伙计走出去，老赵当头目的时候，可曾独吞过钱？尤老二的脸红起来。刘伙计在外屋溜了他一眼。老刘，五十多了，倒当起伙计来，三年前手里还有过五十支快枪！不能独吞。可是，难道白当头目？八十块大家分？再说，他们当头目是在山上。尤老二虽然跟他们不断地打联络，可是没正式上过山。这就有个分别了。他们，说句不好听的，是黑面上的；他是官。做官有做官的规矩。他们是弃暗投明，那么，就得官事官办。八十元办公费应当他自己拿着。可是，洗脸盆是要买的；还得来两条手巾。

　　除了洗脸盆该买，还似乎得做点别的。比如说，稽察长看看报纸，或是对伙计们训话。应当有份报纸，看不看的，摆着也够样儿。训话，他不是外行。他当过排长，做过税卡委员；是的，他得训话；不然，简直不像上任的样儿。况且，伙计们都是住过山的，有时候也当过兵；不给他们几句漂亮的，怎能叫他们佩服。老赵出去了。老刘直咳嗽。必定得训话，叫他们得规矩着点。尤老二咳了一声，立起来，想擦把脸；还是没有洗脸盆与手巾。他又坐下。训话，说什么呢？不是约他们帮忙的时候已经说明白了吗，对老赵老刘老王老褚不都说的是那一套么？"多年的朋友，捧我尤老二一场。我尤老二有饭吃，大家伙儿就饿不着；自己弟兄！"这说过不止一遍，能再说么？至于大家的工作，谁还不明白——反正还不是用黑面上的人拿黑面上的人？这只能心照，不便实对实地点破。自己的饭碗要紧，脑袋也要紧。要真打算立功的话，拿几个黑道上的朋友开刀，说不定老刘们就会把盒子炮往里放。睁一眼闭一眼是必要的，不能赶尽杀绝；大家日后还得见面。这些话能明说么？怎么训话呢？看老刘那对眼睛，似乎死了也闭不上，帮忙是义气，真把山上的规矩一笔勾个净，做不到。

不错，司令派尤老二是为拿反动分子。可是反动分子都是朋友呢。谁还不知道谁吃几碗干饭？难！

尤老二把灰哗叽袍脱了，出来向大家笑了笑。

"稽察长！"老刘的眼里有一万个"看不起尤老二"，"分派分派吧。"

尤老二点点头。他得给他们一手看。"等我开个单子。咱们的事儿得报告给李司令。昨儿个，前两天，不是我向诸位弟兄研究过？咱们是帮助李司令拿反动派。我不是说过：李司令把我叫了去，说，老二，我地面上生啊，老二你得来帮帮忙。我不好意思推辞，跟李司令也是多年的朋友。我这么一想，有办法。怎么说呢，我想起你们来。我在地面上熟哇，你们可知底呢。咱们一合作，还有什么不行的事！司令，我就说了，交给我了，司令既肯赏饭吃，尤老二还能给脸不兜着？弟兄们，有李司令就有尤老二，有尤老二就有你们。这我早已研究过了。我开个单子，谁管哪里，谁管哪里，合计好了，往上一报，然后再动手，这像官事，是不是？"尤老二笑着问大家。

老刘们都没言语。老褚挤了挤眼。可是谁也没感到僵得慌。尤老二不便再说什么，他得去开单子。拿笔唰唰地一写，他想，就得把老刘们唬背过气去。那年老褚绑王三公子的票，不是求尤老二写的通知书么？是的，他得唰唰地写一气。可是笔墨砚呢？这几个伙计简直没办法！"老赵。"尤老二想叫老赵买笔去。可是没说出来。为什么买东西单叫老赵呢？一来到钱上，叫谁去买东西都得有个分寸。这不是山上，可以马马虎虎。这是官事，谁该买东西去，谁该送信去，都应当分配好了。可是这就不容易，买东西有扣头，送信是白跑腿；谁活该白跑腿呢？"啊，没什么，老赵！"先等等买笔吧，想想再说。尤老二心里有点不自在。没想到做稽察长这么啰嗦。差事不算很甜；也说不上苦来。假若八十元办公费都归自己的话。可是不能都归自己，伙计们都住过山；手儿一紧，还真许尝个"黑枣"，是玩的吗？这玩意儿不好办，做着官而带着土匪，算哪道官呢？不带土匪又真不行，专凭尤老二自己去拿反动分子？拿个屁！尤老二摸了摸腰里的家伙："哥儿们，硬的都带着哪？"

大家一齐点了点头。

"妈的怎么都哑巴了？"尤老二心里说。是什么意思呢？是不佩服咱尤老二呢，还是怕呢？点点头，不像自己朋友，不像；有话说呀。看老刘！一脸的官司。尤老二又笑了笑。有点不够官派，大概跟这群家伙还不能讲官派。骂他们一顿也许就骂欢喜了？不敢骂，他不是地道土匪。他知道他是脚踩两只船。他恨自己不是地道土匪，同时又觉得他到底高明，不高明能做官么？点上根烟，想主意，得喂喂这群家伙。办公费可以不撒手；得花点饭钱。

"走哇，弟兄们，五福馆！"尤老二去穿灰哔叽夹袍。

老赵的倭瓜脸裂了纹，好似是熟透了。老刘五十多年制成的石头腮帮笑出两道缝。老王老褚也都复活了，仿佛是。大家的嗓子里全有了津液，找不着话说也舐舐嘴唇。

到了五福馆，大家确是自己朋友了，不客气：有的要水晶肘，有的要全家福，老刘甚至于想吃锅爆鸡，而且要双上。吃到半饱，大家觉得该研究了。老刘当然先发言，他的岁数顶大。石头腮帮上红起两块，他喝了口酒，夹了块肘子，吸了口烟。"稽察长！"他扫了大家一眼，"烟土，暗门子，咱们都能手到擒来。那反——反什么？可得小心！咱们是干什么的？伤了义气，可合不着。不是一共才这么一小堆洋钱吗？"

尤老二被酒劲催开了胆量："不是这么说，刘大哥！李司令派咱们哥几个，就为拿反动派。反动派太多了，不赶紧下手，李司令就坐不稳；他吹了，还有咱们？"

"比如咱们下了手，"老赵的酒气随着烟喷出老远，"毙上几个，咱们有枪，难道人家就没有？还有一说呢，咱们能老吃这碗饭吗？这不是怕。"

"谁怕谁是丫头养的！"老褚马上研究出来。

"丫头养的！"老赵接了过来，"不是怕，也不是不帮李司令的忙。义气，这是义气！好尤二哥的话，你虽然帮过我们，公面私面你也比我们见得广，可是你没上过山。"

"我不懂？"尤老二眼看空中，冷笑了声。

"谁说你不懂来着？"葫芦嘴的王小四冒出一句来。

"是这么着，哥儿们，"尤老二想烹他们一下，"捧我尤老二呢，交情；不捧呢，"又向空中一笑，"也没什么。"

"稽察长，"又是老刘，这小子的眼睛老瞪着，"真干也行呀，可有一样，我们是伙计，你是头目；毒儿可全归到你身上去。自己朋友，歹话先说明白了。叫我们去掏人，那容易，没什么。"

尤老二胃中的海参全冰凉了。他就怕的是这个。伙计办下来的，他去报功；反动派要是请吃"黑枣"，可也先请他！

但是他不能先害怕，事得走着瞧。吃"黑枣"不大舒服，可是报功得赏却有劲呢。尤老二混过这么些年了，哪宗事不是先下手的为强？要干就得玩真的！四十多了，不为自己，还不为儿子留下点什么？都像老刘们还行，顾脑袋不顾屁股，干一辈子黑活，连坟地都没有。尤老二是虚子，会研究，不能只听老刘的。他决定干。他得捧李司令。弄下几案来，说不定还会调到司令部去呢。出来也坐坐汽车什么的！尤老二不能老开着正步上任！

汤使人的胃与气一齐宽畅。三仙汤上来，大家缓和了许多。尤老二虽然还很坚决，可是话软和了些："伙计们，还得捧我尤老二呀，找没什么刺儿的弄吧——活该他倒霉，咱们多少露一手。你说，腰里带着硬的，净弄些个暗门子，算哪道呢？好啦！咱们就这么办，先找小的，不刺手的办，以后再说。办下来，咱们还是这儿，水晶肘还不坏，是不是？"

"秋天了，以后该吃红焖肘子了。"王小四不大说话，一说可就说到根上。

尤老二决定留王小四陪着他办公，其余的人全出去采访。不必开单子了，等他们采访回来再作报告。是的，他得去买笔墨砚和洗脸盆。他自己去买，省得有偏有向。应当来个书记，可是忘了和李司令说。暂时先自己写吧，等办下案来再要求添书记；不要太心急，尤老二有根。二爹的儿子，听说，会写字，提拔他一下吧。将来添书记必用二爹的儿子，好啦，头一天上任，总算不含糊。

只顾在路上和王小四瞎扯，笔墨砚到底还是没有买。办公室简直不像办公室。可是也好：唰唰地写一气，只是心里这么想；字这种玩意唰唰地来的时候，说真的，并不多，要写哪个，哪个偏偏不在家。没笔墨砚也好。办什么呢，可是？应当来份报纸，哪怕是看看广告的图呢。不能老和王小四瞎扯，虽然是老朋友，到底现在是官长与伙计，总得有个分寸。门口已经站过了，茶已喝足，月份牌已翻过了两遍。再没有事可干。盘算盘算家事，还有希望。薪水一百二，办公费八十——即使不能全数落下——每月一百五可靠。慢慢地得买所小房。妈的商二狗，跟张宗昌走了一趟，干落十万！没那个事了，没了。反动派还不就是他们么？哪能都像商二狗，资资本本地看着？谁不是钱到手就迷了头？就拿自己说吧，在税卡子上不是也弄了两三万吗？都哪儿去了？难怪反动呀，吃喝玩乐的惯了，再天天啃窝窝头？受不了，谁也受不了！是的，他们——凭良心说，连尤老二自己——都盼着张督办回来，当然的。妈的，丁三立一个人就存着两箱军用票呢！张要是回来，打开箱子，老丁马上是财主！拿反动派，说不下去，都是老朋友。可是月薪一百二，办公费八十，没法儿。得拿！妈的脑袋掉了碗大的疤，谁能顾得了许多！各自奔前程，谁叫张大帅一时回不来呢。拿，毙几个！尤老二没上过山，多少跟他们不是一伙。

　　四点多了，老刘们都没回来。这三个家伙是真踩窝子去了，还是玩去了？得定个办公时间，四点半都得回来报告。假如他们干脆不回来，像什么公事？没他们是不行，有他们是个累赘，真他妈的。到五点可不能再等；八点上班，五点关门；伙计们可以随时出去，半夜里拿人是常有的事；长官可不能老伺候着。得告诉他们，不大好开口。有什么不好开口，尤老二你不是头目么？马上告诉王小四。王小四哼了一声。什么意思呢？

　　"五点了。"尤老二看了千佛山一眼，太阳光儿在山头上放着金丝，金光下的秋草还有点绿色。"老王你照应着，明儿八点见。"

　　王小四的葫芦嘴闭了个严。

　　第二天早晨，尤老二故意地晚去了半点钟，拿着点劲儿。万一他到了，而伙计们没来，岂不是又得为难？

　　伙计们却都到了，还是都低着头坐在板凳上吸烟呢。尤老二想揪过一个来揍一顿，一群死鬼！他进了门，他们照旧又都立起来，立起来得很慢，仿佛都害着脚气。尤老二反倒笑了；破口骂才合适，可是究竟不好意思。他得宽宏大量，谁叫轮到自己当头目呢，他得拿出虚子劲儿，嘻嘻哈哈，满不在乎。

　　"嗨，老刘，有活儿吗？"多么自然，和气，够味儿；尤老二心中夸赞着自己的话。

　　"活儿有。"老刘瞪着眼，还是一脸的官司，"没办。"

"怎么不办呢?"尤老二笑着。

"不用办,待会他们自己来。"

"噢!"尤老二打算再笑,没笑出来。"你们呢?"他问老赵和老褚。

两人一齐摇了摇头。

"今天还出去吗?"老刘问。

"啊,等等,"尤老二进了里屋,"我想想看。"回头看了一眼,他们又都坐下了,眼看着烟头,一声不发,一群死鬼。

坐下,尤老二心里打开了鼓——他们自己来?不能细问老刘,硬输给他们,不能叫伙计小看了。什么意思呢,他们自己来?不能和老刘研究,等着就是了。还打发老刘们出去不呢?这得马上决定:"嗨,老褚!你走你的,睁着点眼,听见没有?"他等着大家笑,大家一笑便是欣赏他的胆量与幽默;大家没笑。"老刘,你等等再走。他们不是找我来吗?咱俩得陪陪他们。都是老朋友。"他没往下分派,老王老赵还是不走好,人多好凑胆子。可是他们要出去呢,也不便拦阻;干这行儿还能不要玄虚么?等他们问上来再讲。老王老赵都没出声,还算好。"他们来几个?"话到嘴边上又咽了回去。反正尤老二这儿有三个伙计呢,全有硬家伙。他们要是来一群呢,那只好闭眼,走到哪儿说哪儿!

还没报纸!哪像办公的样!况且长官得等着反动派,太难了。给司令部个电话,派一队来,来一个拿一个,全毙!不行,别太急了,看看再讲。九点半了,"嗨,老刘,什么时候来呀?"

"也快,稽察长!"老刘这小子有点故意地看哈哈笑。

"报!叫卖报的!"尤老二非看报不可了。

买了份大早报,尤老二找本地新闻,出着声儿念。非当当地念,念不上句来。他妈的女招待的姓别扭,不认识。别扭!当当,软一下,女招待的姓!

"稽察长!他们来了。"老刘特别地规矩。

尤老二不慌,放下姓别扭的女招待,轻轻地:"进来!"摸了摸腰中的家伙。

进来了一串。为首的是大个儿杨;紧跟着花眉毛,也是傻大个儿;猴四被俩大个子夹在中间,特别显着小;马六,曹大嘴,白张飞,都跟进来。

"尤老二!"大家一齐叫了声。

尤老二得承认他认识这一群，站起来笑着。

大家都说话，话便挤到了一处。嚷嚷了半天，全忘记了自己说的是什么。

"杨大个儿，你一个人说；嗨，听大个儿说！"大家的意见渐归一致，彼此劝告，"听大个儿的！"

杨大个儿——或是大个儿杨，全是一样的——拧了拧眉毛，弯下点腰，手按在桌上，嘴几乎顶住尤老二的鼻子："尤老二，我们给你来贺喜！"

"听着！"白张飞给猴四背上一拳。

"贺喜可是贺喜，你得请请我们。按说我们得请你，可是哥儿们这几天都短这个，"食指和拇指成了圈形，"所以呀，你得请我们。"

"好哥儿们的话啦。"尤老二接了过去。

"尤老二，"大个儿杨又接回去，"倒用不着你下帖，请吃馆子，用不着。我们要这个，"食指和拇指成了圈形，"你请我们坐车就结了。"

"请坐车？"尤老二问。

"请坐车！"大个儿有心事似的点点头，"你看，尤老二，你既然管了地面，我们弟兄还能做活儿吗？都是朋友。你来，我们滚。你来，我们滚；咱们不能抓破了脸。你做你的官，我们上我们的山。路费，你的事。好说好散，日后咱们还见面呢。"大个儿杨回头问大家："是这么说不是？"

"对，就是这几句；听尤老二的了！"猴四把话先抢到。

尤老二没想到过这个。事情容易，没想到能这么容易。可是，谁也没想到能这么难。现在这群是六个，都请坐车；再来六十个，六百个呢，也都请坐车？再说，李司令是叫抓他们；若是都送车费，好话说着，一位一位地送走，算什么办法呢？钱从哪儿来呢？这大概不能向李司令要吧？就凭自己的一百二薪水，八十块办公费，送大家走？可是说回来，这群家伙确是讲面子，一声难听的没有："你来，我们滚。"多么干脆，多么自己。事情又真容易，假如有人肯出钱的话。他笑着，让大家喝水，心中拿不定主意。他不敢得罪他们，他们会说好的，也有真厉害的。他们说滚，必定滚；可是，不给钱可滚不了。他的八十块办公费要连根烂。他还得装作愿意拿的样子，他们不吃硬的。

"得多少？朋友们！"他满不在乎似的问。

"一人十来块钱吧。"大个儿杨代表大家回答。

"就是个车钱，到山上就好办了。"猴四补充上。

"今天后响就走，朋友，说到哪儿办到哪儿！"曹大嘴说。

尤老二不能脆快，一人十块就是六十呀！八十办公费，去了四分之三！

"尤老二，"白张飞有点不耐烦，"干脆拍出六十块来，咱们再见。有我们没你，有你没我们，这不痛快？你拿钱，我们滚。你不——不用说了，咱们心照。好汉不必废话，三言两语。尤二哥，咱老张手背向下，和你讨个车钱！"

"好了，我们哥儿们全手背朝下了，日后再补付，哥儿们不是一天半天的交情！"杨大个儿领头，大家随着；虽然词句不大一样，意思可是相同。

尤老二不能再说别的了，从"腰里硬"里掏出皮夹来，点了六张十块的："哥儿们！"他没笑出来。

杨大个儿们一齐叫了声"哥儿们"。猴四把票子卷巴卷巴塞在腰里，"再见了，哥儿们！"大家走出来，和老刘们点了头。"多咱山上见哪！"老刘们都笑了笑，送出门外。

尤老二心里难过得发空。早知道，调兵把六个家伙全扣住！可是，也许这么善办更好；日后还要见面呀。六十块可出去了呢；假如再来这么几档儿，连一百二的薪水赔上也不够！做哪道稽察长呢？稽察长叫反动派给炸了酱，哑巴吃黄连，有苦说不出！老刘是好意呢，还是玩坏？得问问他！不拿土匪，而把土匪叫来，什么官事呢？还不能跟老刘太紧了，他也会上山。不用他还不行呢；得罪了谁也不成，这年头。假若自己一上任就带几个生手，哼，还许登时就吃了"黑枣儿"；六十块钱买条命，前后一核算，也还值得。尤老二没办法，过去的不用再提，就怕明天又来一群要路费的！不能对老刘们说这个，自己得笑，得让他们看清楚：尤老二对朋友不含糊，六十就六十，一百就一百，不含糊；可是六十就六十，一百就一百，自己吃什么呢，稽察长喝西北风，那才有根！

尤老二又拿起报纸来，没劲！什么都没劲，六十块这么窝窝囊囊地出去，真没劲。看重了命，就得看不起自己；命好像不是自己的，得用钱买，他妈的！总得佩服猴四们，真敢来和稽察长要路费！就不怕登时被捉吗？竟自不怕，邪！丢人的是尤老二，不用说拿他们呀，连句硬张话都没敢说，好泄气！以后再说，再不能这么软！为当稽察长把自己弄软了，那才合不着。稽察长就得拿人，没第二句话！女招待的姓真别扭。老褚回来了。

老褚反正得进来报告，稽察长还能赶上去问么？老褚和老赵聊上了；等着，看他进来不；土匪们，没有道理可讲。

老褚进来了："尤——稽察长！报告！城北窝着一群朋——啊，什么来着？动——动子！去看看？"

"在哪儿？"尤老二不能再怕；六十块已被敲出去，以后命就是命了，太爷哪儿也敢去。

"湖边上。"老褚知道地方。

"带家伙，老褚，走！"尤老二不含糊。堵窝儿掏！不用打算再叫稽察长出路费。

"就咱俩去？"老褚真会激人哪。

"告诉我地方，自己去也行，什么话呢！"尤老二拼了，不玩命，他们也不晓得稽察长多钱一斤。好吗，净开路费，一案办不下来，怎么对李司令呢？一百二的薪水！

老褚没言语，灌了碗茶，预备着走的样儿。尤老二带理不理地走出来，老褚后面跟着。尤老二觉得顺了点气，也硬起点胆子来。说真的，到底俩人比一个挡事得多，遇到事多少可以研究研究。

湖边上有个鼻子眼大小的胡同，里边有个小店。尤老二的地面多熟，竟自会不知道这家小店。看着就像贼窝！忘了多带伙计！尤老二，他叫着自己，白闯练了这么多年，还是气浮哇！怎么不多带人呢？为什么和伙计们斗气呢？

可是，既来之则安之，走哇。也得给伙计们露一手瞧瞧，咱尤老二没住过山哪，也不含糊！咱要是掏出那么一个半个的来，再说话可就灵验多了。看运气吧；也许是玩完，谁知道呢。"老褚，你堵门是我堵门？"

"这不是他们？"老褚往门里一指，"用不着堵，谁也不想跑。"

又是活局子！对，他们讲义气，他妈的。尤老二往门里打了一眼，几个家伙全在小过道里坐着呢。花蝴蝶，鼻子六儿，宋占魁，小得胜，还有俩不认识的；完了，又是熟人！

"进来，尤老二，我们连给你贺喜都不敢去，来吧，看看我们这群。过来见见，张狗子，徐元宝。尤老二，老朋友，自己弟兄。"大家东一句西一句，扯得非常亲热。

"坐下吧，尤老二。"小得胜——爸爸老得胜刚在河南正了法——特别的客气。

尤老二恨自己，怎么找不到话说呢？倒是老褚漂亮："弟兄们，稽察长亲自来了，有话就说吧。"

稽察长笑着点了点头。

"那么，咱们就说干脆的，"鼻子六儿扯了过来，"宋大哥，带尤二哥看看吧！"

"尤二哥，这边！"宋占魁用大拇指往肩后一挑，进了间小屋。

尤老二跟过去，准没危险，他看出来。要玩命都玩不成；别扭不别扭？小屋里漆黑，地上潮得出味儿，靠墙有个小床，铺着点草。宋占魁把床拉出来，蹲在屋角，把湿漉漉的砖起了两三块，掏出几杆小家伙来，全扔在了床上。

"就是这一堆！"宋占魁笑了笑，在襟上擦擦手，"风太紧，带着这个，我们连火车也上不去！弟兄们就算困在这儿了。老褚来，我们才知道你上去了。我们可就有了办法。这一堆交给你，你给点车钱，叫老褚送我们上火车。行也得行，不行也得行，弟兄们求到你这儿了！"

尤老二要吐！潮气直钻脑子。他捂上了鼻子，"交给我算怎么回事呢？"他退到屋门那溜儿，"我不能给你们看着家伙！"

"可我们带不了走呢，太紧！"宋占魁非常的恳切。

"我拿去也可以，可是得报官；拿不着人，报点家伙也是好的！也得给我想想啊，是不是？"尤老二自己听着自己的话都生气，太软了，尤老二！

"尤老二，你随便吧！"

尤老二本希望说僵了哇。

"随便吧，尤老二你知道，干我们这行的但凡有法，能扔家伙不能？你怎办怎好。我们只求马上跑出去。没有你，我们走不了；叫老褚送我们上车。"

土匪对稽察长下了命令，自己弟兄！尤老二没得可说，没主意，没劲。主意有哇，用不上！身份是有哇，用不上！他显露了原形，直抓头皮。拿了家伙敢报官吗？况且，敢不拿着吗？嘿，送了车费，临完得给他们看家伙，哪道公事呢？尤老二只有一条路：不拿那些家伙，也不送车钱，随他们去。可是，敢吗？下手拿他们，更不用想。湖岸上随时可以扔下一个半个的死尸；尤老二不愿意来个水葬。

"尤老二，"宋大哥非常的诚恳，"狗养的不知道你为难；我们可也真没法。家伙你收着，给我们俩钱。后话不说，心照！"

"要多少？"尤老二笑得真伤心。

"六六三十六，多要一块是杂种！三十六块大洋！"

"家伙我可不管。"

"随便，反正我们带不了走。空身走，捉住不过是半年；带着硬的，不吃'黑枣'也差不多！实话！怕不怕，咱们自己哥儿们用不着吹腾；该小心也得小心。好了，二哥，三十六块，后会有期！"宋大哥伸了手。

三十六块过了手。稽察长没办法："老褚，这些家伙怎办？"

"拿回去再说吧。"老褚很有根。

"老褚，"他们叫，"送我们上车！"

"尤二哥，"他们很客气，"谢谢啦！"

尤二哥只落了个"谢谢"。把家伙全拢起来，没法拿。只好和老褚分着插在腰间。多威武，一腰的家伙。想开枪都不行，人家完全信任尤二哥，就那么交出枪来，人家想不到尤二哥也许会翻脸不认人。尤老二连想拿他们也不想了，他们有根，得佩服他们！八十块办公费以外，又赔出十六块去！尤老二没办法。一百二的薪水也保不住，大概！

尤老二的午饭吃得不香，倒喝了两盅窝心酒。什么也不用说了，自己没本事！对不起李司令，尤老二不是不顾脸的人。看吧，再有这么一档子，只好辞职，他心里研究着。多么难堪，辞职！这年头哪里去找一百二的事？再找李司令，万难。拿不了匪，倒叫匪给拿了，多么大的笑话！人家上了山以后，管保还笑着俺尤老二。尤老二整个是个笑话！越想越懊心。

只好先办烟土吧。烟土算反动不算呢？算，也没劲哪！反正不能辞职，先办办烟土也好。尤老二决定了政策。不再提反动。过些日子再说。老刘们办烟土是有把握的。

一个星期里，办下几件烟土来。李司令可是嘱咐办反动派！他不能催伙计们，办公费而外已经贴出十六块了。

是个星期一吧，伙计们都出去踩烟土，（烟土！）进了个傻大黑粗的家伙，大摇大摆的。

"尤老二！"黑脸上笑着。

"谁？钱五！你好大胆子！"

"有尤二哥在这儿，我怕谁！"钱五坐下了，"给根烟吃吃。"

"干吗来了？"尤老二摸了摸腰里——又是路费！

"来？一来贺喜，二来道谢！他们全到了山上，很念你的好处！真的！"

"啵？他们并没笑话我！"尤老二心里说。

"二哥！"钱五掏出一卷票子来，"不说什么了，不能叫你赔钱。弟兄们全到了山上，永远念你的好处。"

"这——"尤老二必须客气一下。

"别说什么，二哥，收下吧！宋大哥的家伙呢？"

"我是管看家伙的？"尤老二没敢说出来，"老褚手里呢。"

"好啦，二哥，我和老褚去要。"

"你从山上来？"尤老二觉得该闲扯了。

"从山上来，来劝你别往下干了。"钱五很诚恳。

"叫我辞职？"

"就是！你算是我们的人也好，不算也好。论事说，有你没我们，有我们没你，论人说，你待弟兄们好，我们也待你好。你不用再干了。话说到这儿为止。我在山上有三百多人，可是我亲自来了，朋友嘛！我叫你不干，你顶好就不干。明白人不用多废话，我走了，二哥。告诉老褚我在湖边小店里等他。"

"再告诉我一句，"尤老二立起来，"我不干了，朋友们怎想？"

"没人笑话你！怕笑，二哥？好了，再见！"

稽察长换了人，过了两三天吧。尤老二，胖胖的，常在街上蹓着，有时候也看千佛山一眼。

牺牲

言语是奇怪的东西。拿种类说，几乎一个人有一种言语。只有某人才用某几个字，用法完全是他自己的；除非你明白这整个的人，你决不能了解这几个字。你一辈子也未明白得了几个人，对言语乘早不用抱多大的希望；一个语言学家不见得都能明白他太太的话，要不然语言学家怎会有时候被太太罚跪在床前呢。

我认识毛先生还是三年前的事。我们俩初次见面的光景，我还记得很清楚，因为我不懂他的话，所以十分注意地听他自己解释，因而附带地也记住了当时的情形。我不懂他的话，可不是因为他不会说国语。他的国语就是经国语推行委员会考试也得公公道道地给八十分。我听得很清楚。但是不明白，假如他用他自己的话写一篇小说，极精美地印出来，我一定是不明白，除非每句都有他自己的注解。

那正是个晴美的秋天，树叶刚有些黄的；蝴蝶们还和不少的秋花游戏着。这是那种特别的天气：在屋里吧，做不下工去，外边好像有点什么向你招手；出来吧，也并没什么一定可做的事：使人觉得工作可惜，不工作也可惜。我就正这么进退两难，看看窗外的天光，我想飞到那蓝色的空中去；继而一想，飞到那里又干什么呢？立起来，又坐下，好多次了，正像外边的小蝴蝶那样飞起去又落下来。秋光把人与蝶都支使得不知怎样好了。

最后，我决定出去看个朋友，仿佛看朋友到底像回事，而可以原谅自己似的。来到街上，我还没有决定去找哪个朋友。天气给了我个建议。这样晴爽的天，当然是到空旷的地方去，我便想到光惠大学去找老梅，因为大学既在城外，又有很大的校园。

从楼下我就知道老梅是在屋里呢：他屋子的窗户都开着，窗台上还晒着两条雪白的手巾。我喊了他一声，他登时探出头来，头发在阳光下闪出个白圈儿似的。他招呼我上去，我便连蹦带跳地上了楼。不仅是他的屋子，楼上各处的门与窗都开着呢，一块块的阳光印在地板上，使人觉得非常的痛快。老梅在门口迎接我。他趿拉着鞋片，穿着短衣，看着很自在；我想他大概是没有功课。

"好天气?!"我们俩不约而同地问出来，同时也都带出赞美的意思。

屋里敢情还有一位呢，我不认识。

老梅的手在我与那位的中间一拉线，我们立刻郑重地带出笑容，而后彼此点头，牙都露出点来，预备问"贵姓"。可是老梅都替我们说了："——君；毛博士。"我们又彼此龇了龇牙。我坐在老梅的床上；毛博士背着窗，斜向屋门立着；老梅反倒坐在把椅子上；不是他们俩很熟，就是老梅不大敬重这位博士，我想。

一边和老梅闲扯，我一边端详这位博士。这个人有点特别。他"全份武装"地穿着洋服，该怎样的就全怎样，例如手绢是在胸袋里掖着，领带上别着个针，表链在背心中下部横着，皮鞋尖擦得很亮；等等。可是衣裳至少也像穿过三年的，鞋底厚得不很自然，显然是曾经换过掌儿。他不是"穿"洋服呢，倒好像是为谁许下了愿，发誓洋装三年似的；手绢必放在这儿，领带的针必在那儿，都是一种责任，一种宗教上的律条。他不使人觉到穿西服的洋味儿，而令人联想到孝子扶杖披麻的那股勉强劲儿。

他的脸斜对着屋门，原来门旁的墙上有一面不小的镜子，他是照镜子玩呢。他的脸是两头翘，中间洼，像个元宝筐儿，鼻子好像是睡摇篮呢。眼睛因地势的关系——在元宝翘的溜坡上——也显着很深，像两个小圆槽，槽底上有点黑水；下巴往起翘着，因而下齿特别地向外，仿佛老和上齿顶得你出不来我进不去的。

他的身量不高，身上不算胖，也说不上瘦，恰好支得起那身责任洋服，可又不怎么带劲。脖子上安着那个元宝脑袋，脑袋上很负责地长着一大堆黑头发，过度负责地梳得光滑。

他照着镜子，照得有来有去的，似乎很能欣赏他自己的美好。可是我看他特别。他是背着阳光，所以脸的中部有点黑暗，因为那块十分的低洼。一看这点洼而暗的地方，我就赶紧向窗外看看，生怕是忽然阴了天。这位博士把那么晴好的天气都带累得使人怀疑它了。这个人别扭。

他似乎没心听我们俩说什么，同时他又舍不得走开；非常的无聊，因为无聊所以特别注意他自己。他让我想到：这个人的穿洋服与生活着都是一种责任。

我不记得我们是正说什么呢，他忽然转过脸来，低洼的眼睛闭上了一小会儿，仿佛向心里找点什么。及至眼又睁开，他的嘴刚要笑就又改变了计划，改为微声叹了口气，大概是表示他并没在心中找到什么。他的心里也许完全是空的。

"怎样，博士？"老梅的口气带出来他确是对博士有点不敬重。

博士似乎没感觉到这个。利用叹气的方便，他吹了一口："噗！"仿佛天气很热似的。"牺牲太大了！"他说，把身子放在把椅子上，脚伸出很远去。

"哈佛的博士，受这个洋罪，哎？"老梅一定是拿博士开心呢。

"真哪！"博士的语声差不多是颤着，"真哪！一个人不该受这个罪！没有女朋友，没有电影看。"他停了会儿，好像再也想不起他还需要什么——使我当时很纳闷，于是总而言之来了一句："什么也没有！"幸而他的眼是那样洼，不然一定早已落下泪来；他千真万确地是很难过。

"要是在美国？"老梅又帮了一句腔。

"真哪！哪怕是在上海呢：电影是好的，女朋友是多的。"他又止住了。

除了女人和电影，大概他心里没什么了。我想。我试了他一句："毛博士，北方的大戏好啊，倒可以看看。"

他愣了半天才回答出来："听外国朋友说，中国戏野蛮！"

我们都没了话。我有点坐不住了。待了半天，我建议去洗澡；城里新开了一家澡堂，据说设备很不错。我本是约老梅去，但不能不招呼毛博士一声，他既是在这儿，况且又那么寂寞。

博士摇了摇头："危险哪！"

我又糊涂了；一向在外边洗澡，还没淹死我一回呢。

"女人按摩！澡盆里……"他似乎很害怕。

明白了：他心中除了美国，只有上海。

"此地与上海不同。"我给他解释了这么些。

"可是中国还有哪里比上海更文明？"他这回居然笑了，笑得很不顺眼——嘴差点碰到脑门，鼻子完全陷进去。

"可是上海又比不了美国？"老梅是有点故意开玩笑。

"真哪！"博士又郑重起来，"美国家家有澡盆，美国的旅馆间间房子有澡盆！要洗，哗——放水：凉的热的，随意兑；要换一盆，哗——把陈水放了，从新换一盆，哗——"他一气说完，每个"哗"字都带着些吐沫星，好像他的嘴就是美国的自来水龙头。最后他找补了一小句："中国人脏得很！"

老梅乘博士"哗哗"的工夫，已把袍子、鞋，穿好。

博士先走出去，说了一声，"再见哪"。说得非常的难听，好像心里满蓄着眼泪似的。他是舍不得我们，他真寂寞；可是他又不能上"中国"澡堂去，无论是多么干净！

等到我们下了楼，走到院中，我看见博士在一个楼窗里面望着我们呢。阳光斜射在他的头上，鼻子的影儿给脸上印了一小块黑；他的上身前后地微动，那个小黑块也忽长忽短地动。我们快走到校门了，我回了回头，他还在那儿立着；独自和阳光反抗呢，仿佛是。

在路上，和在澡堂里，老梅有几次要提说毛博士，我都没接茬儿。他对博士有点不敬，我不愿意他的意见给我对那个人的印象染上什么颜色，虽然毛博士给我的印象并不甚好。我还不大明白他，我只觉得他像个半生不熟的什么东西——他既不是上海的小流氓，也不是美国华侨的子孙：不像中国人，也不像外国人。他好像是没有根儿。我的观察不见得正确，可是不希望老梅来帮忙；我愿自己看清楚了他。在一方面，我觉得他别扭；在另一方面，我觉得他很有趣——不是值得交往，是"龙生九种，种种各别"的那种有趣。

不久，我就得到了个机会。老梅托我给代课。老梅是这么个人：谁也不知道他怎样布置的，每学期中他总得请上至少两三个礼拜的假。这一回是，据他说，因为他的大侄子被疯狗咬了，非回家几天不可。

老梅把钥匙交给了我，我虽不在他那儿睡，可是在那里休息和预备功课。

过了两天，我觉出来，我并不能在那儿休息和预备功课。只要我一到那儿，毛博士——正好像他的姓有些作用——毛儿似的飞了来。这个人寂寞。有时候他的眼角还带着点泪，仿佛是正在屋里哭，听见我到了，赶紧跑过来，连泪也没顾得擦。因此，我老给他个笑脸，虽然他不叫我安安顿顿地休息会儿。

虽然是菊花时节了，可是北方的秋晴还不至于使健康的人长吁短叹地悲秋。毛博士可还是那么忧郁。我一看见他，就得望望天色。他仿佛会自己制造一种苦雨凄风的境界，能把屋里的阳光给赶了出去。

几天的工夫，我稍微明白些他的言语了。他有这个好处：他能满不理会别人怎样向他发愣。谁爱发愣谁发愣，他说他的。他不管言语本是要彼此传达心意的；跟他谈话，我得设想着：我是个留声机，他也是个留声机；说就是了，不用管谁明白谁不明白。怪不得老梅拿博士开玩笑呢，谁能和个留声机推心置腹地交朋友呢？

不管他怎样吧，我总想治治他的寂苦；年青青地不该这样。

我自然不敢再提洗澡与听戏。出去走走总该行了。

"怎能一个人走呢？真！"博士又叹了口气。

"一个人怎就不能走呢？"我问。

"你总得享受生命吧？"他反攻了。

"啊！"我敢起誓，我没这么糊涂过。

"一个人去走！"他的眼睛，虽然那么洼，冒出些火来。

"我陪着你，那么？"

"你又不是女人。"他叹了口长气。

我这才明白过来。

过了半天，他又找补了一句："中国人太脏，街上也没法走。"

此路不通，我又转了弯。"找朋友吃小馆去，打网球去；或是独自看点小说，练练字……"我把小布尔乔亚的谋杀光阴的办法提出一大堆；有他那套责任洋服在面前，我不敢提那些更有意义的事儿。

他的回答倒还一致，一句话抄百宗：没有女人，什么也不能干。

"那么，找女人去好啦！"我看准阵式，总攻击了，"那不是什么难事。"

"可是牺牲又太大了！"他又放了糊涂炮。

"嗯？"也好，我倒有机会练习眨巴眼了；他算把我引入了迷魂阵。

"你得给她买东西吧？你得请她看电影，吃饭吧？"他好像是审我呢。

我心里说："我管你呢！"

"自然是得买，自然是得请。这是美国的规矩，必定要这样。可是中国人穷啊；我，哈佛的博士，才一个月拿二百块洋钱——我得要求加薪！——哪里省得出这一笔费用？"他显然是说开了头，我很注意地听。"要是花了这么一笔钱，就顺当地订婚、结婚，也倒好了，虽然订婚要花许多钱，还能不买俩金戒指么？金价这么贵！结婚要花许多钱，蜜月必须到别处玩去，美国的规矩。家中也得安置一下：钢丝床是必要的，洋澡盆是必要的，沙发是必要的，钢琴是必要的，地毯是必要的。哎，中国地毯还好，连美国人也喜爱它！这得用几多钱？这还是顺当的话，假如你花了许多钱买东西，请看电影，她不要你呢？钱不是空花了？美国常有这种事呀，可是美国人富哇。拿哈佛说，男女的交际，单讲吃冰激凌的钱，中国人也花不起！你看——"

我等了半天，他也没有往下说，大概是把话头忘了；也许是被"中国"气迷糊了。

我对这个人没办法。他只好苦闷他的吧。

在老梅回来以前，我天天听到些美国的规矩，与中国的野蛮。还就是上海好一些，不幸上海还有许多中国人，这就把上海的地位低降了一大些。对于上海，他有点害怕：野鸡、强盗、杀人放火的事，什么危险都有，都是因为有中国人。他眼中的中国人，完全和美国电影中的一样。"你必须用美国的精神做事，必须用美国人的眼光看事呀！"他谈到高兴的时候——还算好，他能因为谈讲美国而偶尔地笑一笑——老这样嘱咐我。什么是美国精神呢？他不能简单地告诉我。他得慢慢地讲述事实，例如家中必须有澡盆，出门必坐汽车，到处有电影园，男人都有女朋友，冬天屋里的温度在七十以上，女人们好看，客厅必有地毯……我把这些事都串在一处，还是不大明白美国精神。

老梅回来了，我觉得有点失望：我很希望能一气明白了毛博士，可是老梅一回来，我不能天天见他了。这也不能怨老梅。本来嘛，咬他的侄子的狗并不是疯的，他还能不回来吗？

把功课教到哪里交代明白了，我约老梅去吃饭。就手儿请上毛博士。我要看看到底他是不能享受"中国"式的交际呢，还是他舍不得钱。

他不去，可是善意地辞谢："我们年轻的人应当省点钱，何必出去吃饭呢？我们将来必须有个小家庭，像美国那样的。钢丝床、澡盆、电炉。"说到这儿，他似乎看出一个理想的小乐园：一对儿现代的亚当夏娃在电灯下低语。"沙发，两人读着《结婚的爱》，那是真正的快乐，真哪！现在得省着点……"

我没等他说完，扯着他就走。对于不肯花钱，是他有他的计划与目的，假如他的话是可信的；好了，我看看他享受一顿可口的饭不享受。

到了饭馆，我才明白了，他真不能享受！他不点菜，他不懂中国菜。"美国也有很多中国饭铺，真哪。可是，中国菜到底是不卫生的。上海好，吃西餐是方便的。约上女朋友吃吃西餐，倒那个！"

我真有心告诉他，把他的姓改为"毛尔"或"毛利司"，岂不很那个？可是没好意思。我和老梅要了菜。

菜来了，毛博士吃得确不带劲。他的洼脸上好像要滴下水来，时时地向着桌上发愣。老梅又开玩笑了："要是有两三个女朋友，博士？"

博士忽然地醒过来："一男一女；人多了是不行的。真哪。在自己的小家庭里，两个人炖一只鸡吃吃，真惬意！"

"也永远不请客？"老梅是能板着脸装傻的。

"美国人不像中国人这样乱交朋友，中国人太好交朋友了，太不懂爱惜时间，不行的！"毛博士指着脸子教训老梅。

我和老梅都没挂气；这位博士确是真诚，他真不喜欢中国人的一切——除了地毯。他生在中国，最大的牺牲，可是没法儿改善。他只能厌恶中国人，而想用全力组织个美国式的小家庭，给生命与中国增点光。自然，我不能相信美国精神就像是他所形容的那样，但是他所看见的那些，他都虔诚地信仰，澡盆和沙发是他的上帝。我也想到，设若他在美国就像他在中国这样，大概他也是没看见什么。可是他的确看见了美国的电影园，的确看见了中国人不干净，那就没法办了。

因此，我更对他注意了。我决不会治好他的苦闷，也不想分这份神了。我要看清楚他到底是怎回事。

虽然不给老梅代课了，可还不断找他去，因此也常常看到毛博士。有时候老梅不在，我便到毛博士屋里坐坐。

博士的屋里没有多少东西。一张小床，旁边放着一大一小两个铁箱。一张小桌，铺着雪白的桌布，摆着点文具，都是美国货。两把椅子，一张为坐人，一张永远坐着架打字机。另有一张摇椅，放着个为卖给洋人的团龙绣枕。他没事儿便在这张椅上摇，大概是想把光阴摇得无可奈何了，也许能快一点使他达到那个目的。窗台上放着几本洋书。墙上有一面哈佛的班旗，几张在美国照的相片。屋里最带中国味的东西便是毛博士自己，虽然他也许不愿这么承认。

到他屋里去过不是一次了，始终没看见他摆过一盆鲜花，或是贴上一张风景画或照片。有时候他在校园里偷折一朵小花，那只为插在他的洋服上。这个人的理想完全是在创造一个人为的、美国式的、暖洁的小家庭。我可以想到，设若这个理想的小家庭有朝一日实现了，他必定终日放着窗帘，就是外面的天色变成紫的，或是太阳从西边出来，他也没那么大工夫去看一眼。大概除了他自己与他那点美国精神，宇宙一切并不存在。

在事实上也证明了这个。我们的谈话限于金钱、洋服、女人、结婚、美国电影。有时候我提到政治、社会的情形、文艺和其他的我偶尔想起或轰动一时的事，他都不接茬儿。不过，设若这些事与美国有关系，他还肯敷衍几句，可是他另有个说法。比如谈到美国政治，他便告诉我一件事实：美国某议员结婚的时候，新夫妇怎样地坐着汽车到某礼拜堂，有多少巡警去维持秩序，因为教堂外观者如山如海！对别的事也是如此，他心目中的政治、美术和无论什么，都是结婚与中产阶级文化的光华方面的附属物。至于中国，中国还有政治、艺术、社会问题等等？他最恨中国电影；中国电影不好，当然其他的一切也不好。对中国电影最不满意的地方便是男女不搂紧了热吻。

几年的哈佛生活，使他得到那点美国精神，这我明白。我不明白的是：难道他不是生在中国？他的家庭不是中国的？他没在中国——在上美国以前——至少活了二十来岁？为什么这样不明白不关心中国呢？

我试探多少次了，他的家中情形如何，求学与做事的经验……哼！他的嘴比石头子儿还结实！这就奇怪了，他永远赶着别人来闲扯，可是他又不肯说自己的事！

和他交往快一年了，我似乎看出点来：这位博士并不像我所想的那么简单。即使他是简单，他的简单必是另一种。他必是有一种什么宗教性的戒律，使他简单而又深密。

他既不放松了嘴，我只好从新估定他的外表了。每逢我问到他个人的事，我留神看他的脸。他不回答我的问题，可是他的脸并没完全闲着。他一定不是个坏人，他的脸出卖了他自己。他的深密没能完全胜过他的简单，可是他必须要深密。或者这就是毛博士之所以为毛博士；要不然，还有什么活头呢？人必须有点抓得住自己的东西。有的人把这点东西永远放在嘴边上，有的人把它永远埋在心里头。办法不同，立意是一个样的。毛博士想把自己拴在自己的心上。他的美国精神与理想的小家庭是挂在嘴边上的，可是在这后面，必是在这"后面"，才有真的他。

他的脸，在我试问他的时候，好像特别的洼了。从那最洼的地方发出一点黑晦，慢慢地布满了全脸，像片雾影。他的眼，本来就低深不易看到，此时便更往深处去了，仿佛要完全藏起去。他那些彼此永远挤着的牙轻轻咬那么几下，耳根有点动，似乎是把心中的事严严地关住，唯恐走了一点风。然后，他的眼忽然地发出些光，脸上那层黑影渐渐地卷起，都卷入头发里去。"真哪！"他不定说什么呢，与我所问的没有万分之一的关系。他胜利了，过了半天还用眼角瞭我几下。

只设想他一生下来便是美国博士，虽然是简捷的办法，但是太不成话。问是问不出来，只好等着吧。反正他不能老在那张椅上摇着玩，而一点别的不干。

光阴会把人事筛出来。果然，我等到一件事。

快到暑假了，我找老梅去。见着老梅，我当然希望也见到那位苦闷的象征。

可是博士并没露面。

我向外边一歪头："那位呢？"

"一个多星期没露面了。"老梅说。

"怎么了？"

"据别人说，他要辞职，我也知道的不多，"老梅笑了笑，"你晓得，他不和别人谈私事。"

"别人都怎说来？"我确是很热心地打听。

"他们说，他和学校订了三年的合同。"

"你是几年？"

"我们都没合同，学校只给我们一年的聘书。"

"怎么单单他有呢？"

"美国精神，不订合同他不干。"

整像毛博士！

老梅接着说："他们说，他的合同是中英文各一份，虽然学校是中国人办的。博士大概对中国文字不十分信任。他们说，合同订的是三年之内两方面谁也不能辞谁，不得要求加薪，也不准减薪。双方签字，美国精神。可是，干了一年——这不是快到暑假了吗——他要求加薪，不然，他暑假后就不来了。"

"哦，"我的脑子转了个圈，"合同呢？"

"立合同的时候是美国精神，不守合同的时候便是中国精神了。"老梅的嘴往往失于刻薄。

可是他这句话暗示出不少有意思的意思来。老梅也许是顺口地这么一说，可是正说到我的心坎上。"学校呢？"我问。

"据他们说，学校拒绝了他的请求；当然，有合同嘛。"

"他呢？"

"谁知道！他自己的事不对别人讲。就是跟学校有什么交涉，他也永远是写信，他有打字机。"

"学校不给他增薪，他能不干了吗？"

"没告诉你吗，没人知道！"老梅似乎有点看不起我，"他不干，是他自己失了信用；可是我准知道，学校也不会拿着合同跟他打官司，谁有工夫闹闲气。"

"你也不知道他要求增薪的理由？噢，我是糊涂虫！"我自动地撤销这一句，可是又从另一方面提出一句来，"似乎应当有人去劝劝他！"

"你去吧；没我！"老梅又笑了，"请他吃饭，不吃；喝酒，不喝；问他什么，不说；他要说的，别人听着没味儿；这么个人，谁有法儿像个朋友似的去劝告呢？"

"你可也不能说，这位先生不是很有趣的？"

"那要凭怎么看了。病理学家看疯人都很有趣。"

老梅的语气不对，我听着。想了想，我问他："老梅，博士得罪了你吧？我知道你一向对他不敬，可是——"

他笑了："耳朵还不离，有你的！近来真有点讨厌他了。一天到晚，女人女人女人，谁那么爱听！"

"这还不是真正的原因。"我又给了他一句。我深知道老梅的为人：他不轻易佩服谁；可是谁要是真得罪了他，他也不轻易地对别人讲论。原先他对博士不敬，并无多少含意，所以倒肯随便地谈论；此刻，博士必是真得罪了他，他所以不愿说了。不过，经我这么一问，他也没了办法。

"告诉你吧，"他很勉强地一笑，"有一天，博士问我，梅先生，你也是教授？我就说了，学校这么请的我，我也没法。可是，他说，你并不是美国的博士？我说，我不是；美国博士值几个子儿一枚？我问他。他没说什么，可是脸完全绿了。这还不要紧，从那天起，他好像记死了我。他甚至写信质问校长：梅先生没有博士学位，怎么和有博士学位的——而且是美国的——挣一样多的薪水呢？我不晓得他从哪里探问出我的薪金数目。"

"校长也不好，不应当让你看那封信。"

"校长才不那么糊涂；博士把那封信也给了我一封，没签名。他大概是不屑与我为伍。"老梅笑得更不自然了。青年都是自傲的。

"哼，这还许就是他要求加薪的理由呢！"我这么猜。

"不知道。咱们说点别的？"

辞别了老梅，我打算在暑假放学之前至少见博士一面，也许能打听得出点什么来。凑巧，我在街上遇见了他。他走得很急。眉毛拧着，脸洼得像个羹匙。不像是走道呢，他似乎是想把一肚子怨气赶出去。

"哪儿去，博士？"我叫住了他。

"上邮局去。"他说，掏出手绢——不是胸袋掖着的那块——擦了擦汗。

"快暑假了，到哪里去休息？"

"真哪！听说青岛很好玩，像外国。也许去玩玩。不过——"

我准知道他要说什么，所以没等"不过"的下回分解说出来，便又问："暑假后还回来吗？"

"不一定。"或者因为我问得太急，所以他稍微说走了嘴：不一定自然含有不回来的意思。他马上觉到这个，改了口："不一定到青岛去。"假装没听见我所问的。"一定到上海去的。痛快地看几次电影；在北方做事，牺牲太大了，没好电影看！上学校来玩啊，省得寂寞！"话还没说利落，他走开了，一迈步就露出要跑的趋势。

我不晓得他那个"省得寂寞"是指着谁说的。至于他的去留，只好等暑假后再看吧。

刚一考完，博士就走了，可是没把东西都带去。据老梅的猜测：博士必是到别处去谋事，成功呢便用中国精神硬不回来，不管合同上订的是几年。找不到事呢就回来，表现他的美国精神。事实似乎与这个猜测相合：博士支走了三个月的薪水。我们虽不愿往坏处揣度人，可是他的举动确是令人不能必定往好处想。薪水拿到手里究竟是牢靠些，他只信任他自己，因为他常使别人不信任他。

过了暑假，我又去给老梅代课。这回请假的原因，大概连老梅自己也不准知道，他并没告诉我嘛。好在他准有我这么个替工，有原因没有的也没多大关系了。

毛博士回来了。

谁都觉得这么回来是怪不得劲的，除了博士自己。他很高兴。设若他的苦闷使人不表同情，他的笑脸看起来也有点多余。他是打算用笑表示心中的快活，可是那张脸不给他作劲。他一张嘴便像要打哈欠，直到我看清他的眼中没有泪，才醒悟过来；他原来是笑呢。这样的笑，笑不笑没多大关系。他紧自这么笑，闹得我有点发毛咕。

"上青岛去了吗？"我招呼他。他正在门口立着。

"没有。青岛没有生命，真哪！"他笑了。

"啊？"

"进来，给你件宝贝看！"

我，傻子似的，跟他进去。

屋里和从前一样，就是床上多了一个蚊帐。他一伸手从蚊帐里拿出个东西，遮在身后："猜！"

我没这个兴趣。

"你说是南方女人，还是北方女人好？"他的手还在背后。

我永远不回答这样的问题。

他看我没意思回答，把手拿到前面来，递给我一张相片。而后肩并肩地挤着我，脸上的笑纹好像真要往我脸上走似的；没说什么；他的嘴也不知是怎么弄的，直唧唧地响。

女人的相片。拿相片断定人的美丑是最容易上当的，我不愿说这个女人长得怎么样。就它能给我看到的，不过是年纪不大，头发烫得很复杂而曲折，小脸，圆下颏，大眼睛。不难看，总而言之。

"订了婚，博士？"我笑着问。

博士笑得眉眼都没了准地方，可是没出声。

我又看了看相片，心中不由得怪难过的。自然，我不能代她断定什么；不过，我倘若是个女子……

"牺牲太大了！"博士好容易才说出话来，"可是值得的，真哪！现在的女人多么精，才二十一岁，什么都懂，仿佛在美国留过学！头一次我们看完电影，她无论怎说也得回家，精呀！第二次看电影，还不许我拉她的手，多么精！电影票都是我打的！最后的一次看电影才准我吻了她一下，真哪！花多少钱也值得，没空花了，我临来，她送我到车站，给我买来的水果！花点钱，值得，她永远是我的；打野鸡不行呀，花多少钱也不行，而且有危险的！从今天起，我要省钱了。"

我插进去一句:"你花钱还费吗?"

"哎哟!"元宝底上的眼睛居然努出来了,"怎么不费钱!一个人,吃饭,洗衣服。哪样不花钱!两个人也不过花这么多,饭自己做,衣服自己洗。夫妇必定要互助呀。"

"那么,何必格外省钱呢?"

"钢丝床要的吧?澡盆要的吧?沙发要的吧?钢琴要的吧?结婚要花钱的吧?蜜月要花钱的吧?家庭是家庭哟!"他想了想,"结婚请牧师也得送钱的!"

"干吗请牧师?"

"郑重!美国的体面人都请牧师证婚,真哪!"他又想了想,"路费!她是上海的;两个人从上海到这里坐二等车!中国是要不得的,三等车没法坐的!你算算一共要几多钱?你算算看!"他的嘴咕弄着,手指也轻轻地掐,显然是算这笔账呢。大概是一时算不清,他皱了皱眉。紧跟着又笑了,"多少钱也得花的!假如你买个五千元的钻石,不是为戴上给人看么?一个南方美人,来到北方,我的,能不光荣些?真哪,她是上海最美的女子;这还不值得牺牲么?一个人总得牺牲的!"

我始终还是不明白什么是牺牲。

替老梅代了一个多月的课,我的耳朵里整天嗡嗡着上海、结婚、牺牲、光荣、钢丝床……有时候我编讲义都把这些编进去,而得从新改过;他已把我弄糊涂了。我真盼老梅早些回来,让我去清静两天吧。观察人性是有意思的事,不过人要像年糕那样黏,把我的心都黏住,我也有受不了的时候。

老梅还有五六天就回来了。正在这个时候,博士又出了新花样。他好像一篇富于技巧的文章,正在使人要生厌的时候,来几句漂亮的。

他的喜劲过去了。除了上课以外,他总在屋里啪啦啪啦地打字。啪啦过一阵,门开了,溜着墙根,像条小鱼似的,他下楼去送信。照直去,照直回来;在屋里咚咚地走。走着走着,叹一口气,声音很大,仿佛要把楼叹倒了,以便同归于尽似的。叹过气以后,他找我了,脸上带着点顶惨淡的笑。"噗!"他一进门先吹口气,好像屋中尽是尘土。然后,"你们真美呀,没有伤心的事!"

他的话老有这么种别致的风格，使人没法答碴儿。好在他会自动地给解释："没法子活下去，真哪！哭也没用，光阴是不着急的！恨不能飞到上海去！"

"一天写几封信？"我问了句。

"一百封也是没用的！我已告诉她，我要自杀了！这样不是生活，不是！"博士连连摇头。

"好在到年假才还不到三个月。"我安慰着他，"不是年假里结婚吗？"

他没有回答，在屋里走着。待了半天："就是明天结婚，今天也是难过的！"

我正在找些话说，他忽然像忘了些什么重要的事，一闪似的便跑出去。刚进到他的屋中，啪啦，啪啦，啪，打字机又响起来。

老梅回来了。我在年假前始终没找他去。在新年后，他给我转来一张喜帖。用英文印的。我很替毛博士高兴，目的达到了，以后总该在生命的别方面努力了。

年假后两三个星期了，我去找老梅。谈了几句便又谈到毛博士。

"博士怎样？"我问，"看见博士太太没有？"

"谁也没看见她；他是除了上课不出来，连开教务会议也不到。"

"咱俩看看去？"

老梅摇了头："人家不见，同事中有碰过钉子的了。"

这个，引动了我的好奇心。没告诉老梅，我自己要去探险。

毛博士住着五间小平房，院墙是三面矮矮的密松。远远地，我看见院中立着个女的，细条身材，穿着件黑袍，脸朝着阳光。她一动也不动，手直垂着，连蓬松的头发好像都镶在晴冷的空中。我慢慢地走，她始终不动。院门是两株较高的松树，夹着一个绿短棚子。我走到这个小门前了，与她对了脸。她像吓了一跳，看了我一眼，急忙转身进去了。在这极短的时间内，我得了个极清楚的印象：她的脸色青白，两个大眼睛像迷失了的羊的那样悲郁，头发很多很黑，和下边的长黑袍联成一段哀怨。她走得极轻快，好像把一片阳光忽然地全留在屋子外边。我没去叫门，慢慢地走回来了。我的心中冷了一下，然后觉得茫然地不自在。到如今我还记得这个黑衣女。

大概多数的男人对于女性是特别显着侠义的。我差不多成了她的义务侦探了。博士是否带她常出去玩玩，譬如看看电影？他的床是否钢丝的？澡盆？沙发？当他跟我闲扯这些的时候，我觉得他毫无男子气。可是由看见她以后，这些无聊的事都在我心中占了重要的地位；自然，这些东西的价值是由她得来的。我钻天觅缝地探听，甚至于贿赂毛家的仆人——他们用着一个女仆。我所探听到的是他们没出去过，没有钢丝床与沙发。他们吃过一回鸡，天天不到九点钟就睡觉……

我似乎明白些毛博士了。凡是他口中说的——除了他真需要个女人——全是他视为做不到的；所以做不到的原因是他爱钱。他梦想要做个美国人；及至来到钱上，他把中国固有的夫为妻纲与美国的资本主义联合到一块。他自己便是他所恨恶的中国电影，什么在举动上都学好莱坞的，而根本上是中国的，他是个自私自利而好摹仿的猴子。设若他没上过美国，他一定不会这样，他至少在人情上带出点中国气来。他上过美国，觉着他为中国当个国民是非常冤屈的事。他可以依着自己的方便，在所谓的美国精神装饰下，做出一切。结婚，大概只有早睡觉的意义。

我没敢和老梅提说这个，怕他耻笑我；说真的，我实在替那个黑衣女抱不平。可是，我不敢对他说；他的想象是往往不易往厚道里走的。

春假了，由老梅那里我听来许多人的消息：有的上山去玩，有的到别处去逛，我听不到博士夫妇的。学校里那么多人，好像没人注意他们俩——按一般的道理说，新夫妇是最使人注意的。

我决定去看看他们。

校园里的垂柳已经绿得很有个样儿了。丁香可是才吐出颜色来。教员们，有的没去旅行，差不多都在院中种花呢。到了博士的房子左近，他正在院中站着。他还是全份武装地穿着洋服，虽然是在假期里。阳光不易到的地方，还是他的脸的中部。隔着松墙我招呼了他一声：

"没到别处玩玩去，博士？"

"哪里也没有这里好。"他的眼瞭了远处一下。

"美国人不是讲究旅行么？"我一边说一边往门那里凑。

他没回答我。看着我，他直往后退，显出不欢迎我进去的神气。我老着脸，一劲地前进。他退到屋门，我也离那儿不远了。他笑得极不自然了，牙咬了两下，他说了话：

"她病了，改天再招待你呀。"

"好吧。"我也笑了笑。

"改天来——"他没说完下半截便进去了。

我出了门，校园中的春天似乎忽然逃走了。我非常不痛快。

又过了十几天，我给博士一个信儿，请他夫妇吃饭。我算计着他们大概可以来；他不交朋友，她总不会也愿永远囚在家中吧？

到了日期，博士一个人来了。他的眼边很红，像是刚揉了半天的。脸的中部特别显着洼，头上的筋都跳着。

"怎啦，博士？"我好在没请别人，正好和他谈谈。

"妇人，妇人都是坏的！都不懂事！都该杀的！"

"和太太吵了嘴？"我问。

"结婚是一种牺牲，真哪！你待她天好，她不懂，不懂！"博士的泪落下来了。

"到底怎回事？"

博士抽搭了半天，才说出三个字来："她跑了！"他把脑门放在手掌上，哭起来。

我没想安慰他。说我幸灾乐祸也可以，我确是很高兴，替她高兴。

待了半天，博士抬起头来，没顾得擦泪，看着我说：

"牺牲太大了！叫我，真！怎样再见人呢?！我是哈佛的博士，我是大学的教授！她一点不给我想想！妇人！"

"她为什么走了呢？"我假装皱上眉。

"不晓得。"博士净了下鼻子，"凡是我以为对的，该办的，我都办了。"

"比如说？"

"储金，保险，下课就来家陪她，早睡觉，多了，多了！是我见到的，我都办了；她不了解，她不欣赏！每逢上课去，我必吻一下，还要怎样呢？你说！"

我没得可说，他自己接了下去。他是真憋急了，在学校里他没一个朋友。

"妇女是不明白男人的！订婚，结婚，已经花了多少钱，难道她不晓得？结婚必须男女两方面都要牺牲的。我已经牺牲了那么多，她牺牲了什么？到如今，跑了，跑了！"博士立起来，手插在裤袋里，眉毛拧着，"跑了！"

"怎办呢？"我随便问了句。

"没女人我是活不下去的！"他并没看我，眼看着他的领带，"活不了！"

"找她去？"

"当然！她是我的！跑到天边，没我，她是个'黑'人！她是我的，那个小家庭是我的，她必得老跟着我！"他又坐下了，又用手托住脑门。

"假如她和你离婚呢？"

"凭什么呢？难道她不知道我爱她吗？不知道那些钱都是为她花了吗？就没一点良心吗？离婚？我没有过错！"

"那是真的。"我自己知道这是什么意思。

他抬头看了我一眼，气好像消了些，舐了舐嘴唇，叹了口气："真哪，我一见她脸上有些发白，第二天就多给她一个鸡子儿吃！我算尽到了心！"他又不言语了，呆呆地看着皮鞋尖。

"你知道她上哪儿了？"

博士摇了摇头。又坐了会儿，他要走。我留他吃饭，他又摇头："我回去，也许她还回来。我要是她，我一定回来。她大概是要回来的。我回去看看。我永远爱她，不管她待我怎样。"他的泪又要落下来，勉强地笑了笑，抓起帽子就往外走。

这时候，我有点可怜他了。从一种意义上说，他的确是个牺牲者——可是不能怨她。

过了两天，我找他去，他没拒绝我进去。

屋里安设得很简单，除了他原有的那份家具，只添上了两把藤椅、一张长桌，桌上摆着他那几本洋书。这是书房兼客厅；西边有个小门，通到另一间去，挂着个洋花布单帘子。窗上都挡着绿布帘，光线不十分足。地板上铺着一领厚花席子。屋里的气味很像个欧化了的日本家庭，可是没有那些灵巧的小装饰。

我坐在藤椅上，他还坐那把摇椅，脸对着花布帘子。

我们俩当然没有别的可谈。他先说了话：

"我想她会回来，到如今竟自没消息，好狠心！"说着，他忽然一挺身，像是要立起来，可是极失望地又缩下身去。原来这个花布帘被一股风吹得微微一动。

这个人已经有点中了病！我心中很难过了。可是，我一想：结婚刚三个多月，她就逃走，想必她是真受不住了；想必她也看出来，这个人是无希望改造的。三个月的监狱生活是满可以使人铤而走险的。况且，性欲的生活，有时候能使人一天也受不住的——由这种生活而起的厌恶比毒药还厉害。我由博士的气色和早睡的习惯已猜到一点，现在我要由他口中证实了。我和他谈一些严肃的话之后便换换方向，谈些不便给多于两个人听的。他也很喜欢谈这个，虽然更使他伤心。他把这种事叫"爱"。他很"爱"她。

他还有个理论："……因为我们用脑子，所以我们懂得怎样'爱'，下等人不懂！"

我心里说："要不然她怎么会跑了呢！"

他告诉我许多这种经验，可是临完更使他悲伤——没有女人是活不下去的！我去了几次，慢慢地算是明白了他的一部分：对于女人，他只管"爱"，而结婚与家庭设备的花费是"爱"的代价。这个代价假如轻一点，"博士"会给增补上所欠的分量。"一个美国博士，你晓得，在女人心中是占分量的。"他说，附带着告诉我，"你想要个美的、大学毕业的、年轻的、品行端正的女人，先去得个博士，真哪！"

他的气色一天不如一天了。对那个花布帘，他越发注意了；说着说着话，他能忽然立起来，走过去，掀一掀它。而后回来，坐下，不言语好大半天。脸比绿窗帘绿得暗一些。

可是他始终没要找她去，虽然嘴里常这么说。我以为即使他怕花了钱而找不到她，也应当走一走，或至少是请几天假。因为他自己说她要把"博士"与"教授"的尊严一齐给他毁掉了。为什么他不躲几天，而照常地上课，虽然是带着眼泪？后来我才明白：他要大家同情他，因为他的说法是这样："嫁给任何人，就属于任何人，况且嫁的是博士？从博士怀中逃走，不要脸，没有人味！"

他不能亲自追她去。但是他需要她，他要"爱"。他希望她回来，因为他不能白花了那些钱。这个，尊严与"爱"，牺牲与耻辱，使他进退两难，啼笑皆非，一天不定掀多少次那个花布帘。他甚至于后悔没娶个美国女人了，中国女人是不懂事，不懂美国精神的！

人生在某种文化下，不是被它——文化——管辖死，便是因反抗它而死。在人类的任何文化下，也没有多少自由。毛博士的事是没法解决的。他肩着两种文化的责任，而想把责任变成享受。洋服也得规矩地穿着，只是把脖子箍得怪难受。脖子是他自己的，但洋服是文化呢！

木槿花一开，就快放暑假了。毛博士已经几天没有出屋子。据老梅说，博士前几天还上课，可是在课堂上只讲他自己的事，所以学校请他休息几天。

我又去看他，他还穿着洋服在椅子上摇呢，可是脸已不像样儿了，最洼的那一部分已经像陷进去的坑，眼睛不大爱动了，可是他还在那儿坐着。我劝他到医院去，他摇头："她回来，我就好了；她不回来，我有什么法儿呢？"他很坚决，似乎他的命不是自己的。"再说，"他喘了半天气才说出来，"我已经天天喝牛肉汤；不是我要喝，是为等着她；牺牲，她跑了我还得为她牺牲！"

我实在找不到话说了。这个人几乎是可佩服的了。待了半天，他的眼忽然地亮了，抓住椅子扶手，直起胸来，耳朵侧着，"听！她回来了！是她！"他要立起来，可是只弄得椅子前后地摇了几下，他起不来。

外边并没有人。他倒了下去，闭上了眼，还喘着说："她——也——许——明天来。她是——我——的！"

暑假中，学校给他家里打了电报，来了人，把他接回去。以后，没有人得到过他的信。有的人说，到现在他还在疯人院里呢。

番表

我俩的卧铺对着脸。他先到的。我进去的时候，他正在和茶房捣乱；非我解决不了。我买的是顺着车头这面的那张，他的自然是顺着车尾。他一定要我那一张，我进去不到两分钟吧，已经听熟了这句："车向哪边走，我要哪张！"茶房的一句也被我听熟了："定的哪张睡哪张，这是有号数的！"只看我让步与否了。我告诉了茶房："我在哪边也是一样。"

他又对我重念了一遍："车向哪边走，我就睡哪边！"

"我翻着跟头睡都可以！"我笑着说。

他没笑，眨巴了一阵眼睛，似乎看我有点奇怪。

他有五十上下岁，身量不高，脸很长，光嘴巴，唇稍微有点包不住牙；牙很长很白，牙根可是有点发黄，头剃得很亮，眼睛时时向上定一会儿，像是想着点什么不十分要紧而又不愿忽略过去的事。想一会儿，他摸摸行李，或掏掏衣袋，脸上的神色平静了些。他的衣裳都是绸子的，不时髦而颇规矩。

对了，由他的衣服我发现了他的为人，凡事都有一定的讲究与规矩，一点也不能改。睡卧铺必定要前边那张，不管是他定下的不是。

车开了之后，茶房来铺毯子。他又提出抗议，他的枕头得放在靠窗的那边。在这点抗议中，他的神色与言语都非常的严厉，有气派。枕头必放在靠窗那边是他的规矩，对茶房必须拿出老爷的派头，也是他的规矩。我看出这么点来。

车刚到丰台，他嘱咐茶房："到天津，告诉我一声！"

看他的行李，和他的神气，不像是初次旅行的人，我纳闷为什么他在这么早就张罗着天津。又过了一站，他又嘱咐了一次。茶房告诉他："还有三点钟才到天津呢。"这又把他招翻："我告诉你，你就得记住！"等茶房出去，他找补了声："混账！"

骂完茶房混账，他向我露了点笑容；我幸而没穿着那件蓝布大衫，所以他肯向我笑笑，表示我不是混账。笑完，他又拱了拱手，问我："贵姓？"我告诉了他；为是透着和气，回问了一句，他似乎很不愿意回答，迟疑了会儿才说出来。待了一会儿，他又问我："上哪里去？"我告诉了他，也顺口问了他。他又迟疑了半天，笑了笑，定了会儿眼睛："没什么！"这不像句话。我看出来这家伙处处有谱儿，一身都是秘密。旅行中不要随便说出自己的姓、职业与去处；怕遇上绿林中的好汉；这家伙的时代还是《小五义》的时代呢。我忍不住得自己笑了半天。

到了廊坊，他又嘱咐茶房："到天津，通知一声！"

"还有一点多钟呢！"茶房瞭了他一眼。

这回，他没骂"混账"，只定了会儿眼睛。出完了神，他慢慢地轻轻地从铺底下掏出一群小盒子来：一盒子饭，一盒子煎鱼，一盒子酱菜，一盒子炒肉。叫茶房拿来开水，把饭冲了两过，而后又倒上开水，当作汤，极快极响地扒搂了一阵。这一阵过去，偷偷地夹起一块鱼，细细地哑，哑完，把鱼骨扔在了我的铺底下。又稍微一定神，把炒肉拨到饭上，极快极响地又一阵。头上出了汗。喊茶房打手巾。

吃完了，把小盒中的东西都用筷子整理好，都闻了闻，郑重地放在铺底下，又叫茶房打手巾。擦完脸，从袋中掏出银的牙签，细细地剔着牙，剔到一段落，就深长饱满地打着响嗝。

"快到天津了吧？"这回是问我呢。

"说不甚清呢。"我这回也有了谱儿。

"老兄大概初次出门？我倒常来常往！"他的眼角露出轻看我的意思。

"嗳，"我笑了，"除了天津我全知道！"

他定了半天的神，没说出什么来。

查票。他忙起来。从身上掏出不知多少纸卷，一一地看过，而后一一地收起，从衣裳最深处掏出，再往最深处送回，我很怀疑是否他的胸上有几个肉袋。最后，他掏出皮夹来，很厚很旧，用根鸡肠带捆着。从这里，他拿出车票来，然后又掏出个纸卷，从纸卷中捡出两张很大、盖有血丝胡拉的红印的纸来。一张写着——我不准知道——像蒙文，那一张上的字容或是梵文，我说不清。把车票放在膝上，他细细看那两张文书，我看明白了：车票是半价票，一定和那两张近乎李白醉写的玩意有关系。查票的进来，果然，他连票带表全递过去。

下回我要再坐火车，我当时这么决定，要不把北平图书馆存着的档案拿上几张才怪！

车快到天津了，他忙得不知道怎好了，眉毛拧着，长牙露着，出来进去地打听："天津吧?"仿佛是怕天津丢了似的。茶房已经起誓告诉他："一点不错，天津！"他还是继续打听。入了站，他急忙要下去，又不敢跳车，走到车门又走了回来。刚回来，车立定了，他赶紧又往外跑，恰好和上来的旅客与脚夫顶在一处，谁也不让步，激烈地顶着。在顶住不动的工夫，他看见了站台上他所要见的人。他把嘴张得像无底的深坑似的，拼命地喊："凤老！凤老！"

凤老摇了摇手中的文书，他笑了；一笑懈了点劲，被脚夫们给挤在车窗上绷着。绷了有好几分钟，他钻了出去。看，这一路打拱作揖，双手扯住凤老往车上让，仿佛到了他的家似的，挤撞拉扯，千辛万苦，他把凤老拉了上来。忙着倒茶，把碗中的茶底儿泼在我的脚上。

坐定之后，凤老详细地报告：接到他的信，他到各处去取文书，而后拿着它们去办七五折的票。正如同他自己拿着的番表，只能打这一路的票；他自己打到天津，北宁路；凤老给打到浦口，津浦路；京沪路的还得另打；文书可已经备全了，只需在浦口停一停，就能办妥减价票。说完这些，凤老交出文书，这是津浦路的，那是京沪路的。这回使我很失望，没有藏文的。张数可是很多，都盖着大红印，假如他愿意卖的话，我心里想，真想买他两张，存作史料。

他非常感激凤老，把文书车票都收入衣服的最深处，而后从枕头底下搜出一个梨来，非给凤老吃不可。由他们俩的谈话中，我听出点来，他似乎是司法界的，又似乎是做县知事的，我弄不清楚，因为每逢凤老要拉到肯定的事儿上去，他便瞭我一眼，把话岔开。凤老刚问到，唐县的情形如何，他赶紧就问五嫂子好？凤老所问的都不得结果，可是我把凤老家中有多少人都听明白了。

最后，车要开了，凤老告别，又是一路打躬作揖，亲自送下去，还请凤老拿着那个梨，带回家给小六儿吃去。

车开了，他扒在玻璃上喊："给五嫂子请安哪！"

车出了站，他微笑着，掏出新旧文书，细细地分类整理。整理得差不多了，他定了一会儿神，喊茶房："到浦口，通知一声！"

不说谎的人

一个自信是非常诚实的人，像周文祥，当然以为接到这样的一封信是一种耻辱。在接到了这封信以前，他早就听说过有个瞎胡闹的团体，公然扯着脸定名为"说谎会"。在他的朋友里，据说，有好几位是这个会的会员。他不敢深究这个"据说"。万一把事情证实了，那才怪不好意思：绝交吧，似乎太过火；和他们敷衍吧，又有些对不起良心。周文祥晓得自己没有什么了不得的才干，但是他忠诚实在，他的名誉与事业全仗着这个；诚实是他的信仰。他自己觉得像一块笨重的石头，虽然不甚玲珑美观，可是结实硬棒。现在居然接到这样的一封信：

"……没有谎就没有文化。说谎是最高的人生艺术。我们怀疑一切，只是不疑心人人事事都说谎这件事。历史是谎言的记录簿，报纸是谎言的播音机。巧于说谎的有最大的幸福，因为会说谎就是智慧。想想看，一天之内，要是不说许多谎话，得打多少回架；夫妻之间，不说谎怎能平安地度过十二小时。我们的良心永远不责备我们在情话情书里所写的———片谎言！然而恋爱神圣啊！胜者王侯败者贼，是的，少半在乎说谎的巧拙。文化是谎的产物。文质彬彬，然后君子——最会扯谎的家伙。最好笑的是人们一天到晚没法掩藏这个宝物，像孕妇故意穿起肥大的风衣那样。他们仿佛最怕被人家知道了他们时时在扯谎，于是谎上加谎，成为最大的谎。我们不这样，我们知道谎的可贵，与谎的难能，所以我们诚实地扯谎，艺术地运用谎言，我们组织说谎会，为的是研究它的技巧，与宣传它的好处。我们知道大家都说谎，更愿意使大家以后说谎不像现在这么拙劣……素仰先生惯说谎，深愿彼此琢磨，以增高人生幸福，光大东西文化！倘蒙不弃……"

没有念完，周文祥便把信放下了。这个会，据他看，是胡闹；这封信也是胡闹。但是他不能因为别人胡闹而幽默地原谅他们。他不能原谅这样闹到他自己头上来的人们，这是污辱他的人格。"素仰先生惯说谎"？他不记得自己说过谎。即使说过，也必定不是故意的。他反对说谎。他不能承认报纸是制造谣言的，因为他有好多意见与知识都是从报纸得来的。

说不定这封信就是他所认识的，"据说"是说谎会的会员的那几个人给他写来的，故意开他的玩笑，他想。可是在信纸的左上角印着"会长唐翰卿；常务委员林德文、邓道纯、费穆初；会计何兆龙"。这些人都是周文祥知道而愿意认识的，他们在社会上都有些名声，而且是有些财产的。名声与财产，在周文祥看，绝对不能是由瞎胡闹而来的。胡闹只能毁人。那么，由这样有名有钱的人们所组织的团体，按理说，也应当不是瞎闹的。附带着，这封信也许有些道理，不一定是朋友们和他开玩笑。他又把信拿起来，想从新念一遍。可是他只读了几句，不能再往下念。不管这些会长委员是怎样的有名有福，这封信到底是荒唐。这是个噩梦！一向没遇见这样矛盾，这样想不出道理的事！

周文祥是已经过了对于外表勤加注意的年龄。虽然不是故意地不修边幅，可是有时候两三天不刮脸而心中可以很平静；不但平静，而且似乎更感到自己的坚实朴简。他不常去照镜子；他知道自己的圆脸与方块的身子没有什么好看；他的自爱都寄在那颗单纯实在的心上。他不愿拿外表显露出内心的聪明，而愿把面貌体态当作心里诚实的说明书。他好像老这么说："看看我！内外一致的诚实！周文祥没别的，就是可靠！"

把那封信放下，他可是想对镜子看看自己；长久的自信使他故意地要从新估量自己一番，像极稳固的内阁不怕，而且欢迎"不信任案"的提出那样。正想往镜子那边去，他听见窗外有些脚步声。他听出来那是他的妻来了。这使他心中突然很痛快，并不是欢迎太太，而是因为他听出她的脚步声儿。家中的一切都有定规，习惯而亲切，"夏至"那天必定吃卤面，太太走路老是那个声儿。

但愿世界上所有的事都如此，都使他习惯而且觉得亲切。假如太太有朝一日不照着他所熟习的方法走路，那要多么惊心而没有一点办法！他说不上爱他的太太不爱，不过这些熟习的脚步声儿仿佛给他一种力量，使他深信生命并不是个乱七八糟的噩梦。他知道她的走路法，正如知道他的茶碗上有两朵鲜红的牡丹花。

他忙着把那封使他心中不平静的信收在口袋里，这个举动做得很快很自然，几乎是本能的；不用加什么思索，他就马上决定了不能让她看见这样胡闹的一封信。

"不早了，"太太开开门，一只脚登在门坎上，"该走了吧？"

"我这不是都预备好了吗？"他看了看自己的大衫，很奇怪，刚才净为想那封信，已经忘了是否穿上了大衫。现在看见大衫在身上，想不起是什么时候穿上的。既然穿上了大衫，无疑的是预备出去。早早出去，早早回来，为一家大小去挣钱吃饭，是他的光荣与理想。实际上，为那封信，他实在忘了到公事房去，可是让太太这一催问，他不能把生平的光荣与理想减损一丝一毫："我这不是预备走吗？"他戴上了帽子。"小春走了吧？"

"他说今天不上学了，"太太的眼看着他，带出做母亲常有的那种为难的样子，既不愿意丈夫发脾气，又不愿儿子没出息，可是假若丈夫能不发脾气呢，儿子就是稍微有点没出息的倾向也没多大的关系，"又说肚子有点痛。"

周文祥没说什么，走了出去。设若他去盘问小春，而把小春盘问短了——只是不爱上学而肚子并不一定疼。这便证明周文祥的儿子会说谎。设若不去管儿子，而儿子真是学会了扯谎呢，就更糟。他只好不发一言，显出沉毅的样子；沉毅能使男人在没办法的时候显出很有办法，特别是在妇女面前。周文祥是家长，当然得显出权威，不能被妻小看出什么弱点来。

走出街门，他更觉出自己的能力本事。刚才对太太的一言不发等等，他做得又那么简净得当，几乎是从心所欲，左右逢源。没有一点虚假，没有一点手段，完全是由生平的朴实修养而来的一种真诚，不必考虑就会应付裕如。想起那封信，瞎胡闹！

公事房的大钟走到八点三十二分，他迟到了两分钟。这是一个新的经验；

十年来，他至迟是八点二十八分到，他在做梦的时候，钟上的长针也总是在半点的"这"一边。世界好像宽出二分去，一切都变了样！他忽然不认识自己了，自己一向是八点半"这"边的人；生命是习惯的积聚，新床使人睡不着觉；周文祥把自己丢失了，丢失在两分钟的外面，好似忽然走到荒凉的海边上。

可是，不大一会儿，他心中又平静起来，把自己从迷途上找回来。他想责备自己，不应该为这么点事心慌意乱；同时，他觉得应该夸奖自己，为这点小事着急正自因为自己一向忠诚。

坐在办公桌前，他可是又想起点不大得劲的事。公司的规则，规则，是不许迟到的。他看见过同事们受经理的训斥，因为迟到；还有的扣罚薪水，因为迟到。哼，这并不是件小事！自然，十来年的忠实服务是不能因为迟到一次而随便一笔抹杀的，他想。可是假若被经理传去呢？不必说是受申斥或扣薪，就是经理不说什么，而只用食指指周文祥——他轻轻地叫着自己——一下，这就受不了；不是为这一指的本身，而是因为这一指便把十来年的荣誉指化了，如同一股热水浇到雪上！

是的，他应当自动地先找经理去，别等着传唤。一个忠诚的人应当承认自己的错误，受申斥或惩罚是应该的。他立起来，想去见经理。

又站了一会儿，他得想好几句话。"经理先生，我来晚了两分钟，几年来这是头一次，可是究竟是犯了过错！"这很得体，他评判着自己的忏悔练习。不过，万一经理要问有什么理由呢？迟到的理由不但应当预备好，而且应当由自己先说出来，不必等经理问。有了："小春，我的男小孩——肚子疼，所以……"这就非常的圆满了，而且是真事。他并且想到就手儿向经理请半天假，因为小春的肚子疼也许需要请个医生诊视一下。他可是没有敢决定这么做，因为这么做自然显着更圆到，可是也许是太过火一点。还有呢，他平日老觉得非常疼爱小春，也不知怎的现在他并不十分关心小春的肚子疼，虽然按着自己的忠诚的程度说，他应当相信儿子的腹痛，并且应当马上去给请医生。

他去见了经理，把预备好的言语都说了，而且说得很妥当，既不太忙，又不吞吞吐吐得惹人疑心。他没敢请半天假，可是稍微露了一点须请医生的意思。说完了，没有等经理开口，他心中已经觉得很平安了，因为他在事前没有想到自己的话能说得这么委婉圆到。他一向因为看自己忠诚，所以老以为自己不长于谈吐。现在居然能在经理面前有这样的口才，他开始觉出来自己不但忠诚，而且有些未经发现过的才力。

正如他所期望的，经理并没有申斥他，只对他笑了笑。"到底是诚实人！"周文祥心里说。

微笑不语有时候正像怒视无言，使人转不过身来。周文祥的话已说完，经理的微笑已笑罢，事情好像是完了，可是没个台阶结束这一场。周文祥不能一语不发地就那么走出去，而且再站在那里也不大像话。似乎还得说点什么，但又不能和经理瞎扯。一急，他又想起儿子。"那么，经理以为可以的话，我就请半天假，回家看看去！"这又很得体而郑重，虽然不知道儿子究竟是否真害肚疼。

经理答应了。

周文祥走出公司来，心中有点茫然。即使是完全出于爱儿子，这个举动究竟似乎差点根据。但是一个诚实人做事是用不着想了再想的，回家看看去好了。

走到门口，小春正在门前的石墩上唱"太阳出来上学去"呢，脸色和嗓音都足以证明他在最近不能犯过腹痛。

"小春，"周文祥叫，"你的肚子怎样了？"

"还一阵阵地疼，连唱歌都不敢大声地喊！"小春把手按在肚脐那溜儿。

周文祥哼了一声。

见着了太太，他问："小春是真肚疼吗？"

周太太一见丈夫回来，心中已有些不安，及至听到这个追问，更觉得自己是处于困难的地位。母亲的爱到底使她还想护着儿子，真的爱是无暇选取手段的，她还得说谎："你出去的时候，他真是肚子疼，疼得连颜色都转了，现在刚好一点！"

"那么就请个医生看看吧？"周文祥为是证明他们母子都说谎，想起这个方法。虽然他觉得这个方法有点欠诚恳，可是仍然无损于他的真诚，因为他真想请医生去，假如太太也同意的话。

"不必请到家来了吧，"太太想了想，"你带他看看去好了。"

他没想到太太会这么赞同给小春看病。他既然这么说了，好吧，医生不会给没病的孩子开方子，白去一趟便足以表示自己的真心爱子，同时暴露了母子们的虚伪，虽然周家的人会这样不诚实是使人痛心的。

他带着小春去找牛伯岩——六十多岁的老儒医，当然是可靠的。牛老医生闭着眼，把带着长指甲的手指放在小春腕上，诊了有十来分钟。

"病不轻！"牛伯岩摇着头说，"开个方子试试吧，吃两剂以后再来诊一诊吧！"说完他开着脉案，写得很慢，而字很多。

小春无事可做，把垫腕子的小布枕当作沙口袋，双手扔着玩。

给了诊金，周文祥拿起药方，谢了谢先生。带着小春出来；他不能决定，是去马上抓药呢，还是干脆置之不理呢？小春确是，据他看，没有什么病。那么给他点药吃，正好是一种惩罚，看他以后还假装肚子疼不！可是，小春既然无病，而医生给开了药方，那么医生一定是在说谎。他要是拿着这个骗人的方子去抓药，就是他自己相信谎言，中了医生的诡计。小春说谎，太太说谎，医生说谎，只有自己诚实。他想起"说谎会"来。那封信确有些真理，他没法不这么承认。但是，他自己到底是个例外，所以他不能完全相信那封信。除非有人能证明他——周文祥——说谎，他才能完全佩服"说谎会"的道理。可是，只能证明自己说谎是不可能的。他细细地想过去的一切，没有可指摘的地方。由远而近，他细想今天早晨所做过的那些事，所说过的那些话，也都无懈可击，因为所做所说的事都是凭着素日诚实的习惯而发的，没有任何故意绕着做出与说出来的地方，只有自己能认识自己。

他把那封信与药方一起撕碎，扔在了路上。

离婚

第一章

一

张大哥是一切人的大哥。你总以为他的父亲也得管他叫大哥，他的"大哥"味儿就这么足。

张大哥一生所要完成的神圣使命：做媒人和反对离婚。在他的眼中，凡为姑娘者必有个相当的丈夫，凡为小伙子者必有个合适的夫人。这相当的人物都在哪里呢？张大哥的全身整个儿是显微镜兼天秤。在显微镜下发现了一位姑娘，脸上有几个麻子；他立刻就会在人海之中找到一位男人，说话有点结巴，或是眼睛有点近视。在天秤上，麻子与近视眼恰好两相抵消，上等婚姻，近视眼容易忽略了麻子，而麻小姐当然不肯催促丈夫去配眼镜，马上进行双方——假如有必要——交换相片，只许成功，不准失败。

自然张大哥的天秤不能就这么简单。年龄，长相，家道，性格，八字，也都须细细测量过的；终身大事岂可马马虎虎！因此，亲友间有不经张大哥为媒而结婚者，他只派张大嫂去道喜，他自己决不去参观婚礼——看着伤心。这决不是出于嫉妒，而是善意地觉得这样的结婚，即使过得去，也不能是上等婚；在张大哥的天秤上是没有半点将就凑合的。

离婚，据张大哥看，没有别的原因，完全因为媒人的天秤不准。经他介绍而成家的还没有一个闹过离婚的，连提过这个意思的也没有。小两口打架吵嘴什么的是另一回事。一夜夫妻百日恩，不打不爱，抓破了鼻子打青了眼，和离婚还差着一万多里地，远得很呢。

至于自结婚，哼，和离婚是一件事的两端——根本没上过天秤。这类的喜事，连张大嫂也不去致贺，只派人去送一对喜联——虽然写的与挽联不同，也差不很多。

介绍婚姻是创造，消灭离婚是艺术批评。张大哥虽然没这么明说，可是确有这番意思。媒人的天秤不准是离婚的主因，所以打算大事化小、小事化无，必须从新用他的天秤估量一回，细细加以分析，然后设法把双方重量不等之处加上些砝码，便能一天云雾散，没事一大堆，家庭免于离散，律师只得干瞪眼——张大哥的朋友中没有挂律师牌子的。只有创造家配批评艺术，只有真正的媒人会消灭离婚。张大哥往往是打倒原来的媒人，进而为要到法厅去的夫妇的调停者；及至言归于好之后，夫妻便否认第一次的介绍人，而以张大哥为地道的大媒，一辈子感谢不尽。这样，他由批评者的地位仍回到创造家的宝座上去。

大叔和大哥最适宜做媒人。张大哥与媒人是同一意义。"张大哥来了。"这一声出去，无论在哪个家庭里，姑娘们便红着脸躲到僻静地方去听自己的心跳。没儿没女的家庭——除了有丧事——见不着他的足迹。他来过一次，而在十天之内没有再来，那一家里必会有一半个枕头被哭湿了的。他的势力是操纵着人们的心灵。就是家中有四五十岁老姑娘的也欢迎他来，即使婚事无望，可是每来一次，总有人把已发灰的生命略加上些玫瑰色儿。

二

张大哥是个博学的人，自幼便出经入史，似乎也读过《结婚的爱》。他必须读书，好证明自己的意见怎样妥当。他长着一对阴阳眼：左眼的上皮特别长，永远把眼珠囚禁着一半；右眼没有特色，一向是照常办公。这只左眼便是极细密的小筛子。右眼所读所见的一切，都要经过这半闭的左目筛过一番——那被囚禁的半个眼珠是向内看着自己的心的。这样，无论读什么，他自己的意见总是最妥善的；那与他意见不合之处，已随时被左眼给筛下去了。

这个小筛子是天赐的珍宝。张大哥只对天生来的优越有点骄傲，此外他是谦卑和蔼的化身。凡事经小筛子一筛，永不会走到极端上去；走极端是使生命失去平衡，而要平地摔跟头的。张大哥最不喜欢摔跟头。他的衣裳、帽子、手套、烟斗、手杖，全是摩登人用过半年多，而顽固佬还要再思索三两个月才敢用的时候的样式与风格。就好比一座社会的骆驼桥，张大哥的服装打扮是叫车马行人一看便放慢些脚步，可又不是完全停不走。

"听张大哥的，没错！"凡是张家亲友要办喜事的少有不这么说的。彩汽车里另放一座小轿，是张大哥的发明。用彩汽车迎娶，已是公认为可以行得通的事。不过，大姑娘一辈子没坐过花轿，大小是个缺点。况且坐汽车须在门外下车，闲杂人等不干不净地都等着看新人，也不含体统，还不提什么吉祥不吉祥。汽车里另放小轿，没有再好的办法，张大哥的主意。汽车到了门口，啪，四个人搬出一顶轿屉！闲杂人等只有干瞪眼，除非自己去结婚，无从看见新娘子的面目。这顺手就是一种爱的教育，一种暗示。只有一次，在夏天，新娘子是由轿屉倒出来的，因为已经热昏过去。所以现在就是在秋天，彩汽车上顶总备好两个电扇，还是张大哥的发明；不经一事，不长一智。

三

假如人人有个满意的妻子，世界上决不会闹"共产"。张大哥深信此理。革命青年一结婚，便比老鼠还老实，是个事实，张大哥于此点颇有证据。因此，在他的眼中，凡是未婚的人脸上起了几个小红点，或是已婚的眉头不大舒展，必定与婚事有关，而马上应当设法解决。不然，非出事不可！

老李这几天眉头不大舒展，一定大有文章。张大哥嘱咐他先吃一片阿司匹灵，又告诉他吃一丸清瘟解毒。无效，老李的眉头依然皱着。张大哥给他定了脉案——婚姻问题。

老李是乡下人。据张大哥看，除了北平人都是乡下佬。天津、汉口、上海，连巴黎、伦敦，都算在内，通通是乡下。张大哥知道的山是西山，对于由北山来的卖果子的都觉得有些神秘不测。最远的旅行，他出过永定门。可是他晓得九江出瓷，苏杭出绸缎，青岛是在山东，而山东人都在北平开猪肉铺。他没看见过海，也不希望看。世界的中心是北平。所以老李是乡下人，因为他不是生在北平。张大哥对乡下人特别表同情，有意离婚的多数是乡下人，乡间的媒人，正如山村里的医生，是不会十分高明的。生在乡下多少是个不幸。

　　他们二位都在财政所做事。老李的学问与资格，凭良心说，都比张大哥强。可是他们坐在一处，张大哥若是像个伟人，老李还够不上个小书记员。张大哥要是和各国公使坐在一块儿谈心，一定会说出极动人的言语，而老李见着个女招待便手足无措。老李是光绪末年那拨子姥姥不疼舅不爱的孩子们中的一位。说不上来为什么那样不起眼。张大哥在没剪去发辫的时候，看着几乎像张勋那么有福气；剪发以后，头上稍微抹了点生发油，至不济像个银行经理。老李，在另一方面，穿上最新式的西服会在身上打转，好像里面絮着二斤滚成蛋的碎棉花。刚刮净的脸，会仿佛顺着刀子冒槐子水，又涩又暗。他递给人家带官衔的——财政所第二科科员——名片，人家似乎得思索半天，才敢承认这是事实。他要是说他学过银行和经济学，人家便更注意他的脸，好像他脸上有什么对不起银行和经济学的地方。

　　其实老李并不丑：细高身量，宽眉大眼，嘴稍过大一些，一嘴整齐白健的牙。但是，他不顺眼。无论在什么环境之下，他使人觉得不舒服。他自己似乎也知道这个，所以事事特别小心，结果是更显着慌张。人家要是给他倒上茶来，他必定要立起来，双手去接，好像只为洒人家一身茶，而且烫了自己的手。赶紧掏出手绢给人家擦抹，好顺手碰人家鼻子一下。然后，他一语不发，直到憋急了，抓起帽子就走，一气不定跑到哪里去。

　　做起事来，他可是非常的细心。因此受累是他的事；见上司、出外差、分私钱、升官，一概没有他的份儿。公事以外，买书看书是他的娱乐，偶尔也独自去看一回电影。不过，设若前面或旁边有对摩登男女在黑影中偷偷地接个吻，他能浑身一麻，站起就走，皮鞋的铁掌专找女人的脚尖踩。

　　至于张大哥呢，长长的脸，并不驴脸瓜搭，笑意常把脸往扁处纵上些，而且颇有些四五十岁的人当有的肉。高鼻子，阴阳眼，大耳唇，无论在哪儿也是个富态的人，打扮得也体面：藏青哗叽袍，花驼绒里，青素缎坎肩，襟前有个小袋，插着金夹子自来水笔，向来没沾过墨水，有时候拿出来，用白绸子手绢擦擦钢笔尖；提着潍县漆的金箍手杖，杖尖永没挨过地；抽着英国银星烟斗，一边吸一边用珐蓝的洋火盒轻轻往下按烟叶。左手的四指上戴着金戒指，上刻着篆字姓名。袍子里面不穿小褂，而是一件西装的汗衫，因为最喜欢汗衫袖口那对镶着假宝石的袖扣。张大嫂给汗衫上钉上四个口袋，于是钱包、图章盒——永远不能离身，好随时往婚书上盖章——金表，全有了安放的地方，而且不易被小绺给扒了去。放假的日子，肩上有时候带着个小照相匣，可是至今还没开始照相。

没有张大哥不爱的东西，特别是灵巧的小玩意。中原公司、商务印书馆、吴彩霞南绣店、亨得利钟表行等的大减价日期，他比谁也记得准确。可是，他不买日本货。不买日货便是尽了一切爱国的责任，谁骂卖国贼，张大哥总有参加一齐骂的资格。

他的经验是与日用百科全书有同样性质的。哪一界的事情，他都知道。哪一部的小官，他都做过。哪一党的职员，他都认识，可是永不关心党里的宗旨与主义。无论社会国家有什么样的变动，他老有事做，而且一进到个机关里，马上成为最得人的张大哥。新同事只需提起一个人，不论是科长、司长还是书记，他便闭死了左眼，用右眼笑着看烟斗的蓝烟，诚意地听着。等人家说完，他睁开左眼，低声地说："他呀，我给他做过媒。"从此，全机关的人开始知道来了位活神仙，月下老人的转身。从此，张大哥是一边办公，一边办婚事：多数的日子是没公事可办，而没有一天缺乏婚事的设计与经营。而且婚事越忙，就是有公事也不必张大哥去办。"以婚治国。"他最忙的时候才这么说。给他来的电话比谁的也多，而工友并不讨厌他。特别是青年工友，只要伺候好了张科员大哥，准可以娶上个老婆，也许丑一点，可是两个箱子、四个匣子的陪送，早就在媒人的天秤上放好。

张大哥这程子精神特别好，因为同事的老李"有意"离婚。

四

"老李，晚上到家里吃个便饭。"张大哥请客无须问人家有工夫没有，而是干脆地命令着；可是命令得那么亲热，使你觉得就是有天大的事也得说有工夫。

老李在什么也没说之中答应了，或者该说张大哥没等老李回答而替他答应了。等着老李回答一个问题是需要时间的：只要有人问他一件事，无论什么事，他就好像电话局司机生同时接到了好几个要码的，非等到逐渐把该删去的观念删净，他无法答对。你抽冷子问他今天天气好，他能把幼年上学忘带了书包也想起来。因此，他可是比别人想得精密，也不易忘记了事。

"早点去，老李。家常便饭，为是谈一谈。就说五点半吧？"张大哥不好命令到底，把末一句改为商问。

"好吧，"老李把事才听明白，"别多弄菜！"这句说得好似极端反对人家请他吃饭，虽然原意是要客气一些。

老李确是喜欢有人请他去谈谈。把该说的话都细细预备了一番，他准知道张大哥要问他什么。只要他听明白了，或是看透言语中的暗示，他的思想是细腻的。

整五点半，敲门。其实老李十分钟以前就到了，可是在胡同里转了两三个圈：他要是相信恪守时刻有益处，他便不但不来迟，也不早到，这才彻底。

张大哥还没回来。张大嫂知道老李来吃饭，把他让进去。张大哥是不能够——不是不愿意——严守时刻的。一天遇上三个人情、两个放定，碰巧还陪着王太太或是李二婶去看嫁妆，守时间是不可能的。老李晓得这个，所以不怪张大哥。可是，对张大嫂说什么呢？没预备和她谈话！

大嫂除了不是男人，一切全和大哥差不多。张大哥知道的，大嫂也知道。大哥是媒人，她便是副媒人。语气，连长相都有点像张大哥，除了身量矮一些。有时候她看着像张大哥的姐姐，有时候像姑姑，及至她一说话，你才敢决定她是张太太。大嫂子的笑声比大哥的高着一个调门。大哥一抿嘴，大嫂的唇已张开；大哥出了声，她已把窗户纸震得直动。大嫂子没有阴阳眼，长得挺俏式，剪了发，过了一个月又留起来，因为脑后没小髻，心中觉着失去平衡。

"坐下，坐下，老李！"张大嫂称呼人永远和大哥一致。"大哥马上就回来。咱们回头吃羊肉锅子，我去切肉。这有的是茶、瓜子、点心，你自己张罗自己，不客气。把大衣脱了。"她把客人的话附带着说了，笑了两声，忽然止住，走出去。

　　老李始终没找到一句适当的话，大嫂已经走出去。心里舒坦了些。把大衣脱下来，找了半天地方，结果搭在自己的胳臂上。坐下，没敢动大嫂的点心，只拿起一个瓜子在手指间捻着玩。正是初冬天气，屋中已安好洋炉，可是还没生火，老李的手心出了汗。到朋友家去，他的汗比话来得方便得多。有时候因看朋友，他能够治好自己的伤风。

　　以天气说，还没有吃火锅的必要。但是迎时吃穿是生活的一种趣味。张大哥对于羊肉火锅、打卤面、年糕、皮袍、风镜、放爆竹等等都要做个先知先觉。"趣味"是比"必要"更精神的。哪怕是刚有点觉得出的小风，虽然树叶还没很摆动，张大哥戴上了风镜。哪怕是天上有二尺来长一块无意义的灰云，张大哥放下手杖，换上小伞。张大哥的家中一切布置全与这吃"前期"火锅，与气象预告的小伞，相合。客厅里已摆上一盘木瓜。水仙已出了芽。张大哥是在冬腊月先赏自己晒的水仙，赶到新年再买些花窖熏开的龙爪与玉玲珑。留声机片，老李偷着翻了翻，都是新近出来的。不只是京戏，还有些有声电影的歌片——为小姐们预备的。应有尽有，补足了迎时当令。地上铺着地毯，椅子是老式硬木的——站着似乎比坐着舒服；可是谁也不敢说蓝地浅粉桃花的地毯，配上硬木雕花的椅子，是不古朴秀雅的。

　　老李有点羡慕——几乎近于嫉妒——张大哥。因为羡慕张大哥，进而佩服张大嫂。她去切羊肉，是的，张大哥不用仆人；遇到家中事忙，他可以借用衙门里一个男仆。仆人不怕，而且有时候欢迎瞎炸烟而实际不懂行的主人；干打雷不下雨是没有什么作用的。可是张大哥永远不瞎炸烟，而真懂行。他只要在街上走几步，得，连狐皮袍带小干虾米的价钱便全知道了；街上的空气好像会跟他说话似的。没有仆人能在张宅做长久了的。张大哥并非不公道，不体恤；正是因为公道体恤，仆人时时觉得应当跳回河或上回吊才合适。一切家事都是张大嫂的。她永远笑得那么响亮。老李不能不佩服她。可是，想了一会儿之后，他微微地摇头了。不对！这样的家庭是一种重担。只有张大哥——常识的结晶，活物价表——才能安心乐意担负这个，而后由担负中强寻出一点快乐，一点由擦桌子、洗碗、切羊肉而来的快乐，一点使女子地位低降得不值一斤羊肉钱的快乐。张大嫂可怜!

五

张大哥回来了。手里拿着四个大小不等的纸包,腋下夹着个大包袱。不等放下这些,设法用左手和客人握手。他的握手法是另成一格:永远用左手,不直着与人交握,而是与人家的手成直角,像在人家的手心上诊一诊脉。

老李没预备好去诊张大哥的手心,来回翻了翻手,然后,没办法,在裤子上擦了擦手心的汗。

"对不起,对不起!早来了吧?坐,坐下!我就是一天瞎忙,无事忙。坐下。有茶没有?"

老李忙着坐下,又忙着看碗里有茶没有,没说出什么来。张大哥接着说:"我去把东西交给她。"用头向厨房那边点着。"就来;喝茶,别客气!"

张大哥比他多着点什么,老李想。什么呢?什么使张大哥这样快活呢?拿着纸包上厨房,这好像和"生命""真理"等带着刺儿的字眼离得过远。纸包,瞎忙,厨房,都显着平庸老实,至好也不过和手纸、被子一样的味道。可是,设若他自己要有机会到厨房去,他也许不反对。火光,肉味,小猫喵喵地叫。也许这就是真理,就是生命。谁知道!

"老李,"张大哥回来陪客人说话儿,"今儿个这点羊肉,你吃吧,敢保说好。连卤虾油都是北平能买得到的最好的。我就是吃一口,没别的毛病。我告诉你,老李,男子吃口得味的,女人穿件好衣裳,哈哈哈。"他把烟斗从墙上摘下来。

墙上一溜挂着五个烟斗。张大哥不等旧的已经不能再用才买新的,而是使到半路就买个新的来;新旧替换着用,能多用些日子。张大哥不大喜欢完全新的东西,更不喜欢完全旧的。不堪再用的烟斗,当劈柴烧有味,换洋火人家不要,真使他想不出办法来。

老李不知道随着主人笑好,还是不笑好;刚要张嘴,觉得不好意思,舐了舐嘴唇。他心里还预备着等张大哥审他,可是张大哥似乎在涮羊肉到肚内以前不谈身家大事。

是的，张大哥以为政府要能在国历元旦请全国人民吃涮羊肉，哪怕是吃饺子呢，就用不着下命令禁用旧历。肚子饱了，再提婚事，有了这两样，天下没法不太平。

六

自火锅以至葱花没有一件东西不是带着喜气的。老李向来没吃过这么多这么舒服的饭。舒服，他这才佩服了张大哥的生命观，肚子里有油水，生命才有意义。上帝造人把肚子放在中间，生命的中心。他的口腔已被羊肉汤——漂着一层油星和绿香菜叶，好像是一碗想象的，有诗意的，什么动植物合起来的天地精华——给冲得滑腻，言语就像要由滑车往下滚似的。

张大哥的左眼完全闭上了，右眼看着老李发烧的两腮。

张大嫂做菜，端茶，让客人，添汤，换筷子——老李吃高了兴，把筷子掉在地上两回——自己挑肥的吃，夸奖自己的手艺，同时并举。做得漂亮，吃得也漂亮。大家吃完，她马上就都搬运了走，好像长着好几只手，无影无形地替她收拾一切。

设若她不是搬运着碟碗杯盘，老李几乎以为她是个女神仙。

张大哥给老李一支吕宋烟，老李不晓得怎么办好；为透着客气，用嘴吸着，而后在手指中夹着，专预备弹烟灰。张大哥点上烟斗，烟气与羊肉的余味在口中合成一种新味道，里边夹着点生命的笑意，仿佛是。

"老李。"张大哥叼着烟斗，由嘴的右角挤出这么两个字，与一些笑意，笑的纹缕走到鼻洼那溜儿便收住了。

老李预备好了，嘴中的滑车已加了油。

他的嘴唇动了。

张大哥把刚收住的笑纹又放松，到了眼角的附近。

老李的牙刚稍微与外面的空气接触，门外有人敲门，好似失了火的那么急。

"等等，老李，我去看一眼。"

不大一会儿，他带进一个青年妇人来。

第二章

一

"有什么事，坐下说，二妹妹！"张大哥命令着她，然后用烟斗指着老李，"这不是外人，说吧。"

妇人未曾说话，泪落得很流畅。

张大哥一点不着急，可是装出着急的样子："说话呀，二妹，你看！"

"您的二兄弟呀，"抽了一口气，"叫巡警给拿去了！这可怎么好！"泪又是三串。

"为什么呢？"

"苦水井姓张的，闹白喉，叫他给治——"抽气，"治死了。他以为是——我也不知道他怎么治的，反正是治错了。这可怎好，巡警要是枪毙他呢！"眼泪更加流畅。

"还不至有那么大的罪过。"张大哥说。

"就是圈禁一年半载的，也受不了啊！家里没人没钱，叫我怎么好！"

老李看出来，她是个新媳妇，大概张大哥是媒人。

果然，她一边哭，一边说："您是媒人，我就仗着您啦；自然您是为好，才给我说这门子亲，得了，您做好就做到底吧！"

老李心里说："依着她的辩证法，凡做媒人的还得附带立个收养所。"

张大哥更显着安坦了，好像早就承认了媒人的责任并不"止"于看姑娘上了花轿或汽车。"一切都有我呢，二妹，不用着急。"他向窗外叫，"我说，你这儿来！"

张大嫂正洗家伙，一边擦着胡萝卜似的手指，一边往屋里来，刚一开开门："哟，二妹妹？坐下呀！"

二妹妹一见大嫂子，眼睛又开了河。

"我说，给二妹弄点什么吃。"张大哥发了命令。

"我吃不下去，大哥！我的心在嗓子眼里堵着呢，还吃？"二妹妹转向大嫂，"您瞧，大嫂子，您的二兄弟叫巡警给拿了去啦！"

"哟！"张大嫂仿佛绝对没想到巡警可以把二兄弟拿去似的，"哟！这怎会说的！几儿拿去的？怎么拿去的？为什么拿去的？"

张大哥看出来，要是由着她们的性儿说，大概一夜也说不完。他发了话：

"二妹既是不吃，也就不必让了。二妹，他怎么当上了医生，不是得警区考试及格吗？"

"是呀！他托了个人情，就考上了。从他一挂牌，我就提心吊胆，怕出了蘑菇，"二妹妹虽是着急，可是没忘了北平的土话，"他不管什么病，永远下二两石膏，这是玩的吗？这回他一高兴，下了半斤石膏，横是下大发了。我常劝他，少下石膏，多用点金银花；您知道他的脾气，永远不听劝！"

"可是石膏价钱便宜呀！"张大嫂下了个实际的判断。

张大哥点了点头，不晓得是承认知道二兄弟的脾气，还是同意夫人的意见。他问："他托谁来着？"

"公安局的一位什么王八羔呀——"

"王伯高。"张大哥也认识此人。

"对了，在家里我们老叫他王八羔。"二妹妹也笑了，挤下不少眼泪来。

"好了，二妹，明天我天一亮就找王伯高去；有他，什么都好办。我这个媒人含糊不了！"张大哥给了二妹妹一句，"能托人情考上医生，咱们就也能托人把他放出来。"

"那可就好了，我这先谢谢大哥大嫂子，"二妹妹的眼睛几乎完全干了，"可是，他出来以后还能行医不能呢？我要是劝着他别多下石膏，也许不至再惹出祸来！"

"那是后话，以后再说。得了，您把事交给我吧，叫大嫂子给您弄点什么吃。"

"哎！这我才有了主心骨！"

张大嫂知道，人一有了主心骨，就非吃点什么不可。"来吧，二妹妹，咱们上厨房说话儿去，就手弄点吃的。"

二妹妹的心放宽了，胃也觉出空虚来，就棍打腿地下了台阶："那么，大哥就多分心吧，我和大嫂子说会子话去。"她没看老李，可是一定是向他说的：
"您这儿坐着！"

大嫂和二妹下了厨房。

二

老李把话头忘了，心中想开了别的事：他不知是佩服张大哥好，还是恨他好。以热心帮助人说，张大哥确是有可取之处；以他的办法说，他确是可恨。在这种社会里，他继而一想，这种可恨的办法也许就是最好的。可是，这种敷衍目下的办法——虽然是善意的——似乎只能继续保持社会的黑暗，而使人人乐意生活在黑暗里；偶尔有点光明，人们还许都闭上眼，受不住呢！

张大哥笑了："老李，你看那个小媳妇？没出嫁的时候，真是个没嘴的葫芦，一句整话也说不出来；看现在，小梆子似的；刚出嫁不到一年，不到一年！到底结婚——"他没往下说，似乎是把结婚的赞颂留给老李说。

老李没言语，可是心里说："马马虎虎当医生，杀人……都不值得一考虑？托人把他放出来……"

张大哥看老李没出声，以为他是想自己的事呢："老李，说吧！"

"说什么？"

"你自己的事，成天地皱着眉，那些事！"

"没事！"老李觉得张大哥很讨厌。

"不过心中觉着难过——苦闷，用个新字儿。"

"大概在这种社会里，是个有点思想的就不能不苦闷，除了——啊——"老李的脸红了。

"不用管我，"张大哥笑了，左眼闭成一道缝，"不过我也很明白些社会现象。可是话也得两说着：社会黑暗所以大家苦闷，也许是大家苦闷社会才黑暗。"

老李不知道怎样好了。张大哥所谓的"社会现象""黑暗""苦闷"，到底是什么意思？焉知他的"黑暗"不就是"连阴天"的意思呢……"你的都是常——"老李本来是这么想，不觉地说了出来，连头上都出了汗。

"不错，我的都是常识；可是离开常识，怎么活着？吃涮羊肉不用卤虾油，好吃？哈哈……"

老李半天没说出什么来，心里想："常识就是文化——皮肤那么厚的文化——的一些小毛孔。文化还不能仗着一两个小毛孔的作用而活着。一个患肺病的，就是多长些毛孔又有什么用呢？但是不便和张大哥说这个。他的宇宙就是这个院子，他的生命就是瞎热闹一回，热闹而没有任何意义。不过，他不是个坏人——一个黑暗里的小电，可是不咬人。"想到这里，老李投降了。设若不和张大哥谈一谈，似乎对不起那么精致的一顿涮羊肉。常识是要紧的，他的心中笑了笑，吃完羊肉站起告辞，没有常识！不过，为敷衍常识而丢弃了真诚，许——噢，张大哥等着我说话呢。

可不是，张大哥吸着烟，眨巴着右眼，专等他说话呢。

"我想，"老李看着膝上说，"苦闷并不是由婚姻不得意而来，而是这个婚姻制度根本就不该要！"

张大哥的烟斗离开了嘴唇！

老李仍然低着头说："我不想解决婚姻问题，为什么在根本不当存在的东西上花费光阴呢？"

"共产党！"张大哥笑着喊，心中确是不大得劲。在他的心中，共产和枪毙是一件事，而且是应当如此；共产之后便共妻，共妻便不要媒人，应当枪毙！

"这还不是共产党，"老李还是慢慢地说，可是话语中增加了力量。"我并不想尝尝恋爱的滋味，我要追求的是点——诗意。家庭，社会，国家，世界，都是脚踏实地的，都没有诗意。大多数的妇女——已婚的未婚的都算在内——是平凡的，或者比男人们更平凡一些；我要——哪怕是看看呢，一个还未被实际给教坏了的女子，情热像一首诗，愉快像一些乐音，贞纯像个天使。我大概是有点疯狂，这点疯狂是，假如我能认识自己，不敢浪漫而愿有个梦想，看社会黑暗而希望马上太平，知道人生的宿命而想象一个永生的乐园，不许自己迷信而愿有些神秘，我的疯狂是这些个不好形容的东西组合成的；你或者以为这全是废话？"

"很有趣，非常有趣！"张大哥看着头上的几圈蓝烟，练习着由烟色的深浅断定烟叶的好坏。"不过，诗也罢，神秘也罢，我们若是能由切近的事做起，也不妨先去做一些。神秘是顶有趣的，没事儿我还就是爱读个剑侠小说什么的，神秘！《火烧红莲寺》！可是，希望剑侠而不可得，还不如给——假如有富余钱的话——叫花子一毛钱。诗，我也懂一些，《千家诗》《唐诗三百首》，小时候就读过。可是诗没叫谁发过财，也没叫我聪明到哪儿去。我倒以为写笔顺顺溜溜的小文章更有用处；你还不能用诗写封家信什么的。哎？我老实不客气地讲，你是不愿意解决问题，不是不能解决。因此，你把实际的问题放在一边，同时在半夜里胡思乱想。你心中那个妇女——"

"不是实有其人，一点诗意！"

"不管是什么吧。哼，据我看诗意也是妇女，妇女就是妇女；你还不能用八人大轿到女家去娶诗意。简单干脆地说，老李，你这么胡思乱想是危险的！你以为这很高超，其实是不硬气。怎说不硬气呢？有问题不想解决，半夜三更闹诗意玩，什么话！壮起气来，解决问题，事实顺了心，管保不再闹玄虚，而是追求——用您个新字眼——涮羊肉了。哈哈哈！"

"你不是劝我离婚？"

"当然不是！"张大哥的左眼也瞪圆了，"宁拆七座庙，不破一门婚，况且你已娶了好几年，一日夫妻百日恩！离婚，什么话！"

"那么，怎办呢？"

"怎办？容易得很！回家把弟妹接来。她也许不是你理想中的人儿，可是她是你的夫人，一个真人，没有您那些'聊斋志异'！"

"把她一接来便万事亨通？"老李钉了一板。

"不敢说万事亨通，反正比您这万事不通强得多！"张大哥真想给自己喝一声彩！"她有不懂得的地方呀，教导她。小脚啊，放。剪发不剪发似乎还不成什么问题。自己的夫人自己去教，比什么也有意味。"

"结婚还不就是开学校，张大哥？"老李要笑，没笑出来。

"哼，还就是开学校！"张大哥也来得不弱。"先把'她'放在一边。你不是还有两个小孩吗？小孩也需要教育！不爱理她呀，跟孩子们玩会儿，教他们几个字，人、山水、土田，也怪有意思！你爱你的孩子？"

张大哥攻到大本营，老李没话可讲，无论怎样不佩服对方的意见，他不敢说他不爱自己的小孩们。

一见老李没言语，张大哥就热打铁，赶紧出了办法：

"老李，你只需下乡走一遭，其余的全交给我啦！租房子，预备家具，全有我呢。你要是说不便多花钱，咱们有简便的办法：我先借给你点木器；万一她真不能改造呢，再把她送回去，我再把东西拉回来。决不会瞎花许多钱。我看，她决不能那么不堪造就，没有午轻的妇女不愿和丈夫在一块的；她既来了，你说东她就不能说西。不过，为事情活便起见，先和她说好了，这是到北平来玩几天，几时有必要，就把她送回去。事要往长里看，话可得活着说。听你张大哥的，老李！我办婚事办多了，我准知道天下没有不可造就的妇女。况且，你有小孩，小孩就是活神仙，比你那点诗意还神妙得多。小孩的哭声都能使你听着痛快，家里有个病孩子也比老光棍的心里欢喜。你打算都买什么？来，开个单子；钱，我先给垫上。"

老李知道张大哥的厉害：他自己要说应买什么，自然便是完全投降；设若不说话，张大哥明天就能硬给买一车东西来；他要是不收这一车东西，张大哥能亲自下乡把李太太接来。张大哥的热心是无限的，能力是无限的；只要吃了他的涮羊肉，他叫你娶一头黄牛，也得算着！

老李急得直出汗，只能说："我再想想！"

"干吗'再'想想啊？早晚还不是这么回事！"

老李从月亮上落在黑土道上！从诗意一降而为接家眷！自己打自己的嘴巴！就以接家眷说吧，还有许多实际上的问题，可是把这些提出讨论分明是连"再想想"也取消了！

可是从另一方面想，老李急得不能不从另一方面想了：生命也许就是这样，多一分经验便少一分幻想，以实际的愉快平衡实际的痛苦……小孩，是的，张大哥晓得痒痒肉在哪儿。老李确是有时候想摸一摸自己儿女的小手，亲一亲那滚热的脸蛋。小孩，小孩把女性的尊严给提高了。

老李不言语，张大哥认为这是无条件的投降。

三

设若老李在厨房里，他要命也不会投降。这并不是说厨房里不热闹。张大嫂和二妹妹把家常事说得异常复杂而有趣。丁二爷也在那里陪着二妹妹打扫残余的不大精致的羊肉片。他是一言不发，可是吃得很英勇。

丁二爷的地位很难规定。他不是仆人，可是当张家夫妇都出门的时候，他管看家与添火。在张大哥眼中，他是个"例外"——一个男人，没家没业，在亲戚家住着！可是从张家的利益上看，丁二爷还是个少不得的人！既不愿用仆人，而夫妇又有时候不能不一齐出门，找个白吃饭而肯负责看家的人有事实上的必要。从丁二爷看呢，张大哥若是不收留他，也许他还能活着，不过不十分有把握，可也不十分忧虑这一层。

丁二爷白吃张家，另有一些白吃他的———些小黄鸟。他的小鸟无须到街上去遛，好像有点小米吃便很知足。在张家夫妇都出了门的时候，他提着它们——都在一个大笼子里——在院中遛弯儿。它们在鸟的世界中，大概也是些"例外"：秃尾巴的，烂眼边的，项上缺着一块毛的，破翅膀的，个个有点特色，而这些特色使它们只能在丁二爷手下得个地位。

丁二爷吃完了饭，回到自己屋中和小鸟们闲谈。花和尚，插翅虎，豹子头……他就着每个小鸟的特色起了鲜明的名字。他自居及时雨宋江，小屋里时常开着英雄会。

他走了，二妹妹帮着张大嫂收拾家伙。

"秀真还在学校里住哪？"二妹妹一边擦筷子一边问。秀真是张大嫂的女儿。

"叮不是？别提啦，二妹妹，这年头养女儿才麻烦呢！"哗———壶开水倒在绿盆里。

"您这还不是造化，有儿有女，大哥又这么能事，吃的喝的用的要什么有什么！"

"话虽是这么说呀，二妹妹，一家有一家的难处。看你大哥那么精明，其实全是——这就是咱们姐儿俩这么说——瞎掰！儿子，他管不了；女儿，他管不了；一天到晚老是应酬亲友，我一个人是苦核儿。买也是我，做也是我，儿子不回家，女儿住学校，事情全交给我一个人，我好像是大家的总打杂儿的，而且是应当应分！有吃有喝有穿有戴，不错，可是谁知道我还不如一个老妈子！"张大嫂还是笑着，可是腮上露出些红斑。"当老妈子的有个辗转腾挪，得歇会儿就歇会儿；我，这一家子的事全是我的！从早到晚手脚不识闲。提起您大哥来，那点狗脾气，说来就来！在外面，他比子孙娘娘还温和；回到家，从什么地方来的怒气全冲着我发散！"她叹了一口长气。"可是呀，这又说回来啦，谁叫咱们是女人呢？女人天生的倒霉就结了！好处全是男人的，坏处全是咱们当老娘们的，认命！"由悲观改为听其自然，张大嫂惨然一笑。

"您可真是不容易，大嫂子。我就常说：像您这样的人真算少有，说洗就洗，说做就做，买东道西，什么全成——"

张大嫂点了点头，心中似乎痛快了些。二妹妹接着说："我多咱要能赶上您一半儿，也就好了！"

"二妹妹，别这么说，您那点家事也不是个二五眼能了得了的。"张大嫂觉得非这么夸奖二妹妹不可了，"二兄弟一月也抓几十块呀？"

"哪摸准儿去！亲友大半是不给钱，到节啦年啦的送点茶叶什么的；家里时常的茶叶比白面多，可是光喝不吃还不行！干什么也别当大夫：看好了病，不定给钱不给；看错了，得，砸！我一天到晚提心吊胆，有时候真觉着活着和死了都不大吃劲！"二妹妹也叹了口长气，"我就是看着人家新面上的姑娘小媳妇们还有点意思，一天到晚，走走逛逛，针也不拿，线也不动，打扮得花枝招展的！"

"哼！"张大嫂接过去了，"白天走走逛逛，夜里挨揍的有的是！妇女就是不嫁人好——"

二妹妹又接过来："老姑娘可又看着花轿眼馋呢！"

"哎！"两位妇人同声一叹。一时难以继续讨论。二妹妹在炉上烤了烤手。

待了半天，二妹妹打破寂寞："大嫂子，天真还没定亲事哪？"

"那个老东西，"张大嫂的头向书房那边一歪，"一天到晚给别人家的儿女张罗亲事，可就是不管自己的儿女！"

"也别说，读书识字的小人们也确是难管，这个年头。哪都像咱们这么傻老呢。"

"我就不信一个做父亲的管不了儿子，我就不信！"张大嫂确是挂了气，"二妹妹你大概也看见过，太仆寺街齐家的大姑娘，模样是模样，活计是活计，又识文断字，又不疯野，我一跟他说，嗬！他的话可多了！又是什么人家是做买卖的咧，又是姑娘脸上雀斑多咧！哪个姑娘脸上没雀斑呀？擦厚着点粉不就全盖上了吗？我娶儿媳妇要的是人，谁管雀斑呢！外国洋妞脸上也不能一顺儿白！我提一回，他驳一回。现在，人家嫁了个团长，成天呜呜地坐着汽车；有雀斑敢情要坐汽车也一样的坐呀！"

二妹妹乘着大嫂喘气，补上一句："我脸上雀斑倒少呢，那天差点儿叫汽车给轧在底下！"

"齐家这个让他给耽误了，又提了家姓王的，姑娘疯得厉害，听说一天到晚钉在东安市场，头发烫得像卷毛鸡，夏天讲究不穿袜子。我一听，不用废话，不要！我不能往家里娶卷毛鸡，不能！您大哥的话又多了，说人家有钱有势，定下这门子亲，天真毕业后不愁没事情做。可是，及至天真回来和爸爸说了三言五语，这回事又干铲儿不提啦。"

"天真说什么来着呢？"二妹妹问。

"敞开儿是糊涂话，他说，非毕业后不订婚，又是什么要订婚也不必父亲分心——"

"自由婚！"二妹妹似乎比大嫂更能扼要地形容。

"就是，自由，什么都自由，就是做妈妈的不自由：一天到晚，一年到头，老做饭，老洗衣裳，老擦桌椅板凳！那个老东西，听了儿子的，一声也没出，只叭唧叭唧地咂他的烟袋；好像他是吃着儿子，不是儿子吃着爸爸。我可气了，可不是说我愿意要那个卷毛鸡，我气的是儿子老自由，妈妈永远使不上儿媳妇。好啦，我什么也没说，站起来就回了娘家；心里说，你们自由哇，我老太太也休息几天去！饭没人做呀，活该！"张大嫂一"活该"，差点儿把头后的小髻给震散了。

"是得给他们一手儿看看！"二妹妹十二分表同情。

可是，张大嫂又惨笑了一下："虽然这么说不是，我只走了半天，到底舍不得这个破家：又怕火灭了，又怕丁二爷费了劈柴。唉！自己的家就像自己的儿子，怎么不好也舍不得，一天也舍不得，我没那个狠心。再说，老姑奶奶了，回娘家也不受人欢迎！"

"到如今婚事还是没订？"

张大嫂摇摇头，摇出无限的伤心。

"秀真呢？"

"那个丫头片子，比谁也坏！入了高中了，哭天喊地非搬到学校去住不可。脑袋上也烫得卷毛鸡似的！可是，那个小旁影，唉，真好看！小苹果脸，上面蓬蓬着黑头发；也别说，新打扮要是长得俊，也好看。你大哥不管她，我如何管得了？按说十八九的姑娘了，也该提人家了，可是你大哥不肯撒手。自然哪，谁的鲜花似的女儿谁不爱，可是——唉！不用说了；我手心里老捏着把凉汗！多咱她一回来，我才放心，一块石头落了地。可是，只要一回来，不是买丝袜子，就是闹皮鞋；一个驳回，立刻眉毛挑起一尺多高！一说生儿养女，把老心使碎了，他们一点也不知情！"

"可是，不为儿女，咱们奔的是什么呢？"二妹说了极圣明的话。

"唉！"张大嫂又叹了口气，似乎是悲伤，又似乎是得了些安慰。

话转了方向，张大嫂开始盘问二妹妹了。

"妹妹，还没有喜哪？"

二妹妹迎头叹了口气……眼圈红了……

二妹妹含着泪走了，"大嫂，千万求大哥多分点心！"

四

回到公寓，老李连大衣也没脱便躺在床上，枕着双手，向天花板发愣。

诗意也罢，实际也罢，他被张大哥打败。被战败的原因，不在思想上，也不在口才上，而是在他自己不准知道自己，这叫他觉着自己没有任何的价值与分量！他应当是个哲学家，应当是个革命家，可是恍惚不定；他不应当是个小官，不应当是老老实实的家长，可是恍惚不定。到底——嗷，没有到底，一切恍惚不定!

把她接来? 要命! 那双脚, 那一对红裤子绿袄的小孩!

这似乎不是最要紧的问题; 可是只有这么想还比较的具体一些, 心里觉得难受, 而难受又没有一定的因由。 他不敢再去捉弄那漫无边际的理想, 理想使他难受得渺茫, 像个随时变化而永远阴惨的梦。

离婚是不可能的, 他告诉自己。 父母不容许, 怎肯去伤老人们的心。 可是, 天下哪有完全不自私的愉快呢, 除非世界完全改了样子。 小资产阶级的伦理观念和世上乐园的实现, 相距着多少世纪? 老李, 他自己审问自己, 你在哪儿站着呢? 恍惚!

脚并不是她自己裹的, 绿裤子也不是她发明的, 不怨她, 一点也不怨她! 可是, 难道怨我? 可怜她好, 还是自怜好? 哼, 情感似乎不应当在理智的伞下走, 遮去那温暖的阳光。 恍惚!

没有办法。 我在城里忍着, 她在乡间忍着, 眼不见心不烦, 只有这一条不是办法的办法; 可是, 到底还不是办法!

管她呢, 能耗一天便耗一天, 老婆到底不是张大哥的!

拿起本书来, 看了半天, 不晓得看的是哪本。 去洗个澡? 买点水果? 借《大公报》看看? 始终没动。 再看书, 书上的字恍惚, 意思渺茫。

焉知她不能改造? 为何太没有勇气?

没法改造! 要是能改造, 早把我自己改造了! 前面一堵墙, 推开它, 那面是荒山野水, 可是雄伟辽阔。 不敢去推, 恐怕那未经人吸过的空气有毒! 后面一堵墙, 推开它, 那面是床帷桌椅, 炉火茶烟。 不敢去推, 恐怕那污浊的空气有毒! 站在这儿吧, 两墙之间站着个梦里的人!

二号房里来了客人, 说笑得非常热闹, 老李惊醒过来, 听着人家说笑, 觉得自己寂寞。

小孩们的教育? 应当替社会养起些体面的孩子来!

他要摸摸那四只小手, 四只胖、 软、 热, 有些香蕉糖味的小手。 手背上有些小肉窝, 小指甲向上翻翻着。

就是走桃花运, 肥猪送上门来, 我也舍不得那两个孩子! 老李告诉他自己。

她？老李闭上了眼。她似乎只是孩子的妈。她怎样笑？想不起。她会做饭，受累……

二号似乎还有个女子的声音。鼓掌了，一男一女合唱起来。自己的妻子呢，只会赶小鸡、叫猪和大声吓喝孩子，还会撒村骂街呢！

非自己担起教育儿女的责任不可，不然对不起孩子们。

还不能只接小孩，不接大人？

越想越没有头绪。"这是生命呢？还是向生命致歉来了呢？"他问自己。

他的每一思念、每一行为，都带着注脚：不要落伍！可是同时他义要问：这是否正当？拿什么作正当与不正当的标准？还不是"诗云""子曰"？他的行为——合乎良心的——必须向新思想道歉。他的思想——合乎时代的——必须向那个鬼影儿道歉。生命是个两截的，正像他妻子那双改组脚。

老李不敢再想了，张大哥是圣人。张大哥的生命是个整的。

第三章

一

太阳还没出来，天上浮着层灰冷的光。土道上的车辙有些霜迹。骆驼的背上与项上挂些白穗，鼻子冒着白气。北平似乎改了样儿，连最熟的路也看着眼生。庞大，安静，冷峭，驯顺，正像那连脚步声也没有的骆驼。老李打了个哈欠，眼泪下来许多，冷气一直袭入胸中，特别的痛快。

越走越亮了，青亮的电灯渐渐地只剩一些金丝了。天上的灰光染上些无力的红色；太阳似乎不大愿意痛快地出来。及至出来，光还是很淡，连地上的影子都不大分明。远处有电车的铃响。

街上的人渐渐多起来。人们好似能引起太阳的热力，地上的影儿明显了许多，墙角上的光特别的亮。

换火柴的妇女背着大筐，筐虽是空的，也还往前探着身儿走。穷小孩们扛着丧事旗伞的竿子，一边跛拉着破鞋疾走，一边互相叫骂。这也是孩子！老李对自己说：看那个小的，至多也不过八岁，一身的破布没有一块够二寸的，腿肚子、脚指头全在外边露着。脏，破烂，骂人骂得特别的响亮。这也是孩子！老李可怜那个孩子，同时，不知道咒骂谁才好，家庭、社会，似乎都该骂。可是骂一阵有什么用呢？往切近一点想吧——心中极不安地又要向谁道歉似的——先管自己的儿女吧。

走到了中海。"海"中已薄薄地冻了一层冰，灰绿上罩着层亮光。桥下一些枯荷梗与短苇都冻在冰里，还有半个破荷叶很像长锈的一片马口铁。

迎头来了一乘彩轿，走得很快，一望而知是到乡下迎娶的，所以发轿这么早。老李呆呆地看着那乘喜轿：神秘，奇怪，可笑。可是，这就是真实；不然，人们不会还这么敬重这加大的鸟笼似的玩意。他的心似乎有了些骨力。坐彩轿的姑娘大概非常的骄傲，不向任何人致歉？

他一直走到西四牌楼；一点没有上这里来的必要与预计，可是就那么来到了。在北平住了这么些年了，就没在清晨到过这里。猪肉，羊肉，牛肉；鸡，活的死的；鱼，死的活的；各样的菜蔬；猪血与葱皮冻在地上；多少条鳝鱼与泥鳅在一汪儿水里乱挤，头上顶着些冰凌，泥鳅的眼睛像要给谁催眠似的瞪着。乱，腥臭，热闹；鱼摊旁边吆喝着腿带子："带子带子，买好带子。"剃头的人们还没来，小白布棚已支好，有人正扫昨天剃下的短硬带泥的头发。拔了毛的鸡与活鸡紧邻地放着，活着的还在笼内争吵与打鸣儿。贩子掏出一只来，嘎——啊，嘎——没打好价钱，啪地一扔，扔在笼内，半个翅膀掩在笼盖下，嘎！一只大瘦狗偷了一挂猪肠，往东跑，被屠户截住，肠子掉在土上，拾起来，照旧挂在铁钩上。广东人，北平人，上海人，各处的人，老幼男女，都在这腥臭污乱的一块地方挤来挤去。人的生活，在这里，是屠杀、血肉与污浊。肚子是一切，吞食了整个世界的肚子！在这里，没有半点任何理想，这是肚子的天国。奇怪。尤其是妇女们，头还没梳，脸上挂着隔夜的泥与粉；谁知道下午上东安市场的也是她们？

老李这是头一次来观光，惊异，有趣，使他似乎抓到了些真实。这是生命，吃，什么也吃，人确是为面包而生。面包的不平等是根本的不平等。什么诗意，瞎扯！为保护自家的面包而饿杀别人，和为争面包而战争，都是必要的。西四牌楼是世界的雏形。那群男女都认识这个地方，他们是真活着呢。为肚子活着，不为别的，张大哥对了。为肚子而战争是最切实的革命，也对了。只有老李不对：他在公寓住惯了，他总以为公寓里会产生炒木犀肉与豆腐汤。他以为封建制度是浪漫的史迹，他以为阶级战争是条诗意的道路。他不晓得这块带腥味的土是比整个的北平还重要。他只有两条路可走：去空洞地做梦，或切实地活着。后者还可以再分一下：为抓自己的面包活着，或为大众争面包活着。他要是能在二者之中选定一条，他从此可以不再向生命道歉。

牌楼底下，热豆浆、杏仁茶、枣儿切糕、面茶、大麦粥，都冒着热气，都有股特别的味道。切糕上的豆儿，切开后，像一排鱼眼睛，看着人们来吃。

老李立在那里，喝了碗豆浆。

二

老李决定了接家眷，先"这么"活着试试。可是始终想不起什么时候下乡去。

张大哥每天早晨必定报告一些消息："房子定好了，看看去？"

"何必看，您的眼睛不比我的有准？"老李把感激的话总说得不受听了。

好在张大哥明白老李的为人，因而不但不恼，反觉得可以自傲。

"三张桌子，六把椅子，一个榆木擦漆的——漆皮稍微有些不大好看了——衣橱，暂时可以对付了吧？"第二天早晨的报告。

老李只好点头，表示可以对付。

及至张大哥报告到茶壶茶碗也预备齐了，老李觉得非下乡不可了。

张大哥给他出主意，请了五天假。临走的时候，老李嘱咐张大哥千万别向同事的说这事，张大哥答应了决不走漏消息。

老李从后门绕到正阳门，想给父母买些北平特有的东西；这个自然不好意思再向张大哥要主意，只好自己去探险。走了一身透汗，什么也没买，最大的原因是看着铺子们眼生，既不能抉要地决定买什么，又好像怕铺子们不喜欢他的照顾，一进去也许有被咬了一口的危险。最后，还是在东安市场买了些果子，虽然明知道香蕉什么的并不是北平的出产。又添了六个陈嘉庚的罐头，商标的彩纸印得还怪好看的。

三

老李走后的第二天，衙门里的同事几乎全知道了：李太太快来了。

张大哥确是没有泄露消息。

消息广播的总站是赵科员。赵科员听戏永远拿着红票，凡是发红票的时候，他不是第一也是第二得到几张。运动会给职员预备的秩序单，他手里总会有一份。上运动会，或任何会场，听戏，赵科员手里永远拿着个纸卷，用作打熟人脑袋的兵器。打了人家的脑袋，然后说，"你也来啦?"

他对于别人的太太极为关心。接家眷，据他看，就是个人的展览会；虽然不发入场券，可是他必是头一个"去瞧一眼"的。女运动员、女招待、女戏子等都是预备着为他"瞧"的，别无意义。对于别人的夫人也是这样。瞧一眼去便是瞧人家的脸、脖子、手、脚与一切可以被生人看见的地方。他做梦的时候，女子全是裸体的。经赵科员看了一眼之后，衙门中便添上多多少少新而有趣的谈话资料。

赵科员等着老李接家眷已经等得不耐烦了。平日他评论妇女的时候，老李永不像别人那样痛痛快快地笑，那就是说不能尽量欣赏，所以他一心地盼望瞧老李一手儿。

赵科员的长相与举动，和白听戏的红票差不多，有实际上的用处，而没有分毫的价值。因此，耳目口鼻都没有一定地位的必要，事实上，他说话的时节五官也确随便挪动位置。眼珠像俩炒豆似的，满脸上蹦。笑的时候，小尖下巴能和脑门捺卜。他自己觉得他很漂亮，这个自然是旁人不便干涉的。他的言语很能叫人开心，他以为这是点天才。当着老王，他拿老李开心；当着老李，他拿老王开心。当着老王老李，拿老孙开心；实在没法子的时候，利用想象，拿莫须有先生开心。

"老李接'人儿'去了!"赵科员的眼睛挤得像一口热汤烫了嗓子那样。

"是吗?"大家的耳朵全竖起来。

"是吗！请了五天假，五天——"

"五天？平日他连迟到早退都没有过！"

"可就是呀！等瞧一眼吧！"赵科员心里痒了一下，头发根全直刺闹得慌。

"小赵，你这回要是不同我们一块儿去，留神你的皮，不剥了你的！"邱先生说。

"小赵，你饶了人家老李吧，何苦呢，人家怪老实的！"吴先生沉着气说。

吴先生直着腰板，饭碗大的拳头握着支羊毫，写着酱肘子体的字，脸上通红，心中一团正气。是的，吴先生是以正直自夸的，非常的正直，甚至于把自己不正直的行为也视为正直。小赵是他的亲戚，他的位置是小赵给运动的，可是没把小赵放在眼里，因为自己正直。前者因为要纳妾，被小赵扩大地宣传，弄到吴太太耳中，差点没给吴先生的耳朵咬下一个来，所以更看不起小赵。小赵也确是有些怕吴先生：那一对拳头！

赵科员不言语了，心中盘算好怎样等老李回来，怎样暗中跟着他，看他在哪里住，而后怎样约会同事的们——不要老吴，而且先瞪他一眼——去瞧一眼，或者应说去打个茶围。

邱先生是个好人，不过有点苦闷，所以对此事特别的热心，过来和小赵嘀咕："大家合伙买二斤茶叶，瞧她一眼，还弄老李一顿饭吃；你的司令。"

吴先生把这个事告诉了张大哥。张大哥笑了一笑，没说什么。张大哥热心为朋友办事是真的，但是为朋友而得罪另一朋友，不便。张大哥冬季的几吨煤是由小赵假公济私运来的———一吨可以省着三四块钱——似乎不必得罪小赵。即使得罪了小赵，除了少烧几吨便宜煤，也倒没多大的关系；可是得罪人到底是得罪人，况且便宜煤到底是便宜煤。

四

不过，不得罪小赵是一件事，为老李预备一切又是一件事。张大哥又到给老李租好的房子看了一番。房子是在砖塔胡同，离电车站近，离市场近，而胡同里又比兵马司和丰盛胡同清静一些，比大院胡同整齐一些，最宜于住家——指着科员们说。三合房，老李住北房五间，东西屋另有人住。新房，油饰得出色，就是天生来的房顶爱漏水。张大哥晓得自从女子剪发以后，北平的新房都有漏水的天性，所以一租房的时候，就先向这肉嫩的地方指了一刀，结果是减少了两块钱的房租；每月省两元，自然可以与下雨在屋里打伞的劳苦相抵；况且漏水与塌房还相距甚远，不必过虑。

张大哥到屋里又看了一遍。屋里有点发面味，遍地是烂纸、破袜子，还有两个旧油篓和四五个美丽烟的空筒——都没有盖，好像几只大眼睛替房东看着房。窗户在秋天并没糊过，只把冷布的纸帘好歹地粘上。玻璃上抹着各样的黑道，纸棚上好几个窟窿，有一两处垂着纸片，似乎与地上的烂纸遥相呼应。张大哥心中有点不痛快，并不是要责备由这个屋里搬走的人们，而是想起自己那两处吃租的小房——人们搬家的时候也是这样毁坏，租房住的人和老鼠似乎是亲戚！

窗户当然要重新糊过。棚？似乎不必管。墙上不少照片与对联的痕迹，四围灰黄，整整齐齐的几个方的与长的白印儿；也不必管，老李还能没些照片与对联？照原来的白印儿挂上就行。张大哥以为没有照片与对联的不能算作"文明"人。

把这些计划好，张大哥立在当中的那一间，左右一打眼，心中立刻浮出个具体的设计：当中做客厅，一张八仙桌，四把椅子。东西两间每间一张桌，一把椅，太少点！暂时将就吧！不，客厅也来两把椅子吧。东间做书房，没有书架子呀！老李是爱买书的人——傻瓜！每月把书费省下，有几年的工夫能买一处小房，信不信？还得给他去弄个书架子！西间放那个衣橱。东西套间：一间卧室，一间厨房；床是有了，厨房还短着案子。

还显着太简单！科员的家里是简单不得的！不过，挂上些照片与对联也许稍微好些，况且堂屋还得安洋炉子。张大哥立刻看看后檐墙有出洋炉烟管子的圆孔没有。有个碟子大的圆洞，糊着张纸，四围有些烟迹，像被黑云遮住的月亮。心中平安了许多：冬天不用洋炉子，不"文明"！

计划好一切，终于觉得东西太少。可是，虽然同是科员，老李究竟是乡下人，这便又差一事了；乡下人还懂得哪叫四衬，哪叫八稳？有好桌子也是让那对乡下孩子给抹个乱七八糟。好了，只需去找裱糊匠来糊窗子，和打扫打扫地上。得，就是它！

张大哥出来，从新端详了街门一番。不错，小洋式门，上面有两个洋灰堆成的狮子，虽然不十分像狮子，可是有几分像哈巴狗呢，就算手艺不错。两狮之间，有个碟子大小的八卦。狮子与八卦联合起来，力量颇足以抵得住一对门神爷。张大哥很满意。"文明"房必须有洋式门，门上必须有洋灰狮子，况且还有八卦！

张大哥马上去找裱糊匠，熟人，不用讲价钱，或者应说裱糊匠不用讲价钱，因为张大哥没等他张嘴，已把价钱定好。做也得做，不做也得做，糊窗户是苦买卖，可是裱糊喜棚呢，糊冥衣呢，不能不拉这些生意。凡是张大哥为媒的婚事，自然张大哥也给介绍裱糊匠；不幸新娘或新郎不等白头到老便死去一位呢，张大哥少不得又给张罗糊冥衣——裱糊匠是在张大哥手心里呢！说好了怎样糊窗户，张大哥就手打听金银箔现在卖多少钱一刀，和纸人的粉脸涨了价钱没有。张大哥对事事要有个底稿，用不着不要紧，备而不用，切莫用而不备。

五点多了，张大哥必须回家了。到四牌楼买了只酱鸡，回家请夫人。心里想：那条棉裤她大概快给做成了，总得买只鸡犒劳犒劳她。其实，她要是会打毛绳裤子，还真用不着做棉的，赶明儿请孙太太来教教她。一条毛绳裤，买，得七八块钱；自己打的，两磅绳子——不，用不了，一磅半足够，就说两磅吧，两块八加两块八，五块六。省小三块子！请孙太太教教她，反正我上衙门，她没事做，闲着也是闲着。叫太太闲着，不近情理。老夫老妻的，总得叫太太多学本事。张大哥看了看手中的荷叶包：酱鸡个子真不小，女儿也不回来！一家子吃也不至于不够。

女儿十八了，该定亲了。出了高中入大学，一点用处没有，只是费钱。还有二年毕业，二十；四年大学，二十四；再做二年事——大学毕业不做二年事对不起那些学费——二十六。二十六！姑娘就别过二十五！过了二十五，天好，没人要，除非给续弦！赶紧选个小人儿，高中一毕业，去她的，别耍玄虚！

儿子，儿子是块心病！

看见一挑子鲜花，晚菊、老来少、番椒……张大哥把儿子忘了，用半闭着的那只眼轻轻瞭了一下。要买便宜东西，决不能瞪着眼直扑过去，像东安市场里穿洋服拉着女朋友的那些大爷那样。总得虚虚实实，瞭一眼。卖花的恰巧在这一瞭的工夫，捉住张大哥的眼。张大哥拉线似的把眼光收到手中的酱鸡上，走了过去。

儿子是块心病！

第四章

一

老李怎么把夫人、一对小孩、铺盖卷、尿垫子、四个网篮、大小七个布包、两把雨伞、一篓家腌的芥菜头、半坛子新小米，全一鼓作气运来，至今还是个谜。他好像是下了决心接家眷，所以凡是夫人舍不得的物件全搬了来；往常他买过了三件小东西就觉得有丢失一件的可能。

他请了五天假，第三天上就由乡间拔了营，为是到北平之后，好有一天的工夫布置一切，不必另请假。

由张大哥那里把桌椅搬运了来，张大哥非到四点后不能来，所以丁二爷自告奋勇来帮忙。丁二爷的帮忙限于看孩子。丁二爷的看孩子是专门挡路碍事添麻烦。老李要往东间里放桌子，丁二爷和两个孩子恰好在最宜放桌子那块玩呢；老李抓了抓头发，往西间去，丁二爷率领二位副将急忙赶到。老李找锤子，无论如何也找不到，丁二爷拿着呢。

忙了一天，两把伞还在院里扔着，小米撒了一地，四个网篮全打开了，东西以极新颖的排列法陈列在地上，没有一件得到相当的立身所在，而且生命非常的不安全：老李踩碎一个针盒，李太太被切菜墩绊倒两次，压瘪了无数可以瘪的东西，博得丁二爷与孩子们的一片彩声。

还不到四点钟，张大哥来了。把左眼稍微一睁，四篮的东西已大半有了地位，用手左右指了指，地上已经看不见什么，连撒出来的小米全又回了坛子。

全布置好了，没有相片和对联！张大哥对老李有些失望。再看，新糊的窗子被丁二爷戳了个窟窿。不怪张大哥看不起他们。

"老李，明天上我那儿取几张风景画片，一副对联，一个中堂，好在都没上款。"

老李看了看墙上，才发现了黑白分明不大好看。"糊一糊好了。"他说。

"知道能住多少日子呀，白给人家糊？况且糊墙就得糊顶棚，你还不能四白落地，可是上边悬着块黑膏药。再说，一裱糊，又是天翻地覆，东西都得挪动。"张大哥点上了烟斗。

一听又要天翻地覆，老李觉得糊墙一定是罪孽深重，只好点了点头，意思是明天去取那没上款的对联。

张大哥走了。

他走后，老李才想起来了，也没让他吃饭！饭在哪儿呢？可是，退一步说，茶总该沏一壶吧！看了看堂屋，方桌上一把壶六个碗，在个瓷盘上放着，好像专等有人来沏茶似的。谁应当沏茶去？假如这是在张大哥家里？谁应当张罗客人喝茶？老李的眉头皱上了。他刚一皱眉，丁二爷也告辞，孩子们拉住丁二爷的手，不许他走。

"在这儿吃饭，妈会做枣儿窝窝！"男孩儿说。

"枣儿喏！"女孩跟着哥哥学，话还说得不大便利。

老李一边往外送客，一边心里说："大人还不如小孩子懂事呢！"继而一想，"弄些客套又有什么意义呢？"心中这么想，把丁二爷忘了。客人走出老远，他才想起，"噢，丁二爷呢？"

二

李太太不难看。脸上挺干净，有点发整①。眉眼也端正，嘴不大爱闭上，呼吸带着点响声，大牙板。身子横宽，棉袍又肥了些，显着迟笨。一双前后顶着棉花的改造脚，走路只见胳臂动，不见身体往前挪：有时猛地倒退半步，大概是脚踵设法找那些棉花呢。坐下的时候确不难看。新学会的鞠躬：腰板挺着，

---

① 发整：京语，不活泼。

两手贴垂，忽然一个整劲往前一栽，十分的郑重，只是略带点危险性。

她给丁二爷鞠了躬，给张大哥鞠了躬，心里觉得不十分自然，可是也有点高兴。张大哥说"好在还不冷"的时候，她答了句"还没到立冬"也非常的漂亮而恰当。

屋子大概地布置好了，她一手扶着椅子背，四下打了一眼，不错，只是太空！可是，空得另有一种可喜的味道。这一切是她的！除了丈夫就属她大，没有公婆管着、小姑子看着。况且，这是北平！北平未见得比乡下"好"，可是，一定比乡下"高"。

老李的眉头还皱着呢，看了她一眼，要说："不会沏点茶呀？"可是管住了自己，改为："倒壶茶。"跟她说，连"沏"还得改成"倒"！

"我还真忘了，真！"李太太笑了，把牙全露出来。"茶叶呢？"这句好像是问全北平呢，声音非常的高。

"小点声！"老李说，把"这儿不是乡下，屋里说话，村外都得听见！"咽了回去。

她似乎为抵消大嗓说话的罪过，居然把茶叶找到。"还忘了呢，没水！"为找到茶叶把大嗓的罪过又犯了。

"你小点声！"老李咬着牙说，眉头皱得像座小山。

她拿着茶壶在屋里转了半个圈，因脚下的棉花又发生了变化，所以没有转圆。"我上街坊屋借一壶开水去？"

他摇头。不行，还得告诉她："这儿不比乡下，不许随便用人家的东西。"

"妈，吃饭饭！"小妞子过来拉住妈妈的手。

妈妈抱起孩子来，眼圈红了。在乡下，这时候孩子就该睡了；在这儿，臭北平！这个不准，那个不行，孩子到这咱晚还没吃饭！屋子是空的，没有顺山大炕，没有箱子，没有水，看哪儿都发生，找什么也不顺手，丈夫皱着眉！一百个北平也比不上乡下！

"爸，还不吃饭？"男孩用拳头打了老李一下。

老李看了看两个孩子，眉头上那座小山化了。"爸给你们买吃的去，"然后把小拳头放在自己的手掌上，"这儿呀，方便极了，一会儿我都能买来，买——"他看了太太一眼,"买什么?"

太太没言语,脸上代她说:"我知道你们的北平有什么?"

"爸,买点落花生、大海棠果。"

"爸,菱吃发生!"小妞子说。

老李笑了,要回答他们几句,没找到话,披上大衣上了街。

二

街上东西是很多,老李可想不出买什么好。街西一个旧书摊,卖书的老人正往筐中收拾《茶花女》《老残游记》和光绪三十二年的头版《格致讲义》。老李看了看,搭讪着走开,迈了两步又回头看看卖书的——正忙着收摊,似乎没有理会到老李的存在。老李开始注意羊肉床子旁边的芝麻酱烧饼。刚烙的,焦黄的芝麻像些吃饱的蚊子肚儿。颇想买几个。旁边一位老太太正打好洋铁壶的价钱,老李跟着买了两把。等她走后,才敢问洋炉子的价钱——因张大哥极端地主张用洋炉子——买定了一个。一问价钱的时候,心中就决定好——准买贵了。买好之后又决定好,告诉张大哥的时候,少说两块钱,他还能说贵吗?心中很痛快,生平第一次买洋炉子,一辈子不准买上两回,贵点就贵点吧。说好炉子和铁管次日一早送去。然后,提着水壶,茫然不知到哪里去好。

到底给孩子们买什么吃呢?

虽然结婚这么几年,太太只是父母的儿媳妇,儿女只是祖母的孙儿,老李似乎不知道他是丈夫与父亲。现在,他要是不管儿女的吃食,还真就没第二个人来管。老李觉得奇怪。灯下的西四牌楼像个梦!

给小孩吃当然要软而容易消化的,老李握紧了铁壶的把儿,好像壶把会给他出主意似的。代乳粉?没吃过!眼前是干果铺,别忘了落花生。买了一斤花生米。一斤,本来以为可以遮点羞,哼,谁知道才一角五分钱!没法出来,在有这些只电灯的铺子只花一角五?又要了两罐蜜饯海棠。开始往回走。到胡同门,似乎有点不得劲——花生米、海棠大概和晚饭不是同一意义。又转回身来,看了看油盐店、猪肉铺,不好意思进去。可是日久天长,将来总得进去,于是更觉得今天不应进去。心里说:"你一进去,你就是张大哥第二!"可是不进去，又是什么第二呢？又看见烧饼。买了二十个。羊肉白菜馅包子也刚出屉，在灯光下白得像些瓷的，可是冒着热气。买了一屉。卖烧饼的好像应该是姓"和"名"气"，老李痛快得手都有点发颤，世界还没到末日！拿出一块钱，唯恐人家嫌找钱麻烦；一点也没有，客客气气地找来铜子与钱票两样，还用纸给包好，还说，"两掺儿，花着方便。"老李的心比刚出屉的包子还热了。有家庭的快乐，还不限在家庭之内；家庭是快乐的无线广播电台，由此发送出一切快乐的音乐与消息，由北平一直传到南美洲！怨不得张大哥快活！

菱在妈妈怀中已快睡着，闻见烧饼味，眼睛睁得滴溜圆，像两个白棋子上转着两个黑棋子。英——那个男孩——好似烧饼味还没放出来，已经入肚了一个。然后，一口烧饼，一口包子，一口花生米，似乎与几个小饿老虎竞赛呢。

谁也没想起找筷子，手指原是在筷子以前发明出来的。更没人想到世界上还有碟子什么的。

李太太嚼着烧饼，眼睛看着菱，仿佛唯恐菱吃不饱，甚至于有点自己不吃也可以，只愿菱把包子都吃了的表示。

菱的眼长得像妈妈，英的眼像爸爸，俩小人的鼻子，据说，都像祖母的。菱没有模样，就仗着一脸的肉讨人喜欢，小长脸，腮部特别的胖，像个会说话的葫芦。短腿大肚子，不走道，用脸上的肉与肚子往前摇。小嘴像个花菁葵，老带着点水。不怕人，仰着葫芦脸向人眨巴眼。

英是个愣小子，大眼睛像他爸爸，愣头磕脑，脖子和脸一样黑，肉不少，可是不显胖，像没长全羽毛的肥公鸡，虽肥而显着细胳臂蜡腿。棉裤似乎刚做好就落伍，比腿短着一大块，可是英满不在乎，裤子越紧，他跳得越欢，一跳把什么都露出来。

老李爱这个黑小子，"英，赛呀！看谁能三口吃一个？看，一口一个月牙，两口一个银锭，三口，没！"

英把黑脸全涨紫了，可是老李差点没噎绿了。

不该鼓舞小孩狼吞虎咽，老李在缓不过气来的工夫想起儿童教育。同时也想起，没有水！倒了点蜜饯海棠汁儿喝，不行，急得直扬脖。在公寓里，只需叫一声茶房，茶是茶，水是水；接家眷，麻烦还多着呢！

正在这个当儿，西屋的老太太在窗外叫："大爷，你们没水吧？这儿一壶开水，给您。"

老李心中觉得感激，可是找不到现成的话。"噢，老太太，噢——"把开水拿进来，沏在茶壶里。一边沏，一边想话。他还没想好，老太太又发了言："壶放着吧，明儿早晨再给我。还出去不出去？我可要去关街门啦。早睡惯了，一黑就想躺下。明儿倒水的来叫他给你们倒一挑儿。有缸啊？六个子儿一挑，零倒，包月也好；甜水。"

老李要想赶上老太太的话，有点像骆驼想追电车。"六个子，谢谢，有缸，不出去，上门。"忘了说，"您歇着吧，我去关门。"

"孩子们可真不淘气，多么乖呀！"老太太似乎在要就寝的时候精神更大，"大的几岁了？别叫他们自己出去，街上车马是多的；汽车可霸道，撞葬哪，连我都眼晕，不用说孩子们！还没生火呢？多给他们穿上点，刚入冬，天气贼滑的呢，忽冷忽热，多穿点保险！有厚棉袄啊？有做不过来的活计，拿来，我给他们做；戴上镜子，粗枝大叶的我还能缝几针呢；反正孩子们也穿不出好来。明天见。上茅房留点神，砖头瓦块的别绊倒；拿个亮儿。明天见。"

"明天——老太太。"老李连句整话也没有了。

可是他觉得生活美满多了，公寓里没有老太太来招呼。那是买卖，这是人情。喝了碗茶，打了个哈欠，吃了个海棠，甜美！要给英说个故事，想不起；腰有点痛。是的，腰疼，因为尽了责任，卖了力气。拿刚才的事说吧，右手烧饼，左手包子，大衣的袋中一大包花生米，中指上挂着铁壶！到底是有家！在公寓里这时候正吃完了鸡子炒饭，不是看报，就是独坐剔牙。太太也过得去，只是鞠躬的样子像纸人往前倒——看了太太一眼。

菱的小手里拿着半个烧饼，小肉葫芦直向妈妈身上倒，眼已闭上，可还偶尔睁开一点缝。妈妈嘴中还嚼动着，脸上没有任何表情，搂着孩子微微地向左右摇身，眼睛看着洋蜡的苗。

老李不敢再看。高跟鞋，曲线美，肉色丝袜，大红嘴唇，细长眉……离李太太有两个世纪！老李不知是难过好，还是痛快好。他似乎也觉出他的毛病来了——自己没法安排自己。只好打个哈欠吧，啊——哈——哈。

英的黑手真热，正捻着爸的手指肚儿看有几个斗、几个簸箕。

"英，该睡了吧？"

"海棠还没吃完呢。"英理直气壮地说。

老李虽然又打了个哈欠，可是反倒不困了。接了家眷来理当觉出亲密热闹，可是也不知怎么只显着奇怪隔膜与不舒适。屋子里只有一支洋烛的光亮，在太太眼珠上跳！

第五章

一

老李上衙门去。

张大哥确是有眼力：给老李租的房正好离衙门不远——也就是将到二里地。省车钱是一，可以来往运动运动是二，午饭能在家里吃是三。

老李虽然没有计算一月可以省多少车钱，可是心中微微有点可以多储蓄下点的光亮与希望。想到储蓄，不由得想到：家眷来了，还能剩钱？张大哥永远劝人结婚和接家眷，唯一的理由似乎是："两口儿并不见得比一个人费钱。"好像女人天生来地不会花钱，没有任何需要，也不准有需要！老李看女人也是个人。可是，英的妈……即使是养只鸡也得给小米吃呀！老李觉得接家眷这回事有点错误。一家之长？越看自己越不像。

快到了衙门，他更不痛快了。怎么当上了科员？似乎想不起。家长？当科员或者不是坏事。没有科员的薪水怎能当家长？科员与家长是天造地设的一对——什么？看见了衙门，那个黑大门好似一张吐着凉气的大嘴，天天早晨等着吞食那一群小官僚。吞，吞，吞，直到他们在这怪物的肚子里变成衰老丑恶枯干闭塞——死！虽然时时被一张纸上印着个红印给驱逐出去，可是在这怪物肚中被驱逐，不是个有刺激性的事。这里免职，而去另起炉灶干点新的有意义的事，绝对想不到。此处不留爷，自有留爷处，衙门不止一个。吃衙门的虫儿不想，不会，也不肯，干别的。可恨的怪物！

可是老李得天天往怪物肚中爬，现在又往里爬呢！每爬进一次，他觉得出他的头发是往白里变呢。可是他必须往里爬，一种不是事业的事业，不得不敷衍的敷衍。现在已接来家眷，更必得往里爬了。这个大嘴在这里等着他，"她"在家里等着他；一个怪物与一个女魔，老李立在当中——科员，家长！他几乎不能再走了，他看见一个衰老丑恶的他和一个衰老丑恶的她；一同在死亡的路上走，路旁的花草是些破烂的钱票与油腻的铜钱！然而他得走，不能立在那里不动。诗意？浪漫？自由？只是一些好听的名词。生活就是买炉子、租房……炉子送去没有？她会告诉怎样安铁管子呀？

到了衙门口。他真要往后退了。可是门口的巡警似乎故意戏弄他，给他行了个立正礼。他只能进去。他的手出了汗。那一群同事们一定都等着审问他呢："老李，接家眷也不言语一声？几时请吃饭？"吃饭，那群东西和苍蝇同类，嘴不闲着便是生命的光荣！

进了自己的办公室，心中安定了些。一个人还没来呢，他深深呼了口气。破公事案，铺着块桌布的冤魂，茶碗印，墨汁点，烟卷烧的孔，永远在这里，永远。大而丑的月份牌，五天没撕了，老李不来没人管撕。玻璃上的土！怪物的肚子里没人管任何事情。他把月份牌扯下五页来，扔在纸篓里；也配叫作纸篓，靠着两面墙还随时地自己倒下来。

他坐在自己的椅子上，屋中最破的那一把，发愣。公事，公事就是没事；世界上没有公事，人类一点也不吃亏。公文，公文，公文，没头没尾、没结没完的公文。只有一样事是真的——可恨它是真的——和人民要钱。这个怪物吃钱，吐公文！钱到哪儿去？没人知道。只见有人买洋楼、汽车、小老婆；公文是大家能见到的唯一的东西。老李恨不能登时砸碎那把破椅子、破公事案、破纸篓，和这个怪物！可是，砸不碎这个怪物，连这张破桌布也弄不碎。碎了这块布等于使砖塔胡同那三口儿饿死。

他又坐下了，等着他们。他们，这个世界是给他们预备的。在家里，油盐酱醋与麻雀牌；来到衙门，一进门有巡警给行礼；进了公事房，嘻嘻嘻，讨论着、辩论着彼此的私事，孩子闹耳朵，老太太办生日，春华楼一号女招待。能晚到一分便晚到一分，能早走一分便早走一分。破桌子，破茶碗，无穷无尽地喝茶。烟卷烟斗一齐烧着，把月份牌都迷得看不清。老李等着他们，他们是他的朋友，在某种程度上，是他的审判官。他得为他们穿上洋服，他得随着他们嘻嘻嘻。他接家眷得请他们吃饭。他得向他们时常道歉。

邱先生来了。

"啊，老李，回来了？家中都好？"和老李握了握手。

邱先生的眼中带着点不大正经的笑意。老李的脸红了。邱先生没往下说什么，可是那个笑在眼角上挂着，大有一时半会儿不能消灭的来派，于是老李的脸上继续着增加热力。

邱先生脱大衣，喊听差沏茶，眼睛没看着老李，可是眼上那两个笑点会绕着圈向老李那边飞掷，像对流星。

吴先生也到了。

"啊，老李，回来了？家中都好？"和老李握了握手。他的手比老李的大着两号——按着手套的尺寸说——柔软，滑溜，带着科员的热力。然后，掏出一毛钱的票子："张顺，送车钱去！"

吴先生非常正直，可是眼角上也有点笑意，和邱先生的那个相似，虽然程度上不那么深。老李的脸更热了。

他闭着气专等小赵，小赵来到，他就知道是五年徒刑，还是取保释放了。

小赵没来。

二

小赵为什么没来？老李不敢问。吴先生虽然是小赵的亲戚，可是最不关心小赵的事，除了托小赵给维持地位，他简直不大爱和小赵说话。吴先生，是正直人，老李自然不敢向吴先生打听小赵。邱先生呢，年纪比小赵大，而人情没有小赵的硬，所以有小赵领首，他对于向同事们开玩笑的事无不参加；可是小赵不提倡，他不便自居祸首；甚至于小赵不在眼前，他连"小赵"二字提也不提。邱先生在不和人开玩笑的时候很能咂着滋味苦闷。

可是吴邱二位都知道小赵干什么去了。小赵是为所长太太到天津办事去了。

二位对小赵都有点忌妒，但是不便和老李说。老李是以力气挣钱，不管旁人的事，二位自然不能以他为同调。况且吴先生是正直人，在老李面前特别要显着正直。老李开始办公，心里老有个小赵的影。吴先生挺直腰板，写着酱肘子体的字。邱先生喝茶吸烟，咂着滋味苦闷，眼睛专看着手表。

张大哥不和老李同科，可是特意过来招呼一声。

"啊，老李，回来了？家中都好？"用手指诊了老李手心一下。

老李十分感激张大哥；为人谋永远忠诚到底。果然，吴邱二位的眼神有点改变光度与神气。设若老李接家眷，张大哥必知道一切；可是张大哥也问"家中都好？"小赵的话是造谣，一定。自然，不一定，更好。

"今年乡下收成不坏吧？"张大哥对乡下人自然要问乡下话，吴邱二位登时觉得还不够真正北平人的资格。

"不坏，不过民间还是很苦！"老李带着感情说。

"今年就盼着来场大雪，去去瘟毒，麦子也得意。"去去瘟毒，其实是张大哥的注意之点，麦子得意与否，民间苦不苦，都嫌离北平太远；世界上麦子都不得意，北平总有白面吃。

张大哥和老李又敷衍了几句，完全出于诚意，同时不失为敷衍，张大哥自己都佩服这一招儿。诚意地敷衍完老李，又过去和吴邱二位谈了一点来钟。张大哥比他们二位更没事可做，他是庶务科上的，他的职务是调动工友和买办东西。对调动工友这一项，他是完全无为而治，所以工友们为他的私事能非常地殷勤卖力气，因为在衙门里总是闲着。对于买办一项，自有铺子送来，只要打打电话，过过数目，便完事大吉。至于照例的回扣呢，张大哥决不破例拒绝，也不独吞，该分给谁便分给谁，连工友都大家有份。张大哥是庶务中的圣手。

这样，他永远不忙，除了忙着串各科，而各科的职员一律欢迎他的降临。请医生，雇奶妈，定包厢，买旧地毯，卖灰鼠皮袍再买狐腿的，租房，定打新式桌椅，配丸药……凡是科员所需要张大哥的指导与建议。批婚书，过嫁礼，更不用说，永远是他一手包办。新从南方来的同事，单找他来练习官话——孙先生便是一个。连美国留学回来的都和他研究相面与合婚。这些差事是纯粹义务，张大哥只落得两句赞美："北平真是宝地"和"北平人真会办事"。有这两句，张大哥觉得前生定是积下阴功，所以不但住在北平，而且生在北平！"有宰相之才，没有宰相之命。"当他喝下两盅酒才这样叹息，而并非全无自慰的意思，两个"之"字特别的意味深长。

张大哥和吴邱二位谈起来；二位就是盼望有人来闲谈，不然真不好意思把公事都交给老李办，虽然大家深知老李有办事的瘾——科员中的怪物！

吴先生，军队出身，非常正直，刚练好一笔酱肘子体的字，打算娶个妾。他又提起来了："老吴是军人，先生，没别的好处，就是正直，过山炮一样的正直。四十多了，没个儿子，得改变战线，先生！"吴先生的"先生"永远不离口，仿佛是拿这两个字证明自己已经弃武修文了似的。他的腰背永远笔直，脖子与头一齐扭转，不是向左便是向右"看齐"。

这给张大哥一个难题。他并不绝对不管给人买妾，不过假使能推得开，他便不管。假如非叫他管不可，那么，有个基本条件：买妾的人须文过司长，武官至小是团副。妇女应否做妾？那是妇女杂志上的问题，张大哥不便于过问。他专从实际上看男人。一个小科员，或是中学教师，不论持着怎样充足的理由，能不纳妾顶好就不纳。精力、金钱、家庭间的困难，这些都在纳妾项下向科员与教师摇着头。别自己找枷扛。其实买个妾还不是件容易事，只看男人的脑袋是金银铜铁哪种金属做的。吴先生的脑袋，据张大哥的检定，是铁的；虽然面积不小，可是能值多少钱一斤？纳妾是一种娱乐，也许一种必需，无论怎说，总得以金钱地位做保险费。

可是张大哥不能直接告诉吴先生的头是铁的。他对吴先生和学校的青年都没有办法。这两种人中又以吴先生为更难办。青年们闹恋爱，只好听之而已，张大哥还能替谁去恋爱？而吴先生偏偏要张大哥给帮忙。

拒绝、敷衍、打岔，都等于得罪吴先生。世界上没有不可以做的事，除了得罪人。可是和吴先生讨论？吴先生能立刻请他吃饭。吃了人家的饭，再也吐不出，那便被人家一把抓定！张大哥的左眼闭得几乎有不再睁开的趋势。有了，谈太极拳吧！

吴先生的拳头那么大，据他自己说，完全是练太极拳练出来的，只有提太极拳，他可以把纳妾暂时忘下。太极拳是一切。把云手和倒撵猴运在笔端，便能写出酱肘子体的字。张大哥把烟斗用海底捞针势掏出来，吴先生立刻摆了个白鹤亮翅。谈了一点来钟，张大哥乘着如封似闭的机会溜了出去。

<h2 style="text-align:center">三</h2>

吴邱二先生都没审问老李，老李觉得稍微痛快一点。午时散了衙门，走到大街上，呼吸似乎自由了些。这是头一次由衙门出来不往公寓走，而是回家。家中有三颗心在那儿盼念他，三张嘴在那儿念叨他。他觉得他有些重要，有些生趣。他后悔了，早晨不应那样悲观。自己所处的环境，所存的工作，确是没有多少意义；可是自己担当着养活一家大小和教育那两个孩子，这至少是一种重要的，假如不是十分伟大的，工作。离开那个怪物衙门，回到可爱的家庭，到底是有点意思。这点意思也许和抽鸦片烟一样——由一点享受把自己卖给魔鬼。从此得因家庭而忍受着那个怪物的毒气，得因儿女而牺牲一切生命的高大理想与自由！老李的心又跳起来。

没办法。还是忘了自己吧。忘掉自己有担得起更大的工作的可能，而把自己交给妻、子、女；为他们活着，为他们工作，这样至少可以把自己的平衡暂时地苟且地保持住；多么难堪与不是味儿的两个形容词——暂时的，苟且的！生命就这么没劲！可是……

他不想了。捉住点事实把思想骗开吧。对，给孩子们买些玩意。马上去买了几个橡皮的马牛羊。这些没有生命的软皮，能增加孩子们多少乐趣？生命或者原来就是便宜东西。他极快地走到家中。

李太太正在厨房预备饭。炉子已安好，窗纸又破了一个。两个孩子正在捉迷藏，小肉葫芦蹲在桌子底下，黑小子在屋里嚷："得了没有？"

"英，菱，来，看玩意来！"老李不晓得为什么必须这样痛快地喊，可是心中确是痛快。在乡间——不过偶尔回去一次——连自己的小孩都不敢畅意地在一块玩耍；现在他可以自由地、尽兴地和他们玩，一切是他的。

英和菱的眼睛睁圆了，看着那些花红柳绿的橡皮，不敢伸手去摸。菱把大拇指插在口中；英用手背抹了鼻子两下，并没有任何作用。

"要牛要马?"老李问。

英们还没看出那些软皮是什么，可是一致地说："牛！"

老李，好像神话中的巨人，提起牛来，嘴衔着气管，用力地吹。

英先看明白了："真是牛，给我，爸！"

"给菱，爸！"

老李知道给谁也不行，可是一嘴又吹不起两个来。"英，你自己吹，吹那只老山羊。"他不知怎么会想起这个好办法，只觉得自己确是有智慧。

英蹲下，拿起一个来，不知是马还是羊；十分兴奋，头一气便把自己的鼻子吹出了汗。再给他牛，他也不要了，自己吹是何等的美事。

"菱也吹！"她把马抓起来，似乎那头牛已没有分毫价值。

老李帮着把牲口们全吹起来，堵好气管。英手擦着裤腿，无话可讲，一劲地吸气。菱抱着山羊，小肉葫芦上全是笑意，英忽然撒腿跑了，去把妈妈拉来。妈妈手上挂着好些白面。"妈，妈，"英叫一声，扯妈妈的大襟一下，"看爸给拿来的牛、马、羊，妈，你看哪！"又吸了一回气。

妈笑了。要和丈夫说话，又似乎没什么可说的；不说，又显着有点发秃。她的眼神显出来，她是以老李为家长——甚至于是上帝。在乡下的时候，当着众人她自然不便和丈夫说话，况且凡事有公婆在前，也无须向丈夫要主意；现在，只有他是一切；没有他，北平能把她和儿女全嚼嚼吃了。她应当说点什么，他是为她和儿女们去受苦，去挣钱；可是想不起从哪里说起。

"妈，我拿牛叫西屋老奶奶看看吧？"英问，急于展览他的新宝贝。

妈得着个机会："问爸。"

爸觉得不大安坦，为什么应当问爸呢，孩子难道不是咱们俩的？可是，这样的妇人必定真以我为丈夫、主人。老李不敢决定一切，只感觉着夫妇之间隔着些什么东西。算了吧，让脑子休息会儿吧："不用了，英。先吃饭，吃完再去。"

"爸，菱抱羊一块吃饭饭！"

"好。"老李还有一句，"给老山羊点儿饭饭吃。"可是打不起精神说。

大家一块吃饭，吃得很痛快。菱把汤洒了羊一身，菱没哭，妈也没打菱。

饭后，妈收拾家伙，英、菱与牛羊和爸玩了半天。老李细看了看儿女，越看越觉得他与他们有最密切的关系。英的嘴、鼻子和老李的一样，特别是那对大而迟钝的眼睛。老李心里说："大概我小时候也这么黑！"菱的胳臂短腿短，将来也许像她妈妈那样短粗。儿女的将来，渺茫！英再像我，菱再像她？不，一定不能！但是管它呢，"菱，来，叫爸亲亲！"亲完了小肉葫芦，他向厨房那边说，"我说——菱没有件体面的棉袍子呀？"

"那不就挺好看的吗？"太太在厨房里嚷，好像愿叫街上的人也都听见。"她还有件紫的呢，留着出门穿。"

"留着你那件臭紫袍吧！"老李心里说。有给菱做件新袍的必要，打扮上，一定是个可爱的小女孩。希望母亲也来看看菱的新衣裳，虽然新衣裳还八字没有一撇。

"晚上见，菱。"

"爸买花生去？"菱以为爸一出去就得买落花生。

"爸，再带头牛来，好凑一对！"英以为爸一出门必是买牛去。

老李在屋门口停了一停，她没出来。东屋的门开着点缝，老李看见一个人影，没看清楚，只觉得一件红衣那么一闪。

第六章

一

一大蒲包果子，四张风景相片，没有上款的中堂与对联，半打小洋袜子，张大嫂全副武装来看李太太。

在大嫂的眼中，李太太是个顶好、一百成的——乡下人儿。大嫂对于乡下人，特别是妇女，十二分的原谅、怜恤，而且愿尽所能帮助、指导。她由一进门，嘴便开了河，直说得李太太的脑子里像转疯了的留声机片，只剩了张着嘴大口地咽气。张大嫂可是并非不真诚，更没有一点骄傲。对于乡下妇女这个名词，她更注意到后一半——妇女。妇女都是妇女。不过"乡下"这个形容，表示出说话带口音，一切不在行，可是诚实直爽。这个，只要一经张大嫂指导，乡下妇女不久便会变成一百成的漂亮小媳妇。这是自信，不是骄傲。

英和菱是一对宝贝。大嫂马上非认菱做干女儿不可，也立刻想起家中橱柜里还有一对花漆木碗，连三的抽屉里——西边那个——有一个银锁，系着一条大红珠线索子。非认干女儿不可。现成的木碗与银锁，现成的菱，现成的大嫂，为什么不联结起来呢？

李太太不知道说什么好，只露出牙来，没露任何意见，心里怕老李回来不愿意。

大嫂看出李太太的难处："不用管老李，女儿是你养的。来，给干娘磕头，菱！"

李太太一想，本来嘛，女儿是自己的，老李反正没受过生产的苦楚，立刻叫菱磕头。菱把大拇指放在嘴内，眨巴着眼，想了一会儿；没想好主意，马马虎虎地磕了几个头。磕完头，心中似乎清楚了些，不觉得别的，只觉得有点骄傲，至少是应对英骄傲，因为英没有干妈，她过去拉住干妈一个手指。干妈确是干的，因为脸上笑得都皱起来，像个烤糊了的苹果，红而多皱。

英噘了嘴，要练习练习磕头，可是没有机会。大嫂笑着说："我不要小子，小子淘气；看我这干女儿多么老实。可是，你等着，英，赶明儿我给你说个小媳妇，要轿子娶，还是用汽车？"

"火车娶！"英还没忘这次由乡间到北平的火车经验。用火车娶媳妇自然无须再认干妈，于是英也不噘嘴了。

因提起小子淘气，大嫂把天真的历史，从满月怎么办事，一直到怎么没说停当太仆寺街齐家的姑娘，一气呵成，说得天翻地覆。最后："告诉你，大妹妹，现在的年头，养孩子可真不易呀！尤其是男孩子，坏透了！大妹妹，你提防着点老李，男子从十六到六十六岁，不知哪时就出毛病。看着他，我说，看着他！别多心，大妹妹，您是乡下人，还不知道大城里的坏处。多了，无穷无尽，男女都是狐狸精！男的招女的，女的招男的，三言两语，得，勾搭上了。咱们这守旧的老娘们，就得对他们留点神！"

李太太似乎早就知道这个，不过没听张大嫂说明之前，不敢决定相信，也不敢对老李有什么管束。现在听了大嫂——况且又是菱的干娘——的一片话，心中另有一个劲儿了。是的，到了北平，她与丈夫是一边儿大的；老李是一家之主，即使不便否认这点，可是她的眼睛须对这一家之主留点神。但是她只有点头，并没发表什么意见；谈做活计与做饭，她是在行的，到大城里来怎么管束丈夫，还不便于猛进。况且，焉知张大嫂不是来试探她呢！得留点神，你当是乡下人就那么傻瓜呢！

"待两天再来，我可该走了！家里撂着一大片事呢！"大嫂并没立起来，"干女儿，明儿看干妈去。记着，堂子胡同九——号，说，堂子胡同——九——号，嘻嘻嘻。"

"堂胡同走噢。"菱一点也不晓得这是什么怪物。

"吃了晚饭再走吧，大嫂。"李太太早就预备好这句，从头一天搬来就预备好了。可是忘对张大哥与丁二爷说，招得丈夫直皱眉，这可得到机会找补上了。

"改日，改日，家里事多着呢。我可该走了！"大嫂又喝了碗茶。

最后，大嫂立起来："干姑娘，过两天干娘给送木碗和锁来。"又坐下了，因为，"啊，也得给英拿点玩意来呀！是不是，英？"

"我要个——"英想了会儿，"木碗，干妈！"

"干妈是菱的！"

"看，小干女儿多么厉害！唉，我真该走了！"

大嫂走到院中，西屋老太太正在院中添炉子。大嫂觉得应当替李太太托付托付，虽然自己也不认识老太太。

"老太太，您添火哪？"

"您可别那么称呼我，还小呢，才六十五！屋里坐着。"老太太添火一半是为在院中旁听，巴不得借个机会加入谈话会。"贵姓呀？"

"张。"

"噢，那天租房的那位——"

"可不是吗，他和这儿李先生同事，好朋友，您多照应着点！"大嫂拉着菱，看着李太太。

"还用嘱咐，近邻比亲！大奶奶可真好，一天连个大声也不出，"老太太也看着李太太，"两个孩儿们多么乖呀！我说，英，你的牛呢？"没等英回答，"我就是爱个结结实实有人缘的小孩。看菱的小肉脸，多有个趣！"

"您跟前有——"

"别提了，一儿一女，女儿出了阁，跟着女婿上南京了，一晃几十年了，始终也没回来一次。小子呀，唉！"老太太把声音放低了些，"唉，别提了，已经娶——"她向东屋一指。"唉，简直说着羞得慌，对外人我也不说，说了被人耻笑。"

"咱们还是外人吗？"张大嫂急于听个下回分解。

"唉，已经娶了这么个又体面又明白的小媳妇！会，会，会又在外边——不用提了！三四个月没回来了！老了老了地给我这么个报应，不知哪辈子造下的！这么好个小媳妇，年青青的，叫我看着心焦不心焦？又没有个小孩！菱，你可美呀，认了干娘？"老太太大概把张李二太太的谈话至少听了一半去。

菱笑了，爽性把食指也放在口里。

"改天再说话，老太太，咱们这做妈妈的，一人有一肚子委屈呀！"

"您别那么称呼我，您大！"

"我小呢，才四十九。也忘了，您贵姓呀？"

"马，也没到屋里喝碗茶！"

"改天，改天特意来看您。"

马老太太也随英们把张大嫂送出去，好像张大嫂和李太太都是她的娘家妹妹似的。

二

老李下了衙门，到张大哥家去取对联；一点也不愿意去取，不过张大哥既然说了，不去显着不好意思。老李顶不喜欢随俗，而又最怕驳朋友的面子，还是敷衍一下好吧。他到了张家，大嫂刚从李家回来。

"啊，亲家来了！"

老李一愣，不知怎么会又升了亲家。

大嫂把认干女儿的经过，从头至尾，有枝添叶地讲演了一番。老李有点高兴，大嫂既肯认菱做干女儿，菱必是非常的可爱，有许多可爱的地方他自己大概还没看到。

"大妹妹可真是个俏式小媳妇，头是头，脚是脚，又安稳，又老实！"大嫂讲演完了干姑娘，开始褒奖干姑娘的母亲。从干姑娘的母亲又想到干姑娘的父亲："老李——亲家，你就别不满意啦，还要什么样的媳妇呀？干干净净，老老实实，得了！况且，有这么一对虎头虎脑的小宝贝，放下你们年轻小伙子的贪心吧！该得就得，快快乐乐地过日子，比什么也强。看那个马老太太——"

"哪个马老太太？"

"你们西屋的街坊：老太太命才苦呢！娶来个一朵鲜花似的小媳妇，儿子会三四个月，三——四——个——月，没家来！我要是马老太太呀，不咬那个儿子几口才怪！"

正说到这里，张大哥进来了。

"你咬谁几口呀？"他似乎以为是背地讲论他。

她笑了："放心，没人咬你的肉，臭！我们这儿说马家那档子事呢。"

张大哥自然知道马家的事，急忙点上烟斗，左眼闭上，把大嫂的讲演接过来：老李租的房是马老太太的，买过来不久——买上了当，木架不好，工也稀松。老太太还能买得出什么漂亮东西。张大哥顺手把妇人——连张大嫂也在其内——不会办事给证实。买过来之后，马家本是自己住自己的房。搬来不久就办婚事，大概因为有喜事才急于买房，因为急买所以就买贵了——一点也不应当算个上当的原谅，又看了大嫂一眼。马老太太的儿子，那时节，是在中学里教书，娶的是个高小毕业的女学生，娘家姓黄，很美。结婚不到半年——张大哥的眼闭死了——马先生和同事的一位音乐教员有了事，先是在外边同居，后来一齐跑到南边去："三四个月没回来，他，三年也未必回来！"张大哥结束了这段叙述："天秤不准！"

因为儿子跑了，所以老太太把上房让出来，租几个钱，加上手里有点积蓄，婆媳可以对付着过日子。

老李知道大嫂已把对联送去，大哥的讲演又告一段落，于是告辞回家。大嫂没留他吃饭："唉，快家去吧。等和李太太一块来的时候，我再给你们弄点什么吃。告诉菱，过两天干妈给送木碗去，别忘了！"

老李心中的红衣人影已有了固定的面目，姓黄，很美，弃妇，可怜虫！爱是个最热，同时又最冷的东西！设若老李跟——谁？不管谁吧，一同逃走，妻、子、女，将要陷入什么样的苦境？不敢想！张大哥对了，俗气凡庸，可是能用常识杀死浪漫，和把几条被浪漫毒火烧着的生命救回。从另一方面说，常识杀死了浪漫，也杀死了理想与革命！老李又来到死胡同里，进是无路，退又不得劲。菱，小丫头片子，可爱，张大嫂的干女儿，俗气！

到了家。

"爸，"黑小子在门口等着他呢，"爸，菱有了干妈，张大嫂子，过两天给送木碗和银锁来。我呢？我认妈妈做干妈得了；你给妈点钱，叫妈给我买木碗，不要银锁，要两只皮马，你给我的那只，我并没使劲，也不知怎么破了个窟窿，怎吹也吹不起来了！"

老李一生似乎没这么笑过。

"爸，东屋的大婶，还替我吹了半天，也没吹起来。大婶顶好顶好看啦。大眼睛，像俩，俩，俩——"英直翻白眼，"俩小月亮！那手呀，又软又细，比妈的手细得多。妈的手就是给我抓痒痒好，净是刺儿。"

"妈听见，不揍你！"老李不笑了。

三

星期日。老李带领全家上东安市场，决定痛快地玩一天，早晚饭全在外边吃。

英说对了，妈的手上有刺儿；整天添火做饭洗衣裳，怎能不长刺？应当雇个仆人。一点也不是要摆排场，太太不应当这样受累。可是，有仆人她会调动不会？好吧，不用挑吃挑喝，大家对付吧。把雇人的钱，每月请她玩两天，也许不错。决定上市场。

李太太不晓得穿什么好，由家中带来的还是出嫁时候的短棉袍与夹裙子。长棉袍只有一件，是由家起身前临时昼夜赶做的，蓝色，没沿边，而且太肥。

"还把裙子带？天桥一块钱两条，没人要！"

她不知道天桥在哪里，可是听得出，裙子在北平已经一块钱两条，自然是没什么价值。她决定穿那件唯一的长蓝棉袍，没沿边，而且太肥。

老李把孩子们的衣裳全翻出来，怎么打扮，怎么不顺眼。他手心上又出了汗。拿服装修饰做美满家庭的广告，布尔乔亚！可是孩子到底是孩子，孩子必须干净美好，正像花草必须鲜明水灵。老李最不喜欢布尔乔亚的妈妈大全，同时要在儿女身上显出爱美——遮一遮自己的洋服在身上打滚的羞。不去！那未免太胆小了。一定走，什么样也得走。可是，招些无聊的笑话即使是小事，怎能叫自己心里稍微舒服点呢？他依着生平美的理想，就着现成的材料，把两个孩子几乎摆弄熟了，还是不像样！走，老李把牛劲从心灵搬运出来，走！和马老太太招呼了一声，托付照应着点。

"噢，我说，菱，"老太太揉了眼睛一把，"打扮起来更俊了？这双小老虎鞋！挑着点道儿走，别弄脏了，听见没有？来，菱，英，奶奶这儿还有十个大子，一人五个；来，放在小口袋里，到街上买花生吃。"十个大铜子带着热气落在他们的袋中。

老李痛快了一些；不负生平美的理想！

出了门，他的眼睛溜着来往行人，是否注意他们。没有。北平能批评一切，也能接收一切。北平没有成见。北平除了风，没有硬东西。北平使一切人骄傲，因此张大哥特别的骄傲。老李的呼吸不那么紧促了。回头一看，英和妈妈在道路中间走呢，好像新由乡下来的皇后与太子。老李站住了："你们要找死，就不用往边上来！"李太太瞪了眼，往四下看，并没有什么。"你把英拉过来！"她把英拉到旁边来，脸上红了。丈夫的话一定被路上的人听见了。在乡下，爱怎走便怎走！她把气咽下去，丈夫是好意。可是，何必那么急扯白脸的呀！心中都觉得，"今天要能玩得好才怪！"

到了胡同口，拉车的照样的打招呼，并没因李太太的棉袍而轻慢。好吧，车夫既然招呼，不好意思不坐。平日老李的坐车与否是一出街门就决定好的：决定不坐便设法躲着洋车走，拒绝车夫是难堪的事。决定坐车，他永远给大价钱。张大哥和老李一块儿走的时候，张大哥永不张罗坐车。英和妈妈坐一辆，菱跟着爸。一路上英的问题多了，西安门、北海、故宫……全安着个极大的问号。老李怕太太回头问他。她并没言语，而英的问题全被拉车的给回答了。老李又怕她也和车夫一答一和地说起来，她也没有。他心里说："傻瓜，当是妇女真没心眼呢！妇女是社会习俗的保存者。"想到这里，他不得劲地一笑，"老李，你还是张大哥第二，未能免俗！"

一进市场门，菱和英一致地要苹果。老李为了难：买多了吧不好拿，只买两个又怕叫卖果子的看不起。不买，孩子们不答应。

"上那边买去，菱。"太太到底有主意。

老李的眉头好似有皱上的瘾：那边果摊子还多着呢，买就是买，不买就是不买，干吗欺哄孩子呢！丈夫布尔乔亚，太太随便骗孩子，有劲！可是问题解决了问题，菱看见玩意摊子，好像就是再买苹果也不要了。

"那边还有好的呢。"又是一个谎！

说谎居然也能解决问题，越往里走，东西越多，英们似乎已看花了眼，想不起要什么好了。老李偷眼看着太太，心中老有点"刘姥姥入大观园"的恐怖。太太的两眼好像是分别工作着，一眼紧盯着孩子，一眼收取各样东西与色彩。到必要的时候，两眼全照管着孩子，牺牲了那些引诱妇女灵魂的物件。老李受了感动。

摩登男女们，男的给女的拿着东西与皮包，脸上冬夏常青地笑着，连脚踵都轻而带弹力，好像也在发笑。女子的眼毛刚一看果子，男的脚指便笑着奔了果摊去，只拣包着细皱纸、印洋字蓝戳的挑，不问价钱。老李不敢再看自己的太太，没有围巾，没有小手袋，没有噗——开了，噗——拉上的活扣棉鞋；只是一件棉袍，没沿边，而且太肥。有点对不起太太！决定给她买这些宝贝。自己不布尔乔亚是一件事，太太须布尔乔亚是另一件事。买！也得给孩子买鞋、小绒线帽。"你自己去挑！"他发了命令，心中是一团美意，可是说得十二分难听。进了一家百货店。

太太先挑围巾，红的太艳，绿的太老，黄的当然不行，蓝的不错，可惜太短……老李直向菱说："等着，等妈妈挑好了，咱们试皮鞋。"这大概足以使全铺子的人都减少些厌恶的心；老李要是当伙计的，早把太太给推出去了！几乎所有的围巾全拿出来了，太太这才问："你说，要哪条好？"连这点主意都没有，妇女！连什么颜色好看都看不出！老李过来挑了条蓝的。"蓝的很时兴，先生。"伙计好像从一生下来就没哭过，而且岁数越大越爱笑。老李放下蓝的，又拿起条紫的来。"玫瑰紫，太太戴正合适。"伙计的脸加紧发笑。老李的脸有点发热，又把蓝的拿起来。"还是这条好，先生，颜色正道，绒头也长。"伙计脸上的笑意要跳起来吻谁一下才好。"还是你自己挑吧。"老李辞职了。伙计的笑脸转向太太去。太太挑了条最不得人心的灰蓝色的，一遇上阳光管保只剩下灰，一点也不蓝。不过，到底是买成了一件，再看别的吧。

"先生请坐，您吸烟！"伙计们张罗。

老李既不吸烟，又不肯坐下，恐怕自己一坐下，叫太太想可以在这儿住一两天也不碍事。

李太太要小孩的饭巾，要男人的卫生衣……所要的全是老李没想到的。可是，饭巾确是比皮鞋还要紧，自己还没有冬季卫生衣。妇女到底是妇女，她们有保卫生命的本能。然后又买花线、洋针、小剪子，这更出乎老李意料之外。家门口就有卖针线的，何必上市场来买？可是太太手中一个钱没有，还不能在门口买任何零杂。他的错儿，应当给太太点钱，她不是仆人，她有她必需的用品。

买了一大包东西，算了算才十五元二角七分，开来账条，上面还贴好印花！

怎么拿着呢？伙计出了主意："先放在这里，逛完再来拿。"和气，有主意，会拉主顾，一共才十五块多钱！老李觉得生命是该在这些小节上消磨的，这才有人情，有意思。那些给女的提皮包买果子的人们，不定心中怎样快活呢！

绕到丹桂商场，老李把自己种在书摊子前面。李太太前呼后拥的脚有点不吃力了。看了几次丈夫，他确是种在了那里。英忽然不见了！隔着书摊一望，他在西边，脸贴着玻璃窗看小泥人呢。

"英可上那边去了。"太太的脚确是不行了。

"英。"老李极不满意地放下书，抓着空向小伙计笑了笑。

回到家中，已经快掌灯，菱在新围巾里睡着。英的精神十足，一进院里就喊："大婶，看我的新帽子！"东屋大婶没出来，在屋中说："真好！"

"北平怎样？"老李问太太。

"没什么，除了大街就是大街——还就是市场好，东西多么齐全哪！"

老李决定不请太太逛天坛和孔庙什么的了。

第七章

一

张大哥的"心病"回了家。这块心病的另一名称是张天真。暑假寒假的前四五个星期，心病先生一定回家，他所在的学校永远没有考试——只考过一次，刚一发卷子，校长的脑袋不知怎么由项上飞起，至今没有下落。

天真从入小学到现在，父亲给他托过多少次人情，请过多少回客，已经无法计算。张大哥爱儿子的至诚与礼貌的周到，使托人情和请客变成一种艺术。在入小学第一年的时候，张大哥便托校长的亲戚去给报名，因为这么办官样一些，即使小学的入学测验不过是那么一回事。入学那天，他亲自领着天真拜见校长教员，连看门的校役都接了他五角钱。考中学的时候，钱花得特别的多。考了五处，都没考上，虽然五处的校长和重要的教职员都吃了他的饭，而且有两处是校长太太亲手给报名的。五处的失败使他看清——人情到底没托到家。所以在第六回投考的时候，他把教育局中学科科长恳求得直落泪，结果天真的总分数差着许多，由科长亲自到学校去给短多少补多少，于是天真很惊异地纳闷这回怎会及了格，而自己咒命运不佳，又得上学。入大学的时候——不，没多少人准知道天真是正式生还是旁听生；张大哥承认人情是托到了家，不然，天真怎会在大学读书？

天真漂亮，空洞，看不起穷人，钱老是不够花，没钱的时候也偶尔上半点钟课。漂亮：高鼻子，大眼睛，腮向下溜着点，板着脸笑，所以似笑非笑，到没要笑而笑的时候，专为展列口中的白牙。一举一动没有不像电影明星的，约翰·巴里穆尔①是圣人，是上帝。头发分得讲究，不出门时永戴着压发的小帽垫。东交民巷俄国理发馆去理发，因为不会说英语，被白俄老鬼看不起；给了一块五的小账，第二次再去，白俄老鬼敢情也说中国话，而且说得不错。高身量，细腰，长腿，穿西服。爱"看"跳舞，假装有理想，皱着眉照镜子，整天吃蜜柑。拿着冰鞋上东安市场，穿上运动衣睡觉。每天看三份小报，不知道国事，专记影戏园的广告。非常的和蔼，对于女的；也好生个闷气，对于父亲。

回家了，就是讨厌回家，而又不得不回家来。学校罢了课，不晓得为什么，自然不便参加任何团体的开会与工作。上天津或上海吧，手里又不那么富裕，况且胆子又小，只好回家，虽然十二分不痛快。第一个讨厌的是父亲，第二个是家中的硬木椅子，封建制度的徽帜。母亲无所谓。幸而书房里有地毯，可以随便烧几个窟窿，往痰盂里扔烟卷头太费事。

张大嫂对天真有点怕，母亲对长子理当如是，况且是这么个漂亮、新式吕洞宾似的大儿子。儿子回来了，当然给弄点好吃的。问儿子，儿子不说，只板着脸一笑，无所谓。自己设计吧，又怕不合儿子的口味，儿子是不好伺候的，因为儿子比爸爸又维新着十几倍。高高兴兴地给预备下鸡汤煮馄饨，儿子出去没回来吃饭。张大嫂一边刷洗家伙，一边落泪，还不敢叫丈夫看见，收拾完了站在炉前烤干两个湿眼睛。儿子十二点还没回来，妈妈当然该等着门。

一点半，儿子回来了。"嗬，妈，干吗还等着我呢？"露了露白牙。

"你看，我不等门，你跳墙进来呀？"

"好了，妈，赶明儿不用再等我。"

"你不饿呀？"妈妈看着儿子的耳朵冻得像两片山楂糕，"老穿这洋衣裳，多么薄！"

"不饿，也不冷——里边有绒紧子。妈，来看看，绒有多么厚！"儿子对妈妈有时候就得宽大一些，像逗小孩似的逗逗。

"可不是，真厚！"

"二十六块呢，账还没还；地道英国货！"

---

① 约翰·巴里穆尔：当时的美国电影明星。

"不去看看爸爸？他还没看见你呢！"妈妈眼中带着恳求的神气。

"明天再说，他准得睡了。"

"叫醒他也不要紧呀，他明天起得早，出去得早，你又不定睡到什么时候。"

"算了吧，明天早早起。"儿子对着镜子向后抹撒头发，光润得像个漆光的槟榔勺儿。"妈，睡去吧。"

妈妈叹了口气，去睡。

儿子戴上小帽垫，坐在床边上哼唧着《一对爱的鸟》，一边剥蜜柑，顺着果汁的甜美，板着脸一笑，想象着自己像巴里穆尔。

二

张大哥对于儿子的希望不大——北平人对儿子的希望都不大——只盼他成为下得去的，有模有样的，有一官半职的，有家有室的，一个中等人。科长就稍嫌过了点劲，中学的教职员又嫌低一点；局子里的科员，税关上的办事员，县衙门的收发主任——最远的是通县——恰好不高不低的正合适。大学——不管什么样的大学——毕业，而后闹个科员，名利兼收，理想的儿子。做事不要太认真，交际可得广一些，家中有个贤内助——最好是老派家庭的，认识些个字，胖胖的，会生白胖小子。天真的大学资格，是一定可以拿到手的，即使是旁听生，到时候也得来张文凭，有人情什么事也可以办到。毕业后的事情，有张大哥在，不难：教育局，公安局，市政局，全有人。婚姻是个难题。张大哥这四五年来最发愁的就是这件事。自己当了半辈子媒人，要是自己娶个窝窝头样的儿媳妇，那才叫一跤摔到西山去呢！不过这还是就女的一方面说，张大哥难道还找不到个合适的大姑娘？天真是块心病。天真的学业，虽然五次没考上中学是因为人情没托到家，可是张大哥心中也不能不打鼓。天真的那笔字，那路白话夹别字的文章，张大哥未免寒心。别的都不要紧，做科员总得有笔拿得出手的字与文章。自然洋文好也能做科员科长，可是天真的洋文大概连别字也写不出几个。人情是得托，本事也得多少有一点，张大哥还不是一省的主席，能叫个大字不识的人做县知事。这是块病。万一天真真不行，就满打找住理想的儿媳妇，又怎样呢？

还有，天真的行为也来得奇。说他是共产党，屈心；不是，他又一点没规矩，没准稿子。说他硬，他只买冰鞋而不敢去滑冰，怕摔了后脑海。说他软，他敢向爸爸立楞眼睛。说他糊涂，他很明白；说他明白，他又糊涂。张大哥没有法子把儿子分到哪种哪类中去，换句话说，天真在他的天秤上忽高忽低，没有准分两。心病，没法对外人说；知子莫如父，而今父亲竟自不明白儿子！

天秤已经有一端忽上忽下，怎叫那一端不低昂不定？没法给儿子定亲，天下还有比这再难堪的事没有？不给他订婚，万一他……张大哥把两只眼一齐闭上了！

提到财产，张大哥自从二十三岁进衙门，到如今已做了十七八年的事，钱，没剩下多少，虽然事情老没断过，手头看着也老像富裕。手头看着富裕，正是不能剩钱的原因。架子。架子支到那块是没法省钱的。诚然，他没有乱扔过一个小铜子，张大嫂没错花过一百钱，可是一顿涮羊肉就是五六块。要请客——做科员能不请客吗？——就得连香菜老醋都买顶鲜顶高的。自然五六块一顿火锅比十二块一桌菜——连酒饭车钱和小账就得二十来块的——省得多了，可是五六块到底是五六块，况且架不住常吃。儿女的教育费是一大宗，儿女又都不是省钱的材料。人情来往又是一大宗，况且张大哥是以出份子赶份子为荣的。他那年办四十整寿的时候，整整进了一千号人情，这是个体面，绝大的体面，可是不照样给人家送礼，怎能到时候有一千号的收入？

北平人的财产观念是有房产。开铺子是山东山西——现在添上了广东佬——人们的事。地亩限于祖产和祖坟。买空卖空太不保险。上万国储金是个道儿，可是也不一定可靠。只有吃瓦片是条安全的路。张大哥有三处小房，连自己住的那处在内。当个科员能置买三处小房，在他的同事的眼中，这不亚于一个奇迹。

天真以为父亲是个财主。对秀真提到父亲的时候，他的头一歪——"那个资本老头。"他不知道父亲有多少钱，也不探问。父亲不给钱，他希望"共产"。父亲给钱，他希望别共了父亲的产，好留着给他一个人花。钱到了手，他花三四块理个发，论半打吃冰激凌，以十个为起码吃橘子，因为听说外国的青年全爱吃冰激凌与水果。这些经常费之外，还有不言不语、先斩后奏的临时费；

先买了东西，而后硬往家里送账条；资本老头没法不代偿，这叫作不流血的"共产"法。

女儿也是块心病，不过没有儿子的那样大。女儿生就是赔钱货，从洗三那天起已打定主意为她赔钱，赔上二十来年，打发她出嫁，出嫁之后还许回娘家来掉眼泪。这是谁也没办法的事。老天爷赏给谁女儿，谁就得唱出义务戏。指着女儿发财是混账话，张大哥不能出售女儿，可是凭良心说，义务戏谁也是捏着鼻子唱。到底是儿子，只要不是马蜂儿子。天真是不是马蜂儿子？谁敢断定！

天真回来的那天，资本老头一夜没睡好。

三

天真的特点：懒，懦。

和妈妈定好第二天早起：爸爸上了衙门，他还正做着最好的那个梦呢。十点半才起来，妈妈特意给定下的豆浆，买下顶小顶脆的焦油炸果，洋白糖——又怕儿子不爱喝甜浆，另备下一碟老天义的八宝酱菜。儿子起来了，由打哈欠到擦完雪花膏，一点四十分钟的工夫。

妈妈去收拾屋子，爸爸是资本老头，妈妈是奴隶。天真常想到共爸爸的产，永远没想到释放奴隶妈妈。没人能信这是那么漂亮的人的卧室：被子一半在地上，卷烟头——都是自行烧尽的——把茶碟烧了好几道黄油印，地上扔满了报纸，报纸上扔着橘子皮、木梳、大刷子、小刷子。枕头上放着篦子，拖鞋上躺着生发油瓶。茶碗里有几个橘子核。换下的袜子在痰盂里练习游泳。妈妈皱了眉。天真是地道出淤泥而不染，和街坊家王二嫂正是一对儿。王二嫂的被子能整片往下掉泥，锅盖上清理得下来一斤肥料，可是一出门，脸擦得像个银娃娃，衣裳像些嫩莲花儿。自腕以上，自项而下，皆泥也。妈妈最不佩服王二嫂，可是恰好有这么个儿子。

可是妈妈闻着儿子睡衣上的汗味、手绢上的香水与烟卷味，仿佛得到些安慰。这么大，这么魁梧，而又大妞儿似的儿子！妈妈抱着枕头，想了半天女儿。女儿的小苹果脸，那一笑！妈妈的眉头散开了，看满地的乱七八糟都有些意思。

只盼娶一房漂漂亮亮的儿媳妇，可不要王二嫂那样的。

妈妈收拾完了，儿子已早把豆浆等吃了个净尽。

"妈，老头这几天手里怎样？"天真手插在裤袋里，挺着胸，眼看着棚，脚尖往起欠，很像电影明星。

"又要钱？"妈妈不知是笑好，还是哭好。

"不是，得做一身礼服，我自己不要钱。有个朋友下礼拜结婚，请我做伴郎，得穿礼服。"

"也得二三十块吧？"

天真笑了，板着脸，肩头往上端："别叫一百听见，这还是常礼服。"

"那——和爸爸说去吧。据我想，为别人的事不便——"

"不能就穿一回不是？！"

"你自己说去吧！"

妈妈不肯负责，儿子更不愿意和爸爸去交涉。

"您和爸爸有交情，给我说说！"儿子忽然发现了妈与爸有交情，牙都露出来。

"臭小子，我不和他有交情，和谁有——"妈拿笑补足后半句。儿子又露了露牙，继而一想，妈妈大概是肯代为交涉了，应当把笑扩大一些，张了张嘴，吸进些带着豆浆味的空气。

四

晚上，爷儿俩见着面。天真吸烟，没话可讲。张大哥吸烟，没话可讲。天真看着蓝烟往上升，张大哥斜眼看着烟斗。好大半天，张大哥觉得专看烟斗是办不了事的："天真，你还有多少日子就毕业了？"

"至多一年吧。"天真一点也说不准什么时候毕业。

"毕业后怎样呢？"

"顶好上西洋留学。"天真正了正洋裤裤缝。

"哼——"张大哥又看上了烟斗，待了老大半天，"去学什么呢？"

"到外国再说。也别说，近来很喜欢音乐，就研究音乐也不坏。"

"学音乐将来能挣多少钱呢？"

"艺术家也有穷的，也有阔的，没准儿。"

"没准儿"是张大哥最忌讳的三个字。但是不便和儿子辩论。又待了半天："据我看，不如学财政好。"

"财政也行。那么您一定送我留洋了？"天真立起来。

"我并没那么说！上外洋一年得多少钱？"

"还不得两三千？"天真约莫着说。记得李正华在巴黎一年花六千。可是他养着三个法国姑娘，设若养一个的话，三千也许够了。

张大哥不便于再说什么。儿子敢向这样家境的老子一年要三千，定不是个明白儿子，也就不必废话。

天真也不便再说，给父亲一个草案，以后再慢慢进行，资本老头的钱不能像流水那么痛快。

"水仙好哇，今年，还是您自己晒的？"天真一阵明白，知道讨资本老头的喜欢是要去留洋的第一步，而夸奖老头自己晒的水仙是讨喜欢的捷径。

"不算十分好，"资本老头的眼从烟斗上挪到儿子的脸部，然后沉着气立起来，"不算十分好。"走到水仙花那里，用手在花苞的下面横着一比，"去年的才这样矮，今年的长荒了，屋子还是太热。"

"您没养洋水仙花，今年？"天真心里直暗笑自己。

"太慢，非到阴历二月初开不了，而且今年也贵，四毛五分钱一头！玩不起！可是好哇，上面看花，下面看根，养好了，根子这么长。前天才听说，洋水仙开过之后，等叶子干了，把包儿头朝下挂在不见阳光、干松的地方，到冬天就又能开花。事就奇怪，怎么倒挂着，"烟斗头朝了下，"就又能拔尖子呢？其中必有个道理！"张大哥显出爱用思想的样子。

"把小孩子倒栽葱养着，大了准能做高官。"天真觉得自己非常的幽默，而且对父亲过度的和气。

爸爸觉得儿子真俏皮、聪明，哈哈地笑起来。

妈妈听见父子的笑声，进来向他们眨巴眼。

"你看，我说洋水仙倒挂起来，能再开花，天真说小孩子倒养着能做大官！

哈哈哈……"

妈妈的笑声震下棚顶一缕塔灰："咱们可该扫房了，看这些灰！"

一家子非常的欢喜。

临睡的时候："天真还要留洋呢，一年两三千！志向不错呀，啊——"一个哈欠，"可是也得供给得起呀！"

"还要做礼服呢，得个整数，给人家做伴郎去。"妈妈也陪了个哈欠。

"一百？"

老两口谁也没再言语。

第八章

一

小赵回来了。老李知道自己的罪名快判定了，可是心中反觉得痛快些，"看看小赵的，也看看太太的。"他心里说。生命似在薄雾里，不十分黑，也不十分亮，叫人哭不得笑不得。应当来些日光，假如不能，来阵暴风也好吹走这层雾。"看看小赵的！"

小赵是所长太太的人，可是并不完全替所长守着家庭间的秘密。可以说的他便说些给同事们听，以便博得大众的羡慕与尊敬。就是闹到所长耳中去，小赵也不怕；不但是所长的官，连所长的命，全在所长太太手里拿着：小赵是所长太太的人，所谓办公便是给她料理私事，小赵不怕。他回来了，全局的人们忽地一齐把耳朵立起来，嘴预备着张开，等着闻所未闻，而低声叹气。说真的，所谓所长太太的私事，正自神秘不测地往往与公事有关系，所以大家有时候也能由小赵的口中讨得些政治消息。小赵回来的前两天中，都被大众这种希冀与探听给包围住：虽然向老李笑了笑，歪了歪头，可是还没得工夫正式来讨伐。老李等着，好似一个大闪过去，等着霹雳。

应当先警告太太一声不呢？老李想：矫正她的鞠躬姿势，教给她几句该说的话？他似乎没有这种精神去教导个三十出头的大孩子。再说，小赵与其他同事的一切全是无聊，何必把他们放在心上呢？爱怎样怎样：没意义！他看看太太做饭、哄孩子、洗衣裳，觉得她可怜。自己呢，也寂寞。她越忙，他越寂寞。想去帮助她些，打不起精神。小赵还计划着收拾她！她可怜：越可怜越显着不可爱，人心的狠毒是没办法的！他只能和孩子们玩。孩子们教给他许多有奇趣的游戏法。可是孩子们一黑便睡，他除了看书，没有别的可做。哼哼几句二黄，不会。给她念两段小说？已经想了好几天，始终没敢开口，怕她那个不了解、没热力，只为表示服从的"好吧"。

"我念点小说，听不听？"他终于要试验一下。

"好吧。"

老李看着书，半天没能念出一个字来。

一本新小说，开首是形容一个城，老李念了五六页，她很用心地听着，可是老李知道她并没能了解。可笑的地方她没笑。老李口腔用力读的地方，她没任何表示。她手放在膝上，呆呆地看着灯，好像灯上有个什么幻影。老李忽然地不念了，她没问为什么，也没请求往下念。愣了一会儿："哟，小英的裤子还得补补呢！"走了，去找英的裤子。老李也愣起来。

西屋里马老太太和儿媳妇咯啰咯啰地说话。老李心里说，我还不如她呢，一个弃妇，到底还有个知心的婆婆一块儿说会子话儿。到西屋去？那怎好意思！这个社会只有无聊的规禁，没有半点快乐与自由！只好去睡觉，或是到四牌楼洗澡去？出去也好。"我洗澡去。"披上大衣。

她并没抬头："带点蓝线来，细的。"

老李的气大了：买线，买线，买线，男人是买线机器！一天到晚，没说没笑，只管买线，哪道夫妻呢！

洗澡回来，眉头还拧着，到了院中，西屋已灭了灯，东屋的马少奶奶在屋门口立着呢。看见他进来，好像如梦方醒，吓了一跳的样子，退到屋里去。

老李连大衣也没脱，坐在椅子上，似乎非思索一些什么不可。"她也是苦闷，一定！她有婆母，可是能安慰她吗？不能。在一块儿住，未必就能互相了解。"他看了太太一眼，好像为自己的思想找个确实的证据。"夫妇还不能——

何况婆媳！"他不愿再往下想，没用。喝着酒，落着泪，跟个知己朋友畅谈一番，多么好！谁是知己？没有。就是有，而且畅谈了，结果还不是没用？睡去！

一夜的大风，门摇窗响，连山墙也好像发颤。纸棚呼嘟呼嘟地动，门缝一阵阵地往里灌凉气。什么也听不清，因为一切全正响。风把一切声音吞起来，而后从新吐出去，使一切变成惊异可怕的叫唤着。唰———阵沙子，噭——从空中飞过一群笑鬼。哗哗啦，能动的东西都震颤着。呼——呼——呼——全世界都要跑。人不敢出声，犬停止了吠叫。猛孤丁的静寂，院中滚着个小火柴盒，也许是孩子们一件纸玩具。又来了，噭——呼——屋顶不晓得什么时候就随着跑到什么地方去。老李睡不着。乘着风静的当儿，听一听孩子们，睡得呼吸很匀，大概就是被风刮到南海去也不会醒。太太已经打了呼。老李独自听着这无意识的恼人的风。伸出头来，凉气就像小锥子似的刺太阳穴。急忙缩回头去，翻身，忍着；又翻身，不行。呼——风大概对自己很觉得骄傲、浪漫。什么都浪漫，只有你——老李叫着自己——只有你不敢浪漫。小科员，乡下佬，循规守矩地在雾里挣饭吃。社会上最无聊最腐臭的东西，你也得香花似的抱着，为那饭碗；更不必说打碎这个臭雾满天的社会。既不敢浪漫，又不屑于做些无聊的事。既要敷衍，又觉得不满意。生命是何苦来，你算哪一回？老李在床上觉得自己还不如一粒沙子呢，沙子遇上风都可以响一声，跳一下；自己，头埋在被子里！明天风定了，一定很冷，上街门，办公事，还是那一套！连个浪漫的兴奋的梦都做不到。四面八方都要致歉，自己到底是干吗的？睡，只希望清晨不再来！

二

"老李，你认什么罚吧？"小赵找寻下来。

不必装傻，认罚是最简洁的，老李连说："请吃饭，请吃饭！"

邱先生们的鼻子立刻想象着闻见菜味，把老李围上，正直的吴太极耍了个云手，说："在哪儿吃？"

老李想了会儿："同和居。"心里说："能用同和居挡一阵，到底比叫太太出丑强得多！"

小赵的眼睛，本来不大，挤成了两道缝。"不过，我们要看太太！偷偷地把家眷接来，不到赵老爷这里来报案，你想想吧！"

老李看着吴太极问："同和居怎样？"好像同和居是此时的主心骨似的。

吴太极是无所不可，只要白吃饭，地方可以不拘。可是小赵不干："谁还没吃过同和居？不经我批准，连大碗居谁也不用打算吃上！"吴太极咽了一口气。邱先生——苦闷的象征——和小赵嘀咕了两句，小赵羊灯似的点了点头，然后对老李说："这么办，请华泰大餐馆吧。明天晚六点。吃完了，我们一齐给嫂夫人去请安。这规矩不？有面子不？"

老李连连点头，觉得这一出不至于当场出彩了。

"张顺——给华泰打电话定座！几个？"小赵按着人头数了数，"还有张大哥，就说六七位吧。明天晚六点。提我，不给咱们好房间，不揍死贼兔子们！"嘱咐完张顺，拍了老李的肩膀一下："明天见，还得到所长家里去。"然后对大家说："明天晚六点，不另下帖啦。"想了想，似乎没有什么可操心的了，"张顺，找老王去，拉我上所长家里去。"

"没想到小赵能这样轻轻地饶了我，"老李心中暗喜，"大概他也看人行事，咱平日不招惹他，他怎好意思赶尽杀绝！"

三

五点半老李就到了华泰。

六点半吴先生、邱先生来到。吴先生还是那么正直："我替约了孙先生，一会儿就来。我来得太早了，军人，不懂得官场的规矩。茶房，拿炮台烟。当年在军队里，炮台烟，香槟酒；现在……"吴太极挺着腰板坐下，追想过去的光荣。想着想着，双手比了两个拳式子，好像太极拳是文雅的象征，自己已经是弃武修文，摆两个拳式似乎就是做文官考试的主考也够资格。

张大哥和孙先生一齐来了，张大哥说："干吗还请客？"孙先生是努力地学官话，只说了个"干吗"，下半句没有安排好，笑了一笑。

小赵到七点还没来。

邱先生要了些点心，声明：先垫一垫，恐怕回头吃白兰地的时候肚子太空。老李连半点要白兰地的意思也没有，可是已被邱先生给关了钉儿，大概还是非要不可。

"我可不喝酒，这两天胃口又——"张大哥说。

老李知道这是个暗示，既然有不喝的，谁喝谁要一杯好了，无须开整瓶的，到底是张大哥。

外面来了辆汽车。一会儿，小赵抱着菱，后面跟着李太太和英。菱吓得直撇嘴。见了爸，她有了主心骨，拧了小赵的鼻子一把。

"诸位，来，见过皇后！"小赵郑重地向大家一鞠躬。

她不知怎好，把鞠躬也忘了，张着嘴，一手拉着英，一手在胸下拜了拜。小赵的笑往心中走，只在眉尖上露出一点，非常的得意。

"李太太，张罗张罗烟卷。"小赵把烟筒递给她。她没去接，英顺手接过来，菱过来也抢，英不给，菱要哭。啪，李太太给英一个脖儿拐，英糊里糊涂地只觉得头上发热，而没敢哭，大家都要笑，而故意不笑出来。李太太的新围巾还围着，围得特别得紧；还穿着那件蓝棉袍，没沿边，而且太肥。她看看大家，看看老李，莫名其妙。

"李太太，这边坐！"小赵把桌头的椅子拉出，请她入座。她看着丈夫，老李的脸已焦黄。

救恩又来自张大哥，他赶紧也拉开椅子："大家请坐！"

李太太见别人坐，她才敢坐。小赵还在后边给拉着椅子，而且故意地拉得很远，李太太没留神，差点出溜下去。除了张大哥，其余的眼全盯着她。

大家坐好，摆台的拿过茶单来。小赵忙递给李太太。她看了看，菱——坐在妈旁边——拿过去了。"哟，还有发呢，妈，菱拿着玩吧？"她顺手把茶单往小口袋里放。小赵觉得异常有趣。"开白兰地！"酒到了，他先给李太太斟满一杯，李太太直说不喝不喝，可是立起来，用手拢着杯子。

"坐下！"老李要说，没说出来，咽了口唾沫。

小吃上来，当然先递给李太太，她是座中唯一的女人。摆台的端着一大盘，纸人似的立在她身旁。她寻思了一下："放在这儿吧！"

小赵的笑无论如何憋不住了。

张大哥说了话："先由这边递，茶房；不用论规矩，吃舒服了才多给小账。"他也笑了笑。

菱见大盘子拿走，下了椅子就追，一跤摔在地上，妈妈忙着过来，一边打地，一边说："打地，打，干吗绊我们小菱一跤啊?!"菱知道地该打，而且确是挨了打，便没放声哭，只落了几点泪。

老李的头上冒了汗。他向来不喝酒，可是吞了一大口白兰地。李太太看人家——连丈夫——全端起酒来，也呷了一口，辣得直缩脖子，把菱招得咯咯地笑起来。

菱用不惯刀叉，下了手。妈妈不敢放下刀叉，用叉按着肉，用刀使劲切，把碟子切得直打出溜；爽性不切了，向着没人的地方一劲咽气。

小赵非常的得意。

吴先生灌下两杯酒，话开了河，昔日当军人的光荣与现在练太极拳的成绩，完全向李太太述说一番。她的脸红一阵白一阵，不知说什么好。幸而张大哥问了她几句关于房子与安洋炉的事，她算是能找到相当的答对。孙先生也要显着和气，打着他自己认为是官话的话向她发问，她是以为孙先生故意和她说外国话，打了几个岔，脸红了几阵，一句也答不出。孙先生心中暗喜，以为李太太不懂官话。

老李像坐着电椅，浑身刺闹得慌。幸而小英在一旁问这个问那个，老李爽性不往对面看，用宰牛的力气给英切肉。

小赵要和老李对杯，老李没有抬头，两口把一杯酒喝净。小赵回头向李太太："李太太。先生喝净了，该您赏脸了!"李太太又要立起来。

"李太太别客气，吃鬼子饭不论规矩。"张大哥把她拦住。

她要伸手拿杯子，张大哥又发了话："老吴，你替李太太喝点吧；白兰地厉害，她还得照应着孩子们呢。"

吴太极觉得张大哥是看得起他，"老吴是军人，李大嫂，喝个一瓶两瓶没关系。"一口灌下去一杯，哈了一声，打了个抱虎归山，用手背擦了擦嘴。还觉得不尽兴，"老李，替了李太太一杯，咱俩得一对杯，公道不公道? 请!"没等老李说什么，他又干了一杯，紧跟着，"开酒！"

老李没说什么，也干了一杯。

四

怎么到了家，老李不知道，白兰地把他的眼封上了。一路的凉风叫他明白过来，他看见了家，也看见了张大哥。看见张大哥，他的怒气借着酒气冲了上来。但是他无论如何不能向张大哥闹气，张大哥不能明白他——没有人能明白他！怒气变为伤心，多少年积蓄下的眼泪只待总动员令。他咧着大嘴哭起来。英和菱吓得不知道怎好，都藏在妈妈的身旁。妈妈没吃饱，而且丢了脸，见丈夫哭，自己也不由得落泪。

张大哥由着老李哭，过去劝李太太："大妹妹，不用往心里去，这算不了什么！那群人专会掏坏，没有正经的。再遇上他们的时候，我告诉您，大妹妹，不管三七二十一，和他们嘴是嘴，眼是眼，一点别饶人，他们管保不闹了；您越怕，他们越得意。"

"不是呀，大哥，您看我，我不惯那么着呀，我哪斗得过几个大老爷们呀！"她越想越觉伤心，也要哭出声来。

"大妹妹，别，看吓着孩子们！"

李太太一听吓着孩子，赶紧把泪往肚子里咽。擤了把鼻子，委委屈屈地说："大哥您看，那个姓赵的来了，我不认识他，怎能和他走呢？可是他同丁二爷一块来的，我——"

"噢，丁二爷？"

"是呀，我认识丁二爷，小赵说什么，丁二爷都点头，我干吗再多心呢？他又都说得有眉有眼！他说您大兄弟请了女客，叫我去陪陪，我心里就想，要是不去，岂不叫您大兄弟不愿意？我还留了个心眼，到西屋问了问马老太太，老太太也认识丁二爷，说，去就去吧。及至到了那里，我一看并没有女客，就瞪了眼！没看见过这么坏的人，没看见过！"

张大哥觉得她说了这一片，也当够解气的了，又过来劝老李："老李，你睡去吧，这不算什么，小赵的坏，何必跟他生气？！"

老李连大气也没出，不便于说什么，张大哥不懂。

这个工夫，马老太太进来了。李太太走后，婆媳们又不放心了，念叨了一晚上。可是他们回来了，老李又哭起来，老太太莫名其妙。听见老李住了声才敢过来："张先生，怎回事呀？"

"老李被同事们起哄灌醉了。您还没歇着哪，老太太？"

"没哪，她们娘儿三个走后，我又不放心了，直提心吊胆的一大晚上！"

"老李呀，你睡去，我该走了，明天见。"张大哥似乎有把这一案交给马老太太撕掳的意思。

老李没有要送出张大哥的意思，可是似乎是出于习惯，不由得立起来。张大哥怕他再晃摇得吐了，拦住了他。

马老太太和李太太说了几句也回到西屋去。李太太抱着菱上床去落泪。

老李坐在火旁，喝了一大壶开水，心中还觉得渴。头发紧，一声不语，心中烧着个没有火苗的闷火。他没有和李太太闹气的意思，虽然她是出了丑。他恨自己。为什么请小赵们吃饭？只为透着和气？不，为是避免太太出丑；可是终于是出了丑，而且是花了许多的钱！为什么怕太太出丑？跟小赵硬硬的，不请客，不请！小赵能把我怎样了？我的太太就是那样，就是那样！干什么想回避藏躲？自己，自己根本是腐朽社会意见的化身，不敢和无聊、瞎闹硬碰一碰，自己不算个人，没有人气！为什么不端起酒杯，对准了泼在小赵脸上？或是捏着小赵的鼻子灌他一杯醋？只会自己生闷气，不敢正眼看自己的太太！老觉得自己是个新人物，有理想，却原来是地道的怯货，不敢向小科员们说半个错字，不敢不给他们做开心的资料！

老李恨小赵不似恨张大哥那么深。对小赵，他只恨自己为什么不当场叫他吃点亏，受点教训，对张大哥，他没办法。这场玩笑，第一个得胜的是小赵，第二个是张大哥。看张大哥多么细心周到，处处替李太太解围，其实处处是替小赵完成这个玩笑。为什么张大哥不直接地拦阻小赵？或是当场鼓动我或太太和小赵，嘴是嘴，眼是眼？张大哥哪敢那么办！他承认小赵的举动是对的，即使不是完全有分寸的。他承认李太太是该被人戏弄的，不过别太过火。那位二妹妹的丈夫，托人情考中了医生，还要托人情免了庸医杀人的罪名，这是张大哥的办法！任着小赵戏弄英的妈，而从中用好像很圣明的方法给她排解，好叫她受尽嘲笑，这是他的办法！他叫我接来家眷！

张大哥不敢得罪任何人，可是老李——他叫着自己——你自己呢？根本是和他一个模子刻出来的！你自己总觉得比张大哥高明，其实你比他还不济！假如有人戏弄张大嫂？张大哥也许有种不得罪人的办法替她解围。老李你呢？没有任何办法！小赵是什么东西？可是你竟自不敢得罪他。小赵替狗粪样的社会演活动电影，你自己老老实实地给他做演员！还说什么理想、革命，打倒无聊的社会规俗！哈，哈！

太太，自然是不高明。为什么把她接来，那么，谁把她接来的？就不敢像马老太太的儿子那样浪漫，连那样想想也不敢！你一辈子只会吃社会的屎！既然接来，为什么要藏藏躲躲？为什么那件蓝棉袍就不宜于上东安市场？为什么她就见不得小赵？

老李的闷火差不多把自己要烧裂了。越想头越疼，渐渐地他不能再清楚地思想了。

第九章

一

老李醒得很早，不敢再睡。起来，用凉水抹了抹脸，凉得透骨，可是头觉得轻松些。好歹穿齐了衣裳，上了街。街上清冷，有几个行人都缩着脖子，揣着手，鼻子冒着热气，走得很快。上哪里去？随便走吧。不思索什么，张大哥、小赵、吴太极，全不值得一想；在街上走，好了，走到哪儿是哪儿。几片胭脂瓣色的薄云横在东方，颇有些诗意：什么是诗意？哦，到了单牌楼。一家小牛奶铺已经挂出招牌，房沿那溜微微有些不很明的阳光。进去，吃了碗牛奶、半块点心，胃中有些发痛。再绕几步，干脆上衙门去，早早地，倒叫小赵看看我并不怕他。昨天为什么不惩治他一顿？绕了个大圈，腿已有些发酸，到了那个怪物衙门。办公室里还没有生火，坐下等着，老李是不会张顺李顺瞎喊的，好在科员们不喊，工友也不来，正好独自静坐一会儿。

坐了好久，连个鬼魂也没露面。忽然工友们像见了妖精，忙成一团，所长到了。"有人来了没有？有人没有？"所长连喊。

"二科的李先生来了。"七八个嘴一致地回答。

"请，请，到所长室去！"

老李到了所长室，所长似乎并不认识他，虽然老李在他手下已经小二年。所长有件十万火急的公事要顿时办好，他自己带到天津去。老李对公事很熟习，婆婆慢慢地开始动笔。所长在屋里喝茶、咳嗽、擦脸，好像非常的忙，而确是不忙。所长的脸像块加大的洋钱，光而多油，两个小豆眼。一个极大的肚子，小短腿，滚着走似乎最合适。

老李把公事办好，递给了所长，所长看完了公事，用小豆眼像检定钞票似的看了老李一眼。"李先生为什么来这么早？"老李自然不好意思说在家中闹了气，别的话一时也想不起，手心发了汗。工友们平日对老李正如所长对他那么冷淡，今天见李科员在御前办了公事，立刻增了几倍敬意，一个资格较老的代老李回答："李科员先生天天来得很早，是。"

所长转了转小豆眼，点了点头："好吧，李先生回来告诉秘书长，我到天津去，有要事打电话好了，他知道我的地点。"所长说罢，肚子似有动意，工友们知道所长要滚，争着向外飞跑。街门外汽车嘟嘟地响起来，给清冷的早晨加上一点动力。所长滚出来，爬进车去，呼———阵尘土，把清冷的街道暂时布下个飞沙阵。

小赵预备着广播李太太的出丑，一路上已打好了草稿，有枝添叶必使同事们笑得鼻孔朝天。哪知道，工友们也预备下广播节目：所长怎么带着星光就来了，而李科员一手承办了天大的公事，所长和李科员谈了好大好大半天，一边说一边转那对豆眼——谁也知道所长转眼珠是上等吉卦。小赵刚一进衙门，他的文章还没开口，已经接到老李的好消息。他登时改了态度，跑到科里找老李。"我说，老李，所长真是带着星星就来了吗？"

"不过早一点罢了。"老李不便于说假话，可是小赵不十分相信，而且觉得老李的劲儿有点傲慢。

"办什么公事来着?"

老李告诉了他,并且拿出原稿给他看。小赵看不出公事有多大重要,可是觉得老李的态度很和平日不同。"说,老李,你和所长怎么个认识?"

"我? 所长没到任,我就在这儿,他来了不知为什么没撤我的差。"

"噢!"小赵心里说,"天下还有那么便宜的事! 单说所长太太手里就还有三百多人,会无缘无故地留下你! 老李这小子心里有活,别看他傻头傻脑的。"然后对老李:"我说,老李,所长没应下你什么差事呀?"

"办一件公事有什么了不得的?"老李心中非常地讨厌小赵,可是到底不能不回答他。

"老李,大嫂昨天回家好呀,没骂我?"

"哪能呢? 她开了眼,乐得直并不上嘴!"老李很奇怪自己,居然能说出这样漂亮的话来。

小赵心里更打了鼓,老李不但不傻,而且确是很厉害。同时,他要是和所长有一腿的话,我不是得想法收拾他,就得狗着他点,先狗他一下试试:"老李,今天晚上我还席,可得请大嫂子一定到。我去请几位太太们:谁瞎说谁是狗!"

老李讨厌请客,更讨厌被请。不过,为和小赵赌气,登时答应了,心里说:"小子,你敢再闹,不剥了你的皮!"

回家和太太一说,她登时瞪了眼。她本来预备着老李回来和她大闹一场,因为虽然自己确是没吃过洋饭,可是出丑到底是出丑。丈夫一清早就出去了! 丈夫回来,并没向她闹气,心中安顿了一些,虽然是莫名其妙。听到又有人请客,而且还是小赵,泪当时要落下来——这一定是丈夫想用这种方法惩治我,再丢一回脸,而且还是小赵,泪当时要落下来——这一定是丈夫想用这种方法惩治我,再丢一回脸,而后二归一,和我总闹一回!

老李是不惯于详细的陈说,话总是横着出来,虽然没意思吵嘴。于是两下不来台。

"我不能再去,还是那群人,昨晚上还没把人丢够,再找补上点是怎着?"

李太太的脸都气白了。

"正是因为那个，才必须去，叫他们看看到底那些坏招儿能不能把谁的鼻子擦了去！"

"自然不是你的鼻子！"

"我叫你去，你就得去；还有太太们呢！"

"不去定了，偏不去！"

老李知道这非闹一阵不可了。可是有什么意思呢？况且，犯得上和小赵赌气吗？赌过这口气又怎样？算了吧，爱去不去，我才不在乎呢！正在这么想着，小英发了话：

"妈，咱们去！今个要再吃那大块肉啊，我偷偷地拿回把叉子来，多么好玩！"

老李借这个机会，结束了这个纷争："好了，英去，菱去，妈妈也去。"

太太没言语。

"我五点回来，都预备好了。"

太太没言语。

五点，老李回来，心里想，太太准保是蓬着头发散着腿，一手的白面渣儿。还没到街门，看见英、菱、马老太太都在门口站着呢。两个孩子都已打扮好。

"老太太，昨个晚上没——"老李找不到相当的字眼向她致歉。

"没有，"老太太猜着了他应当说什么，"今天又出去吃饭？"

"是，"老李抱起菱来，"没意思！"

"别那么说，这个年头在衙门里做事，还短得了应酬？我那个儿——"老太太不往下说了，叹了口气。

李太太也打扮好了，穿着件老李向来没看见过的蓝皮袍，腰间瘦着一点，长短倒还合适，设若不严格地挑剔。

"马大妹妹借给我的，"李太太说，赶紧补了一句，"你要是不——我就还穿那件棉袍去。"

"那天买的材料为什么还不快做上？"

问题转了弯，她知道不必把皮袍脱下来，也没回答丈夫的发问，大概不是三言两语所能说明的。

她的头梳得特别的光，唇上还抹了点胭脂，粉也匀得很润，还打得长长的眉毛，这些综合起来叫她减少了两岁在乡间长成的年纪。油味，对于老李，也有些特别。

"东屋大妹妹给我修饰了半天。"李太太似乎很满意。

为什么由坚决不去赴宴，改为高高兴兴地去，大概也与大妹妹有关系，老李想到，不便再问。

"马奶奶看家，大婶看家，我们走了。"李太太不但和气，语声都变得温婉了些，大概也是受了大妹妹的传染。

小赵请的是同和居。他们不必坐车，只有那么几步！可是这么几步，英也走了一脚尘土，一边走一边踢着块小瓦片，被爸说了两句，不再踢了，偷偷地将瓦片拾起藏在口袋里。

二

怪不得吴太极急于纳妾。吴太太的模样确是难为情：虎背熊腰，似乎也是个练家子，可是一对改组脚，又好像不能打一套大洪拳——大概连太极都得费事。横竖差不多相等，整是一大块四方墩肉，上面放着个白馒头，非常的白，仿佛在石灰水里泡过三天，把眼皮、鼻尖、耳唇都烧红了，眉毛和头发烧剩下不多。眉眼在脸上的布置就好像男小孩画了个人头轮廓，然后由女小孩把鼻眼等极谨慎地密画在一处，四围还余着很宽的空地，没法利用。眼和耳的距离似乎要很费些事才能测定。说话儿可是很和气，像石灰厂掌柜的那样。

吴太极不敢正眼看太太，专看着自己的大拳头，似乎打谁一顿才痛快。

邱先生的夫人非常文雅，只是长相不得人心。瘦小枯干，一槽上牙全在唇外休息着。剪发，没多少头发。胸像张干纸板，随便可以贴在墙上。邱先生对太太似乎十分尊敬，太太一说话，他赶紧看众人的脸上起了什么反应。太太说了句俏皮话，他巡视一番，看大家笑了，他赶快向太太笑一笑，笑得很闷气。

孙先生的夫人没来。他是生育节制的热烈拥护者，已经把各种方法试行了三年，太太是一年一胎，现在又正在月子里。做科员而讲生育节制，近于大逆不道。可是孙先生虽"讲"而不伤于子女满堂，所以还被同事们尊敬，甚至于引起无后的人们的羡慕："子女是天赐的，看人家孙先生！"

倒还是张大嫂像个样子，服装打扮都合身份与年纪。

小赵的太太没来——不，没人准知道他有太太没有。他自己声明有个内助，谁也没看见过。有时她在北平，有时她在天津，有时她也在上海，只有小赵知道。有人说，赵太太有时候和赵先生在一块住，有时候也和别人同居；可是小赵自己没这样说，也就不必相信。

有太太们在座，男人们谁也不敢提头天晚上的事，谁也没敢偷着笑李太太一下；反之，大家都极客气地招待她和两个小孩。

老李把各位太太和自己的比较了一下，得到个结论：夫妻们原来不过是那么一回事，"将就"是必要的；不将就，只好根本取消婚姻制度。可是，取消婚姻制度岂不苦了这些夫人，除了张大嫂，她们连一个享受过青春的也没有，都好像一生下来便是三十多岁！

方墩的吴太太、牙科展览的邱太太、张大嫂和穿着别人衣裳的李太太，都谈开了。妇女彼此间的知识距离好似是不很大：文雅的大学毕业的邱太太爱菱的老虎鞋，问李太太怎样做。方墩太太和张大嫂打听北平的酱萝卜属哪一家的好。张大嫂与乡下的李太太是彼此亲家相称。所提出的问题都不很大，可是彼此都可以得些立刻能应用的知识与经验，比苏格拉底一辈子所讨论的都有意思得多。据老李看，这些细小事儿也比吴先生的太极拳与纳妾、小赵的给所长太太当差、张大哥的介绍婚姻更有些价值。而且女人们——特别是这些半新不旧的妇道们——只顾彼此谈话，毫不注意她们的丈夫，批评与意见完全集中在女人与孩子们，决牵涉不到男人身上；男人们一开口就是女的怎样，讨厌！老李颇有些羡慕与尊敬女人的意思，几乎要决定给太太买一件皮袍。

饭吃得很慢，谁也没敢多喝酒，很有礼貌。吴太极虽然与张大哥坐一处，连一个"妾"字也没敢说。孙先生也没敢宣传生育节制的实验法，只乘着机会练习了些北平的俗语，如"猪八戒照镜子，里外不是人"之类。小赵本想打几句哈哈，几次刚一张嘴，被文雅的邱太太给当头炮顶了回去。邱先生本要给太太鼓掌，庆祝胜利，被太太的牙给吓老实了——邱太太用当头炮的时候，连下边一槽牙也都露出来，颇有些咬住耳朵不撒嘴的暗示。老李觉得生命得到了平衡，即使这几位太太生下来便是三十多岁，也似乎没大关系。

饭后，太太们交换住址，规定彼此拜访的日期，亲热得好似一团儿火。

三

过了两天，老李从衙门回来，看太太的脸上带着些不常见的笑容，好像心中有所获得似的。"吴太太来了。"她说。

他点点头，心里说："方墩！"

"吴太太敢情也不省心呀？"她试着路儿说。

"怎么？"

"吴先生敢情不大老实呢！"

老李哼了一声。男人批评别人的太太，妇人批评自己的丈夫！

"他净闹娶姨太太呢，敢情！吴太太多么和气能干呀，还要姨太太干吗？"

老李心中说："方墩！"

"你可少和吴先生在一块打联联。"

啊，有了联盟！男人不专制，女人立刻抬头，张大哥的天秤永远不会两边同样分量，不是我高，便是你低，不会平衡！

"我和他有什么关系呢？"

"我是这么说，吴太太说男人们都不可靠。"

"我也不可靠？"

"没你的事，她不过那么说说，你就值得疑心？"话虽然柔和，可是往常她就不敢这样说。

老李想嘱咐她几句，不用这么拉老婆舌头，而且有意要禁止她回拜方墩太太去，可是没说出来。对于尊敬妇女的意思，可是，扣除了个干干净净。男女都是一样，无聊，没意义，瞎扯！婚姻便是将就，打算不将就，顶好取消婚姻制度。家庭是个男女、小孩、臭虫、方墩样的朋友们的一个臭而瞎闹的小战场！老李恨自己没胆气抛弃这块污臭的地方！只是和个知己——不论是男是女——谈一谈才痛快。哪里去找？家庭是一汪臭水，世界是片沙漠！什么也不用说，认命！

四

李太太确是长了胆子。张大嫂，吴方墩，邱太太，刚出月子的孙太太，组成了国际联盟，马家婆媳也是会员国。她说话行事自然没有她们那样漂亮，那样多知多懂，那样有成见，可是傻人有个傻人缘。况且因为她，她们才可充分表示怜爱、辅助、照管、指导的善意，她是弱小国家，她们是国联行政院的常务委员。她们都没有像英和菱这样的孩子，张大嫂的儿女已长大，孙太太的又太小，邱太太极希望得个男孩，可是纸板样的身体，不易得个立体的娃娃；只就这两个小孩发言立论，李太太就可以长篇大论，振振有词。邱太太虽是大学毕业，连生小孩怎样难过的劲儿都不晓得，还得李太太讲给她听。还有，她来自乡间，说些庄稼事儿，城里的太太觉得是听鼓儿词。邱太太就没看见过在地上长着的韭菜。

依着马少奶奶的劝告，李太太剪了发，并没和丈夫商议。发留得太长，后边还梳上两个小辫。吴方墩说，有这一对小辫可以减少十岁年纪，老李至少也得再迟五年才闹纳妾。可是老李看见这对小辫直头疼，想不出怎样对待女人才好；还是少开口的为是，也就闭口无言。可是夫妻之间闭上嘴，等于有茶壶茶碗，而没有茶壶嘴，倒是倒不出茶来，赶到憋急了，一倒准连茶叶也倒出来，而且还要洒一桌子。老李想劝告她几句："修饰打扮是可以的，但是要合身份，要素美；三十多岁梳哪门子小辫？"这类话不好出口，所以始终也没说，心里随时憋得慌。况且，细咂这几句的味道，根本是布尔乔亚，老李转过头来看不起自己。看不起自己自然不便再教训别人。

对于钱财上，她也不像原先那样给一个就接一个、不给便拉倒，而是时时向丈夫咕唧着要钱。不给妻子留钱，老李自己承认是个过错，可是随时的索要，都买了无用的东西，虽然老李不惜钱，可也不愿看着钱扔在河里打了水漂儿。谁说乡下人不会花钱？张家、吴家，李太太常去，买礼物，坐来回的车……回来并不报告一声都买了什么，而拉不断扯不断地学说方墩太太说了什么、邱太太又做了什么新衣裳。老李不愿听，正和不愿听老吴、小赵们的扯淡一样。在衙门得听着他们扯，回家来又听她扯，好像嘴是专为闲扯长着的。况且，老李开始觉到钱有点不富裕了。

更难堪的是她由吴邱二位太太学来些怎样管教丈夫的方法。方墩太太的办法是：丈夫有一块钱便应交给太太十角；丈夫晚上不得过十点回来，过了十时锁门不候。丈夫的口袋应每晚检查一次，有块新手绢也当即刻开审——这个年月，女招待、女学生、女理发师、女职员、女教习，随时随处有拐走丈夫的可能。邱太太的办法更简单一些，凡有女人在，而丈夫不向着自己太太发笑，咬！

果然有一天，老李十一点半才回来，屋门虽没封锁，可是灯熄火灭，太太脸朝墙假睡，是假睡，因为推她也不醒嘛！老李晓得她背后有联盟，劝告是白饶，解释更显着示弱，只好也躺下假睡。身边躺着块顽石，又糊涂又凉，石块上边有一对小辫，像用残的两把小干刷子。"训练她？张大哥才真不明白妇女！'我'现在是入了传习所！"老李叹了口气。有心踹她一脚，没好意思。打个哈欠，故意有腔有调地延长，以便表示不困，为是气她。

老李睡不着，思索：不行，不能忍受这个！前几天的要钱、剪发、看朋友去，都是她试验丈夫呢；丈夫没有什么表示，好，叫她抓住门道。今个晚上的不等门是更进一步的攻击，再不反攻，她还不定怎么成精作怪呢！在接家眷以前，把她放在糊涂虫的队伍中；接家眷的时候，把她提高了些，可以明白，也可以糊涂；现在，决定把她仍扣发回原籍——糊涂虫！原先他以为太太与摩登妇女的差别只是在那点浮浅的教育；现在看清，想拿一点教育补足爱情是不可能的。先前他以为接家眷是为成全她，现在她倒旗开得胜，要把他压下去。她的一切都讨厌！半夜里吵架，不必：怕吓住孩子们。但是不能再和这块顽石一块儿躺着。他起来摸着黑点上灯，掀了一床被子，把所有的椅子全搬到堂屋拼成一个床，把大衣也盖上。躺了半天，屋里有了响动。

"菱的爹，你是干吗呀？"她的声音还是强硬，可是并非全无悔意。

老李不言语，一口吹灭了灯，专等她放声痛哭：她要是敢放声的嚎丧，明天起来就把她送回乡下去！

太太没哭。老李更气了："皮蛋，不软不硬的皮蛋！橡皮蛋！"心里骂着。

小说里，电影里，夫妇吵架，而后一搂一吻，完事，"爱与吵"。但是老李不能吻她，她不懂，没有言归于好的希望。爱与吵自然也是无聊，可是到底还有个"爱"。好吧，我不爱，也不吵：顽石，糊涂虫！

"你来呀，等冻着呢！"她低声地叫。

还是不理，只等她放声的哭。"一哭就送去，没二句话！"老李横了心，觉得越忍心越痛快。半夜里打太太的人，有的是，牛似的东西还不该打！

"菱的爹！"她下了床，在地上摸鞋呢。

老李等着，连大气也不出。街上过去两次汽车，她的鞋还没找着。

"你这是干吗呢？"她出来了，"我有点头疼，你进来我没听见，真！"

"不撒谎不算娘们！"他心里说。

"快好好地去睡，看冻着呢！洋火呢？"她随问随在桌子上摸，摸到了洋火，点上灯，过来掀他的被子。"走，大冷的天！"

老李的嘴闭得像铁的，看了她一眼。她不是个泼妇，她的眼中有点泪。两个小辫撅撅着，在灯光下，像两个小秃翅膀。不能爱这个妇人，虽然不是泼妇。随着她进了屋里，躺下。等着她说话，她什么也没再说。又睁了半天眼，想不出什么高明招数来，赌气睡了。

第十章

一

旧历年底。过年是为小孩，老李这么想，成人有什么过年的必要？给英们买来一堆玩具，觉得尽了做父亲的责任，新年自然可以快乐地过去。

李太太看别人买东道西，挑白菜，定年糕，心里直痒痒，眉头皱得要往下滴水。

老李看出来，成人也得过年；不然，在除夕或元旦也许有悬梁自尽的。给了太太二十块钱。"你爱买什么就买什么，把钱都给了狗也好。"心里说。

赶上个星期天，他在家看孩子，太太要大举进攻西四牌楼。

马老太太也提着竹篮，带着十来个小罐，去上市场收庄稼。

老李和英们玩开了。菱叫爸当牛，英叫爸当老虎。爸觉得非变成走兽不可，只好弯着身来回走，菱粗声地叫着。

"菱，"窗外细声地叫，"菱，给你这个。"

"哎——"菱像小猫娇声低叫似的答应了声，开开门。

老李急忙恢复了原形。马少奶奶拿着一个鲜红的扁萝卜，中间种好一个鹅黄的白菜心，四围种着五六个小蒜瓣，顶着豆绿的嫩芽。"嗳，大哥在家哪？大嫂子呢？"她提着那个红玩意，不好意思退回去。

"她买东西去了，"老李的脸红了，咽了口气，才又说出来，"您进来！"

她不愿进去，可是菱扯住她不放，英也上来抱住腿。

老李这才看明白她，确是好看！不算美，好看。浑身上下没有一处不调匀、不轻巧。小小的身量，像是名手刻成的，肩头、腿肚，全是圆圆的。挺着小肉脊梁，项与肩的曲线自然、舒适、圆美。长长的脸，两只大眼睛，两道很长很齐的秀眉。剪着发，脑后也扎了两个小辫——比李太太的那两个轻俏着一个多世纪！穿着件半大的淡蓝色皮袍，自如，合适，露着手腕。一些活泼、独立、俊秀的力量透在衣裳外边，把四围的空气也似乎给感应得活泼舒服了，像围着一个石刻杰作的那点空气。不算美，只是这点精神力量使她可爱。

老李把她看得自己害了羞！她往前走了两步，全身都那么处处活动，又处处不特别用力地，不自觉而调和地，走了两步。不是走，是全身的轻移。全身比那张脸好看得多。"我把这个挂在哪儿，英？"她高高地提着那个萝卜。"不是拿着玩的，挂起来，赶明儿白菜还开小黄花呢。"她对英们说，可是并没故意躲避着老李。

"叫爸顶着！"英出了主意。

老李笑了。马少奶奶看了看，没有合适的地方，轻轻把萝卜放在桌上："我还有事呢。"说着就往外走。

"玩玩，玩玩！"菱直央告。

老李急于找两句话说，想不出。忽然手一使劲，来了一句："您娘家贵姓呀?"不管是否显着突乎其来,反正是一句话。她没吓一跳,唇边起了些笑意,并说:"姓黄。"那些笑意好似化在字的里边,字并不美,好听。

"不常回娘家?"他似乎好容易抓到一点,再也不肯放松。

"永远不回去,"她拍着菱的头发说,"他们不许我回去。"

"怎么?"

她又笑了笑,可是眉头皱上了些:"他们不要我啦!"

"那可太——"老李想不出太怎么来。

"菱,来,跟我玩去。"她拉着菱往外走。

"我也去!"英抱起一堆玩物,跟着往外走。

她走到门口,脸稍微向内一偏,微微一点头。老李又没想起说什么好。

他独自看着那个红萝卜,手插在裤袋里,"为什么娘家不要她了呢?"

二

李太太大胜而归。十个手指头没有一个不被麻绳杀成了红印的,双手不知一共提着多少个包儿。鼻尖冻得像个山里红,可是威风凛凛,屋门就好似凯旋门。二十块只剩了一毛零俩子儿,还没打酱油、买羊肉和许多零碎儿。老李不便说什么,也没夸奖她。她专等丈夫发问,以便开始展览战利品,他始终没言语。她叹了口气说:"羊肉还没买呢!"他哼了一声。

老李心中直责备自己:为什么不问她两句,哪怕是责备她呢,不也可以打破僵局吗?可是只哼了一声!他知道他的心是没在家,对于她好像是看过两三次的电影片子,完全不感觉趣味。

丁二爷来了,来送张家给干女儿的年礼。英们一听丁二大爷来了,立刻倒戈,觉得马婶娘一点也不可爱了,急忙跑过来,把玩意全放在丁二大爷的怀里。丁二爷在张大哥眼中是块废物,可是在英们看,他是无价之宝。

老李对丁二爷没什么可说的。可是太太仿佛得着谈话的对手。她说的,丁二爷不但是懂得,而且有同情的欣赏。

"天可真冷!"她说。

"够瞧的!滴水成冰!年底下,正冷的时候!"他加上了些注解。

"口蘑怎那么贵呀！"李太太叹息。

"要不怎么说'口'蘑呢，贵，不贱，真不贱！"丁二爷也叹息着。

老李要笑，又觉得该哭。丁二爷是废物，当然说废话，可是自己的妻子和废物谈得有来有去的！打算夫妇和睦，老李自己非也变成个丁二爷不可，可是谁甘于做废物、说废话！"您坐着，我出去有点事。"老李抓起帽子走了出去。他走后，太太把买来的东西全和丁二爷研究了一番，他给每件都顺着她的口气加上些有分量的形容：很好，真便宜，太贵……李太太越说越高兴，以为丁二爷是天下唯一能了解她的人。英们也爱他。英说："二大爷当牛！"二大爷立刻说："当牛，当牛，我当牛！"菱说："二大，举菱高高！"二大立刻把她举起来："举高高，举菱高高！"把二大爷和爸比较起来，爸真不能算个好玩的人。英甚至于提议："二大爷，叫爸当你的爸，你呀当我们的爸，好不好？"二大爷很高兴，似乎很赞成这种安排法。妈妈也不由得这样想：设若老李像丁二爷，那要把新年过得何等快活如意！可惜，丁二爷不会挣钱，而老李倒是个科员——科员自然是要难伺候一些的。

老李没回来吃午饭。太太心中嘀咕上了。莫非他还记恨着那天晚上的碴儿？也许嫌我花银太多，还是讨厌丁二爷？她看见了那个扁红萝卜。"这是哪儿来的？"

"东屋大婶给送来的。"英说。

"我上街的时候，她进来了？"

菱抢在英的前面："妈去，婶来，爸当牛。"

"噢！"天大的一个"噢"！一日夫妻百日恩，他不能还记恨着我。丁二爷是好人。花钱，男人挣钱不给太太花，给谁？给养汉老婆花？其中有事！人家老婆不在家，你串哪家子门儿呀？你的汉子不要你，干吗看别人的汉子眼馋呀？李太当时决定，把东屋的野老婆除名，不能再算国联的会员国，而且想着想着出了声："英，菱。"声音不小，含有广播的性质。"英，少上人家屋里去！自己没有屋子吗？听见没有？小不要脸的！撞什么丧，别叫我好说不好听的胡卷你们！"

英和菱瞪了眼，不知妈打哪里来的邪气。

李太太知道广播的电力不小，心中已不那么憋得慌。把种着鹅黄色菜心的红萝卜一摔，摔在痰盂里，更觉得大可以暂告一段落。

三

老李是因为躲丁二爷才出去，自然没有目的地。走到顺治门，看了看五路电车的终点，往回走。走到西单商场又遇上了丁二爷。丁二爷浑身的衣裳都是张大哥绝对不想再留着的古玩，在丁二爷身上说不清怎么那样难过，棉袍似秋柳，裤子像莲蓬篓，帽子像大鲜蘑菇，可是绝对不鲜。

老李忽然觉得这个人可怜。或者是因为自己觉得饿与寂寞，他莫名其妙地说了句："一块去吃点东西怎样？"

丁二爷咽了口气，而后吐出个"好"！

在商场附近找了家小饭馆。老李想不起要什么好，丁二爷只向着跑堂的搓手，表示一点主张也没有。

"来两壶酒？"跑堂的建议。

"对，两壶酒，两壶，很好！"丁二爷说。

其余的，跑堂建议，二位饭客很快地通过议案。

老李不大喝酒，两壶都照顾了丁二爷。他的脸渐渐地红上来，眼光也充足了些，腮上挂上些笑纹，嘴唇咂着酒味动了几次，要说话，又似乎没个话头儿。看了老李一眼，又对自己笑了笑，口张开了："两个小孩真可爱，真的！"

老李笑着一点头。

"原先我自己也有个胖男孩，"丁二爷的眼稍微湿了点，脸上可是还笑着，"多年了。"他的眼似乎看到很远的过去，"多年了！"他拿起酒盅来，没看，往唇上送，只有极小的一滴落在下唇上。把盅子放下，用手捂着，愣了半天，叹了口气。

老李招呼跑堂的，再来一壶；丁二爷连说不喝了，可是酒到了，他自己斟满，呷了一口，"多年了！"好像他心中始终没忘了这句。"李先生，谢谢你的酒饭！多年了！"他又喝了一口。"妇女，妇女，"他脸上的笑容已经不见，眼直看着酒盅，"妇女最不可靠，最不可靠，您不恼丁二，没出息的丁二，白吃饭的丁二，这么说？"

老李觉着不大得劲，可是很愿听听他说什么，又笑了笑："我也是那么看。"

"啊！丁二今天遇见知己：喝一口，李先生！我说妇女不可靠，看我这个样，看！都因为一个女人，多年了！当年，我也曾漂亮过，也像个人似的。娶了亲，哼！她从一下轿就嫌我，不知道为什么，很嫌我！我怎么办？给她个下马威，哼！她连吃子孙饽饽的碗都摔了。闹吧，很闹了一场。归齐，是我算底①。丁二是老实人，很老实！她看哪个男人都好，只有我不好！谁甘心当王八呢？但是——喝一口，李先生。但是，我是老实人。三年的工夫，我是在十八层地狱里！一点不假，第十八层！打，我打不了，老实，真老实！我只能一天到晚拿这个。"他指了指酒盅，"拿这个好歹凑合着度过一天，一月，一年，一共三年！很能喝点，一斤二斤的，没有什么。"他笑了笑，似乎是自豪，又像是自愧。

老李也抿了一口酒，让丁二爷吃菜，还笑着鼓舞着丁二往下说。

"事情丢了，谁要醉鬼呢？从车上翻出来，摔得鼻青脸肿；把刚开的薪水交给要饭的；把公事卷巴卷巴当火纸用；多了，真多，都是笑话。可是醉卧在洋沟里，也比回家强！强得多！自己的胖小子，就不许我逗一逗，抱一抱；还有人说，那不是我丁二的儿子！她要是把孩子留下，她自己干脆跑了，丁二还能把酒一断，成个人。她不跑，及至她把我人和钱全耗净，我连一件遮身的大衫都没有了，她跑了，带着我的儿子！我还有什么活头呢？有人送给我一件大衫，我也把它卖了，去喝酒。张大哥从小店里，把我掏了出来，我只穿着半截裤子，腊月天，小店里用鸡毛蒜皮烧着火！我忘不了她，忘不了我的儿子。她在哪儿呢？干什么呢？我一天到晚，这么些年了，老盼望有封信来——不管是打哪儿来的——告诉我个消息。邮差是些奇怪的人，成天成年给人家送信，只是没有我的。儿子。唉！完了，我丁二算是完了！妇女要是毁人，毁到家，真的！李先生，谢谢你的酒饭！见了张大哥别说我喝酒来着：从一入他的家门，没喝过一滴酒。李先生，谢谢你！"

① 算底：被压在下面，意为失败者。

"你还没吃饱呢?"老李拦住了他。

"够了,真够了,遇见了知己,不饿。多年了,没人听我这一套。天真、秀真小的时候,还爱听我说,现在,他们长大了,不再愿听。谢谢。李先生!我够了。得上街去溜一溜嘴里的酒味,叫张大嫂闻见,了不得,很了不得!"

四

老李心中堵得慌。一个女人可以毁一个或者不止一个男子,同样地,男人毁了多少妇女?不仅是男女个人的问题,不是,婚姻这个东西必是有毛病。解决不了这样大的问题,只好替自己和丁二爷伤心。丁二爷不那样讨厌了。世上原没讨厌的人,生活的过程使大家不快活,不快活自然显着讨厌,大概是这么回事,他想。假如丁二爷娶了李太太,假如自己娶了——就说马少奶奶吧,大概两人的生活会是另一个样子?可也许更坏,谁知道!他上了天桥,没看见一个讨厌的人,可是觉得人人心的深处藏着些苦楚。说书的,卖艺的,唱蹦蹦戏的,吆喝零碎布头的,心中一定都有苦处。或者那听书看戏捧角的人中有些是快活的。可是那种快活必是自私的,家中有几个钱,有个满意的老婆,都足以使他们快活,快活得狭小,没意义,像臭土堆上偶尔有几根绿草,既然不足以代表春天,而且根子扎在臭土堆上,用人生的苦痛、烦恼、不平堆起来的。

回到家中,孩子们已钻了被窝。太太没盘问他,脸上可是带着得意的神气。

李太太确是觉着得意,指槐骂柳地卷了马少奶奶一顿,马少奶奶连个大气也没出。理直的气壮,马少奶奶的理不直,怎能气壮?李太太越想越合理。丈夫回来了,鼻子耳朵都冻得通红,神气也不正,都是马家的小娘们的错儿!丈夫就是有错也可以原谅,那个小不要脸的是坏东西。对丈夫不要说穿,只需眼睛长在他身上,不要叫那个小坏东西得手。况且已经骂了她一顿,她一时也未必敢怎样。保护丈夫是李太太唯一的责任。她想得头头是道,仿佛已经征服了砖塔胡同和西四牌楼一带。对丈夫,所以,得拿出老大姐的气派,既不盘问上哪儿去了一天,并且脸上挂出欢迎他回来的神气,叫他自己去想!

老李以为太太的得意是由于和丁二爷谈得投缘。由她去。可是太太要跟了丁二爷去,自己该怎样呢?谁知道!丁二是可怜的废物。

李太太急于要知道的是马少奶奶有什么表示。设若她们在院中遇见，而马少奶奶的鼻子不是鼻子，眼睛不是眼睛，那便有点麻烦。决不怕她，不过既然住着人家的房，万一闹大发了，叫人家撵着搬家，事儿便闹明，而自己就得面对面地和丈夫见个胜负。虽说丈夫也没什么可怕的，可是男人的脾气究竟是暴的，为这个事挨顿打，那才合不着呢！李太太不怕，稍有点发慌。不该为嘴皮子舒服而惹下是非。再说捉奸要双，哪能只凭一个红萝卜？就是捉奸要双的话，也还没听说过当媳妇的一刀把丈夫和野娘们两个一齐杀死！哪个男人是老实的？可是谁杀了丈夫不是谋害亲夫？越想越绕不过花儿来，一夜没有睡好，两次梦见野狗把年糕偷了走。

第二天，她很想和马少奶奶打个对面。正赶上天很冷，马少奶奶似乎有不出屋门的意思。李太太自己也忙着预备年菜，一时离不开厨房。蒸上馒头之际，忽然有了主意："英，上东屋看看大婶去。"

"昨儿不是妈不准我再去吗？"黑小子的记忆力还不坏。

"那是跟你说玩呢，你去吧。"

"菱也去！"她早就想上东屋去。

"都去吧。英，好好拉着菱。"

两位小天使在东屋玩了有一刻来钟，李太太在屋门口叫："英啊，该家来吧，别紧自给大婶添乱，大年底下的！"

"再玩一会儿！"英喊。

"家来吧，啊？"李太太急于听听马少奶奶的语气。

"在这儿玩吧，我不忙。"马少奶奶非常的和气。

"吃过了饭，大妹妹？"李太太要细细地化验化验。

"吃过了，您也吃了吧？"非常的和蔼，好听。

一块石头落了地："莫非她昨天没听见？"李太太心里说。然后大声地说："你们都好好的，不许和大婶讪脸，听见没有？"

看着蒸锅的热气，李太太心里那块小石头又飞来了。"她不能没听见。也许是装蒜呢，嘴儿甜甘心里辣！也许是真不敢惹我？本来是她不对，就是抓破了脸，闹起来，也是她丢人。二十来岁的小媳妇，没事儿上街坊屋里去找男人！"

这么一想，心中安顿下去，完全胜利！

五

年底末一次护国寺庙会。风不小，老李想庙上人必不多，或者能买到些便宜花草什么的，买些水仙，或是两盆梅花，好减少些屋中的俗气。所谓俗气，似乎是指着太太而言，也许是说张大嫂送来的那副对联，未便分明的指定。

庙上人并不少，东西当然不能贱卖，老李纳闷人们对过年为什么这样热心。大姑娘、小媳妇、痰喘咳嗽的老头子，都很勇敢地出来进去。有些个并不买东西，仿佛专为来喝风受冻吃土看大姑娘。生命大概是无聊，老李想，不然——刚想到这儿，他几乎要不承认他是醒着了，离他不远，正在瓷器摊旁，马少奶奶！他的脸忽地一下热起来。

"走哇，大年底下的别发呆呀！"一个又糟又倔的老头子推了老李一把。

他机械地往前挪了两步，不敢向她走去，又愿走过去。他硬着胆子，迷迷糊糊的，假装对他自己不负责任的，向她走了去。怕他自己的胆气低降，又怕她抽身走开，把怕别的事的顾虑都压下去；不管一切了，去，去，鼓舞着自己；别走，别走，心中对她祷告着！今天就是今天了，打开一切顾忌，做个也还敢自由一下的人！

她仿佛是等着他呢，像一枝桃花等着个春莺。全世界都没有风，没有冷气，没有苦闷了，老李觉得，只有两颗向一处拧绕的心。他们谁也没说什么，一同往庙外走。老李的心跳得很厉害，生命的根源似乎起了颤动，在她的身旁走！她低着头，可是腰儿挺着，最好看的一双腿腕轻移，肩圆圆地微微前后地动，温美地抵抗着、轻视着一切。

他们并没有商议，进了宝禅寺街，比大街上清静些。老李不敢说话——一半是话太多，不能决定先说哪一句；一半是不肯打破这种甜美的相对无语。

可是她说了话："李大哥。"她的眼向前看着，脸上没有一点笑意。"以后你，啊，咱们，彼此要回避着点。我真不愿说，您知道大嫂子骂了我一顿吗？"

"她——"

"是不是！"她还板着脸，"设若你为这个和她吵架，我就不说了！"

"我不吵架，敢起誓！她为什么骂你？"

"那个红萝卜。好啦，事情说明了，以后我们——噢，我要雇车了。"

"等等！告诉我一件事，为什么你的娘家不要你了？"

她开始笑了笑。"我一气都说了，好不好？'他'是我的家庭教师，给我补习英文算术，因为我考了两次中学都没考上。后来我跟他跑出来，所以家里不准我再回去。其实，央告央告父母，也没有什么完不了的事，不过，求情，不干！婆母对我很好，也不愿离开她。没什么！"她好似是赶着说，唯恐老李插嘴。说完，她紧了紧头纱，向前赶了几步，"我雇车回去了。"她加紧地走，胸更挺得直了些。忽然回过头来，"别吵架！"

她雇上了车。世界依然黑冷多风，而且最恼人。老李整个的一个好梦打得粉碎！他以为这是浪漫史的开始，她告诉他的是平凡而没有任何色彩的话。她没拿他当个爱人，而是老大姐似的来教训他，拒绝他。她浪漫过，她认为老李是不宜于浪漫的人，老李是废物，是为个科员的笨老婆而活着的——别吵架！一枝桃花等着春莺？一只温美的鸽儿躲避着老鹰！老李的羞愧胜过了失望。失望中还可以有希望、自惭，除了移怒于人，只能咒诅自己速死。在庙中用了多少力量才敢走向她去，结果，最没起色的一块破瓦把自己打倒在粪堆上。恨她便是移怒，老李不肯这样办，只好恨自己吧！自己一定是个平庸恰好到了家的人——平庸得出奇也能引人注意，没人注意老李。就是丁二爷大概也比我强，他想。不敢浪漫，不敢浪漫，自己约束了这么些年了；及至敢冒险了，心确是跳了——只为是丢人！两颗心往一处拧绕？谁和你拧绕？老李的头碰在电线杆上，才知道是走错了路。

再说，太太竟自敢骂人，她也比我强！她的坏招数也许就是马少奶奶教给的，而马少奶奶是商鞅制法，自作自受。可是这个小妇人不去反抗，而来警告我；她也许是好意——为维持我的身份。臭科员，老李——他叫着自己——你这一辈子只是个臭科员，张大哥与马少奶奶都可怜你，善意的，惨酷而善意的，想维持你。你只在人们的怜悯中活着，挣点薪水，穿身洋服，脸上不准挂一点血色，目不旁视，以至于死！老李想上城外，跳了冰窟窿，可是身不由己地走回家去。别吵架！

第十一章

一

年节到了，很热闹。人人对于新旧岁换班的时节有些神秘的刺激与感应。只是老李觉不出热闹来。太太做年菜，还张大嫂等的礼物，给小孩子打扮。他虽然也有时候帮着动动手，可是手只管动，或是嘴只管吃，心并没在这些上面。在院中遇上马少奶奶两回，他故意地低了头；等她过去，狠命地看她的背影。她是个谜，甚至于是个妖怪；他是个平凡到家的东西；越爱她的高傲独立的精神，越恨他自己的懦弱没出息。吃着太太做的年菜，脸上竟自瘦了些。在无可奈何之中，自己硬找出安慰的药品：这就是爱的滋味吧？脸上瘦，手上烫，心中渺茫，希望做好梦而梦中常是哭泣与乱七八糟？

除夕。太太与小孩们都睡了，他独自点起一双红烛，听着街上的人声与爆竹响。街上越乱他越觉得寂寞。似乎听见东屋有些低悲的哭声，可是她正在西屋与老太太做伴呢。

炉火的爆炸，烛光的跳动，使他由寂寞而暴躁。他听着西屋里婆媳们说话，想听到一两个字，借此压下他的暴躁去；听不清，心中更不知如何是好了。

他由西屋里出来。老太太咳嗽了一阵，熄了灯。

他隔着窗子看看东屋，今晚也点的是蜡烛，因为窗上的影子时时跳动。他轻轻开了门，立在阶上。天极黑，星星比平日似乎密得加倍。想起幼时的迷信——三十晚上，诸神下界。虽然不再相信这个，可是除夕的黑暗却有一种和平之感，天尽管黑冷，而心中没有任何恐怖；街上的爆竹声更使人感到一点介乎迷信与清醒之间的似悲似欢的心情。他对着星们叹了口气，泪在眼中。又加了一岁，白活！他觉着有点冷，可是舍不得进去。她的影子在窗上移动了两次，她嗑瓜子呢。街上放了极大的几个麻雷子。他有些摸不清他是干什么呢，这个世界干什么呢。他又看了看星们，越看越远越多，恨不能飞入黑空，像爆竹那样响着，把自己在空中炸碎，化为千万小星！她出来了，向后院走去，大概没有看见他。他的心要跳出来。随着一阵爆竹声，她回来了。门外来了个卖酪的，长而曲转地吆喝了两声。她到了屋门，愣了愣，要拉门，没有拉，走出去。他的心里喊了声，去，机会到了！可是他像钉在阶上，腿颤起来，没动。嗓子像烧干了似的，眼看着她走了出去。街门开了。静寂。关街门。微微有点脚步声。她一手端着一碗，在屋前又愣了会儿。屋内透出的烛光照清她手内的两个小白碗。往西走了两步，她似乎要给婆母送去，又似乎不愿惊动了老太太，用脚尖开开了门，进去。

老李始终没动。她进了屋中，他的心极难堪地极后悔地落下去；未泄出的勇气自己消散，只剩下腿哆嗦。他进到屋中，炉火的热气猛地抱住他，红烛的光在满屋里旋转。他奔了椅子去，一栽似的坐下，似乎还听见些爆竹声，可是很远很远，像来自另一世界。

二

老李因为不自贵，向来不肯闹病。头疼脑热任其自来自去。较重的病才报告张大哥，张大哥自有家藏的丸散膏丹——连治猩红热与白喉，都有现成的药。老李总不肯照顾医生。

这次，他觉得是要病。他不怕病，而怕病中泄露了心里的秘密。他本能地体会到，假若要病，一定便厉害——热度假如到四十八，或一百零五，他难免要说胡话。只要一说胡话，夫妻之间就要糟心。

他勉强支持着，自己施行心理治疗。假装不和病打招呼，早晨起来到街上走一遭。街上是元旦样的静寂，没有什么人，铺户还全关着；偶尔有个行人，必是穿着新衣服，脸上带着春联样的笑意。老李刚走出不远便折回来了，头上像压着块千斤石；上边越重，下边越轻，一步一陷，像踩着棉花。他咬着嘴唇，用力地放脚，不敢再往远处去。回到家中，他照了照镜子，眼珠上像刚抹了红漆，一丝一丝地没有抹匀。他不肯声张，穿着大衣坐下了，忽然地立起来，把帽子像练习球队似的一托一接。

"爸，你干什么玩呢？"英问。

他打了个冷战，赶紧放下帽子。他说了话，可是不晓得说什么呢。又把帽子拿起来，赶紧又放下。一直奔了卧室去，一头栽倒在床上。

新年的头几天，生命是块空白。

到了初五，他还闭着眼，可是觉出有人摸他的脑门，他知道那是太太的手，微微睁开眼，她已变了样，像个久病的妇人：头发像向来没有梳过，眼皮干红，脸上又老了二年。她的眼神，可是，带着不易测量的一股深情，注视着他的头上。他又闭了眼，无力思索，也不敢思索。他在生死之际被她战败！他只能自居病人，在她的看护下静卧着，他和婴儿一样地没能力。他欠着她一条性命的人情。

他愿永远病下去，假如一时死不了的话。可是他慢慢地好起来。她还是至少有多半夜不睡。直到他已能起来了，她仍然不许他出去方便。她好似不懂什么是干净，哪里是污浊，只知道有他。她不会安慰他，每逢要表示亲爱的时候只会说："年菜还都给你留着呢，快好，好吃一口啊！"这个，不给老李什么感动。可是有一天夜间，他恰好是醒着，她由梦中惊醒："英的爸！英的爸！"老李推了她一下，她问："没叫我呀？好像听见你喊了我一声。"

"我没有。"

"我是做梦呢！"她不言语了。

老李不能再睡，思想与眼泪都没闲着。

太太去抓药，老李把英叫来："菱呢？"

"菱叫干妈给抱走了。"

"干妈来了？"

"来了，张大哥也来了。"

"哪个张大哥？"老李想不起英的张大哥是谁，刚要这么问，不由得笑了，"英，他不是你的大哥，叫张伯伯。"

"妈老叫他张大哥，嘻嘻。"黑小子找到根据。

老李没精神往下辩论。待了半天："英，我说胡话来着没有？"

"那天爸还唱来着呢，妈哭，我也哭了。"英嘻嘻了两声，追想爸唱妈哭自己也哭的情景，颇可笑。"菱哭着叫干妈给抱走了。我也要去，妈把我拦住了，嘻嘻。"英想了会儿，说："东屋大婶也哭来着，在东屋里。妈不理我，我就上东屋去玩，看见大婶的大眼睛——不是我说像俩星星吗？——有眼泪，好看极了，嘻嘻。"

"马奶奶呢?"老李故意地岔开。

"老奶奶天天过来看爸，给爸抓过好几次药了。妈妈老要自己去，老奶奶抢过药方就走，连钱也不要妈妈的。那个老梆子，嘻嘻。"

"说什么呢，英?"

"干妈净管张大——啊，伯伯，叫老梆子，我当是老人都叫老梆子呢。"

"不准说。"

黑小子换了题目:"爸，你怎么生了病? 嘻嘻。"

爸半天没言语。英以为又说错了话，又嘻嘻了两声。

"英，赶明儿你长大了，你要什么样的小媳妇?"老李知道自己有点傻气。

"要个顶好看的，像东屋大婶那么好看。我戴上了大红花，自己打着鼓，咚，咚咚，美不美?"

老李点点头，没觉出英的话可笑。

<h1 style="text-align:center">三</h1>

病中是想见朋友的。连小赵似乎也不讨厌了。张大哥是每两天总来望看一次，一来是探病，二来是报告干女儿的起居，好像菱是位公主。丁二爷正自大有用处:与李太太说得相投，减少她许多的痛苦，并且还能帮忙买买东西——丁二爷好像只有两条腿还有些作用，而且他的腿永远是听着别人的命令而动作。老李至少是欢迎丁二爷的腿。丁二爷怎样丢了妻子与职业，怎样爬小店，连英都能背诵了。相距最近的是最难相见的，而是老李最想见的——她。她不肯来，他无法去请，他觉得病好了与否似乎都没大关系。继而一想，他必须得好了，为太太，他得活着;为责任，他得活着，即使是不快乐地活着，他欠着她的情。他始终想不到太太的情分是可以不需要报酬的;也许是因为不自私，也许是因为缺少那么一股热力，叫他不能不这么想。他只能理智地称量夫妻间互相酬报的轻重。东屋的——没有服侍过他，但是，他能想到他能安心地接受她的服务，而不想任何义务与条件，这也许是个梦想，但是他相信。因此，一会儿他愿马上好了，去为太太挣钱，为太太工作;一会儿他又怕病好了，病好了去为太太

工作，为太太挣钱——一种责任，一种酬劳。只是证明是不自私，只能给布尔乔亚的社会挣得一些荣誉；对自己的心灵上，全不相干！

他想菱，又怕菱回来更给太太添事，他不肯再给太太加工作，似乎应当找个女仆来，说："得找个老妈子。"

李太太想了会儿，心中一向没有过这个观念。四口人的事，找老妈子？工钱之外，吃，喝，还得偷点？再说，有了仆人，我该做什么，仆人该做什么？况且，我的东西就不许别人动：我的衣裳叫老妈子粗枝大叶地洗，洗两回就搓几个窟窿？我的厨房由她占据着……她的回答很简单："我不累！"

"我想菱。"他说。

"接回来呀，我也怪想的呢！"

"菱回来，不又多一份事？"

"人家有五六个孩子的呢，没老妈子也没吃不上喝不上！"

"怕你太累！"

"不累！"

老李再没有话说。

"要是找老妈子，"李太太思索了半天，"还不如把二利找来呢。"

二利是李太太娘家的人，在乡下做短工活，会拉吕宋烟粗细的面条、烙饼和洗衣裳，跑腿自不用提。

老李还没对这个建议下批评，小赵来了，找老妈子一案暂行缓办。

小赵很和气，并且给买来许多水果。

所长太太已经知道老李和他的病势，因为小赵的报告。不仅是报告，小赵还和所长太太讨论过——而且是不止一次——对待老李的办法。老李没有得罪过小赵，因此小赵要得罪老李。小赵对所长太太这么说："老李这小子，在所长接任的时候，没被撤差；他硬说和所长没关系，谁信！咱们手里三百多人全挤不上去，他和所长没关系，没一点关系！前者所长单单挑他给办了件要紧的公事，连我和秘书长都不知道！不趁早儿收拾他，他不成精作怪才怪。收拾他！他现在病了。跟所长说，撤他！"

所长太太手心直痒痒，被手里那三百多人给抓弄的。她和所长开了谈判。

所长不承认他和老李认识。及至谈到那天早晨老李替他办了件公事，他才想起有这么个姓李的。赶到提及老李生病，所长给了不能撤换老李的理由——晨星不明。撤换谁都可以，晨星是换不得的。可是衙门中人物，除了老李，似乎都直接间接与所长太太和小赵有关系；要撤只能撤老李，而所长决定不肯撤换晨星。所长向来怕太太，现在他要决定是服从太太呢，还是服从吕祖。他觉得服从太太的次数比服从吕祖的次数太不调匀了，这次他应当服从吕祖一回。他竟自和太太叫上了劲。太太告诉了小赵，小赵恨不能揍吕祖一顿。

所长是崇信吕祖的。对于吕祖的教训，他除了财色两项未便遵照办理，其余的是虔守神谕。在上天津的前夕，吕祖下坛，在沙盘上龙飞凤舞地写了四个大字——晨星不明。第二天早晨，所长到了衙门，遇上了老李。李科员必是晨星了！老李请病假，应验了晨星不明。恰巧所长又贪了点赃，虽然只是五六万块钱，究竟在给吕祖磕头的时候觉得有不大一点难过，正好用遵行晨星不明来将功赎罪。保护晨星是种圣职，不惜与太太小有冲突，虽然太太有时候比吕祖还厉害。神与太太都当敷衍，暂时决不撤换晨星。万一太太长期抵抗、决不让步，到时候再说。比如说过两个月再撤换李科员，岂不是吕祖、太太、大家的脸面上都过得去？

小赵要把这颗晨星摘下来，扔在井里。一时既摘不下，不免买些水果祭一祭病星，借机会套套老李的实话。假如老李说了实话，晨星自然不能再有作用，便马上收拾他。假如他自认为是晨星，那就得另想主意，设法运动吕祖，叫吕祖说，比如晨星"过"明一类的话，所长自会收拾他手下过明的星星。小赵非常的和气，亲弟兄似的和老李谈了四十多分钟，不得要领。小赵一出屋门把牙咬上了，一出街门骂上了："不收拾了你不姓赵！"

老李觉得自从一病，人类进步了许多，连小赵都不那么讨厌了。

四

从正月到二月初，胜利完全是李太太的。

张大嫂把菱送回来，好一顿夸奖干女儿。"有什么妈妈，有什么女儿，这个得人心劲儿的，小嘴多么甜甘哪！"

老李向来没觉出太太的嘴甜甘。

吴方墩太太来了，扑过老李去："李先生，多亏大妹妹呀，你这场病！一个失神呀，好——"她闭上了眼，大概是想象老李死去该当什么样式。

邱太太来了，扑过老李去："李先生，还是旧式的夫人！昨天听说，一位大学教授死在传染病医院，他的夫人始终就没去看他一次，怕传染！什么话！"文雅的邱太太有意把李太太加入《列女传》里去。

张大哥又来了，连皱眉带咳嗽都显然地表示出："我叫你接家眷，有好处没有？这场病不幸亏有她？一来闹离婚，两来闹离婚，到底是结发夫妻！"口中虽没这么明说，可是更使人难过，老李只好设法躲着张大哥的眼睛与眉毛。

张大哥近来特别的高兴，因为春天将到，男婚女嫁自应及时举办，而媒人的荣耀也不减于催花的春雨。张大哥说了许多婚姻介绍的趣事，老李似乎全没注意去听，最后张大哥的烟斗指着窗外，说："老李，衙门里这两天要出人命！"老李正欣赏着张大哥的衣裳：净蓝面缎子的灰鼠皮袍，宽袖窄领。浅蓝的薄绸棉裤，散裤角，露着些草黄色的毛袜。黑皮鞋。"人命？"他重了这两个字，因为只听到这么一点话尾。

张大哥的左眼闭死，声音放低，腔调改慢，似乎要低唱一部史诗："吴太极和小赵！"

"吴太太前两天还来了呢。"老李说。

"她当然不便告诉你。吴太极惹了祸，小赵又不是轻易饶人的人，事情非闹大了不可！"

老李静候着张大哥往下说。

"你知道吴太极没事就嚷嚷纳妾？"

老李点了点头。

"练太极练的，精力没地方发泄！方块太太大概也管束得太严。事情可就闹糟了。你知道小赵常提到太太，可是没人见过赵太太？"张大哥笑了，大概是觉出自己过于热心述说，而说得有点乱了。

正在这个当儿，丁二爷疯了似的跑进来。

"您快回家，天真叫巡警拿去了！"

第十二章

一

无论怎么说，老李是非出去不可。病没全好而冒险出去，是缺乏常识。但是为别人牺牲至少是有意思的。自从生下来到现在，他老是按部就班地活着，他自己是头一个觉到这么活着是空虚的。张大哥虽然是瞎忙，到底并不完全为自己忙。人与人的互助是人生的真实，不管是出于个人情愿，还是社会组织使人能相助相成。谁也再不拦住他到张大哥家中去。他的腿还软着，可是心意非常坚定，雇了辆车去赶张大哥。

张大嫂已哭得像个泪人——天真是被五花大绑捆走的。

没看见过张大哥这么难受，也想不到他可以这么难看。脸上一点血色也没有了，左眼闭着，下眼皮和嘴角上的肉一齐抽动，一声不发，嗓子里咯咯地咽气。手颤着，握着烟斗。

老李进了屋中便坐下了，只觉得自己没有能力，自己是废物，连一句话也说不出。

张大哥看见老李进来，并没立起来，愣了好大半天，他忽然睁开左眼，眨巴了几下，用力咽了口气，猛地立起来，叫了声："老李！"没有再说别的，往外走，到了屋门，看了张大嫂一眼："我找儿子去！"

张大嫂除了说天真是被绑走的，其余一概不知。

丁二爷在院中提着一笼破黄鸟，来回地走，一边走一边落泪："小鸟，小鸟！你叫一声，叫一声！你要是叫一声，天真就没危险！叫！叫！"小鸟们始终不叫。

二

第二天，老李决定上衙门，虽然还病病歪歪。

吴太极已经撤了差，邱先生、张大哥都请假，熟人中只见了孙先生。孙先生是初次到北平，专为学习国语，所以公事不会办，学问没什么，脑子不灵敏，而能做科员，因为学习国语是个人的事，做科员是为国家效劳，个人的事自然比国事要紧得多。孙先生打着自创的国语向老李报告：

"吴太极儿，"他以为无论什么字后加上个"儿"便是官话，"和小赵儿，哎呀，打得凶！压根儿没完，到如今儿没完，哎哟，凶得很！"

"为什么呢？"连慢性的老李也着了急。

"小赵儿呀，有个未婚妻儿，压根儿顶呱呱，呱呱叫！"

"他还没娶过，那么？"

"压根儿没娶过，压根儿也娶过，瘸子的屁股儿，斜门！"孙先生非常得意用上一句，"怎么讲呢？他娶过，娶过之后，哎呀，小赵儿凶得咧，送给别人。那么，压根儿他是娶过，可又压根儿没娶过，凶！你我老老实实，规规矩矩，做勿来，做勿来。小赵儿到处会骗，百八十块，买一个儿来，然后，搽胭脂抹粉儿，送了出去，油滑鬼儿，压根儿的！"孙先生见神见鬼地把声音放低："你晓得，他在所长家里？所长的——是他的人儿，哎哟，漂亮得很！小赵儿和她把所长儿给……怎么说？对，抬起来。将来，小赵儿自己有市长儿的希望，凶！这回又弄了一个儿，刚刚十九岁儿。他想调教好，送出去，送给团长旅长儿，说不定。哎，对，是个旅长儿，姓王的，练得好拳脚儿，猴子拳，梅花掌，交关好。小赵儿，官话有的说，狗熊的舅舅，猩猩儿，精得咧。把她交给了吴太极儿，叫老吴儿教给她点拳术儿，十三妹，凶；旅长儿爱十三妹，凶！"孙先生的唾沫溅了老李一脸，喘了口气，继续说："哎呀，吴太极儿吃了蜜哉！肥猪拱门，讲北平的话，三下两下，噗，十九岁的大姑娘儿！小赵儿正上了天津，压根儿做梦。前几天儿回来了，一看，哎呀，煮熟的——什么，北平的讲话，鹅，还是鸭儿？"

"鸭子！"

"对，煮熟的鸭子儿又飞了！压根儿气得脖子有大腿粗，凶！小赵儿，吴太极儿，是亲戚哟！吴太极儿是吴太急儿。小赵儿哪里放得过，啪，啪，两个嘴巴子，哎呀，打得吴太极儿好不伤心儿！吴，功夫是好的，拳头这么大，可是，莫得还手，差得咧，没面目！小赵儿打出——什么？嗜好？有了，打出瘾来了。对吴太极讲，姓吴的，你来等着我，我去约一百一千一万人来揍你！可是，方墩儿太太动了手，樊梨花上阵儿，一下子，哎呀，把小赵儿压在底下，压根儿几乎压死，大方墩儿，三百多斤，好家伙的很！要不是吴太极儿拉开，小赵儿早成大扁杏仁儿。哎呀，小赵儿爬起来，不敢再讲打，压根儿的！不讲武的，讲文的，登报纸，打官司，凶，吴太极儿撤了差！"

"小赵呢？"老李问。

"小赵儿？大家都说他呱呱叫。老吴儿，他们讲，不是东西。"孙先生看了看表，"哎呀，先去一会儿，得闲再讲。"摆好科员的架式，孙先生走了出去。

老李急于打听张大哥的事，可是孙先生走了。科里只剩下他自己，不好意思也出去。他思索开孙先生的一片官话。男人是要不得的，他想：女人的天真是女人自作的陷阱，女人的姿色是自然给女人的锁镣，女人的丑陋是女人的活地狱，女人怎么着也不好，都因为男子坏！

不对，这还不仅是男女个人的事，而是有个更大的东西，根本要不得。老李不便往远处想，衙门里这群人就是个好例子。所长是谁？官僚兼土匪。小赵？骗子兼科员。张大哥？男性的媒婆。吴太极？饭桶兼把式匠。孙先生？流氓兼北平俗语搜集者。邱先生？苦闷的象征兼科员。这一堆东西也可以组成一个机关？

再看那些太太们，张大嫂、方墩、孙太太、邱太太，加上自己的那一位，有一个得样的没有？

这些男女就是社会的中坚人物，也要生儿养女，为民族谋发展？笑话！一定有个总毛病，不然，这群人便根本不应当存在。既然允许他们存在，除了瞎闹，叫他们干什么？

老李闻到一股臭味。他嘱咐自己：不必再为自己那一点点事伤心了。在臭地方不会有什么美满生活，臭地方不会出完好的女子，即使能恋爱自由又能美到哪儿去？他心中有了些力量。往大处看，往大处看，真正的幸福是出自健美的文化——要从新地整部地建设起来：不是多接几个吻，叫几声"达儿灵"就能成的。

他决定不再关心吴太极的事！最自然的事，最值不得大惊小怪的事。吴太极和小赵谁胜谁败有什么关系呢。得杀了小赵们的文化，人生才能开香的花，结真的果。小赵，吴太极，不值一提。

自己那位太太，何必再想，她与千千万万的妇女一样的可怜。东屋的——也不再想，她也不值得一顾，一片烧焦草原上的一棵草。

那么，干什么呢？帮助张大哥把天真救出来？为什么？只为张大哥好娶个儿媳妇，请上一千号人来贺喜？

但是，人情，人情。张大哥到底不是坏人。

假如决定不去管张大哥的事，又该做什么呢？

又到了死葫芦头！这个社会是和老李开玩笑呢，他动也不是，不动也不是。他没法安排自己。他要在一个臭水沟儿里跑圆圈，怎能跑得圆？他的头疼起来，回家！科里只有他一个人：谁管，空三年也没关系。

三

"苦闷的象征"出头给吴赵调解，以便减少苦闷。吴太极依然很正直，怎么说都行。小赵摇头。赶到邱先生和后补十三妹过了话，他知道小赵输了。十三妹愿意跟吴太极！她原来绝对不是孙先生所形容的那个"十九岁的大姑娘"。十九岁，或者还不假；大姑娘，她自己说在十四岁上已变成妇人。从十四到十九，她已经过好几道手，只要一听见洋钱响，她便知道又要改姓。吴太极教她白鹤亮翅的时候，因为教得细腻，连"我永远爱你"也附带着说了，而且起下血誓。她以为跟谁也好，只要不再过手，所以决不再跟小赵去。小赵的头摇得不那么有把握了。他要求赔偿。吴太极没钱。方墩太太手里有点积蓄，她叫小赵亲自去取：小赵没有做大扁杏仁的志愿，不敢去。邱先生非常得意："小赵丢了个人，老吴丢了官，两不饶。大家的面子，何必太认真。"小赵虽不甘心，可是方墩太太确是厉害，况且万一把吴太极逼急了，那一对拳头！邱先生也指破此点："小赵，等老吴真还敬你两个嘴巴，你可吃不了兜着走！得了，你打了他，他没还手，他的理短。知道什么时候大家又在一处混事，得留情处且留情，是不是，小赵？"小赵追想自己的手在吴太极脸上拍拍，也总得算过瘾；可是方墩那一压，深幸自己有些骨力，不然……

不过，既不能直接由吴家得到赔偿，设法由别处得些是当然的。吴太极的缺还没补上。想到这里，小赵让步了，不再和老吴捣乱："让他享受去，我慢慢地惩治他。老邱，看你的面子，我暂时不再和他闹气。"邱先生十分高兴，小赵开始计划怎样谋吴太极的缺。

邱先生打着得胜鼓向老李报告。老李看邱先生肯代吴赵调停，灵机一动："邱先生，我们是不是应当联名具保，保天真一下呢？"

"哪个天真？"

"张大哥的少爷，他就这么一个儿子！"老李想打动邱先生的同情心。

邱先生没言语。

老李应当改换题目。可是他把邱先生看得太高了，他又追了一句："你看怎样？"

"什么？"邱先生翻了翻白眼。

老李只听见"什么"，没看见白眼："保天真哪。"

"那，对不起，没我。"

老李的心凉了。等邱先生出去之后，老李的心又热起来：哼，臭事有人管，好事没人做！咱老李做定了！

老李原来并不以为保释天真是好事，或是有什么意义。经邱先生一拒绝，他较上了劲。平日张大哥是大家的好朋友，一旦有事，大家袖手旁观！吴赵的事比起张家的是臭事，张大哥是丢了儿子！老李马上草了一个呈文，每个字都斟酌了三四遍，然后誊清，拿着去找孙先生，心里说，不能人人都像邱先生吧？

"哎呀，老李儿，好文章，呱呱叫。"孙先生接过保状，一边看一边夸赞。凡是有孙先生不识的字的文章都是好文章，所以他连呼："好文章，呱呱叫！"看完，他递给老李："好，压根儿好！"

"签个字吧？"老李极和气地说。

"我呀？叫我签字呀？哎呀，等下看，等下看。文章是好的，呱呱叫！"

老李拿起笔来，自己签上了名："我先把自己写在前面，等正式录的时候，再商量一下谁领衔好。"

"好，好得很。我还等一下，等一下。"

老李在各科转了一遭，还就是邱先生痛快，其余的人全是先夸奖他的文笔，而后极谦恭和蔼的，绕着圈的，不"说"不签字，而不签字。保状被大家已揉得不像样子，上边只有老李一个人的名字。

老李倒不生气了，他恨不能替张大哥哭一场。张大哥的整个生命消磨在维持人；现在，他自己有事了……设若张天真死了，张大哥为他开吊请客，管保还进一千号人情。这群人们的送礼出份子是人情的最高点，送礼请客便是人道。救救天真？退一步说，安慰安慰张大哥的心？出了他们的人道范围！老李对着那张保状发愣。忽然抓起来，撕得粉碎，扔在地上。

四

老李回到家中，方墩太太正和李太太鼻涕一把泪一把地谈话。见他进来，她的泪更有了富余："李先生，这些朋友里还只有你这么一个好人，给我出个主意！那个小妖精，我受不了，受不了！"

老李一时想不到小妖精是谁，或者吴宅这两天闹妖精？及至吴太太又说了几句，他才明白过来：十三妹又变成小妖精。也许她还是后补十三妹，不过在方墩的眼中她变了形。老李心中慢慢找到了一条清楚的路线：小赵与方墩太太有亲属的关系，因此吴太极才能在财政所找着个差事。在小赵与老吴吵闹的时节，方墩太太一定是左右为难，帮助娘家人欺侮丈夫，不好；帮助丈夫和小赵干，也不好。赶到小赵动了手，而且声言去搬兵征讨，她决定了帮助丈夫，于是把小赵压在地上。打退了小赵，再把那个贱丫头撵出去，吴太太岂不是大获全胜？合计着闹来闹去，只是老吴丢了差事，而她自己毫无损失：差事搁下再去谋，衙门里不出铁杆庄稼。谁知道那个贱人跟定了老吴，又被邱先生这一调停给关了钉，盘大拳头的丈夫，硬被个小妖精缠住！方墩太太脸上减了半斤多肉。

李太太完全同情吴方墩，可是她没好主意，而且没把事情的内容听清楚。她很恨小赵，并不因为这件事。她也恨吴太极：放着好好的方墩不要，单要小妖精，不要脸！

老李把事里的钩套圈全看清楚，但是从心中不爱管这种事，况且刚在衙门里生了一肚子气，更没有心肠安慰吴太太，他三言两语给搪出去了："吴太太，去和老邱要主意，他也许有高明办法。"心里说："什么人会办什么事，老李管不着尊府上的臭事！"然后对她说："要不然，爽性离婚！"老李要不是心中有气，决不肯为别人出这种极端的办法。现在，他是被那口气逼着，他觉得破坏是必需的。老邱会敷衍，要敷衍，找老邱去；咱老李的办法是离婚，要不然，您自己去另找位男人，假如有人愿要块大方墩的话。这个，叫他心中痛快了些，破坏！我老李还不定跟谁跑了呢！

"离婚？"吴太太似乎没想到过，"你是什么话呀，李先生？这还不够丢人的，再闹离婚？"

老李没说什么。

吴太太的眼睛找了李太太去。

李太太一时聪明，想起个主意来："你偷偷地把那个小东西给小赵送回去。不就完了吗？"

"这倒是个主意，大妹妹，是个主意，"方墩因为脖子太粗不能点头，一劲儿眨巴眼，"我回去再想想，啊——想起来了，我找邱太太去，看她有主意没有。"吴太太似乎决定不再向男人们要主意。

五

邱太太赞成离婚："我们没儿没女，丈夫不讲情理，何必一定跟他呢！"

方墩连头带脖子一致地摇了摇："说着容易呀，离婚，吃谁去？"

"难道咱们就不会找个事做？我没结婚的时候就不想出嫁，及至结了婚，事事得由我做主。丈夫向我摇头，好，咱马上还去做事；闲气，受不着！"

"可是你有那个本事，我没有呀！"方墩含着泪说。

邱太太忘了，妇女不都是大学毕业。可是既然这么说了，不便再改口——她是以"个性强"自命的。"那也没关系，叫他给你生活费呀。真凭实据，他是对你不忠，叫他拿钱！"

"他也得有哇！"方墩心里更难过了，"当初他做军官的时候，钱来得容易去得快。军队解散了，他一闲就是二年，大吃大喝地惯了，叫他省俭，不会。入了财政所之后，我是一把死拿，能把过一块是一块，一毛是一毛。可是薪水是有一定的，任凭怎么省吃俭用，还能都剩下？就说都能剩下，一共能有几个钱？哎！都是我命苦，谁叫没个儿子呢！设若有个儿子，他管保不敢闹娶小；我并不是不跟他闹死闹活地吵哇，可是咱们妇人任凭怎么精明，没儿子到底堵不住丈夫的嘴！其实没儿子能都怨我吗？他年轻的时候，胡逛八扯。哎，什么也不用说，命苦就结了！"吴太太叹了口长气。

谈到没儿子，邱太太心中也不好受了。可是为显出个性强，不便和方墩一同叹气。"我也没儿子，我也极愿意得个小孩，可是结婚这么几年也没有过喜，没有就没有吧，我才不在乎！我知道邱先生也盼着有个小孩，可是他，他连对我皱下眉也不敢，哼！"

方墩和纸板对坐不语。方墩没得着一点安慰，纸板心中也不十分舒服。

第十三章

一

老李去看张大哥。张大哥已经不像样子了，头发好像忽然白了许多，眼陷在坑儿里。关于媒人的一切职务全交给了丁二爷。丁二爷的办法很简单：有人来找媒人——"没在家"。老李不敢告诉张大哥，同事们怎么拒绝在保状上签字；他只觉得来安慰朋友是一种使心里舒坦的事，因为并没有多少用处。张大哥还始终没见着天真，虽然已跑细了腿。

"老李！"张大哥拉住友人的手，"老李！"嘴唇颤起来，别的话没有说出，只剩了落泪。

老李理会到张大哥是怎样的难过。张大哥在五十来岁丢了儿子，生命已到了尽处。但是他不会安慰人。除了能代张大哥做有效的奔走，再说，安慰的话，即使说得好听，又有什么用。他决定去设法营救天真，只来看看张大哥是没意义的。

以张大哥的人缘与能力，他只打听到：天真是被一个全能的机关捕了去，这个机关可以不对任何人负责而去办任何事。没人知道它在哪里，可是人人知道有这么个机关。被它捕去的人，或狗，很少有活着出来的。张大哥在什么机关都有熟人，除了在这个神秘得像地府的地方。人情托遍了，从众人的口气中他看出来，天真至少是有共产党的嫌疑，说不定已经做了鬼。张大哥已经筋疲力尽，只剩了把自己哭死，微微有点光明，他是不会落泪的；他现在已完全走进雾阵中。设若天真死在他眼前，他只要痛哭一阵就够了。现在他是把自己终身的一切全要哭出来，平生一句得罪人的话没说过，一个场面没落后过，自己是一切朋友的指导师；临完，儿子是共产党！天真设若真这么死了，张大哥没法再往下活。平日，张大哥永远留着神，躲着革命党走，非到革命党做了官，决不给送礼，而儿子……

老李看出来，张大哥只有两条路，除了哭死便是疯了。拿些硬话刺激他？没用。张大哥的硬气只限于狠命地请客，骂一句人他都觉得有负于社会的规法。老李没得说。

衙门的人，他只剩下没见所长与小赵。见所长？或者还不如见小赵。央求小赵是难堪的事，可是为朋友，无法。

找到了小赵。

"啊，老李，"小赵先开了口，"正找你呢！有事没有？洗澡去？"

老李心里说，这小子一定有什么故典。跟他走！

一进澡堂的大门，小赵就解衣裳，好像洗澡与否无关紧要，上澡堂专为脱光眼子。到了客座单间，小赵已经全光，觉得才与澡室内的一切调和。点上香烟，拍着屁股，非常写意。

"老李，抖哇……"小赵的眼珠又在满脸上跳舞了一回，"拿着保状各科走走，真有你的！知道要升头等科员了，叫全衙门的得瞻丰采？有你的，行！"

"什么头等科员？"

"还装傻不是?！老李你也太厉害了，谁不知道吴太极的缺是由你补！还跟我装傻，真有心打你俩脖儿拐！吴是头等科员，我给他运动上的。那小子吃里扒外，咱把他请出了。你和他同科，又是所长的人，又恰好是二等科员，不由你补由谁补？还用装傻！老李，吃点东西好不好？"小赵在澡堂里什么也想着，除了洗澡。

"我不吃什么。我告诉你，小赵——"

"对了，这就对了，叫我小赵。什么李先生赵先生，官话；小赵，老李，多么痛快，多么自己。还非是小赵老李不行，不信换换个，老赵小李就不大好听。"

老李确是头一次当着小赵管他叫"小赵"，因为讨厌他。"我告诉你，小赵，不用给我造谣言。我与所长没关系，更无意做头等科员。据我看，倒是维持维持老吴有点意思。老吴与我也没关系，他可是你的亲戚，何必——"

"咱们可不准再提吴太极！"小赵的眼珠跳回原位，"亲戚? 亲戚霸占人家的未婚妻! 我跟他没完! 咱小赵是有恩的报恩，有仇的报仇，男子汉大丈夫! 就拿你说，老李，自从我一和你见面，心里就说，这是个朋友；惺惺惜惺惺，好汉爱好汉!"眼珠又跳出去:"告诉我，老李，吴太极的缺怎样了? 要是落在你手里，我没话可讲，你是个朋友。万一落在别人手里，比如说那个老孙，咱小赵就不能好好咽这口气。所长太太手里人还多着呢，不过真落在个好朋友手中，我自有向所长太太给美言几句的，决不给破坏；虽然我'能'从中给破坏! 看这像句话不像，老李?"

"我还是那句话，不知道。我今天找你是为求你点事。"

"求? 把这个字收起去! 你不会说，小赵，给我办点事去! 求? 什么话! 说你的，老李。"

"我说完，只要你痛快地'行'，或是'不行'，不准来绕弯的!"老李心里舒服了许多，今天可敢和小赵旗鼓相当地干了。"还是那回事，救张天真。衙门里没一个人肯伸伸手，我是有心无力，你怎样?"

"我? 行! 不为天真，还不为张大哥? 行! 你说怎办吧?"小赵拍着屁股说。

"我没办法。张大哥连天真拘在哪里也还不知道。你要能给打听出来就是天大的善事，大哥眼看着快疯了。打听出来，咱们再想办法，是不是?"

"一点也不错。我去打听，容易得很；小赵没有别的好处，就是眼皮子杂点儿。"小赵的眼珠改为连跳带转，转了几遭，他的脸板起来，"可有一样，老李，你得答应我一件事!"

"说吧!"

"好！你真没有谋老吴的缺？"

"对天起誓，我没有！"

"好！假如我给你运动，你干不干？"

"没意思！"

"好！你没意思，咱对张家的事也没意思，吹！"

"我干呢？"

"我去营救天真。"

"行了！"

"我的办法与步骤是——"

"不必告诉我！"

"好！我怎办怎好？"

"只要你能帮助张大哥！"

"好！事情都交给我了！"

"都交给你了！对于我，牺牲也好，耍弄也好，对于张大哥，只准帮忙，不准掏一点坏！"

"好！"

二

老李非常的痛快。帮助张大哥，没有什么了不得。跟小赵说得强硬，也算不得什么，小赵原是不要脸的货。可喜的是居然敢把自己押给小赵，任凭他摆布，浮士德！心里说，"看小赵的，看他把我怎样了！"生命开始有些味道。回到家中，不由得想和太太谈一谈。她不懂，衙门里那群人当然也不懂，不懂又有什么关系呢？且自己享受着：大侠，神秘，浪漫。黑暗的社会是悲剧的母亲，在悲剧中敢放胆牺牲的是个人物。老李不知不觉地多吃了一碗饭。

李太太心中，这两天，只有两件事：给孩子们拆洗春衣和惦记着方墩太太。不放心方墩正是不赞成丈夫——给人家出主意离婚！谁说老李老实？老实人叫方墩离婚？她对离婚是怎回事不大清楚，在她的心目中离婚就是散伙，夫妻俩可以散伙？老李厉害！看他不言不语的，心里有数！李太太这两天加工梳脑后的小辫，一边梳着一边想：吴太太要是和丈夫散了伙，第二个就该轮到我了，老李心里要没憋着跟我散伙的意思，怎会给吴太太出那个主意？加工地梳小辫，脸上多拍了半盒儿粉。也不敢再和他要钱，他病那么一场，多花了许多钱，别叫他翻了狗脸说我花涨了！本应当上张家去看看，他病着，人家张大哥夫妇跑前跑后，赶到人家出了事，怎好不去看看。她心中的天真被捕和家中有个三天满月是一样，去看看——至多不过给买点东西——也就够了。可是一出门又得要钱，算了吧，等张家儿子出来再说。

对于马少奶奶似乎应当恢复邦交。马老奶奶可真不错，老李病着，人家给跑东跑西。马少奶奶当然是没和婆婆讲究过我，那么，马少奶奶心眼也不错。也许都是老李的坏，男人哪有老实的，看那位吴先生，四五十岁的人了，霸占小赵的；可是小赵也该，该！得和她套近乎，我越在中间岔糊着，他们越是俩打一个儿。倒得和马少奶奶拉近，把她拉到我这边来，丈夫也得说我好，她也就不好意思再……李太太把乡下的逻辑咂摸一个透。然后，当着丈夫拿起给小菱裁好的一条小裤子："我求马婶给做做去，她会做活，手巧着呢。"

老李点了点头，没说什么。等太太出了屋门，他笑了笑，这也是位女侠。把人生当个笑话看也很有意思。

三

衙门里这几天大家的耳朵都立起来，特别是二三等科员。对于吴赵战争的趣味已经低降得快到零度，大家不提吴太极便罢，提起来便是与他那个"缺"有关系。有希望高升一等的人很多，而且全努力地尽所能为想把这个希望实现，甚至于因为希望相同而引起些暗潮。老李是个最不热衷的，可是自从那天到各科请求为张大哥帮忙以后，人们都用另一种眼神看他。每逢他从外面进来，或是散班后出去，随着他的后影总引起几阵嘀咕。可是对于张大哥，大家这几天连说"几张纸"好似都有改成"几篇纸"的必要。"张"字犯禁！"他的儿子，共产党！"大家都后悔曾经认识这么一个人。因此对于老李越发地觉得神秘不测，甚至于有点可怕："就是准有升头等科员的把握，也无须这么狂呀！"大家偷偷地用手指着老李的脊背说。有的人，极不甘心地看出自己没有高升的希望，为宽心起见，造出一种新消息："共产党的父亲也要搁下！所长还能留着他？"张大哥虽然不是头等科员，可是差事肥，庶务上，回扣……这两种消息与希冀使科员级的空气十二分紧张，好似天下兴亡与这个有极密切的关系。科长与秘书的耳旁也一天到晚是嗡嗡着这个——大家还有个不各显神通的运动？请客的知单总继续在科长室与秘书处巡行。科员们也对老李怀疑，他有多大人情呢，竟自看不见他的帖?!

老李反倒接着两三个请帖，而且有人过来预先递个口话：李先生荣升的时候，请分神维持个好友，补您的缺；明天晚上千万请赏光！老李虽然有时候也能欣赏幽默，但是对这种过度的滑稽还不会逢场作戏。他把请帖轻轻地放在纸篓里。

命令下来了，果然是老李。补他的缺的是位王先生。没有人认识王先生。大家一边向老李道喜，一边打听王先生是谁。老李也不认识，大家以为老李太厉害：何必呢，你的人情大，也不必这么狂啊，不告诉我们拉倒！大家一面这样不满意老李，一面希望着张大哥的免职令下来。

"哎呀，老李，恭喜恭喜！"孙先生又得着练习官话的机会。"几时请客？吾来作陪呀，压根儿的。猪八戒掉在水桶里，得吃得喝！"

老李决定不请客。大家对他完全失望。"苦闷的象征"特别地觉得老李不懂交情。邱先生本是头等科员，对老李的升级原来不必忌妒，可是心中苦闷，总想抓个碴儿向谁耍耍刺才痛快。他敲着撩着说开了闲话，把公事完全推给老李。原先本来也是老李一个人受累，可是邱先生交过公事来的时候很客气，现在他老嫂子使唤新媳妇似的直接命令老李，鼻子尖上似乎是说，我是老资格！老李的气不打一处来。呆坐了半天，他想出来了："跟这群东西一块儿，要不随着他们的道走，顶好干脆离开他们。"他决定不妥协，跟他们来硬的，反正我已经把自己押给了小赵，知道他的肚子里是闹什么狗油呢？干！他原封地把公事全给邱先生送回："出去看个人，你先办着！"可是他知道他的嘴唇有点颤：不行，到底是没玩惯这种使人难堪的把戏。他去看张大哥。

张大哥免职的谣传是否应当报告呢？谣传，可是在政界里谣言比真实还重要。怎好告诉张大哥呢？他心中正那么难受。不告诉吧，万一成了事实，岂不叫他更苦痛？张大哥不那么难看了，可是非常的倦怠。老李似乎看出些危险来。张大哥是蚯蚓式的运用生命，软磨，可是始终不懈，没看见他放任或懒过。现在他非常的安静，像个跑乏了的马，连尾巴也懒得动。危险！老李非常的难过。不管张大哥是怎样的人，老李看他是个朋友。

"大哥，怎样了？"

"坐下，老李！"张大哥又顾到客套与规矩了，可是话中没有半点平日那种火力，似乎极懒得说话而不得不说。还表示出天真的事是没什么希望，因关切而改成不愿再提。"坐下。没什么消息。小赵来了一次，他正给我跑着，据他说，没危险。"

张大哥只为说这几句，老李看出来，一点信任小赵的话的意思也没有。

"我托付他来着。"老李决不是为表功，只为有句话说。

"对了，他眼皮子宽，可不是。"

二人全没了话。

无论说点什么也比这么愣着好，老李实在受不住了："大哥，衙门里有人说——啊——你上衙门看看去。这个社会不是什么可靠的。"

"啊，没什么。"张大哥听出话中的意思，脸上可是没有任何表情，"没什么，老李。"他仿佛反倒安慰老李呢。"什么都没关系了，儿子已经没啦，还奔什么！"他的语声提高了些，可是仍似乎没精神多说，忽然地止住。

"我看不能有危险。"老李善意地敷衍了一句。

"也许。"

张大哥是整个地结束了自己。科员都可以扔弃了！

丁二爷提着一笼破鸟进来："大哥，二妹妹来了。我告诉她，您不见人，她非要进来不可。大概义是为二兄弟的事。"

"叫她快滚，"张大哥猛地立起来，"我的儿子还不知道生死呢，没工夫管别人的臭事，滚！"瞪了丁二爷一眼，坐下了。丁二爷出去，他好像跟自己说："全不管了，全不管了！我姓张的完了，前世造下了什么孽！"

老李也立起来，他的脸白了，在大衣上擦了擦手心的汗，不敢再看张大哥，扭着头说："大哥，明天再来看你。"

张大哥抬起头来："走啊，老李，明天见。"没往外送。

走到门口，丁二爷拉住了他："李先生，明天还来吧，大哥还就是跟你不发脾气，很好。明天来吧，一定来！"

四

老李什么也没想，一直走回衙门。想有什么用呢？他看见张大哥，便是看见小人物的尽端，要快乐地活着得另想办法，张大哥的每根毫毛都是合着社会的意思长的，而今？张大哥，社会，空白，什么也没有，还干吗再思索？

进了衙门，他想起邱先生。管他呢，硬来，还是硬来；张大哥倒软和呢，有什么用？

邱先生低着头办公呢，眉毛皱得要往下落毛。及至看见老李，他的眉头反倒舒展开了，放下笔，笑着："老李，请不要计较我啊。告诉你实话，我是精神不好，无心中可以得罪了人。不是有意！你看。"他把声音放低了些："邱太太，这就是对你说，不便和别——生人提。她个性太强，太强。一天到晚和我别扭着。我一说，夫妇得互相容让呀。她来了：'当初不是我追求你，是你磕头请安追求我吧？好了，我就得由性儿爱怎着怎着。'老李，你看这像什么话。前几天，我好心好意为吴赵们调解，回家又挨了她一顿：'好哇，不帮助吴太太把那个野丫头赶出去，反助纣为虐！你们男人都没好心眼，再不许你到吴家去！'老李，你看，这是何苦！我也看明白了，逼急了我，跟她离婚！娶谁也别娶大学毕业生，来派大多了。其实，大学毕业生净是些二十八九的丑八怪，可是自居女圣人。你看着，早晚我跟她离婚。"

老李点头说"是"之外不便参加意见。邱先生绕了个大圈，又往回说："因为这个，心中老不痛快，未免有得罪人的地方。老李你不用计较我。朋友就得互助，焉知你不升了科长，或是我做了秘书——要不是家里成天瞎吵吵，我也不能到如今还是个科员——到那时节，我们不是还得互相照应吗？"

老李没好意思笑出来。

"老李，我已约好老孙老吴，一同吃个便饭，不是请客。一来为你贺喜，二来为约出老吴谈一谈。准去啊！"邱先生把请帖递过来。

老李不知是哭好，还是笑好。把请帖接过来，爽性和邱先生谈一谈。在张大哥眼中，邱先生是极新的人物。老李要细看看这个新人物。

"老邱，你看咱们这么活着有意思没有？"

邱先生愣了半天，笑了笑："没意思！生命入了圈，和野鸟入了笼，一样地没意思。我少年的时候是个野驴；中年，结了婚，做了事，变成个贼鬼溜滑的皮驴；将来，拉到德胜门外，大锅煮，卖驴肉。我不会再跳出圈外，谁也不能。我现在是冷一会热一会，热的时候只能发点小性，冷的时候请客陪情；发疟子的生活。没办法。我不甘心做个小官僚，我不甘心做个好丈夫，可是不做这个做什么去呢？我早看出，你比我硬，可也没硬着多少，你我只是程度上的差别，其实是一锅里的菜。完了，谈点无聊的吧，只有无聊的话开心。"

老李又摔破了一个人蛋，原来老邱也认识自己。二人成了好朋友，老李没把请帖又放在字纸篓里。

回到家中，李太太正按着黑小子打屁股呢。老李抹回头来又上了街，找个小饭馆要了三十个猪肉韭黄饺子，一碗三仙汤。"我也发回疟子试试！"

第十四章

一

北平春天的生命是短的。蜂蝶刚一出世，春似乎已要过去。春光对于老李们似乎不大有作用：他们只随时地换衣服，由皮袍而棉衣，由棉衣而夹衫，只显出他们的由臃肿而削瘦。他们依旧上衙门，上衙门，上衙门；偶尔上一次公园都觉得空气使他们的肺劳累得慌，还不如凑上手打个小牌。

张大哥每年清明前后必出城扫墓，年中唯一的长途旅行，必定折些野草回来，压在旧书里。今年他没去。天真还在狱里。丁二爷虽然把石榴树、夹竹桃、仙人掌等都搬到院中，张大哥可是没有惠顾它们一点点水，他已与春断绝关系。张大嫂也瘦得不像样了。丁二爷的小黄鸟们似乎受了什么咒诅，在春雨初晴的时节，浴着金蓝的阳光，也不肯叫一声。后院的柳树上来了只老鸦，狂噪了一阵，那天张大哥接到了免职的公文。他连看也没看。他似乎是等着更大的噩耗。

吴太极为表示同情来看张大哥，张大哥没有见他。

他只接待老李。

老李家中也没有春光，春光仿佛始终就没有到西四牌楼去的意思。除了一冬积蓄下的腥臊味被春风从地下掀起，一切还是那么枯丑。马老太太将几盆在床底下藏了一冬的小木本花搬在院中，虽然不断地浇水，可是能否今年再出几个绿叶便很可怀疑。李太太到了春天照例地脱头发，脑后的一双小辫十分棘手，用什么样的梳子也梳不到一处。黑小子脸上的癣经春风一吹，直往下落鳞片。合院之中，只有马少奶奶不知由哪里得到一些春的消息，脸上虽瘦了些，可是腮上的颜色近于海棠。她已经和李太太又成了好友，老李在家的时候她也肯到屋中来。小菱的春衣都是马婶给做成的，做得非常的合适好看。菱好像是个大布娃娃，由着马婶翻过来掉过去地摆弄，马婶是将领子袖子都在菱的身上绷好，画了白线，而后拆下来再缝成的。袖口上都绣了花。马婶的大眼睛向菱的身上眨巴着，菱的眼睛向马婶的海棠脸蛋眨巴着。

老李看着她们，心中编了一句诗——一点儿诗意孕着春的宇宙。他不敢再看太太那对缺乏资本的小辫，唯恐把这点诗意给挤跑了。

李太太心中暗喜，能把马少奶奶征服。可是还不满意老李，因为方墩太太一趟八趟地来，而口口声声是已快离婚——老李的主意。还有呢，方墩太太虽然与李太太成为莫逆，可是口气中有点不满意老李——他顶了吴先生的缺，不够面子！李太太一点也不晓得丈夫升了官，因为老李没告诉她，升了官多挣钱，而一声不发，一定是把钱私自掖着，谁知道做什么用?! 邱太太也常来，说的话虽文雅，可是显然地是说邱先生近来对太太颇不敬。四位太太遇在一块，几乎要把男人们全拴起来当狗养着。大家都把张大嫂忘了。菱几次要看干娘去，李太太也倒还无所不可，可是方墩太太拦住她们："还上张家去呢? 共产党！"结果，老李带着菱去看干娘。直到父女平安地回到家中，李太太才放下心去。她以为共产党必是见了小孩就嚼嚼吃了的。

衙门里，吴太极与张大哥的缺都有人补上，大家心里开始安顿下去。可是对于补缺的人，多少心中有点忌恨，特别是对老李。"看他平日那么老实，敢情心里更辣；补吴太极的缺，焉知不是他给顶下去的呢？"起初，大家拿吴太极当个笑话说，现在改成以他为殉难者，全是老李一个人的坏。老李一声不出，在衙门，在家里，任凭那群男女嘈嘈，只在大街上多吸几口气。

二

丁二爷来了："李先生，张大哥请你呢。"

到了张家，大哥正在院中背着手走溜，他的背弯着些。见了老李，他极快地走进屋中，好像又恢复了些素日的精神。老李还没坐下，张大哥就开了口："小赵来了，说天真可以出来。可是我得答应他一件事。"

他愣住，想了会儿："他说，他是听你的话这么办，一切有你负责。"他看着老李。

"我把自己押给了他！"老李心里说，然后对张大哥，"得答应他什么呢？"

张大哥立起来，几乎是喊着："他要秀真！要我的命！"

老李一句话没有。

张大哥在屋中走来走去，嗓子里咯咯地咽气："救出儿子，丢了女儿，要我的命！这是你出的主意？老李！这是你给张大哥出的主意？我的女儿给小赵？强买强卖？你是帮朋友呢，还是要朋友的命呢？"

老李只剩了哆嗦了。他忽然立起来，往外就走："我找小赵去！"刚走到门口，被大嫂给截住了。

"老李，你先别走，"张大嫂命令着他，她眼中含着泪，可是神气非常的坚决，"咱们得把事说明白了。你叫小赵这么办来着？"

"我托他帮助营救天真来着，没叫他干别的。"老李又坐下了。

"我想你也不是那样的人。大哥是急疯了，所以信了小赵的话。咱们商量商量怎办吧。"她向张大哥说，"你坐下，和老李商量个办法。"

"我没办法！"张大哥还是嚷着，可是坐下了，"我没办法！我帮了人家一辈子的忙，到我有事了，大家看哈哈笑！要我的女儿，为什么不干脆要我的老命呢！我得罪过谁？招惹过谁？我的女儿给小赵？也配！"他发泄了一顿，嘴唇倒不颤了，低着头，手扶着磕膝，喘气。

老李等了半天，张大哥没再发作，他低声地说："大哥，咱们有办法。你事事亦有办法，我就不信办不动这回事。"

张大哥点了点头。

"咱们大家想主意，好不好，大哥？"

张大哥抬起头来，看了看老李，叹了一口气："老李，张大哥完了！一辈子，一辈子安分守己，一辈子没跟人惹过气，老来老来叫我受这个，我完了。真动了心地没工夫再想办法。叫我去杀人放火革命，我不会，只好听之而已。活着为儿女奔忙，儿女完了，我随着他们死。我不能孤孤单单地活到七老八十，没味儿！"

老李知道张大哥是失了平衡，因为他的生命理想根本地被别人毁坏，而自己无从另起炉灶，他只能自己钻入黑暗里，想不起别的方法。但是老李不便和他讨论这个，更不能给他出激烈的主意——张大哥是永远顺着车辙走的人，得设法再把他引到辙迹上去。"大哥，不必伤心了，还是办事要紧。告诉我，小赵说什么来着？"

张大哥的脸上安静了，说："他说，天真并不是共产党，是错拿了。他可以设法把他放出来。"

"咱们自己不能设法，既是拿错了？"老李问。

张大哥摇头："小赵就不告诉我，天真在哪里圈着。我是老了，对于这些新机关的事，简直不懂。假如他是囚在公安局，我早把他保出来了。我平日总以为事事有办法，敢情我已经是老狗熊了，耍不了新玩意！"

"非小赵不行，所以他提出条件？"

"就是。他说，你给他出的主意。"

"我求他来着。"老李很安静地说，"求他的时候，我是这么和他说好的——要牺牲，牺牲我老李，不准和张大哥捣坏。他这么答应了我。"

"为什么单求他？"

老李不能不说了："衙门里可有谁愿意帮助你？再说，谁有他那样眼杂？我早知道他不可靠，所以才把自己押给他。"

"押给他?"

"押给他了。我不知道为什么他恨我，时时想收拾我。也许只因为他看我不顺眼，谁去管。我给他个收拾我的机会，他只要能救出天真来，对我是怎办怎好。"

张大哥的泪在眼圈里，张大嫂叫了声："老李!"

"我不是上这儿来表功，事实既成了这么一步棋，我所没想到的是他又背了约，我还是太诚实。不过，管它呢，先谈要紧的。事情是一步一步地办，先叫小赵把天真放出来。"

"不答应给他秀真，他肯那么办吗?"张大嫂问。

"答应他!"

"什么?"夫妇一齐喊。

"答应他，我自有办法，决不叫秀真姑娘吃亏。就是咱们现在有别人来帮忙，也不行。小赵不是好惹的。假如甩了他，另想方法，他会从中破坏，天真不用想再出来了。不如就利用他，先把天真放出来再讲。"

老夫妇愣了半天，张大哥先开口："老李，你说怎办就怎办吧。我不行了。先把天真放出来。我一共有三处小房，叫小赵挑吧，他爱要哪一处，我双手奉送，只求他饶了秀真!"张大嫂接了下去："老李，我只有那么一个姑娘，不能给个骗子手! 不能! 能保住我的一对眼珠，他说要什么也行。都给了他，我们娘儿几个要饭吃去，甘心!"

"要饭吃去也甘心!"张大哥重了一句。

张大哥确是下了决心，老李看出来。牺牲房产就是牺牲张大哥一生的心血，可是儿女比什么也更贵重。他还是看不起张大哥，可是十二分地可怜他，"事情也许不至那么坏，放心吧，人哥，我老李拿这条命去换回秀真来。"

"老李，你可别为我们的事动——凶啊! 给小赵钱!"张大哥看着老李的脸。

张大哥至死也是软的! 老李不便再吓嘛他："我瞧事办事，要是钱有用的话，就给他钱。"

"给他钱，老李，给他钱，"张大嫂好像以为事情已经办妥了似的，"你还有一家老小呢，别为我们——"她没说出来，用手弹去一个泪珠。

三

在无聊中寻些趣味，老李很得意，能和小赵干一干。

"喂，小赵，"叫狗似的叫，"张家的事怎样了？"

"有希望，天真不日就可以出来。"

"张大哥问我，怎样酬报你。我来问你，原谅我不会客气一些。"老李觉得自己也能俏皮地讽骂，心里说，"谁要是不怕人了，谁就能像耶稣似的行奇迹。"

"要不我怎么爱和你交往呢？"小赵的眉毛转到眼睛底下来，"客气有什么用？给我报酬？怎好意思要老丈人的礼物？半子之劳，应当应分！"

"谁是老丈人？"

"张大哥难道没告诉你？现在的张大哥，过两天就升为老丈人。"

"你答应了我，不和他掏坏！"

"掏坏是掏坏，婚姻是婚姻，张大哥一生好做媒，难道有人要他的女儿，他不喜欢？"小赵指着鼻梁，"看看小赵，现在是科员，不久便是科长，将来局长、所长、市长、部长也还不敢一定说准没我的份儿！将来，女婿做所长，老丈人少不得是秘书，不仅是郎才女貌，连老丈人也委屈不了！"

老李的闷火又要冒烟，可是压制住自己："小赵，说脆快的，假如张大哥送给你钱，你能饶了他的女儿不能？"

"老李，你这怎说话呢？什么饶了饶了的，该打！可是，你说说，他能给多少钱？"

"一所房子。"

小赵把头摇得像风扇："一所小房，一所？把个共产党释放出来，就值一所小房？"

"可是天真并不真是共产党！"

"有错拿没错放的，小赵一句话可以叫他出来，一句话也可以叫他死。随张大哥的便，他的话是怎么说都可以。"

"你要多少呢？"

"我要多少，他也得给得起呀！他有多少？"

老李的脸紫了，咽了一口毒气："他一共有三所小房，一生的心血！"

"好吧，我不能都要了他的，人心总是肉长的，我下不去狠手，给我两所好了。"小赵很同情地叹了口气。

"假如我老李再求你个情，看我的面上，只要他一所，我老李再自己另送给你点钱，怎样？"

"那看能送多少了！"

"我只能拿二百。二百之外，再叫我下一跪也可以！"

"我再说一句，二百五，行不行？"

"好了，张大哥给你一处房，我给你二百五十块钱，你把天真设法救出来，不再提秀真一个字，是这样不是？"

"好吧，苦买卖！小赵不能不讲交情！"

"好了。小赵，拿笔写下来！"

"还用写下来，这点屁事？难道我的话不像话是怎着？"

"你的话是不算话，写下来，签上字！"

"有你的，老李，越学越精，行，怎写？"

"今天收我二百五十元，天真活着到了家那天，张大哥交你一张房契，以后永不许你提秀真这两个字。按这个意思写吧！"

小赵笑着，提起笔来："没想到老李会这么厉害，早就知道你厉害，没想到这么厉害。这点事还值得签字画押，真，不用按斗迹呀？"

字据写好，各存一张。签字的时候，老李的手哆嗦得连自己的名字全写不上来了。他恨不能一口吃了小赵，可是为张大哥的事，没法不敷衍小赵。小赵是当代的圣人，老李，闹了归齐，还是张大哥的一流人物！老李把二百五十元的支票摔在桌上。

小赵拿起支票，前后看了看，笑着放在小皮夹里："银行里放着钱，老李？资本家，早知道，多花你几个！积蓄下多少了，老李？"

老李没理他。

他拿着字据去给张大哥看，张大哥十分感激他，越发使他心中难堪。本想在灰色的生活里找些刺激，做个悲剧里的人物，谁知做来做去，只是上了张大哥所走的辙迹，而使小赵名利兼收地戏弄他！

"为什么小赵这样恨我呢？"只有这一句话在老李心中有点颜色。"莫非老李你还没完全变成张大哥？所以小赵看你不顺眼？即使是这样，还不是无聊？"老李低着头回家，到家里没敢说给了小赵二百五十块钱，对太太也得欺哄敷衍！

四

夏天已经把杏子的脸晒红，天真还是没放出来。端阳是多么热闹的节令，神秘的蒲艾在家家门外陪伴着神符与判官。张大哥的家中终日连一声笑语也听不见，夫妇的心中与墙上的挂钟，日夜响着天真，天真！丁二爷的破鸟们全脱了毛，越发地不大好看。院中的石榴，因为缺水，只有些半干的黄叶，静静地等着下雨。

老李找了小赵几次，小赵的话很有道理："就是人情托到了，也不能顿时出来不是？这么重的案子！我不比你着急？他一天不出来，房子一天到不了我手里！我专等着有了房子好结婚呢！"

老李没有精神再过五月节。李太太心中又嘀咕起来："又怎么了？连节也不过？莫非又——"又盯上了马少奶奶，一眼也不放松。菱和英又成了自用的侦探。

节后，方墩太太带着一太平水桶的泪来给李家洒地："完了，完了，离婚了！我没地方去，就在这块！大妹妹，咱俩无仇无怨，我是跟老李！他不叫我好好地过日子，我也不能叫他平安了！"

李太太的脸白了："他怎么了？"

"怎么了？我打听明白了，是他把我的丈夫给顶了，要不是他，我的丈夫丢不了官；我打听明白了，有凭有据！这还不算，他还把自己的缺留着，自己拿双份薪水，找了个姓王的给遮掩耳目，姓王的一月只到衙门两天，干拿十五块钱，其余全是老李的。不信，他前者给了小赵二百五，哪儿来的？你知道不知道？"

"我不知道呀！"李太太直咽气。

"你怎能知道，我的傻妹妹！这还不足为奇，前两天他托小赵给吴先生送了五十块钱来。我本想把小赵打出去，可是既是老李托他去的，我就不便于发作了。小赵一五一十都对我说了。怎么老李要买张大哥的房子，怎么鼓动吴先生和我离婚，怎么老吴要是离了婚，老李好借此吓嚇你，李太太，把你吓唬住，老李好买个妾。老吴没心肺没骨头，接了那五十块钱，口口声声把我赶出去！他娶了小老婆，我不跟他吵，他反倒跟我翻了脸！都是老李，都是老李！我跟他不能善罢甘休！我上衙门给他嚷去。科员？他是皇上也不行！我不给他的事闹掉了底，我算白活！"

一片话引出李太太一太平水桶的眼泪："吴大嫂，你先别跟他闹，不看别的，还不看这俩孩子？把他的事弄掉，我们吃谁去？你先别跟他闹，看我的，我审问他，我必给你出气！"又说了无数的好话，算是把方墩太太劝了走。

吴太太走后，李太太像上了热锅台的蚂蚁。想了好大半天，不知怎办好。最后，把孩子托付给马少奶奶，去找邱太太要主意。

邱太太为是表示个性强，始终不给客人开口的机会，专讲自己的事："老邱是打定了主意跟我过不去，我看出来了！回到家来东也不是，西也不是，脸上就没个笑容。什么又抱一个儿子吧，什么又辞职不干了吧，生命没有意思。这都是故意地指槐说柳。他是讨厌我了，我看得明明白白。早晚我是和他离婚，拿着我的资格，我才不怕！"

李太太乘机会插入一句："老李也不老实呢！"

邱太太赶紧接过来："他们没有老实的！可是有一层，你有儿有女，有家可归。我更困难，我虽然可以独立，自谋生活，可是到底没个小孩；自己过得天好，究竟是空虚，一个人恐怕太寂寞了，是不是？这么一想，我又不肯——不是不敢——和老邱大吵特吵了。困难！可是，我要不和他闹，又怕他学吴先生，硬往家里接姨太太！以我这个身份，叫人说我不能拴系住男人的心，受不了！真离婚吧，他才正乐意。困难！"

"我怎么办呢？"李太太问。

"跟老李吵！你和我就不同了，我被文学士拘束住，不肯动野蛮的。你和他吵，我做你的后盾！"

李太太运足了气回家预备冲锋。

五

不在太太处备案而把钱给了别人，是个太太就不能忍受这一手儿。李太太越想越生气。自己真是一心一意地过日子，而丈夫一给小赵就是二百五十块钱，够买两三亩地的！还帮着吴先生欺侮吴太太！跟他干！邱太太的话虽然不好懂，可是她明明地说了，管我的"后顿"；有人管后顿，前顿还不好说？跟他吵。后盾改成后顿，李太太精神上物质上都有了倚靠。从乡下到大城里来，原想和和气气地过日子，谁想到他会这么坏。他的错，跟他干。一进屋门便把脑后的小辫披散开了，换上了旧衣裳，恐怕真打起来的时候把新衣撕了。饭也不去做，不过了！

老李刚走到院中，屋里已放了声哭起来。哭的虽然是"我的娘呀！"可是骂的都是老李。他看出事儿来得邪。听着她哭，不便生气。可是越听越不是味儿，不由得动了气。揍她！怎好意思？扯着头发，连踢带打？做不出。在屋里转了个圈，想把孩子们带出去吃饭，留下她一个人由着性儿哭。这是个主意。正要往外走，太太哭着过来了："你别走，咱们得说开了！"有意打架。太太把吴邱两位太太所说的，从头至尾质问了一番。老李连哼也没有哼一声，不理。太太下不了台阶，人家不理。两张嘴都动作才能拌嘴，老李阴透了，只叫街坊听她一个人闹，他不言语！阴毒损坏！太太无法，只好自己打自己的嘴巴吧，啪，啪，自己抽了两个好的："你个不知好歹的，没皮没脸，没人答理，你个臭娘们！"啪，啪，自己又找补上两个。

马家婆媳都跑过来，马老太太奔了李太太去："我说，李太太，这是怎么了？别吓住孩子们呀！"

李太太看有人来解劝，更要露一手儿，啪，啪，又自己抽了两个："不过了！不过了！没活头了！"

马少奶奶抱住菱，看了老李一眼。老李向她一惨笑，嘴唇颤着："马婶你给菱点吃的，我带英出去。"向来没和她这么说过话，他心中非常的痛快："英，走！"黑小子拉着爸的手，又要落泪，又要笑，吸了两口气。

第十五章

一

早莲初开，桃子刚染红了嘴唇。不漂亮的人也漂亮了些，男的至少有个新草帽，女的至少穿上件花大衫，夏天更自然一些，可以叫人不富而丽。小赵穿上新西服，领带花得像条热带的彩蛇。新黄皮鞋，底儿上加着白牙子，不得人心地响着。绸手绢上洒了香水，头发加了香蜡。一边走一边笑，看见女的立刻把眼珠放风筝似的放出去，把人家的后影都看得发毛咕。他心中比石榴花还红着一些，自己知道是世上最快乐的人。

到了北海。早莲在微风里张开三两个瓣儿，叶子还不密，花梗全身都清洁挺拔，倚风而立，花朵常向晴天绿水微微地点头。小赵立在玉石桥上，看一眼荷花，看一眼自己的领带，觉得花还没有他那么俊美。晴天绿水白莲，没有一样值得他欣赏的，他自己是宇宙的中心。他的西服，特别是那条花领带，是整个人类美与幸福的象征。他永不能静立看花，花是些死东西，看姑娘是最有趣的。你看她，她也看你；不看你也好，反正她不看你也得低低头，她一低头，你的心就痒痒一下！设若只有花没姑娘，小赵的心由哪里痒痒起？

他将全身筋肉全伸展到极度，有力而缓缓地走，使新鞋的声响都不折不扣地响到了家，每一声成了一个不得人心的单位。这样走有点累得慌，可是把新西服的棱角弯缝都十足地展示出去，自觉得脊背已挺得和龟板一样硬，只有这样才配穿西服；穿西服天然地不是为自己舒服，而是为美化社会。走得稳，可是头并不死板：走一步，头要像风扇似的转一圈，把四围值得看的东西——姑娘——全吸在自己眼中去。看见个下得去的，立刻由慢步改成快步，过去细看。被人家瞪一眼，或者是骂一句，心中特别的畅快——不虚此行。

不过，今天小赵的运动头部，确是有一定的目的。虽然也看随时遇见的姑娘，可是到底是附带的。小赵在把一个姑娘弄到手之前，只附带地看别的妇女。"爱要专。"他告诉自己。不过，遇到"可以"同时并举弄两个或三个姑娘的时候，他也不一定固执，通权达变。今天小赵的爱特别的专，因为这次弄的是个纯洁的女学生。往日，他对妇女是像买果子似的，拣着熟的挑；自要熟，有点坏儿也没关系，反正是弄到手又不自己存着，没有烂在手里的危险。今天他的确觉得应当兴奋一些，即使一向不会兴奋。这回是弄个刚红了个嘴的桃。小赵虽然不会兴奋，究竟心中不安定。他立在一株大松树下，思索起来：这回是完全留着自己吃呢，还是送给人？刚红了嘴的桃，中看不中吃，送人不见得合适。特别是送给军人们，他们爱本事好的，小桃不见得有本事。自己留着？万一留个一年半载，被人看见而向我索要，我肯给不肯呢？我会忌妒不会呢？两搭着，自是个好办法，可是万一她硬呢？不能，女人还硬到哪里去！这倒完全看小赵的了，"小赵，有人要你自己的太太，不是买来预备送人的，是真正的太太，你肯放手不肯呢？"他不能回答自己。

来了，她从远处走来！连小赵的心也居然跳得快了一些。往日买卖妇女是纯粹的钱货换手，除非买得特别便宜，是用不着动感情的。现在，是另一回事，没有介绍人从中撮合，而是完全白得一件宝贝，她笑着来找他，小赵觉出一点妇女的神秘与脆弱——不花钱买，她也会找上门来！容易！后悔以前不这样办，更微微有些怕这样得来的女子或者不易支配，心里可又有点向来没经验过的欣喜。

她像一朵半开的莲花，看着四围的风景，心里笑着，觉得一阵阵的小风都是为自己吹动的。风儿吹过去，带走自己身上一些香味，痛快，能在生命的初夏发出香味。左手夹着小蓝皮包，蓝得像一小块晴天，在自己的腋下。右手提着把小绿伞。袖只到肘际，一双藕似的胳臂。头发掩着右眼，骄慢地从发下瞭着一切。走得轻俏有力，脚大得使自己心里舒展，扁黑皮鞋，系着一道襻儿。傲慢，天真，欣喜，活泼，胖胖的，心里笑着，腮上的红色润透了不大点的一双笑涡。想着电影世界里的浪漫故事，又有点怕，又不肯怕；想着父母，头一仰，把掩着右眼的黑发——卷得像葡萄蔓上的嫩须——撩上去，就手儿把父母忘掉，甚至于有点反抗的决心。端起双肩，又爱又怕又虑又要反抗地叹了一口气，无聊，可是痛快了些。热气从红唇中逃出，似乎空虚，能脸对脸的，另有些热气吻到自己的唇上，和电影世界里的男女一个样，多么有趣！是，有趣！没有别的！一个热吻，生命的溪流中起了个小水花，不过如此，没别的。放出自己一点香味，接收一点男性的热力，至多是搂着吻一下，痛快一下，没别的。别的女友不就是这样么？小说里不是为接吻而设下绿草地与小树林么？电影里不是赤发女郎被吻过而给男人一个嘴巴么？不怕！看着自己的大脚，舒展，可爱，有力气，有什么可怕？

每次由学校回家的时候，总有些破学生在身后追着，破学生，袜子拧着花，一脖子泥！他和破学生不同了，多么有趣，什么也知道，也干净，告诉我多少事！况且，他还和善呢，救出哥哥来，必是哥哥的好朋友。可怜的天真哥哥，在狱里，洋服都破了，没有香烟吸，可怜！他的女朋友到狱里看过他没有？又想起一篇电影，天真在屋里，女的在外边，握着手狠命地吻手背！有趣！

"秀真妹，笛耳①！"小赵的脑门与下巴挤到一块，只剩下两只耳朵没有完全扁了，用力纵着鼻子，所以眼珠没有掉出去。"我可以叫你笛耳吧？"

"随便。"秀真笑涡上那块红扩大了一些，撩了一下头发，看了松树上的山喜鹊一眼，向小赵一笑。

"那么，我就再叫一声，"小赵的唇在她耳前腮上那溜儿动，热气吹着了她的笑涡，"笛耳！"

她眼珠横走，打在他的鼻尖上，向自己一笑。

小赵知道不少英国字，在火车饭厅里时常和摆台的讨教，黄油、苏打水、冰激凌等都能不用中国话而要了来。"不用留洋去喝洋墨水，咱也会外国话！"他常向同事们这样说。他的穿西服、吃洋饭，也下过一番功夫。"你必得下功夫，"他劝告四十岁以上的人们，"连跳舞也得学着，这是学问！现在连军官里都有留学欧美的，不会还行？"他所以胜过张大哥就在这一点上。张大哥并不比小赵笨，只是差着这么点新场面。张大哥会的小赵也会，小赵会的张大哥不会。张大哥没有前途，而小赵正白前程远大。秀真虽然不懂什么，也能看到这个：在家里，一切都守旧、拘束，虽然父亲给预备下新留声机片，可是不准跳舞；连买双皮鞋都得闹一场气。小赵呢，新旧都懂，什么事也知道。小赵接过她的小伞，两人并肩沿着"海"岸往北走。秀真的梦实现了一半。还想不到结

---

① dear：译音，意为亲爱的。

婚，可是假如能和小赵结婚，大概也不错，什么都懂，多么会说话，笑得多么到家！有点贫气，可是看惯了或者也就觉不出来了。

秀真和小赵的身量差不多，或者还许比他高一点。从身体上看，他是年轻的老头儿，她是个身体比年岁大的孩子。秀真还没有长成一定的模像，可是自己愿意显出成年的样子。圆脸，大眼睛，唇和笑涡显出无意的肉感的诱惑。四肢都很大，微微驼着背，大概是怕被人说个子太高。旗袍是按着胡蝶扮演阔小姐时那种风格做的；大扁皮鞋保持着中学生的样子。腿很粗，长于打篮球。头发烫成卷毛鸡，留下一大缕长的挡着右眼。设若天真是女的，秀真是男的，张大哥或者更满意一些。

"天真几时能出来？"她问。

"快，我已经给说妥了；公事不能十分快了，可是也慢不了。他太大意了，为人总得谨慎一点！"小赵郑重地说，"你看我，笛耳，自幼没人管，可是我始终没有堕落，也没给过人机会陷害我，虽然受苦与困难是免不了的。"他眼中含着泪。"少年要浪漫，也要老成。咱们的家庭都是旧式的，咱们自己又都是摩登的，我们就得设法调和这个，该浪漫的浪漫，该谨慎的谨慎，这才能有成功的希望，有真正的快乐。笛耳，以你说吧，还在求学时期，何必穿高跟鞋？你不穿，我一看就明白你有尺寸有见识。我自己，何必说我自己呢，以后你自会知道。"

秀真找不到话讲了，心里只剩了佩服小赵。想起接到男学生们的信，真是可笑，一脖子泥的小鬼们！不讲别的，只夸我几句，然后没结没完地述说他们自己。老说反抗家庭，其实没见过世面！看这个人，新的懂，旧的懂，受过苦，而没堕落！不，她不仅想和他游戏游戏了，她本能地觉到姑娘必有朝一日变成妇人，必定结婚。设若自己想结婚，必是要这么一个可靠的人，不要那一脖子泥专写情书的学生们。她越发觉得自己的大脚可爱了，他说这扁鞋好吗！他多么明白！但是不要和他往下说这个，说不过他，自己连世界上的最简单的事也不知道！学校里学过的功课，怎好说，一点意思也没有。家中的事，又不大知道，没的可说，他大概什么也会说！自己是个会打篮球的学生，他是个人物！啵，还说天真吧。"我不能再去看哥哥一回呀？"

"上次咱们去已经招他们不愿意，再去，不大合适，反正他快出来了。"

"我想给他送点口香糖去！"

"我设法给他送进去就是了，口香糖，"小赵向天想了想，"再添上点水果？都交给我了，我想法子找人送进去，咱们自己不便于再去。"

二

坐在五龙亭的西头那一间里。小赵要了汽水、鲜藕、鲜核桃。秀真不好意思吃，除了有时吃女同学们的水果，还没吃过男朋友的东西。写情书的小泥鬼们只能送给一个书签，或是把一朵干花夹在信里，没这么大大方方坐在一处过，所以又觉得不好意思不吃。虽然和父母逛过北海，喝过茶，可是那是什么味，这是什么味？这一次的吃东西似乎是有无穷无尽的意味，由这一次也许引起一百次、一千次、一辈子在一块吃喝说笑！平日逛北海，就不愿意到五龙亭来，西边的破大殿里的破神像多么可怕！今天坐在这里也不觉得那么可怕了，赵先生多么殷勤可喜，和他在一块什么也不可怕。捏起块雪白的嫩藕，放在唇边，向他笑了笑，没的可说。

小赵给她个机会："学校快考试了吧？我现在要是在学校里，要命也考不上，功课全忘了！"

她心里舒服了，他也有比不上我的地方！他的功课都忘了，我在这一点上比他强。她说起学校的事来，一边说一边吃东西，顺手地往口中放，也不觉得不好意思了。他又要点心。不，不能再吃点心，应当请一请他。请他什么呢？不知道，也不好开口。不吃点心，不饿！况且，也该回学校了，快考试了！被熟人看见，再说，也不好意思。可是，他是我父亲的好朋友，我来是和他商议天真的事，就是被父母看见，也有得说。又舍不得走了，呆呆地坐着，脸上不由得发热。看着水边上的小蜻蜓，飞了飞，落在莲花上；落了会儿，又飞起来。南边的大桥上，来来往往不断的人马，像张活动的图画。桥下有几只小船，男的穿白色上衣，一躬一躬地摇桨，女的藏在小花伞下面，安静，浪漫，一阵风带着荷香，从面上吹过。她收回神来，看他一眼，他的眼正盯着她的笑涡，两人的眼遇到一块，定了一定，轻轻地移开，茶房来收拾汽水瓶子。

"我们划船去?"

"我该回去了!"

"咱们不赁这小破船,上董事会去借好的!"

她未置可否,可是由他拿着小伞。

船停在柳荫下,她还打着小伞,看水中的倒影,正在自己的面部上浮着几个小鱼。

船上玩了半天,决定回学校去,可是小赵拦住她,非去一同吃饭不可。不好意思。可是赵先生决不拿自己当个小学生看,而是用成人对成人的那种客气劝留,所用的话正是父亲留客吃饭时用的那些。又不好意思拒绝。人家拿成人待我,怎好和人家耍孩子脾气。去吧。

要菜要饭,给饭钱与小账,小赵的神气与态度都那么老到、自然,决不像中学生那样羞愧愧地从小口袋里掏钱。秀真觉得处处比不上他,他懂得一切。吃完饭,无论怎样该回学校了,赵先生也不再拦阻,并且依着她的主张,二人在园内就分了手,她往南,他往北,他没坚决地要求陪她一同出去。大方,体谅。

一离开他,秀真觉得身上轻了好些,走得很快,似乎由成人又回到欢蹦乱跳打篮球的女学生。可是心里并没忘了他,有点怕他,又说不上他的毛病在哪块。一块儿吃汽水、划船、吃饭,一个梦境的实现,心里确是受了刺动。他不可怕,为什么怕他呢!他没说一句错话,他没偷偷地拉我的手,他不是坏人。他多么温柔!一边走一边思索,走着走着忽然立住,恍惚似乎丢了什么东西。摸了摸身上,想了想,什么也没丢,水里的影儿现出自己的伞:蹲下照了照脸,还是那样,胖胖的,笑涡旋着点红色。跟他在一块是没危险的。妈妈老咐嘱小心男人,那要看是哪个男人。跟好男人一块儿玩玩,有什么损害呢?立起来,向后撩了撩头发。身后走着一对夫妇,男的比女的大着许多,男的抱着个七八个月大的胖娃娃。秀真爱这个胖娃娃,愿意过去把娃娃接过来,抱一会儿。结婚一定是很有趣的。看了看那个女的,不见得比自己岁数大,小细手腕,可是乳部鼓鼓着;小妈妈,胖娃娃,好玩!胖娃娃转过脸向秀真笑了笑,跟着嘴里"不,不"了两声。她又不好意思了,向前抢球似的跑了几步。跑到白塔的土基上，找了块大石，坐下，心里直跳，也有点乱。口中发渴，跑下来，喝了两碗酸梅汤。

三

小赵心中也没闲着，眼珠在心上炒豆儿似的直跳，觉得自己的那颗心确是有用，眼力也不差！"老眼，赶明儿真该给你配副眼镜，真有你的！"可是"太嫩！恐怕中看不中吃"！管它呢，先玩一玩！买熟货起码得二百出头，还得费工夫调教。这个货太嫩点，可是只费两瓶汽水与一顿饭呢！不用训练，自来美。时代是他妈的变了，女学生是比陈货鲜明；无论妓女怎打扮也赛不过学生们去。白布小衫也好，旗袍也好，总比窑姐儿们好看。小赵你得尝口鲜的，不要落伍，不要辜负了时代！衙门中那群玩意，哪懂得这个？小赵你是聪明，凡事无师自通，买陈货，吊姨太太，你会；玩女学生，你也会了！谁教给你的？妈的，赶明儿不上东交民巷钓个洋妞才怪！用心，没有不成的事！

叫老吴玩那个破货去，小子，至多再叫你玩上一月，我要不把你送到五殿阎王那儿去，我是头蒜！我叫你先和方墩离了婚，然后再把那个破货弄回来，卖出去，哪怕赔几块钱卖呢，赌的是口气！你等着，小子，不叫你家破人亡连根儿烂，算小赵白活！

至于老李那小子，比吴太极更厉害点；可是你还能比小赵霸道，我的笛耳？我叫你不和赵先生、赵老爷、赵大人，合作！敢和我碰碰？真，瞎了你的狗眼！敢不在赵科员面前打招呼，而想在财政所做事？真！临完还成心找寻我，不许我弄张秀真？我看看你的！秀真笛耳，已经到了手；你的二百五十元，咱正花着；张大哥的房子，不久也过来！你？叫你吃不了兜着走！先叫方墩上衙门跟你闹个底儿掉，然后叫她上你那儿住个一年半载。你有所长的门子，哼，咱看看到底谁行。等你免了职，咱才和秀真结婚，给你个请帖！跟小赵叫劲？不知好歹！你知道小赵，赵老爷，将来有什么发展哪？就凭秀真一个人，我就能做所长，你大概不信？那么，你也许不知道，市长凭着什么做市长？你哪能知道，我的宝贝！你等着看小赵一手吧！谢谢你的二百五十块钱，专等再谢谢你来送婚礼，别只写副喜联呀，伙计！

小赵去吃了两杯冰激凌，心里和冰一样舒服。

第十六章

一

老李带着英在外面足玩了半日，心中很痛快。也没向衙门里请假，也不惦记着家里，只顾和英各处玩耍。他看明白了：在这个社会里只能敷衍，而且要毫没出息地敷衍，连张大哥那种郑重其事的敷衍都走不通。他决定不管一切，只想和英痛快地玩半天。吃过了晚饭，英已累得睁不开眼。老李不想回家，可是又没法安置英；回去，她爱怎闹怎闹，把小孩子放在家里再说；闹得太不像样，我还可以出来，住旅馆去，没关系。

马少奶奶拉着菱在门口立着呢。太阳落后的余光把她的脸照得分外的亮，她穿着件长白布衫，拉着菱，菱穿着个小红短袖褂子。像一朵白莲带着个小红莲苞，老李心里说。菱跑过来拉爸，英扑过马婶去。"你们上哪儿啦，一去不回头？"她问英，自然也是问老李。他抱起菱来，"我们玩去了，家里不平安，就上外面玩去。"他的语气中所要表示的"我才不在乎"都被眼睛给破坏了。她正看着他的眼睛，他的眼神决不与语气一致。他也承认了这个，不行，不会对生命嬉皮笑脸；想敷衍，不在乎，不会！他知道她也明白这个。"菱，妈妈还闹不闹了？"他问，勉强地笑着，极难堪。

"妈嘴肿，不吃饭饭！"菱用小手打了爸两下，"打爸！菱不气妈，爸气妈！臭爸！臭噢——"菱用小手捂上鼻子。

老李又笑了，可是不好意思进街门。

"您进去吧，没事啦。"马少奶奶淘气地一笑，好像逗着老李玩呢。

老李出了汗，恨不能把孩子放下，自己跑三天三夜去，跑到座荒山去当野人。可是抱着菱进了门。英也跟进来，剩下马婶自己在门外立着。老李回头看了一眼，她脑后的小辫不见了，头发剪得很齐，更好看了些。

李太太在屋里躺着呢。英进去报告一切，妈也不答理。

"爸，你给我买好吃没有？"菱审问着爸。

爸忘了，忽然地想起来："菱，你等着，爸给买好吃去。"放下菱，跑出来。跑到门洞，马少奶奶把门对好，正往里走。

"您又上哪儿？"她往旁边一躲。

"我出去住两天，等她不犯病了我再回来。受不了这个！"

"这才瞎闹呢。"

"怎么？"他的声音很低，可是带着怒气，好像要和她打架似的。

她愣了一会："为我，您也别走。"

"怎么？"这个比它的前人柔和着多少倍。

"马有信来，说，快回来了。一定得吵。"

"怎么？"

"他一定带回那个女的来。"

"信上说着？"

"不是。"

"你——你怎么知道？"

"我心里觉出来，他必把她带回来，还不得吵？"门洞虽然黑，可是看见她笑了——也不十分自然。

"我不走好了，我专等和谁打一通呢！你不用怕。"

"我有什么可怕的？不过院里有个男的，或者不至于由着马的性儿反。"

"他很能闹事？"

她点了点头："好吧，您还出去不？"

"出去给菱买点吃的，就回来。"他开开门，进了些日落后的软光。门外变了样，世界变了样，空气中含着浪漫的颜色与味道。

二

财政所来了位堂客，身子是方块，项上顶着个白球，像刚由石灰水里捞出来，要见所长。传达处的工友问什么事，白球不出声。工友拒绝代为通报，脸上挨了个嘴巴。

工友捂着脸去找所长，所长转开了眼珠："巡警把她撵开！"继而一想，男女平权的时代，不宜得罪女人，况且知道她是谁？"请赵科员代见。"小赵很高兴地来到会客厅，接见女客，美差！及至女客进来，他瞪了眼，吴太太！

"好了，你叫我来闹，我来了，怎么闹吧？你说！"方墩太太坐下了。工友为是保护科员，在一旁侍立，全听了去。

"李顺，走！"赵科员发了令。

"嗻！"李顺很不愿意出去，可是不敢违抗命令。

"大姐，你算糟到家了！"小赵把李顺送了出去，关上门，对方墩说，"不是叫你见所长吗？"

"他不见我，我有什么法儿呢？"

"不见你，你就在门口嚷啊。姓李的，你出来！你把吴科员顶下去，一人吃两份薪水！还叫我们离婚！我跟你见个高低！就这么嚷呀。嚷完，往门框上就拴绳子，上吊！就是所长不见你，你这么一嚷还传不到他耳朵里去？他知道了，全所的人都知道了；就是所长不免他的职，他自己还不滚蛋？你算糟透了，见我干吗呀？！"

"我没要你见我呀！你干吗出来？"

"嘿！糟心！你赶紧走，我另想办法。反正有咱们，没老李；有他，没咱们！走吧。家里等我去。"

小赵笑着，规规矩矩把方墩太太送到大门，极官派地鞠躬："再会，吴太太，回来我和所长详说就是。"转过脸来："李顺，这儿来！你敢走漏一个字，我要你的命！"

小赵非常的悲观。成败倒不算什么，可气的是人们怎么这么饭桶。拿方墩说，就连衙门外嚷嚷一阵都不会，怎么长那身方肉来着呢！头一炮就没响。要不怎么这群人不会成功呢，把着手儿教，到时候还弄砸了锅。小赵很愿意想出一种新教育来，给这群糟蛋一些新的训练。"你等着，"他告诉自己，"等小赵做了教育总长再说！"

三

老李和太太没正式宣战而断绝了国交。三天，谁也没理谁。他心中，可是，并没和太太叫劲。他一心一意地希望着马先生快回来，看看人家这会浪漫的到底是长着几个鼻子。心中有所盼望，所以不说话也不觉得特别的寂寞。除了这件事，他还惦记着张大哥。到底小赵是卖什么药呢？天真还没有放出来！张大哥太可怜了，整天际把生命放在手里捧着，临完会像水似的从指缝间漏下去！单单地捉去他的儿子，哪怕一把火烧了他的房呢，连硬木椅子都烧成焦炭呢，张大哥还能立起来，哪怕是穿着旧布衫在街上去算命合婚呢，他还能那么干净和气，还能再买上一座小房；儿子，另一回事。奇怪，那么个儿子会使张大哥跌倒不想往起爬——假如英丢失了，我怎样？老李问自己。难过是当然的，想不出什么超于难过的事。时代的关系？夫妻间的爱不够？张大哥比我更布尔乔亚？算了吧，看看张大哥去。

自迁都后，西单牌楼渐渐成了繁闹的所在，虽然在实力上还远不及东安市场一带。东安市场一带是暗中被洋布尔乔亚气充满，几乎可以够上贵族的风味。西单，在另一方面，是国产布尔乔亚，有些地方——像烙饼摊子与大碗芝麻酱面等——还是普罗的。因此，在普通人们看，它更足以使人舒服，因为多着些本地风光。它还没梦想到有个北京饭店，或是乌利文洋行。咖啡馆的女招待，百货店的日本货，戴一顶新草帽或穿一双白帆布鞋就可以出些风头的男女学生，各色的青菜瓜果，便宜坊的烧鸭，羊肉馅包子，插瓶的美人蕉与晚香玉，都奇妙地调和在一处，乱而舒服，热闹而不太奢华，浪漫而又平凡。特别是夕阳擦山的前后，姑娘们都穿出夏口最得意的花衫，卖酸梅汤的冰盏敲得清脆而紧张，西瓜的吆喝长而多颤；偶尔有一阵凉风；天上的余光未退，铺中的电灯已亮；人气车声汗味中裹着点香粉或花露水味，使人迷惘而高兴，袋中没有一文钱也可以享受一些什么。真正有钱的人们只能坐着车由马路中心，擦着满是汗味的电车，向长安街的沥青大路驰去，响着车铃或喇叭。

老李永不会欣赏这个。他最讨厌中等阶级的无聊与热闹，可是在他的灵魂的深处，他有点贵族气。他沿着马路边儿走，不肯和两旁的人群去挤。快到了堂子胡同，他的右臂被人抓住。丁二爷。

"啊，李先生！"丁二爷的舌头似乎不大利落，脸上通红，抓住老李的右臂还晃了两晃，"李先生，我又在这儿溜酒味呢！又喝了点，又喝了点。李先生，上次你请我喝酒，我谢谢你！这是第二次，记得清楚，很清楚。还能再喝点呢，有事，心中有事。"他指了指胸口。

老李直觉地嗅出一点奇异的味道，他半拉半扯地把丁二爷架到一个小饭铺。

又喝了两盅，丁二爷的神色与往日决不相同了，他居然会立起眉毛来。"李先生，秀真！"他把嘴放在老李的耳边，可是声音并没放低，震得老李的耳朵直嗡嗡。"秀真！"

"她怎么了？"老李就势往后撤了撤身子，躲开丁二爷的嘴。

"我懂得妇女，很懂得。我和你说过我自己的事？"

老李点了点头。

"我会看她们的眼睛和走路的神气，很会看。"他急忙吞了一口酒，"秀真回来了，今天。眼睛，神气，我看明白了。姑娘们等着出阁是一样，要私自闹事又是一个样，我看得出。秀真，小丫头，我把她抱大了的，现在——"丁二爷点着头，不言语了，似乎是追想昔年的事。

"现在怎样？"老李急于往下听。

"哎！"丁二爷的叹气与酒盅一齐由唇上落下。"哎！她一进门，我就看出来，有点不对，不对。她不走，往前摆，看着自己的大脚微笑！不对！我的小鸟们也看出来了，忽然一齐叫了一阵，忽然地！我把秀真叫到我的屋里，多少日子她没到过我屋里！小的时候，一天到晚找丁叔，小丫头！我盘问她，用着好话，她说了，她和小赵！"

"和小赵怎着？"老李的大眼似乎永远不会瞪圆，居然瞪圆了。

"一块儿出去过，不止一次了，不止。"

"没别的事？"

"还没有，也快！秀真还斗得过他？"

"嘿！"

"哎！妇女，"丁二爷摇着头，"妇女太容易，也太难。容易，容易得像个熟瓜，一摸就破；难，比上天还难！我就常想，这不没事吧，没事我就常想，我的小鸟们也帮着我想，非到有朝一日，有朝一日男女完全随便，男女的事儿不能消停了。一个守一个，非捣乱不可。我就常这么想。"

老李很佩服丁二爷，可是顾不及去讨论这个。"怎办呢?"

"怎办?丁二有主意，不然，丁二还想不起喝酒。咱们现在男女还不能敞开儿随便。儿女一随便，父母就受不了。咱们得帮帮张大哥。我准知道，秀真要是跟小赵跑了，张大哥必得疯了，必得!我有主意，揍小赵!他要是个好小子，那就另一回事了，秀真跟他就跟他。女的要看上个男的，劝不来，劝不来，我经验过!不过，秀真还太小，她对我说，她觉得小赵好玩。好玩?小赵?我揍他!廿年前我自己那一回事，是我的错，不敢揍!我吃了张大哥快廿年了，得报答报答他，很得!我揍小赵!"

"揍完了呢?"老李问。

"揍就把他揍死呀!他带着口气还行，你越揍他，秀真越爱他，妇女嘛!一揍把他揍回老家去，秀真姑娘过个十天半月也就忘了他，顶好的法儿，顶好!劝，劝不来!"

"你自己呢?"老李很关切地问。

"他死，我还想活着?活着有什么味!没味，很没味!这廿年已经是多活，没意思。喝一盅，李先生，这是我最后的一盅，和知己的朋友一块儿喝，请!"

老李陪了他一盅。

"好了，李先生，我该走了。"丁二爷可是没动，手按着酒盅想了会儿，"啊，我那几个小黄鸟。等我——的时候，李先生，把它们给英养着玩吧。没别的事了。"

老李想和他用力地握握手，可是愣在那里，没动。

丁二爷晃出两步去，又退回来："李先生，李先生，"脸更红了，"李先生，借给我俩钱，万一得买把家伙呢。"

四

老李不想去看张大哥了。丁二爷的言语像胶粘在他的脑中，他不知道是钦佩丁二爷好，还是可怜他好。可是他始终没想起去拦阻丁二爷，好像有人能去惩治小赵是世上最好的一件事。他觉得有点惭愧，为什么自己不去和小赵干？唯一的回答似乎是——有家小的吃累，不能舍命，不是不敢。但是，就凭那样一位夫人，也值得牺牲了自己，一生做个没起色、没豪气的平常人？自己远不如丁二爷，自己才是带着口气的活废物。什么也不敢得罪，连小赵都不敢得罪，只为那个破家，三天没和太太说话！他越看不起自己，越觉得不认识自己，"到底会干些什么？"他问自己。什么也不会。学问，和生活似乎没多大关系。在衙门里做事用不着学问。思想，没有行动，思想只足以使人迷惘。最足以自慰的是自己的心好，可是心好有什么标准？有什么用处？好心要是使自己懦弱、随俗、敷衍，还不如坏心。他低着头在暮色中慢慢地走，街上的一切声音、动作只是嘈杂紊乱，没有半点意义。一直走到北城根，看见了黑糊糊的城墙，才知道他是活着，而且是走到了"此路不通"的所在。他立住，抬头看着城墙上的星们。四外没有什么人声了，连灯光也不多。垂柳似乎要睡，星非常的明。他入了另一个世界，一个没有人、没有无聊的争执，连无聊的诗歌也没有的世界：只有绿柳伴着明星，轻风吹着小萍，到静到连莲花都懒得放香味的时候，才从远处来一两声鸡鸣，或一两点由星光降下的雨点，叫世界都入了个朦胧的状态。呆立了许久，他似乎醒过来。叹了口气，坐在地上。

地上还有些未散尽的热气，坐着不甚舒服，可是他懒得动。南边的天上一团红雾，亮而阴惨。远处，似乎是由那团红雾里来的一些声音，沙沙地分辨不清是什么，只是沙沙的，像宇宙磨着点儿什么东西，使人烦恼而又有些希冀，一些在生死之间的响声。他低下头不再看。想起幼年在乡间的光景。麦秋后的夏晚，他抱着本书在屋中念，小灯四围多少小虫，绿的、黄的、土色的，还有一两个带花斑的蛾子，向灯罩进攻。别人都在门外树下乘凉。"学生"，人们不提他的名字，对他表示着敬意。十四五岁进城去读书，自觉得是"学生"了，家族，甚至全国全世界的光荣，都在他的书本上；多识一个字便离家庭的人们更远一些，可是和世界接近一点。读了些剑侠小说也没把他的"学生"的希冀忘掉了，虽然在必不得已的时候也模仿着剑侠和同学打一架，甚至于被校长给记过一次，"学生"的耻辱。

到北平去！头一次见着北平就远远看见那么一团红雾，好像这个大城是在云间，自己是往天上飞。大学生，还是学生，可是在云里，是将来社会国家的天使，从云中飞降下来，把人们都提起，离开那污浊的尘土。结了婚：本想反抗父母，不回家结婚，可又不肯，大学生的力量是伟大的，可以改革一切。一个乡下女子到自己手里至少也会变成仙女，一同到云中去。毕了业，戴上方帽子照了相，嘴角上有点笑意，只是眼睛有点发呆。找事做了，什么也可以做，凭着良心做，总会有益于人的。只是不能回乡间去种地，高粱与玉米至高不过几尺高，而自己是要登云路的。有机会去革命，但是近于破坏；流血也显着太不人情，虽然极看不起社会上的一切。我不入地狱，谁入地狱？于是入了地狱，至今也没得出来，鬼是越来越多，自己的脸皮也烧得乌黑。非打破地狱不可！可是想打破地狱的大有人在，而且全是带走一批黑鬼，过了些日子又依旧回来，比原先还黑了三倍，再也不想出去。管自己吧，和张大哥学。张大哥是地狱中最安分的笑脸鬼。接来家眷，神差鬼使地把她接来，有了女鬼，地狱更透着黑暗，三天谁也不理谁！就着鬼世界的一切去浪漫吧，胆子不知为什么那样小，或者是傲慢不屑？谁知道！又看见了那团红雾，北平没在天上，原来是地狱的阴火，沙沙的，烧着活鬼，有皮有肉的活鬼，有的还很胖，方墩，举个例说。

　　不敢再想！没有将来，想它作甚？将来至好不过像张大哥——闭门家中坐，祸从天上来。地狱的生活本是惩罚。小赵应当得意；丁二爷是多事，以鬼杀鬼，钢刀怎会见血?！自己抓不到任何东西，眼前是那团红雾，背后是城墙，幸而天上有星——最没用的大萤火虫们！好像听见父亲叱牛的声音。父亲抓住了一块地，把一生的汗都滴在那里。可是父亲那块地也保不住，假如世界是地狱的话。收庄稼的时候，地狱的火会烧得更痛快，呼，一阵风，十里百里一会儿燎尽！连根麦秆也剩不下！

　　极慢地立起来，四围没有一个人，低着头走。向东沿着河沿走，地上很湿软，垂柳像摇篮似的轻摆，似乎要把全城摇入梦境。柳树后出来一个黑影，极轻快地贴住他的肩，一股贱而难过的香味。"家去坐坐，不远，茶钱随意。"一个女的声音，可是干裂、难听，像是伤风刚好的样子。老李本能地躲了躲，她紧往前跟。他摸了摸袋中，只剩了几角钱的票子，抓了出来，塞在她的手中。

"不家去呀?"她说着把手放下去。他的嗓中堵块石子,深一脚浅一脚地快走。又找到大街,他放慢了脚步。"地狱里的规矩人!"他叫着自己。回去,她一定还没走呢,把手表也给了她。没敢回去。一个手表救不了任何人。借着路灯看了看,已经十二点半。

五

他两天没到衙门去,一来是为在家中等着那个浪漫的马先生,二来是打不起精神去做事。连丁二爷都能成个英雄,而老李是完全被"科员"给拿住,好像在笼里住惯的小鸟,打开笼门也不敢往出飞;硬不去两天试试,散了就散了,没关系!在他心的深处,他似乎很怕变成张大哥第二——"科员"了一辈子,以至于对自己的事都一点也不敢豪横,正像住惯了笼子的鸟,遇到危险便闭目受死,连叫一声也不敢,平日的歌叫只为讨人们的欢心。他怕这个。他知道他已经被北平给捆起来,应当设法把翅膀抽出来,到空中飞一会儿。绝对地否认北平是文化的中心,虽然北平确是有许多可爱的地方。设若一种文化能使人沉醉,还不如使人觉到危险。老李不喜欢喝咖啡,一小杯咖啡便叫他一夜不能睡好。现在他决定要些生命的咖啡,苦涩、深黑,会踢动神经。北平太像牛乳,而且已经有点发酸。

跟太太还不过话,没关系。"科员化"的家庭,吵嘴都应低声的,不出一声岂不更好?心中越难过,越觉得太太讨厌。她不出声,正好,省得时时刻刻觉到她的存在。将来死了埋在一处,也不过是如此,一直到两人的棺材烂了,骨头挨着骨头,还是相对无言,至于永久。好吧,先在活着的时候练习练习这个。就怕有朋友来,被人家看破,不好意思,"科员"!管它呢,谁爱来谁来,说不定连朋友也骂一顿,有什么可敷衍的?

邱太太来了。纸板似的,好像专会往别人家的苦恼里挤。老李想把她撵出去,可是不敢,得陪着说话,无论如何无聊!

"李先生,我来问你,你看邱真有意学学吴先生吗?"两槽牙全露出来。

"不知道。"

"哼!你们男人都互相地帮忙,有团体!我才不怕,离婚,正好!"

"干吗再说,那么?"老李心中说。

邱太太到屋里去找李太太。老李看出,自己应该出去遛遛,科员不便和另一科员的太太起什么冲突,拉着英出去了。

上哪儿去?想起北城根那个女人。哪能那么巧又遇上她。遇上,也不认识呀,在半夜里遇见的。可怜的姑娘,也许是个媳妇。她为什么不跳在河沟里?谁肯!老李你自己肯把生命卖给那个怪物衙门,她为什么不可以卖?焉知她不是为奉养一个老母亲,或是供给一个读书的弟弟?善良与黑暗遇上便是悲剧。

找张大哥去?不愿意去,也不好意思去,天真还没出来。到底小赵是怎回事?为什么不去提着小赵的耳朵,把实话捽出来?饭桶,糟蛋,老李!

买了个极大的三白香瓜,堵上英的嘴,没目的而又非走不可地瞎走。

第十七章

一

半夜里,张大哥把大嫂推醒:"我做了个梦,我做了个梦。"他说了两遍,为是等她醒明白了再往下说。

"什么梦?"她打了个哈欠。

"梦见天真回来了。"

"梦是心头想。"

张大哥愣了一会儿。"梦见他回来了,顶喜欢的。待了一会儿,秀真也来了。秀真该来了,不是应当放暑假了吗?"

"七月一号才完事呢,还有两三天了。"

"啊!我梦见她回来了,也挺喜欢的。待了一会儿,仿佛咱们是办喜事,院子里搭起席棚,上着喜字的玻璃,厨子王二来了,亲友也来了,还送来不少汽水。秀真出门子,给的是谁?你猜!"

"我怎会猜着你的梦?"

张大哥又愣了一会儿:"小赵! 给的是小赵! 他穿着西服,胸前挂着大红花,来迎亲。我恍惚似乎看见吴太极、邱先生、孙先生们都在西屋外边立着,吸着烟卷。他们的眼睛,我记得清楚极了,都盯着我,好像在万牲园里看猴子那样,脸上都带着点轻视我的笑意。我看见小赵进来,又看见他们大家那样笑我,我的心要裂了。我回头看了看,秀真在堂屋立着呢,没有打扮起来,还穿着学校的制服。她不哭也不笑,就是在那儿立着,像傀儡戏里的那个配角,立在一旁,一点动作没有。我找你,也找不到。我转了好几个圈。你记得咱们那条老黄狗? 不是到夏天自己咬不着身上的狗蝇就转圈,又急又没办法? 我就是那个样。我想揍小赵,一生没打过架,胳臂抬也抬不起,净剩了哆嗦了。小赵向我笑了。我就往后退,挡住了秀真。我想拉起她往外跑,小赵正堵住门。吴太极们都在他身后指着我笑。我拉着她往后退。正在这个当儿,门外咚——响了一声,震天震地的,像一个霹雳。我就醒了。什么意思呢? 什么意思?"

　　"没事! 横是天真快出来了。我明个早晨给他的屋子收拾出来。"张大嫂安慰着丈夫,同时也安慰着自己。

　　"梦来得奇怪,我不放心秀真!"

　　"她,没事! 在学校里正考书,还能有什么事?"大嫂很坚决地说,可是自己也不大相信这些话。

　　张大哥不言语了。帐子外边有个蚊子飞来飞去地响着。待了好大半天,他问:"你还醒着哪?"

　　"睡不着了,蚊子也不是在帐子里边不是?"

　　他顾不到蚊子的问题:"我说,万一小赵非要秀真不可呢?"

　　"何必信梦话呢! 不是老李和他说好了吗?"

　　"梦不梦的,万一呢? 老李这两天也没来!"

　　"衙门也许事儿忙,这两天。"

　　"也许。我问你,万一小赵非那么办不可,你怎着?"

　　"我? 我不能把秀儿给他!"

　　"不给他,天真就出不来呢?"张大哥紧了一句。

　　"那——"

"哎！"张大哥又不言语了。

夫妻俩全思索着，蚊子在帐子外飞来飞去地响。

大嫂先说了话："我的女儿不能给他！"

"儿子可以不要了？"

"我也不是不爱儿子，可是——"

"他要是明媒正娶地办，自然这口气不好受，可是——"

"命中没儿子就是没儿子，女儿是可以不——"

"不用说了，"张大哥有点带怒了，"不用说了！命该如此就结了！我姓张的算完了，拿刀剁小赵个兔崽子！"

多少多少年了，张大哥没用过"兔崽子"。"拿刀剁？"只能说说。他不能再睡。往事一片一片地落在眼前。自己少年时的努力，家庭的建设，朋友的交往，生儿女的欣喜，做媒的成功，对社会规法的履行，财产购置……无缘无故地祸从天降！自从幼年，经过多少次变乱，多少回革命，自己总没跌倒，财产也没损失，连北京改成北平那么大的变动都没影响到自己，现在？北京改名北平的时节，他以为世界到了末日，可是个人的生活并没有摇动。现在！不明白，什么也不明白，小赵比他小着二十多岁。小赵是飞机，张大哥是骡车；骡车本不想去追飞机，可是飞机掷下的炸弹是没眼睛的。骡车被炸得粉碎。他想起前二年在顺治门里，一辆汽车碰死一匹老驴。汽车来到跟前，老驴双腿跪下了，瘫了，两只大眼睛看着车轮轧在自己的头上，一汪血，动也没动，眼还睁着！那匹老驴也许是在妙峰山的香会上、白云观神路上，戴着串铃，新鞍鞯，毛像缎子似的，鼻孔张着，飞走，踢起轻松的尘沙，博得游人的彩声。汽车来了，瞪着眼，瘫在那里！张大哥听见远处的鸡鸣，窗纸微微发青，不能睡，不能！自己是那个老驴，跪到小赵的身前，求他抬手，饶了他，必不得已，连秀真饶上也可以，儿子的价值比女儿高。大嫂也没睡。

二

大嫂来找老李，到底小赵是怎回事？她拿出有小赵签字的纸条，告诉老李，张大哥做了个噩梦。

李太太看见亲家来了，不得不和丈夫一同接见。丈夫的眼神非常的可怕，像看见老鼠的猫，全身的力量都运到眼上。老李还不出话来。大嫂的脸，虽然勉强笑着，分明带着隔夜的泪痕。她不但关心天真，而且问老李："秀儿是不是准没危险？"老李回答不出。他的唇白了，脑门上出了热汗，眼睛极可怕。生平不爱管闲事，虽然心中愿意打个抱不平；一旦自动地给人帮忙，原来连半点本领也没有，叫小赵由着性戏弄，自己是天生来的糟蛋！什么事都由着别人，自己就没个主张？穿衣服，结婚，接家眷，生，死，都听别人的。连和太太大声嚷几句都不敢。地道糟蛋。只顾了想自己的事，张大嫂又说了什么，没听见。自己要说点什么，说不出，嘴唇只管自张自闭，像浅木盆里的挣扎性命的鱼！

大嫂还勉强笑着逗一逗干女儿，摸着菱的胖葫芦脸。摸着摸着哭起来，想起秀真幼时的光景。李太太也陪着落泪，自己一肚子的冤屈还没和大嫂诉说。丈夫的眼神非常的可怕，不敢多哭，而且得劝住张大嫂。

正在这个时节，吴太太来了，进了屋门就哭。方墩的脸上青了好几块，右眼上一个大黑圈。"我活不成了，活不成了！"看见张大嫂也在这里，更觉得势力雄厚些："老李，你不叫我活着，我也叫你平安不了。吴小子虽然厉害，向来没打过我。现在，你看看，看看！"她指着脸上的伤。"都是你，你把他顶下来，你叫他和我离婚。今天就是今天了，咱们俩上当街说去！"

李太太为这个自己打过一顿嘴巴，可是始终没和丈夫闹破。自然哪，丈夫心里有病，不说，他自己还不明白？他心里明白，假装糊涂，好几天不理我！吴太太来得好，跟他闹，看他怎样！白给小赵二百五十块钱，够买两三亩地的！

老李莫名其妙，一句话没有。嘴一张一闭，汗衫贴在背上，像刚被雨淋过的。

张大嫂问了方墩几句。把自己的委屈暂放在下层，打住了泪，为老李辩护。"这是小赵写的，我不都认识，我明白其中的意思。老李为我们给了他二百五十块钱。为我们把他自己押给小赵。老李会顶了吴先生？老李会叫吴先生跟你离婚？我家里闹了事，你们连问也不问，就是老李是个好人，我告诉你吴太太！买房子？老李买我们的房子？小赵要的报酬！小赵是你们家的人，不是个东西！"大嫂把几个月的怨气恨不能都照顾了方墩，心中痛快了些。

方墩不言语了，可是泪更多了："反正我挨了打！"心里头说："不能这么白挨！”

李太太瞪了眼，幸而没向大嫂说这回事。丈夫的眼神非常的可怕，吴先生可以揍吴太太，焉知老李不拿我撒气？

老李一声也不响，虽然大嫂把方墩说得闭口无言，可是心中越发觉得无聊。这群妇人们，小赵！自己是好人，没用！

张大嫂又给方墩出了主意：“找小赵去！跟他拼命，你要是治服了他，吴先生再也不敢打你。我的当家子的也把差事搁下了，难道也是老李的坏？”

“小赵还叫我上衙门闹去呢！”方墩心里说。待了会儿对两位太太说：“我谁也不怨，只怨我不该留下那个小妖精！我没挨过打，没挨过！”她觉得一世的英名付于流水。“没完，我家去，我死给他们看看，我谁也不怨。”她设法张开带黑圈的眼看了老李一下，似乎是道歉，“我走了。我死后，只求你姐们给我烧张纸去！”

方墩走后，李太太乘着张大嫂没走，设法和丈夫说话，打开僵局。有客人在座，比较的容易些，可是老李还是没理她。

三

小赵第一没有任何宗教信仰，第二没有道德观念，第三不信什么主义，第四不承认人应有良心，第五不向任何人负任何责任，按说他可以完全无忧无虑，而人一有钱，天下太平了。不过，人心总是肉长的，小赵的心不幸也是肉长的，这真叫他无可如何地自怜自叹自恨。对于秀真，他居然有一点为难！本来早就可以把她诱到个地方，使她变成个妇人，可是不知为了什么，他还没下手。人的心不能使人成为超人，小赵恨自己。她比别的妇人都容易弄到手，别的妇女得花钱，定计，写契证；她完全白来，一瓶汽水，几声笛耳，带她看了趟天真，行了。可是他不敢下手，他不认识了自己。

他向来不为难，定计策是纯粹理智的，用不着感情。成功与失败是凭用计的详密活动与否，也不受良心的责备与监视。成功便得点便宜，失败就损失点，失败了再干，用不着为难。秀真有点与众不同，简单得像个大布娃娃，不用小赵费半点思想。也许是理智清闲起来，感情就来作怪，小赵像拿惯了老鼠的猫，这回捉住了个小的，不肯一口吞下，而想逗弄着玩，明知道这是不妥，甚至于是不对，可是不肯下手。假如这么软弱下去，将来也许有失去捕鼠能力的可能！小赵没了主意。她的眼睛、鼻子、笑涡，连那双大脚，都叫他想到是个"女子"，不是"货物"。他常想他的母亲和他的父亲也不过是那么一回事，但是他不肯随便骂自己的亲娘。对于秀真也有这么点。他觉得秀真应当和他有点人与人的关系，不是人与货物的关系。一向他拿女的当作机器，或是与对不很贵的瓷瓶有同等的作用与价值。秀真会使他的心动了动。他非常奇怪地发现了自己身上有种比猫捕鼠玄虚一些的东西。他要留着秀真，永远满足他的肉欲，而不随手地扔了她。这便奇怪得很。这是要由小赵而变成张大哥——张大哥有什么出息？这是要由享受而去负责任，由充分的自由而改成有家有室，将来还要生儿养女。因此得留着秀真的身子，因为小赵是要为自己娶太太。他觉着非常的可笑，同时又觉着其中或者另有滋味，她确是与众不同。但是，为了这点玄虚的东西而牺牲了个人的事业，上算不上算？把秀真送出去，至少来几千，先不用说升官。小赵为了难。思想还是清楚的，不过这一回每当一思索就有点别的东西来裹乱。性欲的问题，在小赵本不成问题。现在生要为这个问题而永远管一个女子叫笛耳，太不上算；吃着他，喝着他，养了孩子他喂着，还得天天陪上几声笛耳，糊涂！可是秀真有股子奇怪的劲，叫他想到，老管她叫笛耳是件舒服事，有一个半个小小赵，她养的，也许有趣味。他是上了当，不该勾搭这么个小妖精。后悔也不行，他极愿意去和她一块走走逛逛，看看她的一双大脚。那双大脚踩住了他的命，仿佛是。妇女本来都是抽象的，现在有一个成为具体的，有一定的笑涡、大脚、香气，贴在他的心上，好像那年他害肚子疼贴的那张回春膏。虽然贴着有些麻烦，可是还不能不承认那是自己身上的一部分，它叫肚皮发痒，给内部一些热气，一贴膏药叫人相信自己的肚子有了依靠。一块钱一贴，在肚子上值一万金子，特别在肚子正疼的时候。秀真是张贴心房的膏药。可是小赵不承认心中有什么病。为难！

丁二爷找到小赵。

"赵先生，"丁二爷叫，仿佛称呼别人"先生"是件极体面的事，"赵先生！"

"丁二吗？有什么事？"小赵是有分寸的，丁二爷只是"丁二"，无须加以客气的称呼。

"秀姑娘叫我来的。"

"什么?"

"秀姑娘叫我来的。"

"哪个秀姑娘?"小赵的眼珠没练习着跳高,而是死鱼似的瞪着丁二爷。他最讨厌别人知道了自己的事。

"秀真,秀真,我的侄女秀真。"丁二爷好像故意地讨厌。

"你的侄女?"小赵真似乎把秀真忘了,丁二的侄女,哼!

"我把她抱大了的,真的,一点儿不假。我的事她知道,她的事我知道。您和她的事我也知道。她叫我找您来了。"

小赵非常的不得劲,很有意把丁二枪毙了,以绝后患。"找我干吗?啊,别人知道不知道?"

"别人怎能知道,她就是和我说知心话,我的嘴严,很严,像个石头子。"

"不要你的命,你敢和别人说!"

"决不说,决不说,丁二都仗着你们老爷维持。那回您不是赏了我一块钱?忘不了,老记着。"

"快说,到底有什么事?"小赵减了些猜疑,可是增加了些不耐烦,丁二是到梆到底的讨厌鬼。

"是这么回事!"

"快着,三言两语,别拉锯,赵先生没工夫!"

"秀真一半天就搬回家来,出入可就不大方便了,叫您快想主意。她说,顶好您设法先把天真放出来,然后您向张大哥要求这回婚事。成也得成,不成也得成。秀姑娘说了,她自己也和父亲母亲要求,父母不答应,她就上吊。可是天真得先出来,不然她没话向父母说。"

"好啦,去你的,我快着办。给你这块钱,"小赵把张钱票扔在地上,"留神你的命,只要你一跟别人提这个,噗,一刀两断,听见没有?"

丁二爷把票子拾了起来,说:"谢谢,赵先生,谢谢!决不对别人说!您可快着点!秀姑娘真不坏,真不坏。郎才女貌!赵先生,丁二等吃喜酒!以后您有什么信传给秀姑娘，找我丁二，妥当，准保妥当！"

小赵心里怎么也不是味，不肯承认自己是落在情网中：赵先生被个蜘蛛拿住？赵先生像小绿蝇似的在蛛网上挣扎？没有的事！可是丁二的末几句话使他心中痒了痒——吃喜酒，郎才女貌！人还不易逃出人类的通病，小赵恨自己太软弱。可是洞房花烛夜，吻着那双大脚，准保没被别人吻过的；她脸上红着，两个笑涡像两朵小海棠花！以前经历过的女人都像木板似的，压在她们身上都觉不出一点弹性！小赵没办法，没法把心掏出来，换上块又硬又光的大石卵。

四

丁二爷一辈子没撒过谎，这是头一次。他非常的兴奋，说了谎，而且是对大家所不敢惹的小赵说的！还白捡了一块钱，生命确是有趣的。大概把小赵揍死，也许什么事没有？谁知道！天下的事只怕没人做，做出来不一定准好或是准坏，就怕不做。丁二爷想起过去的事：假如少年的时候，遇上事敢做，也许不至成为废物？他有点后悔。好吧，现在拿小赵试试手。小赵一点也没看起咱，给他个冷不防！丁二爷没想到自己是要做个英雄，他自己知道自己，英雄与丁二联不到一处。只是要试试手。试好了便算附带地酬报了张大哥，试不好——谁知道怎样呢！过去是一片雾，将来是一片雾，现在，只有现在，似乎在哪儿有点阳光。秀真，小丫头，也确是可爱！要是自己的儿子还跟着自己，大概还许和她订婚呢！儿子哪儿去了？那个老婆哪儿去了？他看着街上的邮差，终年地送信，只是没有丁二的！去喝两盅，谁叫白来一块钱呢！

第十八章

一

老李的苦痛实在是有苦而没地方去说。李太太不是个特别泼辣的妇人，比上方墩与邱太太，她还许是好一些的。可是她不能明白老李。而老李确又不是容易明白的人。他不是个诗人，没有对美的狂喜；在他的心中，可是，常有些轮廓不大清楚的景物：一块麦田，一片小山，山后挂着五月的初月。或是一条小溪，岸上有些花草，偶然听见蛙跳入水中的响声……这些画境都不大清楚，颜色不大浓厚，只是时时浮在他眼前。他没有相当的言语把它们表现出来。大概他管这些零碎的风景叫作美。对于妇女，他也是这样，他有个不甚清楚的理想女子，形容不出她的模样，可是确有些基本的条件。"诗意"，他告诉过张大哥。大概他要是有朝一日能找到一个妇女，合了这"诗意"的基本条件，他就能像供养女神似的供养着她，到那时候他或者能明明白白地告诉人——这就是我所谓的诗意。李太太离这个还太远。

那些基本条件，正如他心中那些美景，是朴素、安静、独立，能像明月或浮云那样地来去没有痕迹，换句话说，就是不讨厌、不碍事，而能不言不语地明白他。不笑话他的迟笨，而了解他没说出的那些话。他的理想女子不一定美，而是使人舒适的一朵微有香味的花，不必是牡丹、芍药，梨花或是秋葵就正好。多咱他遇上这个花，他觉得他就会充分的浪漫——"他"心中那点浪漫——就会通身都发笑，或是心中蓄满了泪而轻轻地流出，一滴一滴地滴在那朵花的瓣上。到了这种境界，他才能觉到生命，才能哭能笑，才会反抗，才会努力去做爱做的事。就是社会黑得像个老烟筒，他也能快活、奋斗、努力、改造，只要有这么个妇女在他的身旁。他不愿只解决性欲，他要个无论什么时候都合成一体的伴侣。不必一定同床，而两人的呼吸能一致地在同一梦境——一条小溪上，比如说——里呼吸着。不必说话，而两颗心相对微笑。

现在，他和太太什么也不能说。几天没说话，他并不发怒，只觉得寂寞，可不是因为不和"她"说笑而寂寞。她不是个十分糊涂的妇人；反之，她确是像老大姐似的保护着他，监督着他，像孤儿院里的老婆婆。他不能受。她的心中蓄满了问题，都是实际的，实际得使人恶心要吐。她的美的理想是梳上俩小辫，多擦上点粉，给菱做花衣裳。她的丈夫会挣钱，不娶姨太太，到时候就回家。她得给这么个男人洗衣服，做有肉的菜。有客人来她能鞠躬，会陪着说话，送到院中，过几天买点礼物去回拜，她觉得在北平真学了些本事。跟丈夫吵不起来的时候自己打嘴巴，孩子太闹或是自己心中不痛快，打英的屁股；不好意思多打菱，菱是姑娘，急了的时候只能用手指戳脑门子。她的一切都要是具体的。老李偏爱做梦。她可是能从原谅中找到安慰：丈夫不爱说话，太累了；丈夫的脸像黑云似的垂着，不理他。老李得不到半点安慰。越要原谅太太越觉得苦恼，他恨自己太自私，可是心中告诉自己——老李你已经是太宽容，你是整个地牺牲了自己。

马少奶奶有些合于他的条件，虽然不完全相合；她至少是安静、独立、不讨厌。她的可怜的境遇补上她的缺欠。可是她也太实际，她只把老李看成李太太的丈夫。老李已经把心中的那点"诗意"要在她的身上具体化了，她像门外小贩似的，卖什么吃喝什么，把他的梦打碎。无论怎么说，可是老李不能完全忘了她，她至少是可以和他来得及的。

老李专等着看看她怎样对付那位逃走的马先生。衙门不想去，随便，免职就免职，没关系！张家的事，想管，可是不起劲，随便，大家都在地狱里，谁也救不了谁。

李太太有点吃不住了。丈夫三四天不上衙门，莫非是……自己不对，不该把事不问清楚了就和丈夫吵架。她又是怕，又是惭愧，决定要扯着羞脸安慰他，劝告他。

"今天还不上衙门呀？"好像前两天不去的理由她晓得似的。"放假吧？"把事情放得宽宽地说，为是不着痕迹。

他哼了一声。

二

下了大雨。不知哪儿的一块海被谁搬到空中，底儿朝上放着。老李的屋子满得像漏勺，菱和英头上蒙着机器面口袋皮，四下里和雨点玩捉迷藏，非常的有趣。刚找着块干松地方，头上吧哒一响，赶紧另找地方；最后，藏在桌儿底下，雨点敲着桌上的铜茶盘，很好听，可是打不到他们的头上。"爸！这儿来吧！"爸的身量过大，桌下容不开。

一阵，院中已积满了水。忽然一个大雷，由南而北地咕隆隆，云也跟着往北跑。一会儿，南边已露出蓝天；北边的黑云堆成了多少座黑山，远处打着闪。

跑在后边的黑云，失望了似的不再跑，在空中犹疑不定地东探探头，西伸伸脚，身子的四围渐渐由黑而灰而白，甚至于有的变成一缕白气无目地在天上伸缩不定。

院中换了一种空气，瓦上的阳光像鲜鱼出水的鳞色，又亮又润又有闪光。不知道哪儿来的这么些蜻蜓，黄而小地在树梢上结了阵，大蓝绿地肆意地擦着水皮硬折硬拐地乱飞。马奶奶的几盆花草的叶子，都像刚琢过的翡翠。在窗上避雨的大白蛾也扑拉开雪翅，在蓝而亮的空中缓缓地飞。墙根的蜗牛开始露出头角向高处缓进，似乎要爬到墙头去看看天色。来了一阵风，树上又落了一阵雨，把积水打得直冒泡儿；摇了几次，叶上的水已不多，枝子开始抬起头来，笑着似的在阳光中摆动。英和菱从桌下爬出来，向院中的积水眨巴眼——啖！

并没有商议，二位的小手碰到一处，好像小蚁在路上相遇那么一触，心中都明白了。拉着手，二位一齐下了海。英唱开了："水牛，水牛，先出犄角后出头。"菱看天上的白云好像一群羊，也唱着："羊，羊，跳花墙……"把水踢起很高。英的大拇指和二指一捻，能叫水"哗啦"轻响一声，凑巧了还弄起个水泡。菱也得那么弄，胖脚离了水皮，预备捻脚指头；立着的那只脚好像有人一推，出溜——脊背也擦了水皮；英拉不住她，爽性撒了手，菱的胖脊背找着了地，只剩了脑袋在外边，"妈!"英拼命地喊。菱要张口，水就在唇边，一大阵眼泪都流入海里。"妈! 妈——"

全院下了总动员令。爸先出来了，妈在后边。东屋大婶是东路司令，西路马奶奶也开开了门。爸把小葫芦捞出来，像个穿着衣服的小海狗。大红兜肚直往下流水，脊背上贴了几块泥。脸也吓白，葫芦嘴撇得很宽，可是看着妈妈，不敢马卜就哭出声来。"不要紧的，菱，快擦擦去!"马奶奶知道菱是不敢哭，不是不想哭。马婶也赶紧地说："不要紧的，菱!"菱知道是不能挨打了，指着红兜肚，"新都都，新都都!"哭起来，似乎新兜肚比什么也重要。或者是因为这样引咎自责可以减少妈妈的怒气。妈妈没生气，可是也没笑着，"看看，摔着了没有吧!"菱有了主心骨，话立刻多了："没摔着! 菱没动，水推菱，吧唧!"她笑了，大家都笑了。妈把菱接过去。英早躲到南墙去，直到妈进了屋才敢过来，拉住了马婶，一劲地嘻嘻，他的裤子已湿了半截。

马奶奶夸奖雨是好雨，老李想起乡下——是，好雨；可是暴雨浇热地，瓜受不了。马婶不晓得瓜也是庄稼，她总以为菜园子才种瓜呢，可是不便露怯，没言语。老李想起些雨后农家的光景，有的地方很脏，有的地方很美，雨后到日落的时候，在田边一伸手就可以握着个蜻蜓。"英，咱们出西直门看看去！"很想闻闻城外雨后新洗过的空气，可是没说，因为英正和马婶在墙根找蜗牛。马婶没穿着袜子，赤足穿着双小胶皮靴，看不见脚，可是露着些腿腕。阳光正照着她的头发，水影在她头上的窗纸上摇着点金光，很像西洋画中的圣母像。英不怕晒，她也似乎不怕，跟着英在阶上循着墙根找蜗牛，蹲着身，白腿腕一动一动往前轻移。马奶奶进了屋。老李放胆地看着她的背影、她的白腿腕、她的头发、她头上的水光。他心中的雨后村景和她联在一气，晴美，新鲜，安静，天真，他找到了那个"诗意"。

菱换好了干衣服，出来拉住爸的手，"英，给我一水牛！"英没答应。菱看了看爸的鞋，"爸，鞋湿！爸鞋湿！"爸始终也没觉鞋湿，笑了笑，进屋去换鞋。

三

院中的水稍微下去了些，风一点也没有了，到处蒸热，蝉像锥子似的刺人耳鼓。屋中的潮味特别难闻，似乎不是屋子了，而像雨天的磨房，在哪儿有些潮马粪似的。老李想出去走走，又怕街上的泥多。正在这个当儿，英和菱又全下了水，因为在阶上看见丁二爷进来，俩孩子在水中把他截住，一边一个拉住他的手。丁二爷的脚上粘着不晓得有几斤泥，旧夏布大衫用泥点堆起满身的花，破草帽也冒着热气，好像刚从水里捞出来。他拉着两个孩子一直地蹚进来，仿佛是在海岸避暑的贵人们在水边上游戏呢。

"李先生，李先生，"丁二爷顾不得摘帽子，也不管鞋上带进来多少水，"天真回来了，天真回来了！张大哥找你呢！"他十分的兴奋，每个字仿佛是由脚跟底下拔起来的，把鞋上的水挤出，在地上成了个小小的湖。

老李本想替张大哥喜欢喜欢，可是不知道为什么非常的冷淡，好像天真出来与否没有半点意义。

"李先生，去吧，街上不很难走！"丁二爷诚恳地劝驾。

老李只好答应着:“就去。”

英看出了破绽:“二大，街上不难走？你看看!”指着地上的小湖。

“啾，马路当中很好走；我是喜欢得没顾挑着路走，我一直地蹚，哗啦，哗啦!”丁二爷非常的得意，似乎是做下一件极浪漫的事。

“二大，”英的冒险心被丁二爷激动起，“带我上街蹚水去！咱们都脱了光脚丫?”

“今天可不行，丁二还有事呢，还得找小赵去呢!”他十二分抱歉，所以对英自称“丁二”。

英噘了嘴。老李接过来问:“找他干吗?”

“请他到张家吃饭，明天，明天张大哥大请客。”

“啊。”老李看出来，张大哥复活了。可是丁二爷有些神秘，他不是要揍小赵吗？他的神气一点不像去揍人的，难道……管他们呢，一群糟蛋，没再往下问。

丁二爷往外走，孩子们都要哭，明知丁二爷是蹚水玩去，不带他们去!

“英，我带你们去!”爸说了话。

“脱了袜子?”英问。

“脱!”爸自己先解开了皮鞋。

“脱鸭鸭来脱鸭鸭，”英唱着，“菱，你不脱肥鸭?”

“妈——菱脱鸭鸭!”

老李一手拉着一个，六只大小不等的光脚蹚了出去，大家都觉得痛快，特别是老李。

四

第二天早晨，天晴得好像要过度了似的。个个树叶绿到最绿的程度，朝阳似洗过澡在蓝海边上晒着自己。蓝海上什么也没有，只浮着几缕极薄极白的白气。有些小风，吹着空地的积水，蜻蜓们闪着丝织的薄翅在水上看自己的影儿。燕子飞得极高，在蓝空中变成些小黑点。墙头上的牵牛花打开各色的喇叭，承受着与小风同来的阳光。街上的道路虽有泥，可是墙壁与屋顶都刷得极干净，庙宇的红墙都加深了些颜色。街上人人显着利落、轻松，连洋车的胶皮带都特别的鼓胀，发着深灰色。刚由园子里割下的韭菜、小白菜，带着些泥上了市，可是不显着脏，叶上都挂着水珠。

老李上衙门去。在街上他又觉出点渺茫的诗意，和乡下那些美景差不多，虽然不同类。时间还早，他进了西安门，看看西什库的教堂、图书馆、中北海。他说不上是乡间美呢，还是北平美。北平的雨后使人只想北平，不想那些人马住家与一切的无聊，北平变成个抽象的——人类美的建设与美的欣赏能力的表现。只想到过去人们的审美力与现在心中的舒适，不想别的。自己是对着一张，极大的一张，工笔画，楼阁与莲花全画得一笔不苟，楼外有一抹青山，莲花瓣上有个小蜻蜓。乡间的美是写意的，更多着一些力量，可是看不出多少人工，看不见多少历史。御河桥是北平的象征，两旁都是荷花，中间来往着人马；人工与自然合成一气，人工的不显着局促，自然的不显着荒野。一张古画，颜色像刚染上的，就是北平，特别是在雨后。

老李又忘了乡间，他愿完全降服给北平。可是到了衙门，他的心意又变了。为什么北平必须有这样怪物衙门呢？想想看，假如北京饭店里净是臭虫与泔水桶！中山公园的大殿里是厕所！老李讨厌这个衙门。他不能怨北平把他的生命染成灰色，是这个衙门与衙门中的无聊把他弄成半死不活——连打小赵一个嘴巴，或少请一回客，都不敢，可怜！

同事们逐渐地来到，张大哥在他们的唇上复活了。张家已不是共产的窝穴，已不是使人血凝结上的恐怖。大家接到了张大哥的请帖——天真原来不是共产党。大家开始讨论怎样给大哥买礼物压惊，好像几个月里他没惊过一回似的。买礼物总得讨论，讨论好大半天，一个人独自行动是可怕的，一定要大家合作，买些最没有用的东西，有实用的东西便显着不官样，不客气。礼物庄上的装着线似的半根挂面的锦匣，和只有点杏仁粉味儿而无论如何也看不见一丁星杏仁粉的花盒子，都是理想的礼品。讨论完礼物，大家开始猜测张大哥能否官复原职。意见极不一致。张大哥，有的说，到处有人，不必一定吃财政所。可是，另一位提出驳议，不回到财政所来，为什么请财政所的人们吃饭？那是因为小赵是首座，不能不请旧同事作陪，第三位自觉地道出惊人的消息。假如，假如他回来，是回原缺呢，还是怎样？讨论的热烈至此稍为低减。人人心中有句："可别硬把我顶了呀！"不能，不能再回财政所，也许到公安局去，张大哥的交往是宽的。这样决定，大家都心中平静了些。

老李听着他们咕唧，好像听着一个臭水坑冒泡，心中觉得恶心。

孙先生过来问："老李儿呀，给张大哥送点什么礼物儿呢？想不起，压根儿的！"

"我不送！"老李回答。

"噢！"孙先生似乎把官话完全忘了，一句话没再说，走了出去。

老李心中痛快了些。

五

儿子到了家。张大哥死而复活，世界还是个最甜蜜的世界，人类还是万物之灵，因为会请客。请客，一定要请客。小赵是最值得感激的人，虽然不能把秀真给他，可是只就天真的事说，他是天下最好的人。请小赵自然得请同事们作陪。他们都没看过他一趟，可是不便记恨他们，人缘总要维持的。况且，也难怪他们，设若他们家中有共产党，张大哥自己也要躲得远远的，是不是？无论怎说吧，儿子是回来了，不许再和任何人为难作对。儿子是一切，四万万同胞一齐没儿子，中国马上就会亡的。

几个月的愁苦使张大哥变了样，头发白了许多，脸上灰黄，连背也躬了些。可是一见儿子，心力复原了，张大哥还是张大哥，身体上的小变动没关系；人总是要老的，只怕老年没儿子，很想就此机会留下胡子。灰黄的脸上起了红色，背躬着，可是走得更快，更有派儿，赶紧找出官纱大衫，福建漆的扇子，上街去订菜。还得把二妹妹找来帮忙：前者得罪了她，没关系，给她点好饭吃，交情立刻能恢复的。天气多么晴，云多么蓝！做买卖的多么和气！北平又是张大哥的宝贝了。订了菜，买了一挑子鲜花，给儿子加细的挑了几个蜜桃，女儿也回来了，也得给她买些好吃的，鲜藕和鲜核桃吧，女儿爱吃零碎儿。没有儿子，女儿好像不存在；有了儿子，儿女是该平等待遇的。回到家中，官纱大衫已湿了一大块，天气热得可以；老没出去，腿也觉得累得慌，可是心中有劲，像故宫里的大楠木柱子，油漆就是剥落了些，到底内里不会长虫。叫理发的，父子全修容理发，女儿也得烫头。花吧，有能力再挣去。挣钱为谁，假如没有儿子？剪下的头发有不少白的，没关系，做大官的多半是白胡子老头。天真将来结了婚，有了子女，难道做祖父不该是个慈眉善目的白发翁？

二妹妹来了，欢迎。"大哥您这场——可够瞧的！"

"也没什么！"张大哥觉得受了几个月的难，居然能没死，自己必是超群出众，"二兄弟呢？"

"我上次不是找您来吗，您不是——正——没见我吗？"二妹妹试着步说，"他出来是出来了，可是不能再行医，巡警倒没大管哪，病人不来，干脆不来。您说叫他改行吧，他又手不能提篮、肩不能担担，做个小买卖都不会，这不是眼看着挨饿吗？他净要来瞧您，求求您，又拉不下脸来。大哥，您好歹给他凑合个事儿，别这么大睁白眼地挨饿呀！您看，他急得直张着大嘴地哭！"二妹妹的眼泪在眼眶里转。

"二妹您不用着急，咱们有办法，有人就有事。我说，您的小孩呢？正闹着天真的事，我也没给您道喜去！"

"俩多月了，奶不够吃的，哎！"

张大哥看了看她，她瘦了许多，没饭吃怎能有奶？没奶吃怎能养得起儿子？决定给二兄弟找个事做；不看二兄弟，还不看那个吃奶的孩子？

"好吧，二妹妹，您先上厨房吧。"结束了二妹妹。

几个月的工夫耽误了多少事？春季结婚的都没去贺，甚至于由自己为媒的也没大管，太对不起人了！逐家得道歉去。不过，这是后话，先收拾院子，石榴花死了两棵！新买来的花草摆上，死了的搬开，院子又像个样子了，可惜没有莲花，现种是来不及了，买现成的盆莲又太贵。算了吧，明年再说，明年的夏天必是个极美的，至少要有三五盆佛座莲！

六

西房的阴影铺满了半院。院中的夜来香和刚买来的晚香玉放着香味，招来几个长鼻子的大蜂，在花上颤着翅儿。天很高，蝉声随着小风忽远忽近。斜阳在柳梢上摆动着绿色的金光。西房前设备好圆桌，铺着雪白的桌布。方桌上放着美丽烟、黑头火柴、汽水瓶，桌下两三个大长西瓜，擦得像刚用绿油漆过的。秀真拿着绿纱的蝇拍，大手大脚地在四处瞎拍打，虽不一定打着苍蝇，可确有打翻茶杯的危险。她的脸特别的红，常把瓜子放在唇边想着点什么，鼻子上的汗珠继续把香粉冲开，于是继续扑扑地去拍，拍的时候特意用小圆镜多照一会儿笑涡——向左偏偏脸，向右偏偏脸，自己笑了。

张大哥躬着点背，一趟八趟地跑厨房，嘱咐了又嘱咐，把厨子都嘱咐得手发颤。外面叫来的菜，即使菜都新鲜，都好，也不能随便地饶了厨子。自己打来的"竹叶青"，又便宜又地道，看着茶房往壶里倒，不能大意，生活是要有板有眼，一步不可放松的，多省一个便多给儿子留下一个。沏上了"碧螺春"，放在冰箱里镇着，又香又清又凉，省得客人由性开汽水：汽水两毛一瓶，碧螺春，喝得过的，才两毛一两，一两茶叶能沏五六壶！汽水，开瓶时的响声就听着不自然！

张大嫂的夏布半大衫儿贴在了脊背上，眼圈还发红，想起儿子所受的委屈，还一阵阵的伤心，可是看着丈夫由复活而加紧地工作，自己也不愿落后，虽然很想坐在没人的地方再痛哭一场。女儿大手大脚的只会东一拍西一拍地找寻苍蝇，别的什么也不能帮忙。谁叫女儿是女学生呢，女学生的父母就该永远受累的，没法子，而且也不肯抱怨，不为儿女奔，为谁？姑娘的头烫了一点半钟，右眼上还掩着一块，大热的天。时兴，姑娘岂可打扮得像老太太。幸而有二妹妹来帮忙，可是二妹妹似乎只顾发牢骚，干事有些心不在焉，没法子，求人是不能完全如意的。二妹妹也的确是可怜，有上顿没下顿的，还奶着个孩子！偷偷地给了二妹妹一块钱，希望孩子赶快长大，能孝顺父母，好像一块钱能养起个孩子似的。

客人来了。都早想来看张大哥，可是……都觉得张大哥太客气，又请客，可是……都觉得买来的礼物太轻，可是……都看出张大哥改了样，可是……结果：张大哥到底是张大哥，得吃他，得求他做点事，有用的人，值得一交往，况且天真不是共产党。瓜子的皮打着砖地，汽水噗噗地响着，香烟烧起几股蓝烟，一直升到房檐那溜儿，把蚊阵冲散。讲论着天气，心中比较彼此的衣料价格，偷眼看秀真的胳臂。

孙先生许久没和张大哥学习官话，一见面特别的亲热，报告孙太太大概又有了，没办法。生育节制压根儿是"破表，没准儿"！

邱先生报告吴太极近来穷得要命，很想把方墩太太撵出去，以便省些粮食。十三妹还好，一心一意地跟老吴，就是有一样毛病，敢情吃白面！关于邱先生自己，语气之中带出已经不怕牙科展览的太太，而她反有点怕他。自然邱先生的话不免有些夸大，可是有旁人作证，他确是另有了个人，而邱太太以离婚恫吓他，她自己又真怕离婚。恐怕要出事，大家表面上都夸赞邱科员的乾纲大振，可是暗中替他担忧。大家摇头，家庭是不好随便拆散的，不好意思！

其他的朋友陆续来到，都偷眼看着天真，可是不便问他究竟为什么被捕，不好意思。

天真很瘦，对大家没话可讲，勉强板着脸笑，自以为是个英雄，坐过狱。就凭这坐过一次狱，白吃父亲一辈子总可以说得下去了。为什么被捕？不晓得。为什么被释？不知道。可怕是真的。五花大绑捆了走！真可怕！可是对这群人应当骄傲，他们要是五花大绑捆了走，说不定到不了狱里就会吓死。不过，自己也真得小心点，暂时先不要出去，五花大绑可别次数多了。父母看着好似老了许多，算了吧，也不用挤钱留学去了，留着钱在北平花也不坏。父亲一定是有不少财产，还把房子送给小赵一所呢！对父亲得顺从一些，这回误被当作共产党拿去，大概是平日想共父亲的产的报应。摩登孝子也许和"妹妹我爱你"可以联成一气的。想法得讨老头——把资本老头的"资本"特意地免去，表示自己决非共产党——的欢心，好死吃他一口。当着父亲把桌上的空汽水瓶挪开了两个，表示极愿和父亲合作。对妹妹也和气了许多，哥哥坐过狱，妹妹懂得什么，所以得格外地善待她。

大家都到齐，只短小赵和老李，大家心中觉得不安。小赵是首座，大家理当耐心地等着，老李怎么也不来？凭什么不来？近来大家对老李很不满意，于是借着机会来讨论他，嘴都有些撇着。

"老李儿是不想来的，"孙先生撇着嘴说，"昨天我对他讲，送张大哥什么礼物，哎呀，'我不送！'他说的。狂，狂得不成样儿！莫名其妙！"

张大哥想叫丁二爷去请他们，丁二爷也不见了。

第十九章

一

政治的变动，对于科员们，是饭碗又要碎破的意思；无力制止，可是听着头疼。也有喜欢换一换局面的，假如风儿是向着自己吹来，而且吹得带着喜气，可是这究竟是极少数的。小赵是永远察看风向的人。但是每逢他特别的喜欢，别人不免就害头疼。

他两天没露面，大家心中又打开了鼓。"小赵上哪儿啦？张大哥请客他都没到！"大家不但心中这么嘀咕着，也彼此地探问。有的更进一步地猜测："听说市长又要换人。小赵准是又上了天津。说不定，他还许来个局长呢！"老李也许晓得，问他去。"老李，张大哥请客怎么没去？小赵也没去！"给老李一个暗示。自从吴太极免职，老李和小赵很那个。老李没说什么，大家越觉得他知道。好厉害的老李，嘴和蛤壳似的那么严紧！

小赵没影儿了，可是有人看见张大哥上科长家里去。大家又有点不安。所里是没有缺的，张大哥回来就得有人出去。大家都很不满意那个顶了张大哥的人。张大哥到底是老资格，那个新来的科员懂得什么？可是他既能顶了张大哥，他的力量一定不小，张大哥未必就能再顶下他去。那么，不定谁被顶呢！

张大哥确是下了决心恢复地位，自己定好期限，一个月内要接到委任状。好嘛，丢了一所房子，不赶紧抓弄抓弄还行？对于媒人的事业也开始张罗着，男人当娶，女的当聘，不然便没有人生。再说，张大哥要是放弃说媒的工作，不亚于把自己告下来——张某不行了，头发白了，没用了！这根本和谋差事有关系，被人认识为老朽无能还能找到差事？不，张大哥不能服这口气——"叫你们看看姓张的，至少还能跳动二十来年！"去看看老李，请吃饭他怎没来呢？老李是好人，够个朋友，不过，对于谋差事，老李并没有多少用处。老李都好，就是差事当得太死板，太死板。也别说，他升了头等科员，大概也有点劲，可是，别人要是有他那点学问、那笔文章，还早做了科长呢，到底是太死板。

老李没在家，张大哥和李太太谈起来，婆婆慢慢地谈得十分相投，张大哥仿佛是有点女性。李太太自从自己打了顿嘴巴之后，脸上由肿而削瘦，心里老憋着一大下子眼泪。见了张大哥好像见了叔公，把委屈都倒了出来。张大哥像慰劳前线将士似的，只夸奖她的好处，并不提老李有什么缺欠。激起她的勇气比咒骂敌人强得多。李太太能来到北平，原是张大哥的力量与主张，自然不能因为帮助李太太而说老李不好；老李要真是不好，张大哥岂不担着把她接到虎口里来的"不是"？李太太听了一片奖励自己的话，不由得高兴起来，觉得自己到底是比丈夫大着两岁，应当容让他，虽然想起丈夫的一天到晚噘着嘴，徐庶入曹营一语不发，也确是心里堵得慌。李太太决定留张大哥吃饭，张大哥决定不吃，可是觉得李太太已经受了"教育"，北平的力量！

二

羊肉西葫芦馅的饺子，李太太原想用以款待张大哥。大哥不肯赏脸，李太太有点失望。可是大哥刚走了不大一会儿，丁二爷来了。三句话过去，李太太抓住吃饺子的主儿。

"很好，很好，丁二爷最爱吃羊肉馅！"说着，他脱了那件不大有灵魂的夏布衫，就要去和面。

当然不能叫客人去和面，李太太拦住了他，两个孩子也抱住他的腿。他把夏布衫很郑重地又穿上，然后举了菱高高，给他们开始说他早年的故事，两个孩子对这个故事已能答对如流。

"听着，英，我从头儿说。"

"打摔碗说吧，什么碗来着？"英问。

"子孙饽饽的碗，就由这儿说吧。她一下轿子就嫌我，很嫌我！给她个下马威，哼！她——"

"她连子孙饽饽的碗都摔了！"英接了下去。

"啪，摔了！"菱的嘴慢，赶不上英，只好给找补上点形容，俩手拍了一下。

"闹吧，很闹了一场；归齐，是我算底，丁二——"

"是老实人，很老实！"因为句子简单，这回菱也赶上了。

"你们说的一点也不错，真对！"丁二爷以为英们非常的聪明。"丁二是老实人——"

英们极注意地等插嘴的机会，忽然丁二爷加了一个旁笔："我说，英，有酒没有哇？要是没有，叫妈妈给咱们钱，咱们打点去。喝点酒，我能说得更好听！"

英和妈要来一毛钱，丁二爷挑了个大茶杯："咱们走呀！"一齐上了街。

一出胡同东口，遇上了老李，英晃着手里的毛钱票儿喊："爸，我们打酒去，跟妈要的一毛钱。"

老李笑了。丁二爷拉着菱，拿着茶碗，黑小子拿着一毛钱，不知为什么很可笑。

"我正给他们讲故事，想喝点酒——"

英又接了过去，"喝完了酒，讲得更好听。我们刚说到摔了——什么饽饽来着？"他拉了丁二爷夏布衫一下。

老李不笑了。他觉得他也须喝点酒。他跟着他们走，到了油酒店，他拦住了英："上那边买去。"

进了商店，他买了一瓶莲花白、几个桃和两把极绿可是没很长足的莲蓬。把酒交给丁二爷。菱看准了莲蓬，非抱着不可。英没张罗着拿什么，只看着手里的一毛钱。出了店门，他奔了香瓜挑子去："拿一毛钱的香瓜，要好的！"蹲下了，大黑眼珠围着瓜们乱转。老李过去挑了三个，又添了一毛钱，英乐得不知怎好，又拉了丁二爷一把："二大，我也得喝点酒。"

妈妈看见大家都拿着东西回来，乐了，加劲地包饺子。菱无论如何也不放下莲蓬，谁要也不给。老李出了主意，趴在菱的耳根说了些话。菱还是不放手，可是忽然似乎明白过来，放下一把，告诉英："别动菱绿——"说不上这些绿玩意叫什么。然后抱着一把儿，鼓着肚子走了。一出屋门："马婶——给你这绿——"马婶跑出来："给我送来的，菱？"

"爸说给婶这绿——"还抱着不肯放手。

"留着给菱吃吧。婶不要。"马婶笑着。

菱眨巴了半天眼睛，又把莲蓬抱回来了。

全院的人忽然地都笑了，只有李太太在厨房里不知怎回事。老李已把瓜洗了一个，给菱一大块，算是把"绿——"换过了来。他拿着莲蓬出来，马老太太也在屋门口笑呢。他左右看了看，心中一狠，还是送到东边去，马婶笑着接了过去。马老太太发了话："留着给孩子们吃吧！"老李答了句："还有呢。"彼此都笑着。他心中十二分痛快。

"你们喝酒吧，饺子就得。"李太太也很喜欢，看着她创造的那群白饺子，好像一群吃圆了肚子的小白猫。

英和菱拿着瓜，和妈要了块生面，一边吃瓜一边捏小鸡玩。

老李和丁二爷喝着酒，丁二爷的夏布衫还不肯脱。老李还没喝多少，脸已经红了，头上一劲儿冒汗。丁二爷喝过了三杯，嘴唇哆嗦上了，咽了好几口气才说上话来：

"李先生，李先生，事情办妥了，敢情很容易，很容易！李先生，原来事情就怕办，一办也不见得准不成。"

老李猜出是什么事，他看看丁二爷，那件夏布大衫好像忽然变得洁白发光。"原来事情就怕办"这几个字在他耳中继续地响着，清脆有力，像岩石往深潭里落的水珠。小赵是生是死，他倒不大注意，他只觉出丁二爷是个奇迹。连丁二爷都能做出点异于吃饭、喝茶、上衙门的事！他拿起酒杯来，本想大大地吞一口，不行，还是呷了一点，在嗓子上贴住不往下走！

"李先生，"丁二爷的手伸入夏布大衫，摸了半天，手有点顿，摸出张折着的厚桑皮纸，递给老李，"这是那张房契。张大哥不容易，很不容易，请你交给他吧。咱们喝一杯。小赵打算娶秀姑娘，得下辈子了！请！"

老李看着丁二爷灌下一杯去，自己只举了举盅儿。

丁二爷辣得直仰脖子，可是似乎非常的得意："小赵算完了。您看，很容易。我约他上后海，说秀姑娘在那儿等他。他来了，不用提多么喜欢了。妇人有多么大能力！我懂得。天并不十分黑，可巧四下就没一个人。我早在苇子里藏好了，蚊子真多，咬得我身上全是大包，我一动也不敢动。他来了，越走越近，嘿，我的心要跳出来，真的！容他走过一步去，我就像拉替身的鬼，双手对准他的脖子一锁。我似乎要昏过去，我只知道我有两只手，没有别的。他，我听见了，听得真真的，小狗睡着了有时候呕两声，他就是那么呕了两声。没有别的。他连踢踢土都没顾得，很老实，比丁二还老实！我一拉，就把他拉进苇子里去。搜了搜他身上搜到这张房契，钱包、表，我没敢动。完了事，我软了，不敢出来了。连迈步都不能了。他仰着身，虽然看不清他的脸，可是我知道他是看着我呢，怕极了！苇叶一动，我一惊，以为有人来掐我的脖子！"丁二爷又吞了一口酒，摸一摸脖子，似乎很怀疑脖子的完整。"一耗，耗了一个多钟头，身上就像水洗过的一样，汗很多。我急了，往外迈了一步，正迈在他的腿上！我跳了，什么也不顾了，跳出来，头也没回，我一直走到天桥！为什么？不知道！天桥是枪毙人的地方。枪毙丁二，我似乎听见！在天坛的墙根我忍了一夜，没睡，一会儿没睡，星星一劲儿对我眨巴眼，好像是说，明天就枪毙丁二！"他又端起酒盅来。

李太太把饺子端来，两大盘，油汤挂水地冒着热气。他们俩都没动筷子。

三

市长换了。各局各所的空气异常紧张。市长就职宣言，不换人，不用私人。各局各所的空气更加紧张。谁都知道市长是对报纸说的那几句话，"一朝天子一朝臣"是永不能改的真言。第二天教育局换了局长，连听差的一律更换。财政所的胖所长十万火急地找小赵，秘书科长们找小赵，科员们找小赵，夫役们找小赵，找不到。大家因焦而疑，暗中嘀咕：莫非小赵要把胖所长顶了？这一嘀咕，小赵的价值增高了十倍。在另一方面，就是所长最亲信的人也觉得倒戈的必要。于是大家分头去奔走，没有两个人守一路战线的，全是各自为战，能保持住个人的地位什么事也可以做。老李是大家的眼中钉。只有他，不慌不忙，好像心中有个小冰箱——"这小子真他妈的有准！"大家不能不骂了。孙先生虽然心里也吃了凉柿子似的，可是不招大家妒恨，人家孙先生走哪路门子，自己就和大家声明，不像老李那么骄傲厉害，听人家孙先生："哎呀，新市长儿是乡亲哟！老孙是猪八戒掉在泔水桶里，得其所哉！说不定，还来个秘书儿当当。"孙先生多么直爽可爱！孙宅接到了多少礼物，单说果藕和莲花就是三挑子！

小赵尸身被个粪夫找到了。报纸上用小碟子大小的字登出来，把尸身的臭味如何强烈都加细地描写。疑案。因为是疑案，所以人们各尽想象的所能猜测与拟构其中的故典。财政所的人们立刻也运用想象，而且神速地想出：政治作用。小赵，据他们想，是要顶胖所长的，所以他必定与新任市长有深切的关系。市长到任声言不更动各局的人，可是教育局连个夫役也没留下。小赵必定已经运动好重要的地位，自然另一批人又要失业，所以……这个逻辑的推断在科员们看是极合理而大快人心的。科员们杀只鸡都要打哆嗦，现在居然有位剑侠——至少会飞檐走壁的——把要使一批人失业的小赵杀死！小赵活着的时候是个人物，可是这一死使他的价值减到零度。因为这样的推测，慢慢地胖所长变成了谋杀的主使人。虽然没人敢明说，可是意思是那样。说到归齐，大家谁不晓得所长太太与小赵的关系，谁不知道所长是又倚仗而又怕小赵，谁看不出小赵要是不谋阔事则已，要是想干的话能不谋财政……越想越对！大家这样想，慢慢地思想也不知怎么在言语上表现出来，虽然都不敢首先这样宣传。及至说出来了，正是英雄所见略同，于是在低声交换意见的工夫，已像千真万确地果有其事，成了政界一段最惊人最有色彩的历史。一个衙门里这样相信，别的衙门里也跟着低声地吵吵。这一吵吵使新任的教育局长将已免职的陈人又叫回来几个，因为事情闹到局长们的耳朵里，杀人的已不是剑侠或刺客，而是有组织的暗杀团。局长们身高树影儿大，不能不谨慎一些，明哲保身是必须遵守的古训。消息传到市长的耳朵里，暗杀团不但是有组织，而且里面有日本浪人。市长太太登时上了天津。一来是为避难，二来是为跳舞去。市长没法不和各局所的长官妥协：市长交派下一批人，由各局所分用，不便全体更动。各局所的领袖暂不更换，可是市长给大家一个暗示——接任的花销太大。于是各局所的经费收支报告又都改造了一次。

张大哥的奔走，连天真都动了心："得包个车吧？天太热！"张大哥很感激儿子，儿子自从狱里出来确是明白多了。可是，"包车干吗？走得差不离，再搭点脚，一天我也花不过八十子儿的车钱！"张大哥大概至死也想不起论"毛"雇车的。他的奔走确是不善，可是已经有了眉目：新市长手下一位秘书先前与他同过事，而且这位秘书的弟妇是张大哥给说的，秘书不但答应了给他帮忙，而且问他愿到哪个机关去。平日维持人、好交往，你看到时候有多大用处、多大面子，由自己指定机关！张大哥几乎得意得要落泪。只要家里不出共产党，事情是不难的。人心不古，谁说的？秘书叫我自己挑定机关！到底哪个机关好呢？这倒为了难。在哪儿做事也是一样，事在人为；不过，既有自选的机会，也别辜负了人家秘书的善意。闭死了左眼，吸了两袋烟，决定了，还是回财政所。人熟地灵，衙门又比较的阔绰。

张大哥随着一批新人，回了财政所，所里的陈人其实是没有什么变动，因为所长是讲面子的人，而且各位都有人给说情，所以旧人没十分动，而硬添上一批新人。羊毛出在羊身上，有的是老百姓纳供，多开点薪水也用不着所长自己掏腰包。况且市长与局长们的妥协究竟是暂时的，知道哪时就搁车，干吗裁员得罪人！于是所里十分热闹，新旧交欢，完全是太平景象。连夫役也又添了两名，因为打手巾把和沏茶的呼唤接二连三，已无法应付。张大哥利用机会把爱用石膏的二兄弟荐上，暂时当着夫役，等空气变换了些再去行医；不过，再行医的话可千万"少"下——不是不可以下——石膏。此外，张大哥对于新到的一群山南海北的科员们特别地照应：有的不会讲官话，张大哥教；有的不会吃西餐，张大哥带着去练习；有的要娶亲，张大哥吃了蜜。

四

老李又没被撤差，他自己也笑了。衙门更像怪物了，他想逃都逃不了。混吧！大家都是混，不过别人混得兴高采烈，他混得孤寂无聊。对新同事们他不大招呼，旧同事们对他非常不满意，孙先生已经把刚学来的一句加在老李的身上——"乡下人不认识仙人掌，青饼子！"

把房契给张大哥送了去。张大哥愣了。老李想吓嚇张大哥一下，不好意思，没说什么。张大哥似乎不大敢收那张契纸，看见它，也就看见了小赵，这是玩的?!

"大哥把它收起来好了，没事！"

张大哥想起《七侠五义》来，没有除暴安良的侠义英雄，这是不可能的！

"把丁二爷那笼子小鸟给我吧。"老李岔开了话。

"丁二在哪儿呢，好几天没见他的面，家里越忙，他越会耍玄虚，真正的废物！"张大哥不满意丁二爷。

"他在我那儿呢，啊——帮几天忙。"老李没敢说丁二爷天天梦见天桥枪毙人，不敢出来。

"噢，在你那儿呢，那我就放心啦。"张大哥为客气起见，软和了许多。可是丁二在老李家帮什么忙呢？

老李提着一笼破黄鸟走了。张大哥看着房契出神，怎回事呢？

第二十章

一

老李唯一值得活着的事是天天能遇到机会看一眼东屋那点"诗意"。他不能不承认他"是"迷住了，虽然他的理智还强有力地管束着一切行动。以不敢——往好了说，是不肯——纯任感情的进攻，他只希望那位马先生回来，看她到底怎样办，那时候他或者可以决定他自己的态度。设若他不愿再欺哄自己的话，他实在是希冀着——马回来，和她吵了，老李便可以与她一同逃走。逃出这个臭家庭，逃出那个怪物衙门，一直逃到香浓色烈的南洋，赤裸裸地在赤道边上的丛林中酣睡，做着各种颜色的热梦！带着丁二爷。丁二爷天生来地宜于在热带懒散着。说真的，也确是得给丁二爷想主意——他一天到晚怕枪毙，不定哪天他会喝两盅酒到巡警局去自首！带他上哪儿？似乎只有南洋合适。他与她，带着个怕枪毙的丁二爷，在椰树下，何等的浪漫！

"小鸟儿，叫吧！你们一叫，就没人枪毙我了！"丁二爷又对着笼子低声地问卜呢！

逃，逃，逃，老李心里跳着这一个字。逃，连小鸟儿也放开，叫它们也飞，飞，飞，一直飞过绿海，飞到有各色鹦鹉的林中，饮着有各色游鱼的溪水。

他笑这个社会。小赵被杀会保全住不少人的饭碗，多么滑稽！

二

正是个礼拜天，蝉由天亮就叫起来，早晨屋子里就到了八十七度，英和菱的头上胸前眼看着长一片一片的痱子，没有一点风，整个的北平像个闷炉子，城墙上很可以烤焦了烧饼。丁二爷的夏布衫无论如何也穿不住了；英和菱热得像急了的狗，捉着东西就咬。

院子里的砖地起着些颤动的光波，花草全低了头，麻雀在墙根张着小嘴喘气，已有些发呆。没人想吃饭，卖冰的声音好像是天上降下的福音。老李连袜也不穿，一劲儿扑打蒲扇。只剩了苍蝇还活动，其余的都入了半死的状态。街上电车铃的响声像是催命的咒语，响得使人心焦。

为自己，为别人，夏天顶好不去拜访亲友，特别是胖人。可是吴太太必须出来寻亲问友，好像只为给人家屋里增加些温度。

老李赶紧穿袜子，找汗衫，胳臂肘上往下大股地流汗。

方墩太太眼睛上的黑圈已退，可是腮上又加上了花彩，一大条伤痕被汗淹得并不上口，跟着一小队苍蝇。

"李先生，我来给你道歉，"方墩的腮部自己弹动，为是惊走苍蝇，"我都明白了，小赵死后，事情都清楚了。我来道歉！还有一件事，我得告诉你。吴先生又找着事了。不是新换了市长吗？他托了个人情，进了教育局。他虽是军队出身，可是现在他很认识些个字了，近来还有人托他写扇面呢。好歹地混去吧，咱们还闲得起吗？"

老李为显着和气，问了句极不客气的："那么你也不离婚了？"

方墩摇了摇头："哎，说着容易呀，吃谁去？我也想开了，左不是混吧，何必呢！你看。"她指着腮上的伤痕，说："这是那个小老婆抓的！自然我也没饶了她，她不行，我把她的脸撕得紫里套青！跟吴先生讲和了，单跟这个小老婆干，看谁成！我不把她打跑了才怪！我走了，乘着早半天，还得再看一家儿呢。"她仿佛是练着寒暑不侵的功夫，专为利用暑天锻炼腿脚。

老李把她送出去，心里说："有一个不离婚的了！"

刚脱了汗衫，擦着胸前的汗，邱太太到了，连像纸板那样扁的她，头上也居然出着汗珠。

"不算十分热，不算，"她首先声明，以表示个性强，"李先生，我来问你点事，邱先生新弄的那个人儿在哪里住？"

"我不知道。"他的确不知道。

"你们男人都不说实话，"邱太太指着老李说，勉强地一笑，"告诉我，不要紧。我也想开了，大家混吧，不必叫真了，不必。只要他闹得不太离格，我就不深究，这还不行？"

"那么你也不离婚了？"老李把个"也"字说得很用力。

"何必呢，"邱太太勉强地笑，"他是科员，我跟他一吵，不能吵，简直地不能吵，科员！你真不知道他那个——"

老李不知道。

"好啦，乘着早半天，我再到别处打听打听去。"她仿佛是正练着寒暑不侵的功夫，利用暑天锻炼着腿脚。

老李把她送出去，心里说："又一个不离婚的！"

他刚要转身进来，张大哥到了，拿着一大篮子水果。

"给干女儿买了点果子来。天热得够瞧的！"随说随往院里走。

丁二爷听见张大哥的语声，慌忙藏在里屋去出白毛汗。

"我说老李，"张大哥擦着头上的汗，"到底那张房契和丁二是怎回事？我心里七上八下地不得劲，你看！"

老李明知道张大哥是怕这件事与小赵的死有关系，既舍不得房契，又怕闹出事来。他想了想，还是不便实话实说，大热的天，把张大哥吓晕过去才糟！"你自管放心吧，准保没事，我还能冤你？"

张大哥的左眼开闭了好几次，好像困乏了的老马。他还是不十分相信老李的话，可是也看出老李是决定不愿把真情告诉他："老李，天真可是刚出来不久，别又——"

老李明白张大哥；张大哥、方墩、邱太太和……都怕一样事，怕打官司。

他们极愿把家庭的丑恶用白粉刷抹上，敷衍一下；就是别打破了脸，使大家没面子。天真虽然出来，到底张大哥觉得这是个家庭的污点，白粉刷得越厚越好；由这事再引起别的事儿，叫大家都知道了，最难堪，张大哥没有力量再去抵挡一阵。你叫张大哥像老驴似乎戴上"遮眼"去转十年二十年的磨，他甘心去转；叫他在大路上痛痛快快地跑几步，他必定要落泪。"大哥，你要是不放心的话，我给你拿着那张契纸，凡事都朝着我说，好不好？"

"那——那也倒不必，"张大哥笑得很勉强，"老李你别多心！我是，是，小心点好！"

"准保没错！丁二爷一半天就回去，你放心吧！"

"好，那么我回去了，还有人找我商议点婚事呢。明天见，老李。"

老李把张大哥送出去，热得要咬谁几口才好。

丁二爷顶着一头白毛汗从里间逃出来："李先生，我可不能回张家去呀！张大哥要是一盘问我，我非说了不可，非说了不可！"

"我是那么说，好把他对付走，谁叫你回张家去？"老李觉得这样保护丁二爷是极有意义，又极没有意义，莫名其妙。

三

张大哥走了不到五分钟，进来一男一女，开开老李的屋门便往里走。老李刚又脱了袜子与汗衫。

"不动，不动！"那个男的看见老李四下找汗衫，"千万不要动，同志！马克同，马克司的弟弟。这是……"他介绍那位女的，"高同志，与马同志同居。记得这屋是妈同志的，同志你为何在此？"

老李愣了。

马同志提着个皮包，高同志提着个小竹筐，一齐放在地上，马同志坐在皮包上，高同志自己找了把椅子坐下。

老李明白过来了，这是马老太太的儿子。他看着他们。

马同志也就是三十多岁，身量不高，穿着黄短裤，翻领短袖汗衫，白帆布鞋。脸上神气十足，一条眉毛挑着天，一条眉毛指着地，一只眼望着莫斯科，一只眼瞭着罗马。鼻孔用力地撑着，像跑欢了的马那样撑着，嘴顺势也往上兜着，似乎老对自己发笑，而心里说着，"你看我！"

高同志也就是三十多岁，身量不高。光脚穿着大扁白鞋，上身除了件短袖白夏布衫，大概没什么别的东西，露着一身的黑肉。脸上五官俱全，嘴特别的大，不大有精神，皱着眉，似乎是有点头疼。

丁二爷、李太太、英、菱都来参观，把两位同志围得风雨不透。马同志顺手把丁二爷的芭蕉扇夺过去扇着，高同志拿起桌上一个青苹果——张大哥刚给送来的——刚要往嘴里送，被英一把抢回去。

"看这个小布尔乔亚！"马克同指着英说，"世界还没多大希望！"

李太太看丈夫不言语，挂了气："我说，你们俩是干吗的呀？"

"我俩是同志，你们是干吗的？"马同志反攻。

李太太回答不出。有心要给他个嘴巴，又不肯下手。

屋门开了，马老太太进来："快走，上咱们屋去！"

"妈同志！"马克同立起来，拉住老太太的手，"就在这儿吧，这儿还凉快些。"

马老太太的泪在眼里转，用力支持着："这是李先生的屋子！"然后向老李："李先生，不用计较他，他就是这么疯疯癫癫的。走！"她朝着高同志："你也走！"

马同志很不愿意走，被马老太太给扯出来。丁二爷给提着皮箱。高同志皱着眉也跟出来。老李看见马少奶奶立在阶前，毒花花的太阳晒着她的脸，没有一点血色。

四

大家谁也没吃午饭，只喝了些绿豆汤。老李把感情似乎都由汗中发泄出来，一声不出，一劲儿流汗。他的耳朵专听着东屋。东屋一声也没有。他佩服马婶，豪横！因为替她使劲，自己的汗越发川流不息。他想象得到她是多么难堪，可是依然一声不出。

丁二爷以为马同志是小赵第二，非和李太太借棒槌去揍他不可，她也觉得他该揍，可是没敢把棒槌借给丁二爷。

英偷偷地上东屋看马婶，门倒锁着呢，推不开，叫马婶，也不答应。英又急了一身的痱子。

西屋里喀啰喀啰地成了小茶馆，高声的是马同志，低声的是老太太，不大听见高同志出声。

马老太太是在光绪末年就讲维新的人，可是她的维新的观念只限于那时候的一些，五四以后的事儿她便不大懂了。她明白，开通，相当的精明，有的地方比革命的青年还见得透澈，有的地方她毫不退步的守旧。对于儿女，她尽心地教育，同时又很放任。马与黄的自由结婚，她没加半点干涉。她非常疼爱马少奶奶。可是，儿子又和高同志同居了，老太太不能再原谅。她正和马同志谈这个。儿子要是非要高同志不可呢，老太太愿意自己搬出去另住，马少奶奶愿跟着丈夫与婆婆，随便，儿子要是可以牺牲了高同志呢，高同志马上请出。老太太的话虽然多，可是立意如是，而且很坚决。

马同志是个不得意的人，心中并没有多少主意，可是非常的自傲。他愿意做马克司的弟弟，可是他的革命思想与动机完全是为成就他自己。对于富人他由自傲而轻视他们，想把他们由天上拉到尘土上来，用脚踩住他们的脸。对于穷人他由自傲而要对他们慈善，他并不了解他们，看不出为他们而革命的意义。他那最好的梦是他自己成为革命伟人，所以脸上老画着那个"你看我"！他没有任何的成功。对于妇女，他要故意的浪漫，妇女的美与妇女的特性一样地使他发迷。对于黄女士，他爱她的美；可是她太老实，太安静，他渐渐地不满意了。对于高女士，他爱她的性格活泼好动敢冒险；可是她又太不美了，太男性了，他渐渐地不满意了。可是，他不能决定要哪个好，他自己说，"我掉在两块钢板中间！"他也不要解决这个，他以为一男多妻，或是一妻多男，都是可以的，任凭个人的自由，旁人不必过问。况且他既摆脱不开已婚的黄女士，又摆脱不开同居的高同志，而她们俩又似乎不愿遵行他的一男多妻的办法，就是想解决也解决不了。他没主意。

他还有个梦想——现在已证实了是个梦想：他以为有了心爱的女子在一块，能使他的事业成功。娶了一个自己心爱的，没用。再去弄个性格强而好动的，还是没用。他以为女子是男人成功的助手，结果，男人没成功，而女子推不开撵不掉，死吃他一口。不错，高女士能自己挣饭吃，可是自己挣饭与帮助他成功离得还很远。况且两个常吵架，她有时候故意气他。自从与她同居，他确是受了许多苦处，他不甘于受苦，根本就没想到受苦。他总以为革命者只需坐汽车到处跑跑，演说几套，喝不少瓶啤酒，而后自己就成了高高在上的同志。结果，有时候连电车也坐不上。由失望而有些疯狂，他只能用些使普通人们打哆嗦的字句吓唬人了，自傲使他不甘心失败。"你看我！到底比你强点！四十岁以上的都要杀掉！"使老实人们听着打战，好像淘气的孩子故意吓唬狗玩。

西屋的会议开了两点多钟。马克同没办法。老太太不能留高同志。最后，高同志提起小竹筐，往外走。马同志并没往外送她。

老太太上了东屋。东屋的门还倒锁着。"开开吧，别叫我着急了！"老太太说。屋门开了，老太太进去。

老太太进了东屋，马同志溜达到北屋来。英与菱热得没办法，都睡了觉。三个大人都在堂屋坐着，静听东西屋的动静。马同志自己笑了笑。"你们得马上搬家呀，这儿住不了啊！你革过命没有？"他问老李。"你革过命没有？"他问丁二爷。"你革过命没有？"他问李太太。

大家都没言语。

"啊！"马同志笑了。"看你们的脑袋就不像革命的！我革过命，我得住上房，你们赶快滚！"

李太太的真正乡下气上来了，好像是给耕牛拍苍蝇，给了马同志的笑脸一个顶革命的嘴巴——就恨有俩媳妇的人！

"好！很好！"丁二爷在一旁喝彩。

马同志捣着脸，回头就走，似乎决定不反抗。

五

李太太的施威，丁二爷的助威，马同志的惨败，都被老李看见了，可是他又似乎没看见。他的心没在这上。他只想着东屋：她怎样了？马老太太和她说了什么？那个高同志能不能就这么善罢甘休？他觉不到天气的热了，心中颤着等看个水落石出。马同志的行为已经使他的心凉了些，原来浪漫的人也不过如此。浪漫的人是以个人为宇宙中心的，可是马同志并没把自己浪漫到什么地方去，还是回到家来叫老母亲伤心，有什么意义？自然，浪漫本是随时的游戏，最好是只管享受片刻，不要结果，更不管结果。可是，老李不能想到一件无结果的事。结果要是使老母亲伤心，不能干！

到了吃晚饭的时候，他的心已凉了一半：马少奶奶到西屋去吃饭！虽然没听见她说话，可是她确是和马家母子同桌吃的！

到了夜晚，他的心完全凉了：马同志到东屋去睡觉！老李的世界变成了个破瓦盆，从半空中落下来，摔了个粉碎。"诗意"？世界上并没有这么个东西，静美，独立，什么也没有了。生命只是妥协、敷衍，和理想完全相反的鬼混。别人还可以，她！她也是这样！或者在她眼中，马同志是可爱的，为什么？忌妒常使人问呆傻的问题。

起初，只听见马同志说话，她一声不出。后来，她慢慢地答应一两声。最后，一答一和地说起来。静寂。到夜间一点多钟——老李始终想不起去睡——两个人又说起来，先是低声的，渐渐地语声越来越高，最后，吵起来。老李高兴了些，吵，吵，妥协的结果——假如不是报应——必是吵！可是他还是希望她与他吵散了——老李好还有点机会。不大的工夫，他们又没声了。老李替她想出她的将来。高同志一定会回来的。马少奶奶既然投降了丈夫，就会再投降给高同志，说不定马少奶奶还会被驱逐出去。他看见一朵鲜花逐渐地落瓣，直到连叶子也全落净。恨她呢，还是可怜她呢？老李不能决定。世界是个实际的，没有永远开着的花，诗中的花是幻象！

老李的希望完了，世界只剩了一团黑气，没有半点光亮。他不能再继续住在这里，这个院子与那个怪物衙门一样的无聊，没意义。他叫醒了丁二爷，把心中那些不十分清楚而确是美的乡间风景告诉了丁二爷。

"好，我跟你到乡下去，很好！在北平，早晚是枪毙了我！"丁二爷开始收拾东西。

六

张大哥刚要上衙门，门外有人送来一车桌椅，还有副没上款的对联和一封信。

他到了衙门，同事们都兴奋得了不得，好像白天见了鬼："老李这家伙是疯了，疯了！辞了职！辞！"这个决想不到的"辞"字贴在大家的口腔中，几乎使他们闭住了气。

"已经走了，下乡了，奇怪！"张大哥出乎诚心地为老李难过。"太可惜了！"太可惜的当然是头等科员，不便于明说。

"莫名其妙！难道是另有高就？"大家猜测着。不能，乡下还能给他预备着科员的职位？

"丁二也跟了他去。"张大哥贡献了一点新材料。

"丁二是谁？"大家争着问。

张大哥把丁二爷的历史详述了一遍。最后，他说："丁二是个废物！不过老李太可惜了。可是，老李不久就得跑回来，你们看着吧！他还能忘了北平？"